Knaur®

W0414836

Von Ashley Carrington sind außerdem erschienen:

»Jessica oder in der Ferne lockt das Glück« (Band 1537)
»Jessica oder Was bleibt, ist die Hoffnung« (Band 1653)
»Jessica oder die Insel der verlorenen Liebe« (Band 2834)
»Jessica oder Sehnsucht im Morgenrot« (Band 2835)
»Jessica oder Unter dem Kreuz des Südens« (Band 2836)
»Jessica oder Im Sturmwind der Leidenschaft« (Band 2837)
»Jessica oder Die Irrwege der Liebe / Das Ziel aller Sehnsucht« (Band 2920)
»Valerie – Erbin von Cotton Fields« (Band 2021)
»Valerie – Herrin auf Cotton Fields« (Band 2022)
»Valerie – Wolken über Cotton Fields« (Band 2963)
»Valerie – Gefangen auf Cotton Fields« (Band 2964)
»Hickory Hill – Das Vermächtnis der Alice Shadwell« (Band 2962)

Originalausgabe 1987
© 1987 Droemersche Verlagsanstalt Th. Knaur Nachf., München
Das Werk einschließlich aller seiner Teile ist urheberrechtlich geschützt. Jede Verwertung außerhalb der engen Grenzen des Urheberrechtsgesetzes ist ohne Zustimmung des Verlags unzulässig und strafbar. Das gilt insbesondere für Vervielfältigungen, Übersetzungen, Mikroverfilmungen und die Einspeicherung und Verarbeitung in elektronischen Systemen.
Umschlaggestaltung Adolf Bachmann
Umschlagillustration Fawcett, N.Y.
Satz IBV Satz- und Datentechnik GmbH, Berlin
Druck und Bindung Elsnerdruck, Berlin
Printed in Germany 5 4
ISBN 3-426-01388-6

Ashley Carrington:
Jessica

oder Das Ziel aller Sehnsucht

Roman

Knaur®

Für R. M. S.,
der am Zustandekommen dieses Buches
soviel Anteil hat, als hätte
er mir selber die Feder
geführt.

1

Die Laterne, die an der Wand der Schiffskabine hing, brannte mit kleiner, ruhiger Flamme und warf einen schwachen Schein auf ihren nackten Körper. Das warme Licht schmeichelte ihrer zarten Figur, die im weniger vorteilhaften Tageslicht ausgesprochen zerbrechlich wirkte und ihre von Natur aus kränkliche Konstitution verriet. Doch hier im Halbdunkel verwandelte der Laternenschein die Blässe ihrer Haut in einen schwach goldenen, samtenen Glanz und entlockte ihrem braunen Haar einen fast kupfernen Schimmer.

Rosetta Forbes hatte die Haarbänder gelöst und wollte gerade zum Nachtgewand aus aprikosenfarbener Seide greifen, als sich zwei kräftige Hände von hinten auf ihre nackten, schmalen Schultern legten.

Wie unter einem Peitschenhieb zuckte sie zusammen, stieß einen Laut des Erschreckens aus und fuhr herum. Kenneth stand vor ihr und musterte ihren Körper mit unverhohlenem Begehren. Sie hatte nicht gehört, daß er die Kabine betreten hatte. Das ewige Ächzen und Knarren von Sparren und Spanten, von Masten und Tauwerk machte es schwer, das Geräusch einer sich öffnenden Kabinentür herauszuhören.

»Was bist du so schreckhaft, Rose?« Kenneth ließ seine Hände von ihren Schultern über ihren Rücken abwärts gleiten.

Sie versteifte sich. »Du hast nicht angeklopft!«

Ein spöttisches Lächeln zuckte um seine Mundwinkel. »Seit wann hat ein Mann anzuklopfen, wenn er die Schlafgemächer seiner ihm angetrauten Frau zu betreten gedenkt? Zudem scheinst du vergessen zu haben, daß diese bescheidene Kabine für die Dauer unserer Überfahrt auch mein Quartier ist.«

»Trotzdem brauchst du mich nicht so zu erschrecken!« hielt sie ihm vor und versuchte sich seinen Händen zu entziehen, die nun immer fordernder über ihren Körper tasteten.
»Laß uns von was anderem reden«, sagte Kenneth mit belegter Stimme. »Ich habe dich schon lange nicht mehr so gesehen, Rose. Und fast hätte ich vergessen, wie du dich anfühlst.« Er versuchte sie an sich zu ziehen und seinen Mund in die Mulde ihres Halses zu drücken.
Doch Rosetta stieß ihn zurück. »Rühr mich nicht an!« zischte sie, am Rande einer Panik. »Hast du keinen Anstand, mich so zu bedrängen? Ich verabscheue es, wenn du dich so zügellos benimmst wie... wie ein Tier!«
Kenneth atmete heftig. »Du bist meine Frau, verdammt noch mal!« stieß er hervor und begann, seinen roten Uniformrock aufzuknöpfen. »Und ich bin dein Mann! Der Teufel soll mich holen, wenn ich mir von dir Vorschriften machen lasse, wann ich zu dir ins Bett steigen darf! Du hast deine ehelichen Pflichten zu erfüllen. Und wenn du es nicht freiwillig tust, werde ich dich eben mit Gewalt nehmen!«
»Wage es ja nicht!« flüsterte Rosetta und wich nicht einen Schritt vor ihm zurück. Ihre schutzlose Nacktheit vergaß sie einen Moment lang völlig. Trotzig reckte sie das Kinn mit dem Grübchen in der Mitte. »Wage es ja nicht, mich gegen meinen Willen zu berühren, Ken! Ich bringe dich um, das schwöre ich!«
»Du willst mich umbringen? Wie denn? Du bist ja kaum in der Lage, den Suppenlöffel länger als fünf Minuten in der Hand zu halten. Dann mußt du dich ja schon wieder vor Erschöpfung in die Kabine zurückziehen!« höhnte er und lachte verächtlich, blieb jedoch stehen, wo er war. »Komm, mach dich doch nicht lächerlich!«
Rosetta schüttelte den Kopf. »Ich mag schwach und kränklich sein, Ken. Aber ich werde niemals so schwach sein, um dich nicht dafür bezahlen zu lassen, falls du versuchen solltest, mich zu vergewaltigen!« drohte sie.

»Du bist meine Frau!« donnerte Ken wutentbrannt, senkte aber sofort wieder seine Stimme, um nicht den Mitreisenden Stoff für gehässigen Klatsch zu liefern. »Und du hast mir ewige Liebe, Treue und Gehorsamkeit geschworen, verdammt noch mal!«

»Ich hatte eine Fehlgeburt, das weißt du genau!« antwortete sie ausweichend.

»Das ist ja bei dir nichts Neues!« stieß er mit bitterem Vorwurf hervor. Es war schon die dritte Fehlgeburt in zwei Jahren Ehe. Diesmal hatte sie die Krämpfe schon im vierten Monat gehabt. Eine Woche, nachdem sie aus dem Hafen von Kapstadt ausgelaufen waren, wo die ANDROMEDA neu verproviantiert worden war und zwei weitere Passagiere an Bord gekommen waren, hatte ihr Körper das Baby abgestoßen. Die Totgeburt war auf See bestattet worden. Rosetta hatte ihm damals tränenreiche Vorwürfe gemacht, daß er die Reise nach Australien nicht in Kapstadt bis zur Geburt ihres Kindes unterbrochen hatte, wie sie es mehrfach von ihm verlangt hatte. Denn die mehr als sechsmonatige Seereise stellte für ihre sowieso schon kränkliche Verfassung eine arge Strapaze dar, die dann nicht ohne schwerwiegende Folgen geblieben war. Doch seine Befehle hatten ihm keine Wahl gelassen. Sie hatten die Reise fortsetzen müssen, obwohl auch er es im Nachhinein bedauerte. Denn nichts wünschte er sich mehr als einen Sohn.

»Außerdem liegt das jetzt schon fast drei Monate zurück«, fuhr Kenneth Forbes, Lieutenant des New South Wales Corps, nun mit fast versöhnlichem Tonfall fort. »Du hast dich mittlerweile von dem tragischen Verlust unseres Kindes recht gut erholt, wie ich mich jetzt mit meinen eigenen Augen in natura vergewissern kann.«

»Ich brauche mehr Zeit!«

Er verzog das Gesicht. Verraucht war der Zorn, der in ihm das Verlangen nach Gewalt geweckt hatte. An seine Stelle war eine kraftlose Verdrossenheit getreten. Verflüchtigt hatte sich auch das Begehren, das in ihm bei ihrem Anblick aufgelodert war.

»Was erwartest du überhaupt von mir? Daß ich dir ein ganzes Jahr Schonung zubillige? Der Schiffsarzt...«

»...ist ein alter Trottel!« fiel Rosetta ihm selbstbewußt ins Wort. Sie wußte, daß sie in dieser häßlichen Auseinandersetzung die Oberhand gewonnen hatte. Ihre entschlossene Drohung hatte ihre Wirkung nicht verfehlt. »Ich werde dich wissen lassen, wann ich bereit bin, meine... ehelichen Pflichten wieder aufzunehmen.«

Kenneth starrte sie aus zusammengekniffenen Augen an. »Manchmal habe ich den schrecklichen Verdacht, daß es dir lieber wäre, ich würde dich überhaupt nicht begehren und niemals mehr berühren.«

Hitze flutete durch ihr Gesicht. Sie wich seinem stechenden Blick aus und fuhr schnell in ihr Nachtgewand. »Ich habe dir nie etwas vorgemacht«, antwortete sie, »und so getan, als ob mir an dieser Seite unserer Ehe besonders viel läge.«

»Nein, das hast du wahrlich nicht«, sagte er voller Groll.

»Vielleicht hättest du doch besser meine pummelige Schwester heiraten sollen und nicht mich«, hielt sie ihm gereizt vor. »Abigail wäre dir sicherlich willenlos wie eine dumme Kuh überallhin gefolgt und hätte dir ein gesundes Kind nach dem anderen geboren!«

Kenneth fuhr wieder in seinen Uniformrock. »Ja, dein Verhalten hat diesen Gedanken in mir auch schon geweckt«, zischte er und stürmte aus der Kabine. Er brauchte frische Luft, um sich abzuregen, und stiefelte polternd den Niedergang zum Achterdeck hoch.

2

Unter Vollzeug und auf Steuerbordbug durch die nur mäßig bewegte See pflügend, segelte die ANDROMEDA in den Sonnenuntergang. Der feuerrote Glutball war am westlichen Horizont schon tief gesunken und schien nun im Meer zu verglühen. Während das Schiff schon im Dunkel der Nacht lag, loderte über der Kimm noch ein letzter Streifen feuerroten Lichtes.
Lieutenant Kenneth Forbes stand an der Reling, eine schlanke Gestalt von siebenundzwanzig Jahren und mehr als attraktivem Aussehen. Er hatte die vollendeten Gesichtszüge einer klassischen Marmorbüste. Unter schmalen, schwungvollen Brauen lagen Augen, die von einem tiefen Braun waren und von langen Wimpern überschattet wurden, um die ihn schon so manche Frau beneidet hatte.
Er wußte aus Erfahrung, daß er zu jenen wenigen, von der Natur reichhaltig bedachten Männern zählte, denen die Frauen fast ohne Ausnahme zu Füßen lagen und die mit einem einzigen Lächeln jeglichen weiblichen Widerstand dahinschmelzen ließen wie Butter in der Sonne.
Genau so war es bei ihm bisher auch der Fall gewesen, seit er die Macht seines Äußeren und die Unersättlichkeit seines Triebes erkannt hatte – und das eine skrupellos eingesetzt hatte, um die Befriedigung des anderen zu erreichen.
Alle waren sie ihm verfallen – ausgenommen Rosetta. Und gerade sie hatte er, welch eine Ironie des Schicksals!, zur Frau genommen! Wenn auch auf massiven Druck seiner Eltern, Sir Wesley und Lady Catherine, hin, die seiner Skandale leid geworden waren und ihm mit Enterbung gedroht hatten, nachdem seine Affäre mit der Frau seines Rechtswissenschaftspro-

fessors ein mittleres gesellschaftliches Erdbeben in Eton ausgelöst hatte. Hätten seine Eltern ihn nicht quasi zur Ehe gezwungen, wäre ihm das Mißgeschick mit Rosetta sicherlich nicht passiert, und er würde immer noch von einer sinnesfreudigen Schönheit zur anderen flattern wie ein Schmetterling von einer duftenden Blume zur anderen.
Doch die angedrohten Repressalien konnte er noch nicht einmal vor sich selbst als Entschuldigung für seinen katastrophalen Mißgriff gelten lassen. Denn wenn sie ihn auch zur Ehe gezwungen hatten, so hatten sie ihm doch immerhin noch soviel Freiheit zugestanden, sich aus einer Anzahl möglicher Ehekandidatinnen die ihm in Charakter und Äußerem gefälligste auszuwählen.
Und ich mußte mich ausgerechnet für Rosetta entscheiden! machte er sich im stillen bittere Vorwürfe. *Wie konnte ich nur so von Blindheit geschlagen sein, daß ich nicht erkannt habe, was sich hinter ihrem puppenhaften Äußeren verbarg? Wie konnte ich nur so tölpelhaft sein, eine Frau in mein Ehebett zu nehmen, die so anschmiegsam wie ein Reibeisen und so leidenschaftlich wie ein Stück Holz ist! Sie hat recht: Da hätte ich mit ihrer einfältigen Schwester Abigail sicherlich eine tausendmal bessere Wahl getroffen. Sie hätte mir nicht zu widersprechen gewagt und mir zweifelsohne einen kräftigen Sohn geschenkt, statt ständig zu kränkeln und eine Fehlgeburt nach der anderen zu haben! Ein gefühlskaltes, aufsässiges Weib. Und das mir! Ausgerechnet mir!*
Wütend schlug er mit der flachen Hand auf die Reling, während der Wachhabende die Seeleute in die Wanten schickte. Geschmeidig enterten die Männer auf, um die Segel zu reffen. Zu nahe war die fremde Küste, als daß Captain Browder es gewagt hätte, auch bei Nacht mit prall geblähten Segeln seinen Kurs beizubehalten. Nur bei sternenklarer Nacht würde er mit einem zusätzlichen Mann im Ausguck weiter gen Nordwesten segeln, statt bis zum Tagesanbruch beizudrehen.
Schritte wurden auf dem Deck hinter ihm laut, dann trat ein

kräftig gebauter Mann in dunklem Wollrock neben ihn an die Reling und sog die milde Meeresbrise hörbar ein.
Es war Edward Chambers, einer der beiden Passagiere, die in Kapstadt an Bord gekommen waren. Er war ein großer, breitschultriger Mann in den Vierzigern mit einem schon ergrauten Backenbart und einem Gesicht, das wie eine weite flache Landschaft ohne besondere Merkmale war. Wenn man seinen eigenen Worten Glauben schenken durfte, was Kenneth tat, war er in der Sträflingskolonie New South Wales ein erfolgreicher Geschäftsmann.
»Können Sie Land riechen, Lieutenant?« begann Chambers ein Gespräch in der ihm eigenen leutseligen Art. Er schnupperte wie ein Hund, der eine Witterung aufnimmt. »Ich jedenfalls kann Land riechen. Zwei Tage noch, mein Wort drauf, und wir sehen die Einfahrt von Sydney Cove!«
Kenneth bedachte ihn mit einem flüchtigen Seitenblick und war versucht zu erwidern, daß man nicht unbedingt in der Lage zu sein brauchte, Land zu riechen, um solch eine Behauptung aufzustellen. Denn dafür genügte ein kurzes Gespräch mit Captain Browder, aus dessen Quelle Chambers' Voraussage höchstwahrscheinlich auch stammte. Doch Edward Chambers hatte sich bisher als unterhaltsamer Mitreisender erwiesen. Und in Anbetracht seines möglichen Einflusses in der jungen Kolonie erschien es ihm höchst unklug, seine freundlich gemeinten Worte mit einer sarkastischen Erwiderung zu vergelten.
»Ich hätte nichts dagegen einzuwenden, wenn sich Ihre Vermutung als zutreffend herausstellen sollte«, antwortete Kenneth deshalb mit der gebotenen Höflichkeit und war plötzlich recht froh, einen Gesprächspartner zu haben, der ihn auf andere Gedanken brachte. »Die Faszination einer Seereise, von der andere zu berichten wissen, ist mir und ganz bestimmt meiner Frau verschlossen geblieben.«
Edward Chambers sah ihn mitfühlend an. »Ein zutiefst tragisches und betrübliches Schicksal, das Sie und Ihre Gemahlin zu

ertragen hatten. Ich hoffe sehr, daß ihre Gesundung auch weiterhin rasche Fortschritte macht.«

»Danke, ich will nicht klagen«, erwiderte Kenneth ausweichend und lenkte das Gespräch auf ein ihm angenehmeres Thema. »Ich kann es noch gar nicht glauben, daß diese gräßlich lange Reise in ein paar Tagen endlich hinter uns liegen soll. Und ich versuche mir vorzustellen, was mich dort erwartet. Sagen Sie, wie sieht die Lage dort unten eigentlich aus?«

»Sie meinen politisch?«

»Ja. Mir ist so einiges zu Ohren gekommen, demnach es gewisse Reibereien zwischen dem Corps, dem ich angehöre, und dem Gouverneur geben soll.«

Edward Chambers lachte trocken auf. »Reibereien ist gut gesagt, Lieutenant. Das ist ein offener Machtkampf, der schon so lange dauert, wie diese Kolonie existiert – und das sind jetzt, anno 1807, gut neunzehn Jahre. Doch er ist längst zugunsten Ihrer Offiziere vom New South Wales Corps entschieden, Lieutenant. Keinem Gouverneur ist es bis heute auch nur ansatzweise gelungen, die Vormachtstellung des Corps in der Kolonie ins Wanken zu bringen.«

»Man erzählt sich aber, daß Captain William Bligh, der neue Gouverneur, vom Kolonialamt nach Sydney geschickt worden ist, um gerade dies zu erreichen«, wandte Kenneth ein.

Chambers machte eine verächtliche Handbewegung. »Ach, was! Wissen Sie, wie sie Bligh bei uns nennen? *Brotfrucht-Bligh!* Oder auch *Bounty-Bligh!* Nein, von dem geht keine Gefahr aus. Der Kerl ist ja noch nicht einmal mit den Meuterern seines Schiffes damals, der BOUNTY, fertig geworden!«

»Aber ist er nicht von Lord Nelson höchstpersönlich für seine Tapferkeit während der Seeschlacht auf der Reede von Kopenhagen 1801 geehrt worden?« wandte Kenneth ein wenig skeptisch ein. »Hat ihm das und sein Ruf, ein eisenharter Mann zu sein, der keine Disziplinlosigkeit duldet, nicht einen starken Rückhalt verschafft?«

»In London mag der Name Bligh vielleicht noch immer den

Klang eines Volkshelden haben«, räumte Chambers geringschätzig ein. »Der Pöbel ist so leicht zu blenden. Aber in der Kolonie, 12000 Meilen von England und der Admiralität entfernt, gelten andere, viel rauhere Gesetze, gegen die auch ein Captain Bligh nicht anstinken kann. Er ist erst seit August letzten Jahres in der Kolonie, Lieutenant, aber er hat sich in diesem einen Jahr schon mehr Feinde auf allen Seiten gemacht als manch einer jener glücklosen Gouverneure in seiner gesamten Amtszeit. Nein, nein, er steht auf verlorenem Posten, lassen Sie sich das von mir gesagt sein. Es sind Männer Ihres Schlages, die Offiziere des New South Wales Corps, die bei uns die wahre Macht in den Händen halten, und ich bin zuversichtlich, daß das auch noch lange der Fall sein wird. Seien Sie froh, daß Sie den roten Rock des Königs tragen und ein Offizierspatent besitzen! Damit stehen Ihnen alle Tore und Chancen offen.«
»Das klingt ja fast wie eine Verheißung«, gab sich Kenneth belustigt, brannte jedoch darauf, mehr über diese Chancen zu erfahren.
»Nun, so meinte ich es auch. Ich weiß natürlich nicht, welcher Natur Ihre Beweggründe sind, die Sie veranlaßt haben, dem New South Wales Corps beizutreten und nach Australien zu kommen...« sagte Edward Chambers und ließ eine fragende Pause eintreten.
Kenneth hütete sich, seine Beweggründe zu nennen und zu offenbaren, daß sein Vater ihm unter Androhung der Enterbung verboten hatte, sich vor Ablauf von mindestens fünf Jahren wieder in England blicken zu lassen. Und so beschränkte er sich in Ermangelung einer plausiblen Antwort auf die wenig überzeugende Behauptung: »Nun, es war vorwiegend wohl die Abenteuerlust in mir, die mich dazu bewogen hat, dieses Wagnis einzugehen.«
Edward Chambers nickte, als akzeptierte er dies als hinreichende Erklärung. Dabei wußte wohl niemand besser als er, daß fast jeder, der nicht als Sträfling nach New South Wales kam, schwerwiegende Gründe hatte, über die er sich sogar

neuen Freunden gegenüber lieber ausschwieg. Doch das behielt er für sich. Die Vergangenheit eines freien Siedlers, Kaufmannes oder Soldaten war tabu in der Kolonie. Und wer seine Neugierde nicht zu bezähmen wußte, konnte sich schneller Todfeinde schaffen als auf irgendeine sonstige Art und Weise.

»Wenn Sie das Wagnis suchen, werden Sie ganz ohne Frage dort auf Ihre Kosten kommen, Lieutenant«, versicherte er. »Für einen Mann, der über genügend Tatkraft verfügt und seine Position zu seinem Vorteil zu nutzen weiß, gibt es heute wohl keinen besseren Ort als New South Wales, wo man mit wenig Einsatz schnell zu einem ansehnlichen Vermögen kommen kann.«

»Sie scheinen aus eigener Erfahrung zu sprechen, wenn ich mir diese hoffentlich nicht indiskrete Bemerkung erlauben darf«, sagte Kenneth, in höchstem Maße interessiert, wie er denn ausgerechnet an so einem gottverlassenen Ort sein Glück machen könnte.

»Sie dürfen, Lieutenant. Ich spreche in der Tat aus eigener Erfahrung. Als ich vor gut einem Jahrzehnt nach Sydney kam, hatte ich einen... nun, sagen wir mal geschäftlichen Tiefstand erreicht«, gestand Edward Chambers offenherzig. »Ich hatte ein nicht unbeträchtliches Vermögen verloren, als die verdammten Kolonisten in Amerika, Gott möge sie für ihren schändlichen Verrat ewig in der Hölle schmoren lassen, als dieses elende Verräterpack sich gegen unseren König erhoben und ihre Unabhängigkeit mit Hilfe der verfluchten Franzmänner erstritten hatte.«

»Ich weiß, der Verlust unserer amerikanischen Kolonie war ja der Anlaß für die Gründung einer neuen Kolonie, um unser Land vom Abschaum der Verbrecher zu befreien, die unsere Gefängnisse überfüllten«, erinnerte sich Kenneth.

»So ist es. Aber mir war sofort klar, daß sich die Besiedlung von New South Wales ähnlich wie damals in unseren ehemaligen amerikanischen Kolonien entwickeln würde und sich nach einigen schweren Anfangsjahren Möglichkeiten bieten würden, mit wie gesagt wenig Einsatz viel Profit zu machen. Und so ist es auch geschehen. Ich habe in Kapstadt nicht nur Merino-Schafe, Vieh und ein paar Pferde sowie landwirtschaftliche Gerätschaften eingekauft, die mir beim Verkauf in der Kolonie einen Gewinn von mindestens vierhundert Prozent sichern«, offenbarte Chambers ihm stolz, »sondern ich habe mich vor allem auch mit jeder Menge Kapbrandy und Rum eingedeckt. Denn Rum, mein lieber Freund, ist bei uns mehr wert als pures Gold!«

Kenneth hob fragend die Augenbrauen.

»Ohne Rum läuft in der Kolonie gar nichts«, erklärte Chambers. »Kein Sträfling, der nicht sein Quantum verlangt und erhält. Ob Männer oder Frauen, sie sind süchtig danach – und das ist auch gut so. Mit Rum halten wir dieses Pack unter Kontrolle. Haben die Deportierten ihre Strafe verbüßt oder sind sie begnadigt worden, dann werden sie auch mit Rum bezahlt. Rum ist die Währung für all diejenigen armen Tölpel, ob nun freie Siedler oder Sträflinge, die irgend etwas kaufen oder verkaufen wollen. Wenn man selbst Zugang zu den Rumquellen hat, ist das ein spottbilliger Weg, Arbeitskräfte oder anderes zu kaufen. Mich kostet die Gallone keine vier Shilling, doch wer bei mir kauft, muß zwanzig Shilling und mehr bezahlen.«

»Ich denke, es gibt in der Kolonie keine Münzwährung?«

Chambers lachte. »Das trifft auch für die meisten armen Schlucker zu. Wir achten darauf, daß sie kein Geld in die Finger bekommen. So nehmen wir eben Vieh, Getreide und anderes in Zahlung, wobei wir natürlich ein Schaf nicht zu dem Preis akzeptieren, zu dem *wir* es verkaufen würden. Den Leuten bleibt keine andere Wahl. Sie sehen also, wir haben alles bestens durchdacht.«

»Wer ist wir?« wollte Kenneth wissen.

»Wir? Das ist das Rum-Monopol, und es wird vom New South Wales Corps und einigen weitsichtigen Leuten meines Schlages kontrolliert!« prahlte Chambers. »Auch ein William Bligh wird daran nichts ändern können.«

»Interessant...«
Chambers beugte sich zu ihm. »Ich gebe Ihnen einen guten Rat, Lieutenant. Wenn Sie in der Kolonie sind, überlassen Sie das Farmen anderen oder kaufen Sie sich eine Farm, die Sie bewirtschaften lassen. Als Offizier kommen Sie leicht an ein Arbeitskommando aus Sträflingen. Vertrödeln Sie also selbst keine Zeit mit solchem langwierigen Unfug, sondern verschaffen Sie sich Zugang zum Kreis derjenigen, die das Heft fest in der Hand halten.«
Kenneth lachte auf. »Ich habe nicht das geringste dagegen einzuwenden. Die Frage ist nur, ob man mich auch an dem fetten Kuchen teilhaben läßt. Es gibt niemanden in New South Wales, den ich auch nur im entferntesten kennen würde.«
»Lassen Sie das mal meine Sorge sein. Ich werde Ihnen die notwendigen Kontakte schon verschaffen«, versprach Chambers. »Wir können Männer wie Sie in unserem Kreis immer gebrauchen.«
»Ein großzügiges Angebot, das mich tief in Ihrer Schuld stehen läßt«, bedankte sich Kenneth mit unverhohlener Begeisterung.
»Sollte ich einmal Ihre Unterstützung benötigen, werde ich nicht zögern, Sie darum zu bitten«, versicherte der gerissene Kaufmann.
Kenneth zweifelte nicht daran.
»Und nun kommen Sie. Der Erste und Mister Marwick werden schon ungeduldig auf uns warten, damit wir uns zu unserer abendlichen Spielrunde an den Tisch setzen können. Vielleicht werden Sie auf meine Hilfe überhaupt nicht angewiesen sein, wenn Sie auch weiterhin soviel Glück mit den Karten haben«, scherzte Chambers.
»Ja, gern«, sagte Kenneth und starrte einen Augenblick versonnen in die Dunkelheit. Es stimmte nicht ganz, was er gesagt hatte. Es war möglich, daß er doch einen Menschen in der Sträflingskolonie kannte – Jessica.
Ob sie überhaupt noch lebte?

3

Jessica Brading stand im warmen Licht der australischen Mittagssonne neben ihrer Kutsche am Hafen und blickte zur SOUTHWIND hinüber, die in der weiten Bucht von Sydney Cove neben einem amerikanischen Segler vor Anker lag. Ein versonnenes Lächeln lag auf ihrem zartgeschnittenen Gesicht, das eine ganz besondere Art von Schönheit ausstrahlte, die mehr von innen kam, als auf äußerlichen Vorzügen beruhte. Fast so seegrün wie das Wasser der geschützten Bucht waren ihre Augen, die nun die eleganten Linien des Dreimasters bewunderten. Sie hatte für sich und ihre Kinder Edward und Victoria, die etwas abseits der Kutsche spielten, eine Passage auf der SOUTHWIND gebucht, von der es hieß, daß sie ein schnelles Schiff sei und die Überfahrt nach England in weniger als fünf Monaten bewältigen könne.
Jessica seufzte unwillkürlich. England! Wie lange war es her, daß sie England als Deportierte an Bord eines Sträflingsschiffes verlassen hatte? Fast sechs Jahre! Gerade achtzehn war sie damals gewesen.
Sechs Jahre waren nicht viel in England. Doch hier in Australien, unter dem Kreuz des Südens, war das wie ein ganzes Leben. Wer hier als Deportierter von Bord eines Sträflingsschiffes ging, hatte die Unbekümmertheit der Jugend auf der Überfahrt längst verloren, wie jung an Jahren er auch sein mochte. In dieser von Naturkatastrophen heimgesuchten Kolonie starben in der alles versengenden Sonne des Sommers nicht nur die Schwachen und Willenlosen wie die Fliegen. Auch erfahrene Siedler, die ihren Mann standen und sich tagaus, tagein den Rücken krumm schufteten, zählten immer wieder zu den Op-

fern, die dieses wilde Land forderte. Nur wer über eine eiserne Willenskraft und unbeugsame Härte verfügte, wie das bei Jessica Brading der Fall war, hatte in dieser Sträflingskolonie eine Chance, zu überleben und sich zu behaupten.

Jessica wandte ihre Aufmerksamkeit nun dem kleinen Ruderboot zu, das vor wenigen Minuten von der SOUTHWIND abgelegt hatte und von einem Matrosen mit kräftigen, gleichmäßigen Riemenschlägen über die stille Bucht ans Ufer gerudert wurde. Ian McIntosh, der Verwalter ihrer Farm SEVEN HILLS am Hawkesbury River, saß vorn im Boot, steif und aufrecht, wie es seine Art war. Doch an diesem Tag wirkte er besonders starr und verschlossen, wie ein Granitblock.

»Ich hätte es nicht so weit kommen lassen dürfen«, dachte sie und machte sich nun Vorwürfe. »Vor allem hätte ich Ian nicht die Last der Verantwortung allein tragen lassen dürfen.«

Sicher, nach dem plötzlichen Tod ihres Mannes, der so sinnlos gewesen war und sie mit der niederschmetternden Wucht eines Axthiebes getroffen hatte, war sie verzweifelt gewesen und hatte auf SEVEN HILLS in nichts mehr einen Sinn gesehen. Genug der Opfer und der Leiden! hatte sie sich gesagt. Doch der Schmerz über seinen Verlust war keine Entschuldigung, bestenfalls eine Erklärung. Sie hätte sich nicht so lange treiben lassen dürfen. Hätte Ian sich damals nicht um alles gekümmert, stände es heute schlecht um die Farm.

Eine scharfe Stimme drang zu ihr herüber und riß sie aus ihren Gedanken. Sie wandte den Kopf und blickte zur regierungseigenen Anlegestelle hinüber, die den privaten Handelsfahrern der Kolonie verwehrt war.

»Bewegt euch, verdammtes Gesindel! Ich werde euch gleich Beine machen, wenn ihr weiter so trödelt!« brüllte dort drüben ein stämmiger Korporal. Er trug die rote Uniform des New South Wales Corps, das in der Sträflingskolonie eigentlich nur für Ruhe und Ordnung sorgen sollte, in Wirklichkeit aber schon längst die Macht an sich gerissen und dem jeweils regierenden Gouverneur seinen Willen aufgezwungen hatte. Der

Handel mit Rum, der in New South Wales noch immer die einzig gültige Währung darstellte, war fest in seiner Hand. Und weder das Kolonialamt in London noch der Gouverneur der Kolonie hatten dieses Rum-Monopol der korrupten Offiziersclique zerschlagen können.
Der Korporal ließ seine Reitgerte warnend durch die Luft zischen. Es gab ein scharfes Klatschen, als der schmale, biegsame Stock auf einen der aufgestapelten Säcke traf und eine sichtbare Einkerbung hinterließ. Ein wenig mehr Wucht, und das Sackleinen wäre aufgeplatzt – wie die Haut der Sträflinge, die sich etwas hatten zuschulden kommen lassen und öffentlich auf dem Exerzierplatz vor den Militärbaracken mit der Neunschwänzigen ausgepeitscht wurden. Schon eine Klage über die kargen Tagesrationen genügte, um sich einige Dutzend Peitschenhiebe einzuhandeln.
»Hoch mit den Säcken, ihr versoffenen Pestbeulen!« schrie der Korporal.
Sechs ausgemergelte, in Lumpen gekleidete Sträflinge mühten sich ab, einen Lastenkahn zu entladen. Sie schufteten schon seit dem Morgengrauen, wuchteten schwere Fässer und Säcke auf die Anlegestelle und karrten sie zu einem nahe gelegenen Lagerhaus. Eine Tasse Eukalyptustee und ein Kanten Brot, der schon vom Schimmel befallen war, das war ihre karge morgendliche Ration gewesen. Genug zum Überleben, wenn man in einer Zelle saß und von robuster Natur war. Doch lächerlich wenig, wenn man als Sträfling einer sogenannten *Street Gang*, einem Arbeitskommando unter freiem Himmel zugeteilt war und von Sonnenaufgang bis Sonnenuntergang Schwerstarbeit verrichten mußte.
Erschöpfung zeichnete ihre Gesichter, die nur noch aus Haut und Knochen zu bestehen schienen. Die Augen lagen in tiefen Höhlen, und nur ab und zu wich ihr trüber, apathischer Blick einem Aufflackern von Haß. Doch zur Auflehnung fehlte ihnen die Kraft. Keuchend nach Atem ringend und schweißüberströmt, so wankten sie über das schmale Brett vom Lastkahn

auf die Anlegestelle hinüber, einen schweren Sack auf dem schmerzenden Rücken.
Einer der Sträflinge, ein schmächtiger Bursche von kaum achtzehn Jahren, tat sich besonders schwer. Ihm war anzusehen, daß ihm schwere körperliche Arbeit vor seiner Verbannung in die Sträflingskolonie Australien fremd gewesen war. Möglicherweise hatte er Londons Straßen und Märkte als Taschendieb unsicher gemacht, oder aber er zählte zu den irischen Rebellen, die sich ebenso heldenhaft wie aussichtslos gegen die britische Vorherrschaft auf ihrer Insel zur Wehr zu setzen versuchten.
Zu schwer war die Last auf seinem Rücken. Die Beine versagten ihm den Dienst, und er stürzte auf der Anlegestelle in den Dreck.
Mit einem Satz war der Korporal bei ihm. »Hoch mit dir, du irischer Hund!« schrie er und schlug zu. Der Stock sauste auf den ausgelaugten jungen Mann nieder, der sich unter den Hieben aufbäumte. »Wenn du erst dein eigenes Blut schmecken willst, bevor du zu arbeiten bereit bist, kannst du das haben!«
Jessica zuckte zusammen, als sie das häßliche Klatschen der Gerte hörte, die auf nackte Haut traf. Ihr Magen zog sich zusammen, und ihr war, als spürte sie wieder die Peitsche, die ihren Rücken damals in ein Stück rohes, aufgefetztes Fleisch verwandelt hatte. Nur mit großer Willensanstrengung unterdrückte sie das Verlangen, gegen die unmenschliche Behandlung der Sträflinge einzuschreiten. Es wäre nicht nur zwecklos, sondern für sie auch in höchstem Maß gefährlich gewesen. Die Macht und Willkür der Rumsoldaten kannte in diesen Monaten des Jahres 1807 keine Grenzen. Wer sich mit ihnen anlegte, konnte sich schnell in Ketten gelegt wiederfinden. Und da machte es kaum einen Unterschied, ob er als freier Siedler nach New South Wales gekommen oder mittlerweile ein sogenannter Emanzipist war, ein Deportierter, der begnadigt worden war oder seine Strafe abgebüßt hatte. So blieb nur ohnmächtiger Zorn.

»Edward! Victoria!« rief sie ihre Kinder, die erschrocken und fasziniert zugleich die Züchtigung beobachteten. »Kommt sofort her!«

Widerstrebend nahm der fünfjährige Junge seine zwei Jahre jüngere Schwester an die Hand und kehrte zu seiner Mutter zurück.

»Warum schlägt der Soldat den Mann, nur weil er müde und gestürzt ist, Mami?« fragte Edward verstört.

»Weil er kein Herz hat... und ihm die Uniform mehr Macht über andere Menschen verleiht, als es sein dürfte«, sagte Jessica bitter.

»Dann will ich später auch eine Uniform tragen!« verkündete Edward. »Ich will viel Macht haben...«

»Nein, das wirst du nicht! Und ich will nie wieder so etwas Ungehöriges aus deinem Mund hören, hast du mich verstanden?«

In ihrer Erregung packte sie ihren Sohn fester an der Schulter, als es ihre Absicht war.

»Du tust mir weh, Mami!« Erschrocken über ihre heftige Reaktion blickte Edward zu ihr hoch.

Jessica löste ihren Griff und fuhr ihm entschuldigend über sein dunkles Haar. »Tut mir leid. Das wollte ich nicht. Aber was du da gesagt hast, hat mich ärgerlich gemacht. Die Männer in den roten Röcken des Königs tun viel Unrecht! Wie also kannst du einer von ihnen sein wollen?«

Edward senkte den Kopf und schwieg.

»Die Soldaten waren nie unsere Freunde und werden es auch nie sein!« sagte Jessica eindringlich. Wie alt sie auch werden mochte, nie würde sie vergessen und verzeihen können, was man ihr im Namen des Königs angetan hatte. Die Narben auf ihrem Rücken würden bis zu ihrem Tod ein beredtes Zeugnis von der Grausamkeit ablegen, die sie hatte erdulden müssen.

»Behalte es für dich und rede mit keinem darüber, mein Junge, aber vergiß das nicht!«

»Nein, Mami«, versprach Edward kleinlaut.

»Ich mag keine Uniformen«, sagte Victoria und spielte mit einer Locke ihres blonden Haares, das unter ihrem Strohbonnet hervorquoll und einen herrlichen Kontrast zu ihrem blaßrosanen Musselinkleidchen bildete. »Und ich möchte auch nicht nach England. Ich will nach Hause ... zu Anne und Lisa.«

»Schst«, machte Jessica, als sie das Ruderboot anlegen sah, und öffnete den Schlag der Kutsche. »Rein mit euch. Ich bin gleich wieder zurück.«

Ian McIntosh sprang aus dem Ruderboot an Land, bedeutete dem Matrosen, dort zu warten, und kam Jessica entgegen. Er war ein hochgewachsener, gewöhnlich wortkarger Mann mit blaßblauen Augen und einem dunkel gebräunten Gesicht. Von seinen achtunddreißig Jahren hatte er ein gutes Drittel in Australien verbracht und war beim Aufbau von SEVEN HILLS in der Wildnis am Hawkesbury River von Anfang an mit dabei gewesen. Die ersten fünf Jahre als irischer Sträfling und Zwangsarbeiter, nach seiner Begnadigung dann als Aufseher und später sogar als Verwalter.

»Jessica, ich ...« Er brach ab, als fiele ihm das Sprechen schwer.

Seit sie ihm eröffnet hatte, daß sie SEVEN HILLS aufgeben und nach England zurückkehren wollte, war er nicht mehr derselbe. Wie oft hatte er nach dem Tod ihres Mannes Steve, der einem hinterhältigen Anschlag zum Opfer gefallen war, sie zu überreden versucht, ihre Meinung zu ändern und von ihrem Vorhaben Abstand zu nehmen. Doch ohne Erfolg. Daß Jessica mit ihren Kindern an Bord des Schiffes gehen und der Kolonie für immer den Rücken kehren wollte, traf ihn mehr, als er sich anmerken ließ – ja sogar mehr, als er sich selbst gegenüber eingestehen wollte.

»Ja? Was ist, Ian? Ist irgend etwas mit der SOUTHWIND oder dem Captain nicht in Ordnung?«

Er schüttelte den Kopf. »Der Captain ist in Ordnung und das Schiff auch«, brummte er fast widerwillig. »Sauber, gut in Schuß und ein verteufelt schneller Segler, wenn man den Worten der Mannschaft Glauben schenken kann.«

Jessica nickte und blickte mit einem fröhlichen Lächeln, das seine Niedergeschlagenheit noch verstärkte, zum Dreimaster hinüber. »Ja, es ist ein wirklich schmucker, eleganter Segler und bestimmt auch schnell. Welch ein Unterschied zu dem Ostindienfahrer, der mich nach acht Monaten qualvoller Enge im Zwischendeck hier an die Küste warf«, sinnierte sie, und ihr Gesicht verdunkelte sich.
»Ich habe mit Captain Foster gesprochen, wie Sie mich gebeten haben«, sagte er mit bedrückter Stimme. »Für Ihre Unterbringung ist gesorgt. Die Kajüte für Sie und die Kinder ist hergerichtet, und Sie können sie in Augenschein nehmen. Ich habe dem Matrosen gesagt, daß er warten soll.« Er deutete über die Schulter zum Ruderboot hinüber und fuhr dann mit einem grimmigen Unterton in der Stimme fort: »Es ist die beste Passagierkabine, wie Sie gewünscht haben, Jessica. Sie werden also Ihre Genugtuung bekommen.«
Jessica hob die Augenbrauen. »Genugtuung? Wie meinen Sie das, Ian?«
»Sie wissen verdammt gut, wie ich das meine!« entfuhr es ihm unbeherrscht, und er vergaß völlig seine sonstige Zurückhaltung und Wortkargheit. »Die verrückte Idee, nach England zurückzukehren, entspringt doch nur Ihrem Verlangen nach Genugtuung und Vergeltung für angetanes Unrecht. Man hat Sie nach New South Wales ans andere Ende der Welt verbannt, und damit haben Sie faktisch nicht nur für die Justiz aufgehört zu existieren, sondern auch für alle anderen, denen Ihr Name jemals etwas bedeutet hat. Und nun wollen Sie als wohlhabende Dame und zahlender Passagier nach England zurückkehren und aller Welt beweisen, daß man Sie hier trotz größter Anstrengungen nicht kleingekriegt hat. Sie wollen sie beschämen und Ihre Genugtuung, so ist es doch!«
Jessica sah ihn an und nickte. »Ich glaube, Sie haben das besser und früher erkannt als ich, Ian.«
»Und ob ich das erkannt habe!« polterte er weiter, da er schon mal in Fahrt war. »Doch da ist etwas, was Sie vielleicht nicht

bedacht haben, Jessica. Was immer Sie suchen sollten, ob Seelenfrieden oder Vergeltung, in England werden Sie es nicht finden! Dort gibt es niemanden, der an Ihnen oder Ihrem Schicksal auch nur so viel interessiert ist!« Er schnippte mit den Fingern.
Jessica hob die Hand. »Ian, bitte, erregen Sie sich nicht. Ich weiß genau ...«
Heftig schüttelte er den Kopf. »Gar nichts wissen Sie! Sonst würden Sie ja nicht die bodenlose Dummheit begehen, dieses Land zu verlassen. Was erwartet Sie denn in England? Und was wird vor allem aus Ihren Kindern? Ich weiß, Sie sind eine willensstarke Frau, und das Leben hier hat Sie hart gemacht. Zu hart, will mir manchmal scheinen. Und Sie werden die Demütigungen, mit denen man Ihnen in England begegnen wird, zu ertragen wissen. Aber nicht so Edward und Victoria! Sie werden dort immer die Kinder einer Deportierten sein, bis an ihr Lebensende. Die Gesellschaft wird sie schneiden und sie spüren lassen, daß sie einen lebenslangen Makel haben wie Aussätzige!«
»Da mögen Sie recht haben, Ian.« Jessica war von seinem Wortstrom betroffen und gerührt zugleich.
Ihr Verwalter machte eine unwillige Geste. »Gut, auch hier in der Kolonie gibt es Klassenunterschiede, und die freien Siedler sehen auf uns Emanzipisten, die begnadigten Sträflinge, herab. Aber die Dinge ändern sich. Wir bauen die Kolonie mit auf und gewinnen an Respekt und Ansehen. Eines Tages wird man nicht umhin können, unsere Leistungen anzuerkennen. Außerdem ist für Ihre Kinder SEVEN HILLS die geliebte Heimat, ein Ort voller Erinnerungen an ihren Vater, der für die Farm gekämpft und sein Leben gelassen hat. Dagegen muß England für sie so etwas sein wie für uns damals die Deportation. Können Sie das auf Ihr Gewissen nehmen, Jessica? Der Teufel soll mich holen, wenn ich es könnte!«
»Sie haben mit jedem Wort, das Sie gesagt haben, recht, Ian«, sagte Jessica ernst.

Das Blut schoß ihm ins Gesicht, als ihm bewußt wurde, was er sich da herausgenommen hatte. Es stand ihm nicht an, so mit ihr zu reden. Immerhin war sie die Besitzerin der Ländereien am Hawkesbury River und er nur der Verwalter. Auch seine langjährige Treue gab ihm nicht das Recht, sich so zu verhalten. Zerknirscht schaute er auf die Spitzen seiner derben Schuhe.

»Entschuldigen Sie«, murmelte er verlegen. »Ich verstehe nicht, wie mir das passieren konnte, Jessica. Es tut mir leid, daß ich mich habe hinreißen lassen. Vergessen Sie, was ich gesagt habe. Sie werden schon wissen, was Sie tun. Das haben Sie immer gewußt, und dafür habe ich Sie stets bewundert. Kommen Sie, ich bringe Sie jetzt zur SOUTHWIND hinüber. Um Ihr Gepäck kümmere ich mich später.«

»Ich fahre nicht mit.«

Ian sah sie erstaunt an. »Sie wollen sich Ihre Kabine nicht anschauen?«

»Nein, weil ich keine Kabine brauche, Ian. Ich werde nicht nach England segeln. Sie haben völlig recht. SEVEN HILLS ist der Ort, wo ich und meine Kinder hingehören.«

Ungläubiges Staunen trat in seine Augen. »Sie... Sie bleiben? Ist das Ihr Ernst, Jessica?« stieß er hervor.

»Ja, das ist es!« versicherte sie.

Ian ergriff ihre Hände, drückte sie und wußte vor Freude überhaupt nicht, was er sagen sollte. »Das ist wunderbar!... Ich kann es noch gar nicht glauben!... Sie bleiben wirklich! Dem Himmel sei Dank, daß Sie es sich doch noch überlegt haben. Dabei hatte ich die Hoffnung schon aufgegeben. Wir kehren also alle nach SEVEN HILLS zurück?«

Sie lächelte ihn an. »Ja, ich hab' den Entschluß schon gefaßt, als Sie noch an Bord des Schiffes waren. Auf einmal habe ich klar erkannt, wie blind ich doch gewesen bin. So hart dieses Land auch sein mag, es ist meine Heimat geworden. Hier sind meine Kinder zur Welt gekommen, hier habe ich gelernt, der Wildnis fruchtbaren Boden abzuringen und Naturkatastrophen zu überstehen, hier leben die einzigen Freunde, die ich auf der Welt habe... und hier liegt mein Mann und der Vater meiner Kinder begraben.«

»Und hier liegt Ihre Zukunft, Jessica«, fügte er bewegt hinzu. »Und die Ihrer Kinder.«

»Ja, so ist es«, stimmte sie ihm zu. »Wofür würde es sich für mich zu kämpfen lohnen, wenn nicht für die Farm, die Edward eines Tages erben wird? Hier ist mein Platz. Es hat lange gedauert, bis ich das erkannt habe, doch glücklicherweise ist mir die Einsicht nicht zu spät gekommen.«

Sein von Wind und Wetter gezeichnetes Gesicht strahlte. »Wissen es die Kinder schon?«

»Nein, aber warum sagen Sie es ihnen nicht?« schlug Jessica vor, die wußte, wie sehr Ian an ihnen hing.

»Nichts lieber als das!«

Edward und Victoria waren vor Freude, daß ihnen die lange Reise mit dem Schiff und ein Leben in England erspart blieben, wie aus dem Häuschen. Sie fielen erst Ian und dann ihrer Mutter um den Hals. So jung sie auch waren, hatte das Land sie doch schon geprägt. Sie hatten sich deshalb auch nie mit dem Vorhaben ihrer Mutter anfreunden können, SEVEN HILLS zu verlassen und in diesem fremden Land, das auch noch eine monatelange Schiffsreise entfernt lag, ein neues Leben zu beginnen – und das ausgerechnet noch in einer Stadt namens London, die tausendmal größer sein sollte als Sydney. Die Farm und der Fluß, die Tiere und ihre Freunde, das war ihre Welt. Schon das kleine Sydney, das ihnen so hektisch und eng erschien wie ein Bienenkorb, verabscheuten sie.

»Dann kann mir der alte Baker also doch noch ein neues Pferd schnitzen und mir zeigen, wie man Dingofallen baut! Und dann brauchen wir ja auch nicht länger diese schrecklichen Sachen anzuziehen, die ein Gentleman angeblich in England trägt!« jubilierte Edward, der sofort den praktischen Nutzen der veränderten Situation erkannte. Auf SEVEN HILLS hatte er nie so unbequeme Hemden mit Halskragen und enge Schnal-

lenschuhe tragen müssen, wie er sie jetzt anhatte. »Fahren wir gleich zur Farm zurück, Mami?«
Jessica lachte. »Morgen, mein Kind. So lange werdet ihr es ja wohl noch bei den Keltons aushalten, oder?« Robert und Martha Kelton waren Freunde, die sie in ihrem Haus in Sydney für die Dauer ihres Aufenthaltes bis zur Einschiffung aufgenommen hatten – und die sich jetzt genauso freuen würden, wenn sie von ihren veränderten Plänen erfuhren.
»Und es werden sich noch einige mehr freuen, daß Sie sich eines Besseren besonnen haben«, sagte Ian McIntosh. »Ich sage jetzt dem Matrosen im Boot Bescheid, daß Captain Foster die Rückreise nach England ohne die Ehre Ihrer Gegenwart wird antreten müssen.«
Ian McIntosh lief schnell zum Ufer hinunter, um den Seemann mit der Nachricht zurückzuschicken, und eilte dann zur Kutsche zurück, wo er neben Jessica auf der samtbezogenen Sitzbank Platz nahm. Edward und Victoria saßen ihnen gegenüber. Die Kutsche ruckte an.
Kaum hatten sie die Anlegestelle hinter sich gelassen, als Jessica sich ihrem Verwalter und treuen Vertrauten zuwandte. »Würden Sie mir einen Gefallen tun, Ian?«
»Jederzeit. Aber das sollten Sie eigentlich längst wissen«, sagte er, und ein leichter Vorwurf schwang in seiner Stimme mit. »Was haben Sie auf dem Herzen?«
»Mir ist jetzt nicht nach Fahren mit der Kutsche zumute. Ich möchte ein wenig laufen und wäre Ihnen für Ihre Begleitung überaus dankbar«, sagte Jessica, die innerlich zu aufgewühlt war, um sich jetzt sofort der herzlichen, aber nichtsdestoweniger anstrengenden Beredtsamkeit und übertriebenen Fürsorge ihrer Gastgeber aussetzen zu wollen. Sie hatte das Verlangen nach etwas Abstand und Ruhe, um selbst erst einmal Ordnung in ihre Gedanken zu bekommen und sich mit den Konsequenzen ihres Entschlusses auseinanderzusetzen. Dafür war Ian sicher ein besserer Gesprächspartner als die Keltons, deren überschwengliche Art sie gelegentlich als erdrückend empfand.

»Ein Spaziergang? Nichts lieber als das, Jessica!« Seine Augen leuchteten. Schnell beugte er sich aus dem Fenster und rief Craig, dem alten halbtauben Kutscher, lauthals zu, er solle anhalten. Als die Kutsche zum Stehen kam, öffnete er den Schlag und half Jessica beim Aussteigen.

Edward und Victoria maulten, weil sie nun allein zu den Keltons fahren mußten.

»Wir werden nicht lange weg sein«, versprach Jessica und gab Craig den Auftrag, die Kinder zu ihren Gastgebern zu bringen und auch sicherzugehen, daß sie ins Haus gingen und sich nicht draußen auf der Straße herumtrieben.

»Werd' die Kleinen wie meinen eigenen Augapfel hüten, Misses«, versicherte Craig nuschelnd, tippte an die ausgefranste Krempe seines breiten Strohhutes und schnalzte mit der Zunge.

Die Pferde legten sich wieder ins Geschirr, und die Kutsche rumpelte weiter.

4

Jessica spannte ihren Parasol auf, um sich vor dem Licht zu schützen, das schon jetzt im Frühjahr von einer Intensität war, wie man sie nördlich des Äquators kaum während der Sommermonate kannte.

Die Septembersonne warf ihren warmen Schein auf Sydney und die kaum bewegte See der weiten Bucht, die von zwei langgestreckten Landzungen mit schroffen Erhebungen an ihren Enden schützend umschlossen wurde. Keine zwanzig Jahre waren seit der Gründung der Siedlung an diesem weiten, wunderbaren Naturhafen und der Sträflingskolonie New South Wales vergangen. Und wenn Sydney auch noch weit davon entfernt war, den Charakter einer richtigen Stadt zu haben, so zeigten sich doch schon Ansätze dazu. Auf jeden Fall war die Zeit vorbei, als sich hier nur einige Dutzend schäbige Lehmhütten am Ufer drängten. Von Jahr zu Jahr wurden mehr solide öffentliche Gebäude und auch Privathäuser sowie Ladengeschäfte aus Ziegelsteinen errichtet, die unweit von Sydney auf Brickfield Hill gebrannt wurden. Doch noch immer gab es Viertel, in denen die Behausungen nur aus primitiven Lehmhütten bestanden.

Am Hafen hatten sich neben der regierungseigenen mittlerweile schon mehrere private Werften angesiedelt, die sich jedoch auf den Bau kleiner Boote beschränkten. Es gab neue Warenlager und Getreidespeicher. Die alten Militärbaracken waren neuen, dauerhafteren Unterkünften gewichen. Und auf der Westseite von Sydney Cove erhob sich das trotzige Fort, das noch Gouverneur King hatte errichten lassen. Dahinter erstreckte sich das Lasterviertel der Stadt, das *The Rocks* genannt wurde, weil die unzähligen Grog- und Rumkneipen, die Spielschuppen und Bordelle eine felsige Halbinsel überwucherten, die weit in die Bucht hinausreichte. Hier rann der Rum Tag und Nacht durch die durstigen Kehlen von freien Siedlern, Emanzipisten und Sträflingen, wurden Existenzen am Spieltisch ruiniert und suchten Männer bei Prostituierten ein kurzes, käufliches Glück. Kein Laster, das hier nicht seinen Anbieter hatte und seinen Abnehmer fand.

»Was für ein prächtiger Tag!« Ian McIntosh ging neben ihr her und wußte mit seinen großen, schwieligen Händen nicht wohin. Mal verschränkte er sie auf dem Rücken, mal hakte er die Daumen hinter den breiten Gürtel aus Känguruhleder. Sie überquerten die kleine Brücke, die nahe des Gouverneurspalastes über das kleine Flüßchen namens Tank führte, und wandten sich nach links.

»Ja, ein herrlicher Frühlingstag«, stimmte Jessica ihm zu und atmete die angenehm warme Luft, die den Geruch des Meeres mit sich trug, tief ein. »Von mir aus könnte es immer September bleiben. In ein paar Monaten werden wir nachts vor Hitze nicht mehr schlafen können, der Boden wird unter der Glutsonne aufbrechen, und die Angst vor Buschbränden wird uns bis in den Februar nicht verlassen.«

»Denken Sie noch nicht an den Sommer, Jessica, denken Sie an das Jetzt«, erwiderte Ian für seine Art ungewöhnlich aufgekratzt. »Die Siedler oben am Hawkesbury werden sich freuen, Sie wiederzusehen... und wenn Sie mir die Bemerkung verzeihen, so wäre es doch vielleicht ganz angebracht, die Nachbarn auf SEVEN HILLS einzuladen.«

»Ein Fest?«

Ian warf ihr einen schnellen prüfenden Seitenblick zu, um zu sehen, ob er sie mit seinem Vorschlag vielleicht nicht verletzt hatte. Steves Tod hatte sie tief getroffen und aus dem inneren Gleichgewicht geworfen. Aber immerhin waren schon fast neun Monate vergangen, seit sie ihn auf SEVEN HILLS begraben hatte. Das war eine lange Zeit der Trauer, wenn man die eigenen Gesetze dieser Kolonie zum Maßstab nahm. Noch immer litt New South Wales unter einem Mangel an Frauen. Und zusammen mit der Tatsache, daß hier jeder Tag aufs neue einen Kampf ums Überleben mit sich brachte, waren lange Trauer und Alleinsein ein Luxus, den sich kaum jemand leisten konnte – ob nun Mann oder Frau. Auch Jessica würde an dieser Einsicht nicht vorbeikommen. Sie mußte sich wieder unter Menschen begeben und einen Mann finden, der das Bett mit ihr teilte, in guten und bitteren Zeiten an ihrer Seite stand und ihren Kindern ein Vater war. Mit Liebe hatte das wenig zu tun, sondern mit unumgänglichen Notwendigkeiten. Aber vielleicht war das hier für eine solche Anspielung weder der rechte Ort noch die rechte Zeit.

Doch er sah ein versonnenes Lächeln auf ihrem Gesicht und atmete innerlich erleichtert auf. »Ja, warum eigentlich nicht? Es hat auf SEVEN HILLS schon lange kein Nachbarschaftsfest mehr gegeben. Viel zu lange nicht. Es ist in der Tat an der Zeit, daß wir auch in dieser Hinsicht zu einem normalen Gang der Dinge zurückkehren«, sagte sie und brachte damit auf sehr zurückhaltende, aber nichtsdestotrotz unmißverständliche Weise zum Ausdruck, daß sie sich nach dem Tod von Steve lange genug von allen gesellschaftlichen und geschäftlichen Belangen abgekapselt hatte.

»Ian, welches Geschäft hat zur Zeit die beste Auswahl hier in Sydney?« fragte Jessica, einer spontanen Eingebung folgend. Seit dem Tod von Steve hatte sie nicht mehr diese Unbekümmertheit, diese Fröhlichkeit und Lebensfreude empfunden, die sie nun erfüllte, da ihr Entschluß, in Australien zu bleiben, gefaßt war. Dies war ein Tag, der eine kleine Extravaganz rechtfertigte. Sie würde etwas für sich, für die Kinder und für Ian erstehen.

Er sah sie verwundert an. »Wieso fragen Sie?«

»Mir ist nach ein wenig Verschwendung zumute«, gestand Jessica mit einem Anflug von Verlegenheit. »Wir sollten wirklich ein Fest geben, Ian. Ich werde Steve nie vergessen. Wenn er damals nicht gewesen wäre ...« Sie führte den Satz nicht zu Ende, weil sie sich nicht wieder in schmerzliche Erinnerungen flüchten wollte. Einmal mußte Schluß sein mit Flucht in die Vergangenheit und der Verbitterung, die ihre Tatkraft gelähmt hatte. »Doch Steve ist tot. Nichts kann ihn in diese Welt zu mir zurückholen, und damit muß ich mich abfinden. Und die beste Art, sein Andenken zu bewahren, ist, den Weg fortzusetzen, den er begonnen hat.«

Ian nickte. »So gefallen Sie mir schon bedeutend besser, Jessica. Sie sind noch viel zu jung und zu schön, um den Rest Ihres Lebens als sich grämende Witwe zu verbringen«, sagte er unbedacht, und das Blut schoß ihm augenblicklich ins Gesicht, als er sich seiner eigenen Worte bewußt wurde. Nicht einmal in all den vergangenen Jahren hatte er sich von seiner stillen Bewunderung, die er für Jessica empfand, so weit fortreißen lassen, daß er auch nur ein Wort über ihre Anmut und erregende Ausstrahlung hätte fallen lassen. Eher hätte er sich die Zunge herausgerissen. Und nun war ihm diese höchst unschickliche, schwärmerische Bemerkung herausgerutscht. Er hätte sich selbst ohrfeigen mögen. War das nicht mal wieder ein Beweis, daß er seiner eigenen Zunge nicht halb so gut vertrauen konnte wie seinen Händen, die seinem Willen auch gedankenlos gehorchten und ihm niemals Schande gemacht hatten? Was war nur in ihn gefahren, daß er sich heute so vergaß?

Jessica bemerkte es nicht. Sie lachte verhalten auf und genoß sein Kompliment. Es war herrlich, wieder frei durchatmen und lachen zu können. Wie lange hatte sie schon nicht mehr gelacht?

»Ich habe gar nicht gewußt, daß Sie auch die Kunst der Schmeichelei beherrschen, Ian«, sagte sie amüsiert und wich schnell einem Ochsengespann aus, das um eine Straßenecke gerumpelt kam.

Ian hielt es für ratsamer, das Gespräch auf weniger gefährliche Themen zu lenken. »Sie fragten mich vorhin nach dem Geschäft mit der besten Auswahl ...«

»Da mir nun die nicht unerheblichen Kosten der Schiffspassage erspart bleiben, denke ich, mir den Luxus einiger neuer Kleider nach langer Zeit mal wieder leisten zu können ... zumal Sie mich dazu überredet haben, auf Seven Hills demnächst ein Fest zu geben.«

Ian McIntosh strahlte. Ihr Wunsch, Einkäufe zu tätigen, die ihrer weiblichen Eitelkeit galten, erschien ihm als das sicherste Zeichen, daß sich ihre schmerzenden Wunden zu schließen begannen – und sie bald wieder die Jessica sein würde, die er kannte und verehrte.

»Und was das für ein Fest sein wird, Jessica!« versicherte er überschwenglich. »Man wird noch Jahre später am Hawkesbury davon sprechen, ach was, in der ganzen Kolonie! Das verspreche ich Ihnen!«

Er fühlte sich leicht berauscht und hatte das unendlich erleichternde Gefühl, als hätte man ihm eine Zentnerlast von den Schultern genommen. Die letzten Monate waren nicht nur für sie, sondern auch für ihn schlimm gewesen. Das Leben auf Seven Hills war von ihrer Trauer und ihrem blinden Zorn auf das ungerechte Schicksal überschattet gewesen. Jessica war nicht sie selbst gewesen. Doch nun war ihm, als wäre sie endlich wieder zu ihnen, zu den Lebenden zurückgekehrt. Und er wußte, daß sie sich nicht länger treiben lassen würde.

Es war wie das erste goldene Licht nach einer Nacht, von der sie geglaubt hatte, daß sie niemals enden würde. Die Träume und die Tränen würden sie wohl noch in vielen Nächten begleiten, doch die Tage würden wieder voller Licht und froher Farben sein.

5

Mühelos teilte der Bug der ANDROMEDA die sanft anrollenden Wellen der nachtschwarzen See. Das von Wind und Wetter gebleichte Segeltuch an den Rahen hob sich als fahle, graue Fläche vor dem Kreuz des Südens ab. Fünf Sterne, die verloren an einem gewaltigen Firmament standen und bald schon verblassen würden, wenn die aufsteigende Sonne die nächtliche Schwärze mit ihrer Lichtflut davonschwemmte.

Doch noch war es zu früh, um nach den Vorboten des Sonnenaufgangs am östlichen Horizont zu suchen. Mannschaft, Passagiere und Sträflinge lagen noch im Schlaf – bis auf die Wache an Deck und die vier Männer in der Offiziersmesse. Tabakwolken hingen unter der Decke und vermischten sich mit dem intensiven Geruch von Kapbrandy und schwerem Port.

Lieutenant Kenneth Forbes hatte seinen Uniformrock schon um Mitternacht abgelegt und dem Alkohol nur in Maßen zugesprochen. Lange Nächte am Spieltisch waren ihm vertraut, und er wußte sich darauf einzustellen. Ein Trottel, der seinen Verstand vernebelte und sich unter dem Einfluß von Brandy dazu verleiten ließ, mehr zu wagen, als seine Karten hergaben – oder seine finanziellen Verhältnisse erlaubten.

»Und ich sage Ihnen, daß es für dieses Gesindel nur einen einzigen passenden Ort gibt, Gentlemen!« verkündete Silas Collway, der Erste Offizier der ANDROMEDA, und mischte die Spielkarten. »Und das ist weder das Zwischendeck eines Ostindienfahrers noch die Wildnis einer Sträflingskolonie, egal wie weit sie von England auch entfernt liegen mag!«

»Sondern?« fragte Edward Chambers mit höflichem Interesse, obwohl ihm an den oftmals obskuren Ansichten dieses sehnigen, schmalgesichtigen Mannes nicht viel gelegen war. Silas Collway war für ihn und wohl auch für Lieutenant Forbes und Mister Jonas Marwick nur als Partner beim Kartenspiel von bescheidenem Interesse.

»Der Galgen!« Der Erste fuhr sich mit der flachen Hand demonstrativ über die Kehle. »Aus und weg mit ihnen! Ich sage Ihnen, daß man nur so der überhand nehmenden Kriminalität in unserem Land Herr werden kann!«

»Ein Lösungsvorschlag, der in seiner Radikalität zweifelsohne seinesgleichen sucht und gewiß seine Vorzüge hat«, bemerkte Jonas Marwick, ein Mann von schwergewichtiger Statur, und fügte dann mit sarkastischem Unterton hinzu: »Nur scheint mir dabei der Aspekt der Verhältnismäßigkeit der Mittel und der Barmherzigkeit ein wenig zu kurz zu kommen.«

»Barmherzigkeit?« stieß der Erste verächtlich hervor. »Haben sie denn Barmherzigkeit ihren Opfern gegenüber gezeigt? Nein, Auge um Auge, Zahn um Zahn! So steht es schon in der Heiligen Schrift! Außerdem: Wer bezahlt denn die Passage der Deportierten, Gentlemen? Das Geld kommt aus der Staatskasse, und die haben wir gesetzestreuen Bürger mit unseren Abgaben zu füllen! Wir sind es, die für dies Gesindel zu bezahlen haben. Sechs, sieben Monate Unterkunft und Verpflegung!«

Kenneth hob spöttisch die Augenbrauen. »Die Ausgaben dürften nicht sehr hoch sein, wenn ich bedenke, welcherart Unterkunft und Verpflegung sind«, hielt er ihm vor. Die ANDROMEDA hatte hundertvierzehn Sträflinge an Bord, die schlimmer als das Vieh im Laderaum im Zwischendeck eingepfercht waren. Zwar empfand er nicht das geringste Bedauern für diese ausgemergelten Gestalten, die täglich einmal für eine halbe Stunde an Deck getaumelt kamen und ins Tageslicht blinzelten, doch die Argumentation des Ersten Offiziers erschien ihm als zu übertrieben, um sie unwidersprochen hinzunehmen.

»Jedes Pfund, das diese Verbrecher uns kosten, ist ein Pfund zuviel!« beharrte Silas Collway. »Der Strick ist billiger!«

Edward Chambers schenkte sich Port nach und tauschte mit Jonas Marwick, der ihm gegenübersaß, einen gelangweilten Blick. »Sie mögen Ihre Gründe für Ihre Einstellung haben, Mister Collway. Doch Sie vergessen dabei, daß diese Sträflinge, deren Passagen ein paar Pfund kosten, für den Aufbau der Kolonie unersetzlich sind.«
»Richtig«, stimmte Jonas Marwick ihm zu, der wie Chambers in New South Wales einen regen Handel mit Waren aus Kapstadt, Indien und China betrieb. »Ohne die Sträflinge ginge es uns freien Siedlern nicht halb so gut, wie es jetzt der Fall ist. Ich für meinen Teil sehe deshalb Gesetzesbrecher zehnmal lieber in der Kolonie als am Galgen baumeln. Wenn ich auch zugeben muß, daß mir die irischen Unruhestifter, die man uns in letzter Zeit in großer Anzahl nach New South Wales geschickt hat, weniger angenehm sind.«
Chambers nickte und meinte grimmig: »Sie bringen wahrlich Unruhe in die Kolonie. Diese Iren kennen offenbar nichts anderes, als Kartoffeln aus der Erde zu buddeln, Kinder in die Welt zu setzen und Aufstände anzuzetteln. Die meisten entlaufenen Sträflinge und Wegelagerer in unserer Kolonie sind verdammte Iren.« Er wandte sich Kenneth Forbes zu. »Mit dieser Brut sollte das Corps kurzen Prozeß machen, Lieutenant.«
Kenneth verbarg seine Ungeduld hinter einem höflichen Lächeln. »Ich kann nicht behaupten, daß mir rebellische Iren am Herzen liegen, Mister Chambers. Doch sollten wir die Bewältigung dieser Probleme nicht besser auf einen geeigneteren Zeitpunkt verschieben und Mister Collway bitten, ein neues Blatt auszuteilen?« fragte er. »Mir scheint, daß niemand die Karten in dieser Nacht gründlicher gemischt hat als unser Erster Offizier.«
Jonas Marwick schmunzelte. »Ich schließe mich Ihrer Meinung an, Lieutenant. So schnell werden wir wohl nicht wieder an einem Tisch sitzen. Teilen Sie also aus, Mister Collway, und sehen wir, wem das Glück in dieser Runde zur Seite steht.«
Der Erste Offizier teilte aus, und sie begannen zu spielen. Ken-

neth war wieder ganz in seinem Element und setzte Erfahrung und Spielerinstinkt mit kühlem Verstand zu seinen Gunsten ein. Auch Marwick und Chambers waren nicht ohne Glück, vermochten sie doch einen Bluff auch mal zu durchschauen und ihrer Spielleidenschaft im entscheidenden Moment, wo sich das Blatt gegen sie wandte, Zügel anzulegen.

Nicht so Silas Collway. Sein mittelmäßiges Spielertalent vermochte mit seinem Ehrgeiz und seiner Passion für das Glücksspiel nicht Schritt zu halten. Er hatte in dieser Nacht schon eine beachtliche Summe verloren. Doch er wußte nicht, wann es an der Zeit war, ein Spiel abzubrechen, das er nicht gewinnen konnte. Er glaubte, das Glück mit Gewalt in die Knie zwingen zu können – und das erwies sich für ihn als kostspieliger Irrtum.

Keine halbe Stunde später saß der Erste Offizier mit bleichem Gesicht da und schaute auf sein letztes Geld, das Jonas Marwick ungerührt einstrich. Er wollte immer noch nicht glauben, daß er alles verloren hatte. Doch dann straffte sich seine sehnige Gestalt, und er erhob sich.

»Ich bedaure, das Spiel mit Ihnen nicht fortsetzen zu können, Gentlemen!« sagte er förmlich und mit beherrschtem Gesicht. »Wenn Sie gestatten, ziehe ich mich jetzt zurück. Es war mir ein Vergnügen!« Er deutete eine knappe Verbeugung an und verließ die Offiziersmesse.

Jonas Marwick sog an seiner langen Tonpfeife. »Ein lausiger Spieler, der Erste«, sagte er belustigt, »aber beherrscht, das muß man ihm lassen.«

»Ja, Haltung hat er«, pflichtete Chambers ihm bei. »Dabei muß er an diesem Tisch die Heuer für ein halbes Jahr verspielt haben.«

»Niemand hat ihn gedrängt, mit uns zu spielen«, sagte Kenneth gleichgültig, zog seine goldene Taschenuhr hervor und ließ den Deckel aufspringen. Bald mußte die Sonne aufgehen. Es war wirklich eine lange, aber für ihn äußerst gewinnträchtige Nacht gewesen.

»Heben wir die Runde auf, oder machen wir zum Abschluß noch ein Spiel?« fragte Marwick, und der fröhliche Ausdruck seiner kleinen Augen, die in seinem wohlgenährten Gesicht wie Rosinen in einem dicken Teich wirkten, verriet, welche Wahl er bevorzugte.
»Warum nicht«, sagte Kenneth, der weder Müdigkeit noch Überdruß am Kartenspiel verspürte.
Edward Chambers lachte. »Auch ich habe nichts dagegen einzuwenden. Doch wir sollten diesem letzten Spiel einen besonderen Reiz geben«, schlug er vor.
»Prächtige Idee. Was schlagen Sie vor? Doppelten Einsatz?« fragte Jonas Marwick begeistert und griff zur Portkaraffe.
Kenneth fand es erstaunlich, was dieser Mann an Port vertragen konnte, ohne dabei die Kontrolle über seine Zunge und seinen Verstand zu verlieren. An seiner Stelle wäre er schon längst betrunken und keines vernünftigen Spiels mehr fähig gewesen. Doch Marwick war noch so aufgeweckt und klar wie ein Abstinenzler.
»Nein, mir schwebt etwas viel Reizvolleres vor«, antwortete Chambers. »Jeder von uns sollte irgend etwas als Einsatz wählen, das dem Spiel eine prickelnde Note gibt. Es soll ein Spiel sein, das keiner von uns so schnell vergißt – ob er nun gewinnt oder verliert. Ich zum Beispiel biete eines meiner besten Merino-Zuchtschafe an, die zu erstehen mich in Kapstadt nicht unbeträchtliche Mühen und einen schönen Batzen Geld gekostet haben.«
»Eine fabelhafte Idee!« rief Marwick überschwenglich. »Durchbrechen wir das Einerlei am Spieltisch und fügen wir dem Nervenkitzel noch etwas Würze hinzu. Lassen Sie mich mal überlegen, mit welchem Einsatz ich aufwarten kann ...«
»Ich bin sicher, daß Sie auf Ihrer Reise einige Kostbarkeiten erstanden haben«, forderte Chambers ihn zu einem Einsatz heraus, der sich mit seinem messen konnte.
Marwick nahm es ihm nicht übel. Dieses neue Spiel war ganz nach seinem Geschmack. Er lachte plötzlich auf und schlug mit

der flachen Hand auf den Tisch. »Sie wollten etwas Prickelndes? Weiß Gott, damit kann ich Ihnen dienen, Mister Chambers.«

Erwartungsvoll blickten Chambers und Lieutenant Forbes ihn an. Chambers ließ eine dramatische Pause verstreichen, die seiner Ankündigung die nötige Wirkung verschaffte: »Ich setze Maneka, Gentlemen!«

Seine Mitspieler starrten ihn sprachlos an.

Jonas Marwick lehnte sich zurück, die verwunderten Blicke der beiden Männer genießend, und legte die Hände vor seinen eindrucksvollen Bauch. »Sie wissen doch, Maneka, das hübsche Mädchen, das ich einem Indienfahrer abgehandelt habe. Sechzehn Jahre jung, anspruchslos und recht anstellig, wie ich habe feststellen können. Könnte eine tüchtige Zofe abgeben ... oder was immer Ihnen vorschwebt.« Er lächelte vielsagend.

Chambers und der Lieutenant wußten einen Moment lang nicht, was sie darauf erwidern sollten. Nicht, daß sie moralische Skrupel gehabt hätten, dieses Mädchen als Spieleinsatz zu akzeptieren. Weit gefehlt. Sie war ja nur eine Inderin ohne Rechte.

Was sie verblüffte, war allein die Tatsache, daß Marwick einen so kostbaren Einsatz machte, denn diese Maneka war nicht irgendein farbloses Geschöpf, wie man sie im Heer der untersten Bediensteten tausendfach finden konnte, sondern sie erregte Aufsehen – und bei den meisten Männern zudem das Verlangen, sie zu besitzen. Körperlich.

Kenneth war dem indischen Mädchen mit dem blauschwarzen Haar und der getönten Haut nur wenige Male an Deck begegnet, da Marwick sie in ihrer kleinen Kammer hielt, wo sie auch ihre Mahlzeiten einnahm, abgeschieden von Mannschaft, Offizieren und Mitreisenden. Doch er erinnerte sich sofort ihrer Anmut und ihrer Figur, die nicht mehr viel Mädchenhaftes an sich und sofort sein Begehren geweckt hatte.

»Ich habe Papiere, die mein Besitzrecht oder das ihres neuen Besitzers dokumentieren«, fügte Jonas Marwick hinzu. »Maneka wurde von ihren Eltern, die in schwerer finanzieller Bedrängnis waren, verkauft – und zwar für sieben Jahre. Doch ich bezweifle ernsthaft, daß sich nach Ablauf dieser Zeit noch irgend jemand für diese Klausel interessieren dürfte. Sie selbst wohl auch nicht, wenn man ihr frühzeitig beibringt, daß Freiheit in Armut nicht gerade die erstrebenswerteste und Abhängigkeit in gesicherten Verhältnissen nicht unbedingt die schlechteste aller Daseinsformen ist.«

»Sie sind bereit, das Mädchen zu verspielen?« fragte Chambers, und in seiner Stimme schwang eine Erregung mit, wie sie ein normales Spiel bisher nicht in ihm hatte wecken können.

Jonas Marwick nickte. »Aber ja! Zugegeben, sie ist ein kleines Juwel, vor allem in New South Wales, und sie hat mich ein paar Pfund gekostet. Aber da ich des öfteren diese Route befahre, werden sich mir bestimmt noch Gelegenheiten bieten, den Verlust zu ersetzen ...« Er hob die Hand mit dem gestreckten Zeigefinger. »Vorausgesetzt, ich verliere das Spiel, was nicht in meiner Absicht steht.«

Kenneth räusperte sich. »Bedauerlicherweise bin ich nicht in der Lage, an diesem höchst amüsanten und spannenden Spiel teilzunehmen.«

»Wieso das nicht?« fragte Chambers.

»Mir fehlt es an einem Einsatz, der den Vergleich mit einem kostbaren Merino-Zuchtschaf und einem ... Geschöpf wie Maneka standhalten kann«, sagte Kenneth mit aufrichtigem Bedauern.

Marwick maß ihn mit einem spöttischen Blick. »Und was ist mit Ihrer exquisiten Taschenuhr, Lieutenant? Schrecken Sie davor zurück, sie möglicherweise zu verlieren, oder ist Ihnen der Wert nicht bewußt?«

»Oh, die Uhr!« Daran hatte er nicht gedacht. Es war in der Tat ein kostbares Erbstück aus massivem Gold. Der Deckel trug ein feinziseliertes Bild, das eine Jagdgesellschaft zeigte. Und auf dem Aufziehstift glitzerte ein Diamant.

»Die Uhr ist mehr als akzeptiert!« sagte Chambers, als Ken-

neth sie samt der Kette in die Mitte des Tisches legte. »Ein prächtiges Stück, Lieutenant.«
Marwick rieb sich die Hände und griff nach den Karten. »Nun, denn, Gentlemen. Lassen wir Fortuna entscheiden, wer von uns der Glückliche ist!« Er teilte aus.
»Ich habe nicht vor, mich auf Fortunas Launen zu verlassen«, meinte Chambers aufgekratzt.
Das Spiel nahm seinen Gang. Kenneth konnte sich nicht erinnern, jemals am Spieltisch von einer solchen Erregung gepackt gewesen zu sein, wie das jetzt der Fall war. Nicht einmal damals, als er mit Studienfreunden in Eton um sechs Vollblüter gespielt hatte.
Sein Blatt war gut, wenn auch nicht so überragend, daß ihm der Sieg sicher gewesen wäre. Doch was ihm an unschlagbaren Karten fehlte, machte er durch Spielstärke mehr als wett. Als die letzten Karten auf den Tisch fielen, gaben Chambers und Marwick schwere, resignierte Seufzer von sich.
»Mein Kompliment, Lieutenant«, brummte Chambers. »Sie wären zu schlagen gewesen, wenn Sie Ihre Karten nicht so verflucht geschickt ausgespielt hätten. Ihre Reise nach New South Wales steht offenbar unter einem günstigen Stern. Nicht jeder Mann Ihres Alters geht mit so einer prall gefüllten Börse und einem Merino-Zuchtschaf in Sydney von Bord...«
»... und mit einer Perle wie Mancka«, fügte Marwick betrübt hinzu, ging jedoch mit bewundernswerter Schnelligkeit über die Niederlage hinweg. »Dennoch, meinen Glückwunsch.«
Kenneth gab sich Mühe, seine Freude nicht allzusehr zu zeigen. »Ich danke Ihnen. Doch wie Mister Chambers schon sagte, das Spiel hätte leicht einen anderen Ausgang nehmen können«, sagte er betont bescheiden und nahm bereitwillig das Glas mit Kapbrandy entgegen, das Chambers ihm reichte.
Sie blieben noch eine Weile am Tisch sitzen, tranken einige Gläser und plauderten über die Kolonie und die Möglichkeiten, die sich dort einem entschlossenen Mann boten.
Es war Edward Chambers, der schließlich die Runde aufhob. Er

wollte sich noch ein paar Stunden Schlaf gönnen und versicherte ihnen, daß sie zum Frühstück mit seiner Gegenwart nicht zu rechnen bräuchten. Worauf Kenneth und Marwick fast wie aus einem Mund erwiderten, daß auch sie nicht die Absicht hätten, sich so früh wieder in der Offiziersmesse zu zeigen.

»Welch eine Nacht!« meinte Marwick, als Chambers sich schon entfernt hatte, gähnte herzhaft und streckte sich. Er leerte sein Glas, erhob sich und zog einen Schlüssel aus seiner Rocktasche. »Ich halte Manekas Kammer nachts immer verschlossen. Ihre Unterkunft liegt gleich links vom Niedergang. Später gebe ich Ihnen die Papiere. Ich bin sicher, Sie werden Manekas Dienste zu schätzen wissen, Lieutenant.«

Kenneth nahm den Schlüssel und steckte ihn ein. »Danke. Mir wird diese Nacht und das Vergnügen Ihrer angenehmen Gesellschaft und der von Mister Chambers immer in Erinnerung bleiben.«

Jonas Marwick lachte. »Das glaube ich Ihnen aufs Wort, Lieutenant!«

6

Es war noch still an Bord, als Kenneth im Achterschiff den Gang entlangging und die Kabine betrat, die er mit seiner Frau bewohnte. Rosetta lag auf der Seite. Die Decke war verrutscht und ihr Körper bis zur Hüfte entblößt. Das zarte Nachtgewand betonte ihre Formen mehr, als daß es sie verhüllte.

Nachdenklich betrachtete er sie, wie sie dort vor ihm lag und gleichmäßig atmete. Er war nach seinem glänzenden Abschneiden am Spieltisch in Hochstimmung und innerlich zu aufgewühlt, als daß er sich sofort hätte ins Bett legen und schlafen können. Bitterkeit stieg in ihm auf, als er daran dachte, wie sie reagieren würde, wenn er sie jetzt weckte und sie zu berühren versuchte.

Schön und nutzlos wie ein zerbrechliches Ausstellungsstück! dachte er voller Zorn. *Jede dumme Küchenmagd ist sinnlicher und williger! Nicht einmal zum Kindergebären taugt sie!*

Unwillkürlich wanderte seine Hand zur Uniformtasche, in der der Schlüssel steckte. Einen Moment lang stand er zögernd, zeichnete die Umrisse des Schlüssels, der sich durch den Stoff drückte, mit den Fingerspitzen nach. Dann faßte er den Entschluß, seinen ungewöhnlichen Gewinn jetzt sofort in Augenschein zu nehmen. Sie gehörte ihm, und es war sein gutes Recht, ihre Kammer zu betreten, wann immer ihm der Sinn danach stand.

Ein grimmiges Lächeln trat auf sein Gesicht, als er daran dachte, wie Rosetta toben würde, wenn sie davon erfuhr, was er da beim Kartenspiel gewonnen hatte. Gut möglich, daß sie sich eines Besseren besinnen und sich zugänglicher zeigen würde, wenn ihr bewußt wurde, daß er zur Befriedigung seiner fleischlichen Gelüste nicht länger auf ihre sporadische Bereitschaft angewiesen war, die zudem stets den faden Charakter einer mühsam kaschierten Duldung hatte. Natürlich würde auch Kate bei ihrer Herrin gegen das Mädchen intrigieren und alles versuchen, um sie loszuwerden. Doch diesmal würde er hart bleiben, das schwor er sich.

Vorsichtig nahm er die Laterne vom Wandhaken, zog sich aus der Kabine zurück und schloß die Tür behutsam hinter sich. Im Gang, der ausgestorben vor ihm lag, entzündete er den Docht und stellte ihn auf kleinste Flamme.

Wie ein Einbrecher schlich er den Gang hinunter und verharrte einen Moment vor der schmalen Tür, die zu Manekas Kammer führte. Dann griff er zum Schlüssel, schob ihn ins Schloß und drehte ihn um.

Der Bart sprang zurück. Schnell schob Kenneth die Tür einen Spalt auf, schlüpfte in die Kammer und schloß die Tür hastig. Der Raum, in dem das indische Mädchen untergebracht war, bot kaum Bewegungsfreiheit. Sie war nicht einmal halb so groß wie die schon reichlich enge Kabine von Kate Mallock, Rosettas ehemaligem Kindermädchen und jetziger Zofe, auf deren Begleitung seine Frau vehement bestanden hatte. Dabei wußte sie genau, wie sehr er diese dürre Frau verabscheute, die überall lautlos wie eine Hexe herumschlich und ihre Stimme nie über ein Flüstern erhob. Sie hörte ihm zuviel und besaß zuviel Einfluß auf Rosetta. Deshalb hatte er sie nicht mit nach New South Wales nehmen wollen. Doch Rosetta hatte sich erfolgreich geweigert, die lange Reise ohne Kate anzutreten, was diese zu einem gehässigen, triumphierenden Lächeln ihm gegenüber veranlaßt hatte. Kate haßte ihn genauso, wie er sie haßte.

Kenneth schob die unerfreulichen Gedanken an Kate Mallock beiseite und drehte den Docht höher. Gelblicher Lichtschein füllte nun die Kammer aus, in der geradeso Platz für eine schmale Koje und eine Seekiste war.

Maneka war aus dem Schlaf erwacht, richtete sich in der mit Stroh gefüllten Koje auf und blinzelte ins Licht der Laterne.

Kenneth schaute in ihre Augen, die ihm so dunkel und so geheimnisvoll erschienen wie schwarze, glänzend polierte Jade. Nur mit Mühe vermochte er sich von ihnen zu lösen. Sein Blick glitt über ihr exotisch ebenförmiges Gesicht mit den vollen dunklen Lippen und ihr glattes Haar, das einen blauschwarzen Schimmer hatte. Er sog ihre Schönheit in sich auf wie ein trokkener Schwamm, der in Wasser getaucht wird. Sie trug zwar nur ein einfaches Kattunkleid, doch das vermochte ihre Schönheit nicht zu schmälern.

»Wer sind Sie? Was wollen Sie?« stieß Maneka verängstigt hervor.

»Schau an, du sprichst sogar unsere Sprache!« stellte Kenneth angenehm überrascht fest und verstand weniger denn je, daß Marwick ausgerechnet sie als Einsatz gewählt hatte. Dabei hätte er seinen Mitspielern doch sicherlich etwas anderes offerieren können, das zwar von beachtlichem Wert war, jedoch nicht so schwer zu ersetzen sein würde wie dieses anmutige Mädchen. »Mir scheint, du bist die Krönung meiner bisherigen Karriere am Spieltisch.« Und die war in den letzten Jahren nicht arm an glanzvollen Höhepunkten gewesen, was ihn viele Sympathien gekostet hatte. Denn wer anderen ständig die Taschen leert und ihnen gelegentlich auch noch Mätresse oder gar Ehefrau ausspannt, erfreut sich auf Dauer keiner großen Beliebtheit.

»Wer sind Sie?« wiederholte sie. Diesmal war ihre Stimme lauter, als wollte sie ihn warnen, daß sie notfalls zu schreien anfangen würde, falls er nicht endlich ihre Frage beantwortete.

»Lieutenant Kenneth Forbes«, stellte er sich vor und fand Gefallen an dieser paradoxen Situation. Sie gehörte ihm und hatte ihm zu Willen zu sein, wie ihm es beliebte – und er stellte sich ihr vor! »Du gehörst jetzt mir, mein schönes Kind.«

»Mister Marwick, mein Herr...« setzte sie zu einer hastigen Erwiderung an.

Er schnitt ihr das Wort ab. Sie sollte gleich wissen, daß er von ihr keine Widerworte duldete, sondern Gehorsam erwartete.

»*Ich* bin von jetzt an dein Herr, Maneka!« sagte er mit gedämpfter, jedoch scharfer Stimme. »Mister Marwick hat dich am Spieltisch verloren und mir den Schlüssel zu deiner Kammer übergeben.« Er hielt ihn wie einen Besitztitel hoch. »Du hast jetzt mir zu gehorchen. Mir und keinem anderen. Hast du mich verstanden?«
In ungläubigem Schweigen kauerte sie auf der Koje.
»Antworte!« herrschte er sie an. »Hast du mich verstanden?«
Maneka nickte. »Ja... Herr«, flüsterte sie kaum hörbar.
»Gut. Ich sehe, wir verstehen uns«, sagte er milde und trat an ihre Koje. Er streckte die Hand aus, fuhr durch ihr Haar und hob dann ihr Kinn. »Du bist schön, und du wirst es nicht schlecht bei mir haben, wenn du dich willig und ein wenig anschmiegsam zeigst. Du verstehst doch, was ich damit meine, nicht wahr?«
Sie sah ihn aus großen Augen an.
»Nun?« fragte er ungeduldig.
»Ja, ich glaube schon, Herr...«
»Nenn mich Lieutenant – und nun zieh das Kleid aus.«
»Bitte, nur diese Nacht noch nicht«, flehte sie.
»Die Nacht ist längst vorbei«, erwiderte er. »Zumindest ist es bis zum Tagesanbruch nicht mehr lange hin. Und jetzt tu endlich, was ich dir aufgetragen habe! Ich bin es nicht gewohnt, daß meinen Befehlen nicht unverzüglich Folge geleistet wird. Und ich gebe dir den guten Rat, nicht erst herauszufinden, wie es ist, wenn ich ärgerlich bin! Und jetzt runter mit dem Kleid. Ich will sehen, was mir gehört – und zwar unverhüllt!«
Maneka zögerte kurz. Dann wandte sie den Kopf ab und entkleidete sich rasch. Als sie nackt war, verharrte sie regungslos und mit niedergeschlagenem Blick. Einzig das kaum merkliche Zittern ihrer Lippen verriet, daß sie Angst hatte.
Kenneth hob die Lampe, damit der volle Lichtschein auf sie fiel. Er war wie berauscht von ihrer erregenden Nacktheit. Er mußte sie haben. Jetzt sofort!
»Du bist genau das, was mir all die Monate gefehlt hat!« stieß

er hervor und hatte vor Erregung einen ganz trockenen Mund.
Schnell hängte er die Laterne an einen Haken und beeilte sich, daß er aus der Uniform kam, die ihm plötzlich die Luft zum Atmen zu nehmen schien. Er konnte es nicht abwarten, ihre nackte Haut, ihre Brüste und die warme, umschließende Hitze ihres Körpers zu spüren.
Maneka riß erschrocken die Augen auf und preßte die Hand vor den Mund, als sie seine erstarrte Männlichkeit sah.
Kenneth lachte heiser. »Ja, das ist was anderes als Mister Marwicks wabbelnde Fleischmassen, nicht wahr? Du solltest dich freuen, Maneka. Mit mir bekommst du einen richtigen Mann, der weiß, was euch gefällt!« prahlte er und stieg zu ihr in die enge Koje.
Maneka schloß die Augen, als er ihre Schenkel öffnete, sich auf sie legte und ihre Brüste umfaßte. Ihr Atem ging schnell, was Kenneth in seiner übersteigerten Selbsteinschätzung für ein Zeichen von Erregung hielt.
Er hatte sich mehr Zeit nehmen wollen, doch er vermochte sich nicht länger zu beherrschen. Es war zu lange her, seit er den nackten Körper einer Frau unter sich gespürt hatte. Und so drang er in sie ein, hart und ungestüm.
Maneka stieß einen unterdrückten Schrei aus und krümmte sich unter ihm.
Kenneth spürte den Widerstand, zögerte einen Atemzug und starrte sie erstaunt an. Was immer Marwick mit ihr auch getrieben haben mochte, mit ihr geschlafen hatte er nicht. Sie war noch unberührt!
Hatte ihn diese Erkenntnis im ersten Moment auch zögern lassen, so trug sie schon im nächsten Augenblick dazu bei, seine Erregung noch mehr zu steigern. Das Wissen, daß er es war, der ihr die Jungfernschaft nahm, schmeichelte seiner Männlichkeit und gab ihm das Gefühl von Macht, das er so liebte.
Sie gehört mir! Und ich werde sie jetzt zur Frau machen! schoß es ihm durch den Kopf – und stieß noch einmal zu. Diesmal

überwand er den Widerstand und bohrte sich tief in sie hinein. Wieder drang ein erstickter Laut aus ihrer Kehle. Kenneth hörte es gar nicht. Er war bis an die Grenze des Erträglichen erregt. Wie im Rausch bewegte er sich auf ihr. Er vergaß völlig, wo er war und wer unter seinen heftigen Stößen wimmerte. Er sah Rosetta vor seinen Augen – und dann explodierte er auch schon in ihr. Die Lust riß ihn mit sich fort, und sein langgezogenes Stöhnen vermischte sich mit ihrem leisen Wimmern.

Es dauerte eine Weile, bis sich seine Sinne klärten. Er spürte das Stroh an seinen Beinen, sah ihr tränenfeuchtes Gesicht und löste sich schnell von ihr.

»Du hättest mir sagen sollen, daß es für dich das erste Mal ist«, sagte er vorwurfsvoll. »Ich hätte es dir dann leichter gemacht.«

Maneka gab keine Antwort.

Kenneth empfand ihr Schweigen wie eine stumme Anklage und zog sich hastig an. »Vielleicht war es besser so. Schnell und entschlossen. Jetzt hast du es hinter dir. Du wirst sehen, beim nächsten Mal wird es ganz anders sein, viel schöner für dich. Du wirst dich noch auf meine Besuche bei dir freuen«, versicherte er und ärgerte sich im nächsten Moment, daß sie ihm das Gefühl gab, als hätte er etwas Unerlaubtes getan, wofür er sich entschuldigen müßte. Zum Teufel noch mal, sie gehörte ihm! Und ob sie nun Spaß daran hatte oder nicht, sie würde sich daran gewöhnen müssen, daß er kam, um sich zu holen, was ihm zustand! Und damit sie das von vornherein wußte, sagte er herrisch: »Es liegt ganz bei dir, ob unsere Begegnungen dieser Art für beide erfreulich sind, Maneka! Du wirst dich damit abfinden müssen, daß du mir auf diese Weise zu Willen zu sein hast. Ich rate dir deshalb in deinem eigenen Interesse, dich von deiner fröhlichen und leidenschaftlichen Seite zu zeigen. Dann werden wir beide gut miteinander auskommen, und es wird dir an nichts fehlen. Es wäre dir doch sicherlich nicht recht, wie ein Sträfling von Sonnenaufgang bis Sonnenuntergang auf den Feldern schuften zu müssen, oder?«

Maneka schüttelte stumm den Kopf.
Kenneth lächelte zufrieden. Sie brauchte nichts weiter als ein bißchen Zeit, um sich an ihn und ihre neue Rolle zu gewöhnen, die ihr gewiß bald Freude in jeder Hinsicht bereiten würde. Immerhin hatten ihm schon unzählige Frauen versichert, daß er ein wunderbarer, atemberaubender Liebhaber war. Und er hatte auch nie einen Grund gesehen, diese Aussagen in Zweifel zu ziehen und sie als Schmeichelei gewisser Frauen zu werten, denen es weniger auf seine Qualitäten in der Liebe, als auf seine gesellschaftliche Stellung ankam.
»Du gefällst mir, Maneka«, sagte er und strich noch einmal über ihre Brüste. »Und du kannst dich glücklich schätzen, daß du dich in meiner Obhut befindest, statt...«
»Land!... Land in Sicht!« gellte es in dem Moment aus dem Ausguck. »Land voraus!«
Der Ruf wurde von den Seeleuten an Deck aufgenommen. »Land! Die Küste!«
Lieutenant Kenneth Forbes knöpfte schnell seinen roten Uniformrock zu, nahm die Laterne vom Haken und drehte die Flamme aus. »Du bleibst in der Kammer! Ich sehe später nach dir«, sagte er hastig und verließ dann eiligst die Kammer. Aus den Kabinen der Passagiere und Offiziere drangen aufgeregte Stimmen, doch der Gang war noch leer. Es hatte ihn niemand aus Manekas Kammer treten gesehen.
Mit einem Seufzer der Erleichterung lief er den Niedergang hoch und trat an Deck. Eine frische, belebende Brise wehte ihm entgegen. Der neue Tag war angebrochen. Das Grau am östlichen Horizont wurde schnell heller. In wenigen Minuten würde die Sonne ihr goldenes Licht über die See werfen.
Kenneth Forbes atmete tief durch, schritt zur Backbordreling hinüber und packte sie mit beiden Händen, während seine Augen nach der Küste suchten, die der Ausguck im Mast gesichtet hatte. Es dauerte einen Moment, doch dann sah er sie: ein schmaler, dunkler Strich, der sich vor dem heller werdenden Himmel abhob.

New South Wales!
Die Sträflingskolonie!
Ein versonnenes Lächeln trat auf sein Gesicht. Es stimmte, was Marwick gesagt hatte: Seine Reise nach Australien stand unter einem günstigen Stern. Und er war entschlossen, die Ratschläge von Chambers und Marwick zu beherzigen und sich so schnell wie möglich an diesem einträglichen Rum-Monopol zu beteiligen. Er wollte in der Kolonie sein Glück machen – koste es, was es wolle!

7

Auf dem kleinen Hof hinter dem Haus der Keltons standen die Kutsche und das schwere Ochsengespann zur Abfahrt bereit. Die beiden Grauschimmel, die der alte Craig vor die Kutsche gespannt hatte, schnaubten in den jungen Tag und bewegten sich unruhig in ihrem Geschirr. Es war, als wüßten sie, daß es zurück zur Farm ging, wo ihnen nach der Enge des Stalles hier in Sydney wieder die Freiheit großer Weiden winkte.
Die beiden Ochsen dagegen standen ruhig und stierten mit leerem Blick in den Dreck. Nur ihre Schwänze peitschten gelegentlich hoch, um allzu lästige Insekten zu vertreiben. Ian McIntosh war schon lange vor Sonnenaufgang aufgestanden und hatte den schweren Ochsenkarren beladen. Die großen Seekisten, die an Bord der SOUTHWIND gehen sollten, türmten sich hoch auf.
Sie hatten früh aufbrechen wollen, um die kühlen Stunden des Tages zu nutzen. Doch Martha und Robert Kelton, die Jessica und ihre Kinder gern noch ein paar Tage länger bei sich zu Gast gehabt hätten, hatten das verstanden. Mittlerweile stand die Sonne schon zwei Handbreiten über dem Horizont.
Ian wartete mit Craig im Hof. Normalerweise hätte er Jessica längst mit Nachdruck zum Aufbruch gedrängt. Doch diesmal verzichtete er darauf. So sehr er auch das Stadtleben verabscheute und darauf brannte, nach SEVEN HILLS zurückzukehren, an diesem Tag zügelte er seine Ungeduld. Er war ja viel zu froh, daß Jessica mit ihm auf die Farm am Hawkesbury River zurückkehren würde. Was waren also schon die paar Stunden Verspätung, wenn er daran dachte, wie viele Jahre womöglich verstrichen wären, bis Jessica oder eines der Kinder aus Eng-

land in die Kolonie zurückgekommen wären – sofern sie überhaupt zurückgekehrt wären.
»Was hast du gesagt, Craig?« fuhr Ian aus seinen Gedanken auf, als der Kutscher irgend etwas vor sich hinnuschelte.
»Daß es für 'n Frühling 'n heißer Tag heut wird, Ire«, brummte der alte Kutscher, der fast schon so lange auf SEVEN HILLS war wie Ian McIntosh. Vor vielen Jahren, als Ian noch ein Sträfling gewesen war wie er, hatte er es sich angewöhnt, ihn nur mit Ire anzusprechen. Damals hatte darin eine nicht geringe Portion Verachtung gelegen, denn Iren waren ihm, dem königstreuen Taschendieb aus Portsmouth, so verhaßt gewesen wie das Weihwasser der Papisten, wie er Anhänger des katholischen Glaubens zu bezeichnen pflegte. Doch davon war längst nichts mehr übriggeblieben. Aber bei seiner Angewohnheit, ihn nicht beim Namen zu nennen, war es geblieben – ob Ian nun Verwalter war oder nicht. Für ihn war und blieb er einfach nur der Ire.
»Um das zu beurteilen, ist es noch etwas früh«, meinte Ian, den die Marotte des Alten nie gestört hatte, und war mit den Gedanken ganz woanders.
»Nicht zu früh, nicht für 'n alten Craig«, widersprach der Kutscher und polierte zum unzähligsten Mal an diesem Morgen die Messingklinke des Kutschenschlages. »Hab' doch noch 'n paar gesunde Augen, Ire.«
»Und was sehen die?«
»'ne Menge verdammte Blutsauger!« knurrte Craig und deutete auf die Insekten, die vor allem die Ochsen umschwärmten. »Gebärden sich wie toll, die Biester! Viel zu früh eigentlich. Und das heißt, daß es 'n heißer Tag wird, Ire. Die wissen nämlich ganz genau, daß wir heute Hitze kriegen und sie nachher schon nach 'n paar Flügelschlägen schlapp am Boden liegen. Deshalb saugen sie sich jetzt schon voll. Denk an meine Worte, Ire!«
Ian lachte. »Werd' ich, Craig.« Er blickte zu den insektenumschwärmten Ochsen hinüber und dann zur Sonne, die unweit

des Gouverneurspalastes über einer Hügelkuppe stand. Und im stillen dachte er, daß er vielleicht sogar recht hatte. Man konnte von dem halbtauben Alten halten, was man wollte, aber die Zeichen der Natur wußte er fast so gut zu deuten wie die *Aborigines*, die wilden Eingeborenen dieses Landes.
Die Hintertür flog auf, und Edward und Victoria stürmten in den Hof, gefolgt von Jessica und den Keltons.
»Ich verstehe deine Hast wirklich nicht«, beklagte sich Martha Kelton. »Du hättest doch ruhig noch ein paar Tage bleiben können. Was hast du denn auf SEVEN HILLS so Dringendes zu erledigen?«
Jessica dachte nicht daran, sich erneut in eine Diskussion über den Termin ihrer Abreise verwickeln zu lassen. So lieb und nett Martha und Robert auch waren, sie würden doch niemals verstehen, daß es für sie jetzt nichts Wichtigeres gab, als SEVEN HILLS und die altvertrauten Gesichter von Lisa, Anne und all den anderen wiederzusehen.
»Jeder hat seinen Platz, wo er hingehört, Martha«, erwiderte sie deshalb nur. »Es wird Zeit, daß wir aufbrechen. Wir sind sowieso schon viel zu spät dran.«
»Mami, können wir nicht auf dem Ochsengespann mitfahren?« bettelte Edward. »Ich mag keine Kutschen.«
Auch Victoria wollte lieber bei Ian vorne auf dem Kutschbock sitzen, was nicht verwunderlich war. Die Kinder hingen an ihm, denn er zeigte ihnen nicht nur höchst interessante Dinge, sondern besaß auch als Geschichtenerzähler ein beachtliches Talent.
Jessica zögerte und blickte Ian fragend an. »Ich weiß nicht, ob das eine so gute Idee ist, Kinder. Mit dem Ochsenkarren ist es eine lange Fahrt.«
Edward stampfte auf. »Ich will aber nicht mit der Kutsche fahren!« beharrte er eigensinnig.
»Eure Mutter hat recht«, sagte Ian nun. »Mit der Kutsche seid ihr viel schneller auf der Farm. Ich werde gut einen Tag mehr brauchen, denn der Wagen ist sehr schwer beladen. Außerdem

ist es auf dem Kutschbock ganz schön staubig, und falls es heiß werden sollte...«

»Der Teufel soll mich und meine Grauschimmel holen, wenn es nicht heiß wird«, mischte sich Craig ein.

»Das ist egal!« versicherte Edward und verlegte sich wieder aufs Betteln. »Bitte, bitte, Mami. Daddy hat mich früher auch schon mal auf dem Ochsenkarren mitgenommen – und da war ich noch viel, viel kleiner!«

Jessica seufzte. »Was meinen Sie, Ian?«

Ian schmunzelte. »Wenn sie unbedingt wollen, ich habe nichts dagegen, Jessica. Genug Wasser, Proviant und Decken habe ich mit. Es kann eben nur sein, daß wir zweimal im Busch übernachten müssen. Wenn sie dagegen mit Ihnen und Craig fahren, brauchen sie nur einmal im Freien zu schlafen.« Mit einem ausgeruhten Pferd konnte man die Strecke von Sydney zum Hawkesbury River bei scharfem Tempo gut zwischen Sonnenaufgang und Abenddämmerung bewältigen. Aber schon mit der Kutsche war eine Übernachtung unumgänglich, gab es doch noch keine richtigen Straßen in dieses abgelegene Siedlergebiet, sondern bestenfalls Spurrillen in der rotbraunen Erde, die einem den Weg wiesen.

»Ich schlafe gern im Freien, wenn Ian dabei ist!« verkündete Edward mutig und fragte dann eifrig: »Machen wir auch ein richtiges Lagerfeuer?«

Ian lachte. »Sicher. Das gehört doch zu einem Nachtlager.«

Jessica zuckte schließlich die Achseln. »Also gut, wenn ihr unbedingt wollt, sollt ihr euren Willen haben.«

»Aber Jessica! Das kannst du doch unmöglich zulassen!« beschwor Martha sie. »Denk doch nur an die Wegelagerer! Wenn den Kindern was zustößt...«

»Den Kindern stößt nichts zu, Misses Kelton!« widersprach Ian McIntosh fast ärgerlich. Er haßte es, wenn sich Leute wie die Keltons, die sich kaum aus Sydney herauswagten, ein Urteil über das Leben im Hinterland herausnahmen – und den Kindern angst machten. »In den Rocks dort drüben geschehen mehr Verbrechen als bei uns im Busch. Und mit Wegelagerern weiß ich schon umzugehen! Aber auch sie würden sich niemals an Kindern vergreifen, das wäre ihr Todesurteil, und das wissen sie.«

»Ian hat recht«, stimmte Jessica ihrem Verwalter zu. Wenn sie jemandem fast blindlings vertraute, dann war es Ian McIntosh. »Die Kinder sind völlig sicher bei ihm, vielleicht sogar sicherer, als wenn sie mit mir in der Kutsche fahren würden.«

»Du mußt es wissen, Jessica. Es sind deine Kinder«, sagte Martha, doch in ihrer Stimme schwang unverhohlene Mißbilligung mit.

Jessica ersparte sich eine Erwiderung. Sie bedankte sich bei ihren Freunden, drückte ihre Kinder noch einmal an sich und vergaß auch nicht, ihnen Verhaltensmaßregeln mit auf den Weg zu geben, was Edward und Victoria in Anbetracht der Tatsache, daß sie ihren Willen durchgesetzt hatten und auf dem Ochsenkarren mitfahren würden, mit stoischem Kopfnicken über sich ergehen ließen. Dann stieg sie in die Kutsche, während sich Craig auf den Bock schwang und die Bremse löste. Mit einer Hand faßte er die Zügel, während er mit der anderen die Peitsche gekonnt über den Köpfen der Pferde knallen ließ.

»Heiß wird's werden, Ire!« rief er Ian noch zu, als die Kutsche aus dem Hof rollte.

8

Mit einem Seufzer der Erleichterung lehnte sich Jessica gegen die weichen Rückpolster zurück. Es war ihr eigentlich ganz recht, daß Edward und Victoria die Rückfahrt mit Ian antraten. In der Kutsche wären sie schon nach einer Stunde unruhig und quengelig geworden, und sie hätte kaum einmal Ruhe gehabt, dabei brauchte sie das jetzt nötiger als alles andere. Anderthalb Tage kein Gespräch führen zu müssen und nur mit sich und seinen Gedanken allein sein zu dürfen -- was für eine Erholung nach den letzten Tagen!

Die Kutsche rumpelte über die George Street und hatte die letzte Häuserzeile von Sydney fast erreicht, als Jessica gedankenverloren aus dem Fenster schaute – und plötzlich eine Frau sah, die sie stutzig machte. Sie war von gedrungener, etwas molliger Gestalt und trug ein recht auffälliges, brokatverziertes Kleid aus schwarzem Musselin, das einen wunderbaren Kontrast zu ihrem feuerroten Haar bildete. Der Parasol, den sie aufgespannt hatte, war mit grauer Seide bespannt.

Die Frau kannte sie doch!

Schnell beugte sie sich vor. »Craig! Anhalten!« rief sie und stieß die Tür auf, bevor der Kutscher die Pferde zum Stehen gebracht hatte. Sie sprang heraus und rief der Frau nach: »Betsy! Betsy Fodder!«

Die Frau fuhr herum, starrte sie verdutzt an und strahlte dann über das ganze Gesicht. »Jessica! Heiliges Rumfaß, bist du es wirklich?«

Jessica eilte ihr entgegen, und die beiden Frauen schlossen sich in die Arme wie zwei gute Freunde, die sich Jahre nicht gesehen hatten. Und so war es auch.

Jessica war ganz außer sich vor Freude. »Und ich dachte, du wärst mit den anderen umgekommen!«
Betsy lachte fröhlich. »So leicht ist eine alte Rumdrossel wie ich nicht umzubringen, Jessy! Obwohl ich zugeben muß, daß ich 'ne Menge von diesem verdammten Salzwasser geschluckt habe und wohl zum ersten Mal nach Monaten wieder richtig nüchtern gewesen bin.«
»Du hast also all die Jahre gelebt!«
»Oh, und für eine Deportierte gar nicht mal so schlecht«, strahlte Betsy.
»Mein Gott, Betsy, ich kann es gar nicht glauben. Du siehst prächtig aus!«
»Und du erst! Schöner, als ich dich in Erinnerung gehabt habe. Ach, ich wünschte, ich hätte so hübsche Frauen wie dich in meinem Haus!« sagte Betsy Fodder überschwenglich, blickte sich dann schnell um, als befürchtete sie, gesehen zu werden, und zog Jessica dann am Arm zur Kutsche zurück. »Bestimmt wäre es ratsam, wenn du dich nicht so in aller Öffentlichkeit mit mir sehen ließest, Jessica.«
»Wieso?« fragte Jessica.
»Himmel, meinst du vielleicht, ausgerechnet ich wäre in den letzten Jahren hier in dieser elendigen Kolonie zur Heiligen geworden?« flüsterte sie und zwinkerte ihr dabei fröhlich zu. »Jeder soll das tun, was er am besten kann, stimmt's? Ich habe mich jedenfalls daran gehalten.«
Erstaunt sah Jessica sie an. »Sag bloß, du...«
»Ja«, unterbrach Betsy Fodder sie schnell und hielt den Parasol so tief, daß ihre Gesichter vor neugierigen Blicken geschützt wurden. »Ich bin meinem alten Gewerbe treu geblieben. Und nun steig ein. Wenn es dir nichts ausmacht, setze ich mich ein paar Minuten zu dir, und wir können ein wenig reden.«
»Gut. Wie du meinst.«
Betsy Fodder war mit ihr auf demselben Schiff, der TRADEWIND, gewesen. Wie sie als Deportierte. Sie hatte im Londoner East End ein gut florierendes Bordell geführt und fast so auf-

wendig wie eine Fürstin gelebt, wenn es stimmte, was andere Deportierte über sie zu berichten wußten. Dort hätte sie vermutlich heute noch über ihr kleines Freudenreich regiert, wenn sie sich nicht eines Tages an der mit Goldmünzen prall gefüllten Geldbörse eines Durchreisenden vergriffen hätte. Dummerweise war es ein Mann gewesen, der einen gewissen Einfluß besaß und sich auch nicht gescheut hatte, die Polizei zu alarmieren. Im Handumdrehen war sie vor dem Kriminalgericht in Old Bailey angeklagt und zur Deportation nach New South Wales verurteilt worden.

»Erzähl mir, wie es dir ergangen ist!« drängte Jessica, die nicht vergessen hatte, wie Betsy damals an Bord alles getan hatte, um sie vor den Nachstellungen des tyrannischen und unbarmherzigen Ersten Offiziers zu bewahren.

Betsy zog den Vorhang vor das Fenster. »Zu Anfang dreckig, hundsmiserabel dreckig«, gab sie unumwunden zu. »Ich dachte schon, daß ich hier nicht mehr auf die Füße kommen und elendig verrecken würde wie so viele andere. Ich war verdammt nahe dran, mich selbst aufzugeben. Aber wir beide haben etwas gemein, Jessica. Wir lassen uns nicht unterkriegen. Wie tief wir auch mal sinken mögen, wir rappeln uns doch immer wieder auf und zeigen den anderen die Zähne, kämpfen bis zum letzten.«

Jessica drückte ihre Hand.

Betsy seufzte. »Na, auf jeden Fall gelang es mir erst einmal, eine Arbeit zu bekommen, wo ich mich nicht unter der Glutsonne abschinden mußte. Und dann hatte ich das Glück, daß sich ausgerechnet ein Offizier, dessen Name nichts zur Sache tut, in mich verliebte und mich zu seiner Geliebten machen wollte.«

»Du hättest doch sicherlich einen Siedler heiraten können«, sagte Jessica, wußte sie doch aus eigener Erfahrung, daß in der Kolonie auf eine heiratswillige Frau mindestens sechs, sieben Männer kamen, die händeringend eine Partnerin für Bett und Feldarbeit suchten. Auf das Aussehen kam es den Männern bei diesem Frauenmangel nicht an. Sie konnten sich glücklich schätzen, wenn sie bei dem Heiratsmarkt in der sogenannten *Factory*, dem Frauengefängnis in Parramatta, überhaupt jemanden fanden, der bereit war, sie auf der Stelle zu heiraten und das Gefängnis mit einer Lehmhütte im Busch zu vertauschen. Eine so gutaussehende Frau wie Betsy hätte bei dieser Fleischbeschau, wie der Heiratsmarkt auch genannt wurde, sicherlich die erste Wahl unter den Kandidaten gehabt, die eine Frau suchten.

»Ich und heiraten?« Betsy lachte bei dieser Vorstellung. »Nein, dafür bin ich wohl nicht die geeignete Person. Oder kannst du dir etwa vorstellen, daß ich da draußen im Busch Land rode, Känguruhfleisch zum Trocknen aufhänge und mit Kindern am Rockzipfel am Herd stehe?«

»Nicht so recht«, räumte Jessica belustigt ein.

»Na also! Außerdem ist die Liebe eine viel zu komplizierte Angelegenheit, als daß man sie den Amateuren dieses Gewerbes überlassen dürfte«, fuhr Betsy halb scherzhaft fort.

»Was ist denn nun aus diesem Offizier geworden?« wollte Jessica wissen.

»Oh, der hatte Pech und mußte auf meine liebevolle Pflege verzichten, kaum daß er meine Bedingungen erfüllt und mich als angebliche Köchin in sein Haus genommen hatte. Er wurde nämlich nach Newcastle abkommandiert und wollte mich nachkommen lassen. Ich war verzweifelt. Ausgerechnet Newcastle! Dagegen ist Sydney ja das reinste Paradies auf Erden!«

Newcastle war bei Sträflingen wie Soldaten gleichermaßen gefürchtet. Diese Siedlung lag gut siebzig Meilen nördlich von Sydney an der Mündung des Hunter River. Dort hatte man bei Coal Harbor reiche Kohlevorkommen entdeckt, die von Sträflingen abgebaut wurden, die in der Kolonie noch einmal straffällig geworden waren. Abgesehen von zweihundert Peitschenhieben mit der Neunschwänzigen gab es keine schlimmere Strafe, als dort arbeiten zu müssen.

»Aber bevor ich noch meine wenigen Sachen zusammenpacken

konnte, wurde er das Opfer einer Epidemie und starb«, berichtete Betsy. »Glücklicherweise hatte er zu diesem Zeitpunkt meine Begnadigung schon durchgesetzt. Das war vor drei Jahren. Der arme Kerl tat mir leid, aber ich hatte keine Zeit, mir um meinen großzügigen Beschützer die Augen auszuweinen. Eine Zeitlang habe ich eine Rumkneipe in den Rocks geführt. Als ich genug Geld zusammen hatte, habe ich mich dann wieder auf das besonnen, was ich am besten kann – nämlich ein Bordell führen.«

Jessica schüttelte belustigt und verwundert den Kopf. »Du hast also wirklich hier so... so ein Haus aufgemacht?«

»Und was für eins!« Betsy Fodder warf sich stolz in die Brust. »Es ist das sauberste und exklusivste der ganzen Kolonie und nicht so eine dreckige Lehmhütte wie die anderen. Es ist aus richtigen Ziegelsteinen gebaut, hat einen schönen großen Raum, wo meine Gäste sich auch am Spieltisch die Zeit vertreiben können, und vier Zimmer für den mehr delikaten Teil meines Gewerbes. Und meine Mädchen sind hübsch... nach den Maßstäben der Kolonie natürlich. Gut, mit meinem Haus in London ist es nicht zu vergleichen, aber hier in New South Wales kann mir keiner das Wasser reichen. Du weißt, ich habe mich nie in meinem Leben mit halben Sachen zufriedengegeben.«

Jessica konnte ihren Stolz verstehen. »Du siehst auch nicht so aus, als müßtest du jeden Penny zehnmal umdrehen.«

»Biete deinen Kunden das Beste vom Besten, und du hast auch die richtigen Leute, die bereit und in der Lage sind, dafür zu bezahlen. Das war schon immer meine Devise, Jessica. Und sie funktioniert überall auf der Welt und egal in welchem Geschäftszweig. Du würdest es nicht glauben, wer bei mir ein und aus geht«, sagte Betsy Fodder fröhlich. »Nicht nur Offiziere, sondern auch viele Freie, die in der Kolonie Rang und Namen haben.«

»Ich freue mich für dich. Und ich bin ja so glücklich, daß du lebst und es dir gutgeht«, versicherte Jessica, die nach den Er-

fahrungen der letzten Jahre zu vielen Dingen der Moral eine völlig neue Einstellung bekommen hatte.
Betsy beugte sich vor. »Mein Gott, ich rede nun schon Ewigkeiten von mir und lasse dich überhaupt nicht zu Wort kommen. Jetzt erzähl du. Wie geht es dir?«
Jessica lachte. »Wo soll ich anfangen?«
»Ich hab' gewußt, daß du den Untergang überlebt hast. Der Mordprozeß damals war ja das Gespräch in der Kolonie. Aber dann habe ich nichts mehr von dir gehört. Du hast geheiratet, nicht wahr?«
Jessica nickte und erzählte ihr nun von Steve Brading, der sie vor dem Strick gerettet und in der Factory geheiratet hatte. Sie berichtete ihr von ihrem stillen Glück mit Steve auf SEVEN HILLS, ihren beiden Kindern und dem tragischen Tod ihres Mannes.
»Oh, das tut mir leid«, sagte Betsy betrübt. »Das Schicksal erspart dir wohl auch gar nichts.«
»Ich hadere nicht mit dem Schicksal, Betsy. Ich habe Edward und Victoria – und SEVEN HILLS, also Aufgaben genug, um mir keine Zeit zum Grübeln zu lassen.«
»Aber du bist viel zu jung und zu hübsch, um von nun an ein Leben als trauernde Witwe zu führen!«
Jessica lächelte schwach. »So etwas Ähnliches hat Ian mir auch schon zu verstehen gegeben.«
»Wer?«
»Oh, Ian McIntosh, mein Verwalter. Er hat mit Steve die Farm aufgebaut und war uns immer ein guter Freund. Wenn er nicht gewesen wäre, sähe es heute um SEVEN HILLS bestimmt schlecht gestellt aus.«
»Ist er Junggeselle, passabel aussehend und umgänglich?«
Jessica lachte. »Ja.«
»Dann heirate ihn! Eine Frau wie du braucht einen Mann, laß dir das von mir gesagt sein. Ich kenne mich mit Männern *und* Frauen aus. Aber wenn dir dieser Ian nicht zusagt, dann kann ich dir behilflich sein, eine andere gute Partie zu machen«,

sprudelte Betsy hervor. »Da gibt es einen recht vermögenden Kaufmann, der seine Frau vor zwei Jahren verloren hat und zu meinen ruhigsten, angenehmsten Kunden zählt. Der würde zu dir ganz fantastisch...«

Jessica hob abwehrend die Hände und fiel ihr ins Wort. »Um Gottes willen! Betsy, hör auf, mich verkuppeln zu wollen. Ich denke nicht daran, irgend jemand zu heiraten, schon gar keinen Kaufmann.«

Betsy seufzte. »Du, so gern ich hier noch sitzen bleiben und mit dir reden möchte, ich muß mich jetzt beeilen. Ich habe mich mit meinem Rumhändler verabredet, der mich mit preiswerter und doch guter Ware versorgt.«

»Besuch mich doch mal auf SEVEN HILLS. Du würdest mir eine große Freude machen.«

Betsy sah sie skeptisch an. »Ich weiß nicht, ob das eine so gute Idee ist. Wenn man sich meiner Dienste auch mit großer Freude bedient, so stehe ich doch nicht gerade im Ruf, zu denjenigen zu gehören, mit denen man sich gern in der Öffentlichkeit sehen läßt. Vielleicht ist es besser, wenn wir uns dann und wann einmal treffen, wo wir ungestört sind. Ich habe ja nichts zu verlieren, aber bei dir sieht das ja wohl anders aus. Schon wegen deiner Kinder solltest du aufpassen, daß du nicht in den Ruch kommst, mit einer Bordellbesitzerin befreundet zu sein.«

Jessica seufzte. »Das ist auch der einzige Grund, den ich gelten lasse. Nun, wir werden sehen... aber es werden ganz gewiß nicht wieder Jahre verstreichen, ehe wir uns wieder einmal treffen!« versicherte sie.

Wenig später schlüpfte Betsy Fodder aus der Kutsche, und der alte Craig stieß einen lauten Seufzer der Erleichterung aus, daß es nun endlich weitergehen konnte.

Während die Kutsche Sydney hinter sich ließ und wenig später Brickfield Hill passierte, dachte Jessica mit einem versonnenen Lächeln über ihre Begegnung mit Betsy nach.

9

»Der Teufel soll mich holen, daß ich mit dem Iren nicht um eine halbe Guinee gewettet habe!« brummte Craig auf dem Kutschbock und wischte sich den Schweiß von der Stirn. Es war wirklich ein heißer, wolkenloser Tag geworden, der erahnen ließ, mit welch mörderischer Sonnenglut der Sommer die Kolonie heimsuchen würde. Mit der grimmigen Genugtuung eines Mannes, der allen entgegengesetzten Meinungen zum Trotz recht behalten hatte, ertrug er die Hitze, während er den Pferden eine ruhige, kräftesparende Gangart zubilligte. Die Kutsche folgte den Spuren anderer Fuhrwerke, die im Laufe der Zeit Spurrillen im sandigen Boden hinterlassen hatten.

Hohes, dürres Gras, das im Sommer eine fast graue Tönung annehmen würde, bedeckte zusammen mit niedrigem Buschwerk das leicht hügelige Land. Hier und da ragten mächtige Eukalyptusbäume, von den Leuten auch *Gumtrees* genannt, bis zu fünfzig, sechzig Yards in den blendend grellen Himmel und bildeten schon mal einen kleinen Wald. Die Bäume, deren merkwürdige Rinde wie aufgebrochen in langen Streifen vom Stamm hing und die ein immergrünes Blätterkleid von graublauem Schimmer trugen, verströmten ihren intensiven, unverkennbaren Duft. Eukalyptusbäume der verschiedensten Arten beherrschten in diesem fernen Teil der Welt die Wälder.

Jessica schaute gedankenversunken aus dem Fenster auf die langsam vorbeiziehende Landschaft, an deren Kargheit und Lebensfeindlichkeit sie sich erst nach vielen Jahren gewöhnt hatte. Sie beobachtete eine Gruppe Känguruhs an einer Wasserstelle, die jedoch sofort die Flucht ergriffen, als ihnen der

warme Wind die Witterung von Pferden und Menschen zuwehte. In langen, eleganten Sprüngen jagten sie davon. Einmal entdeckte sie einen Dingo, einen Wildhund, im Schatten eines Eukalyptusbaumes mit feuerroten Blättern. Vor ihm lag ein Tierkadaver. Vielleicht ein Opossum oder Kaninchen, das er gerissen hatte. Im Gegensatz zu den Känguruhs trat er nicht die Flucht an, sondern beobachtete sie mit aufgestellten Ohren und sprungbereit, bis sie sich weit genug entfernt hatten. Dann schlug er seine scharfen Zähne wieder gierig in den Kadaver.
Jessica dachte an Ian und ihre Kinder, die auf dem Ochsengespann der Sonne schutzlos ausgesetzt waren. Doch sicherlich legte er, besorgt wie er war, immer wieder Ruhepausen im Schatten hoher Bäume ein.
Es war jetzt früher Nachmittag. Vor gut einer Stunde hatten sie die aufstrebende Siedlung Parramatta passiert. Im Gegensatz zum vierzehn Meilen entfernten Sydney war diese Siedlung planmäßig angelegt worden. Umgeben von fruchtbarem Weide- und Ackerland lag die Ortschaft in einem sanft geschwungenen Bogen am Fuße eines Hügels, auf dessen Kuppe sich die Sommerresidenz des Gouverneurs erhob, denn das Klima war hier während der glutheißen Sommermonate bedeutend verträglicher als im schwülen Sydney. Ein Teil des Hügels war von Weinbergen bedeckt. Daß relativer Wohlstand in Parramatta herrschte, erkannte man schon an den zahlreichen öffentlichen Gebäuden und Häusern, die aus Backstein gebaut waren. Es gab viele Kornspeicher und Lagerhäuser, wo ein Großteil der Ernte, die die Regierung zur Sicherung der Kolonie alljährlich aufkaufte, eingelagert und in Katastrophenjahren in Rationen ausgegeben wurde. Und Katastrophenjahre hatte es in der knapp zwanzigjährigen Geschichte von New South Wales viele gegeben. Mehrmals hatte der Kolonie schon der Hungertod gedroht, wenn eine Überschwemmung die Felder bis zu vierzig Fuß unter Wasser gesetzt oder Käfer und Insekten das Korn vom Halm gefressen hatten. Es gab auch eine Anlegestelle am Parramatta-River, wo die Boote ankamen, die

einen regen Handel zwischen Sydney und dieser zweitwichtigsten Siedlung der jungen Kolonie betrieben.
Die Kutsche ächzte eine Steigung hoch, die auf den Kamm einer langen Hügelkette führte. In der Ferne zeichneten sich jetzt schon die Ausläufer der Blue Mountains ab. Bisher war es noch keinem noch so wagemutigen Kolonisten gelungen, diese zerklüfteten Bergzüge zu überqueren, die fünfzig, sechzig Meilen von der Küste entfernt von Nord nach Süd verliefen und eine natürliche Barriere bildeten. Niemand wußte zu sagen, was hinter jenen Bergspitzen lag. Es gab Leute, die der Überzeugung waren, daß hinter den Blue Mountains ein wahres Paradies darauf wartete, entdeckt zu werden. Wieder andere, meist Sträflinge, die an Flucht dachten, schworen Stein und Bein, daß man auf dem Landweg nach China gelangen könne, wenn es einem nur gelänge, die Berge zu überwinden. Doch von diesen Männern und Frauen war bisher noch keiner zurückgekehrt, um den Beweis für die Richtigkeit ihrer Annahme zu erbringen. Jessica teilte vielmehr die Ansicht jenes Seefahrers und Navigators namens Matthew Flinders, der die Ansicht vertrat, daß New South Wales nur ein kleiner Teil einer riesigen Insel sei. Wenn sie auch nicht wußte warum, so erschien ihr diese Vermutung vernünftiger als das dumme Gerede von einer Landverbindung nach China.
Die Kutsche verlangsamte plötzlich ihre Fahrt und kam dann ganz zum Stehen.
Jessica fuhr aus ihren Gedanken auf und beugte sich aus dem Fenster. »Was ist los, Craig?« rief sie. »Brauchen die Pferde eine Ruhepause?«
»Den Pferden geht es prächtig, Mrs. Brading«, antwortete der alte Kutscher. »Aber ich werde den Verdacht nicht los, daß wir verfolgt werden.«
»Verfolgt?« echote Jessica.
»Ja, und zwar schon seit einer ganzen Weile. Mindestens seit Parramatta.«
»Eingeborene oder Entlaufene?« fragte Jessica.

»Ganz sicherlich keine Aborigines«, versicherte Craig, der trotz seines Alters noch die scharfen Augen eines Adlers besaß. »Es ist ein einzelner Reiter, der noch ein Pferd hinter sich herführt.«
Jessica zuckte die Achseln. »Es gibt in diesem Gebiet genug Siedler, Craig. Vielleicht jemand, der wie wir zum Hawkesbury will.«
Craig schüttelte den Kopf. »Das glaube ich nicht. Wer hier als einzelner Reiter eine Kutsche vor sich sieht, gibt seinem Pferd die Sporen und holt sie im Handumdrehen ein. In diesem Teil des Landes sucht man die Gesellschaft und Sicherheit von anderen, wenn man nichts zu verbergen hat oder im Schilde führt. Aber dieser Reiter ist schon seit Stunden hinter uns und macht nicht die geringsten Anstalten, zu uns aufzuschließen. Das gefällt mir gar nicht. Wir sollten auf der Hut sein, Mrs. Brading!«
»Vielleicht zieht er das Alleinsein unserer Gesellschaft vor«, meinte Jessica, die ihm im stillen jedoch recht geben mußte. Es war noch gar nicht einmal die Angst vor entlaufenen Sträflingen, die in kleinen Banden durch das Hinterland der Kolonie zogen und gelegentlich Überfälle ausführten, um sich mit Lebensmitteln, Pferden und vielleicht sogar Feuerwaffen zu versorgen. Es war viel eher der Wunsch, einen anderen Siedler zu treffen und Klatsch auszutauschen, der Reisende dazu brachte, die Gesellschaft anderer zu suchen. Die Farmen und Siedlungen lagen so weit auseinander, daß manche Kolonisten manchmal sogar ihre nächsten Nachbarn monatelang nicht zu Gesicht bekamen. Da war man verständlicherweise immer darauf erpicht, zu hören, was auf anderen Farmen und Siedlungen der Kolonie passierte, wie sehr man sonst auch die Zurückgezogenheit lieben mochte.
Nein, ein Reiter, der einer langsam dahinziehenden Kutsche stundenlang folgte und sich nicht zu erkennen gab, war in der Tat ein alarmierendes Zeichen.
»Ich bin sicher, der Bursche wartet nur darauf, sich heute nacht

in unser Lager zu schleichen und uns auszurauben, wenn wir uns in die Decken gerollt haben!« stieß Craig düster hervor. »Aber ich habe nicht vor, darauf zu warten!«
»Was haben Sie vor, Craig?«
»Ich werde erst einmal sichergehen, ob der Reiter uns wirklich verfolgt. Ist das der Fall, locke ich ihn in eine Falle. Und dann wird er mehr Schrot zu schmecken bekommen, als seiner Gesundheit lieb sein dürfte!« erklärte der Kutscher und zog schon mal die Flinte unter dem Kutschbock hervor. »Ich gebe Ihnen den guten Rat, schon mal die Pistole zu laden, Mrs. Brading. Sie liegt unter der vorderen Sitzbank in der alten Holztruhe.«
»Ich weiß, Craig. Aber warten wir doch erst einmal ab.«
»Mir ist wohler zumute, wenn wir mit gespanntem Hahn abwarten!« erwiderte Craig grimmig und trieb die Pferde wieder an.
Er lenkte die Kutsche aus den Spurrillen und folgte einem sandigen Streifen, der zweihundert Yards weiter im Gras einer Hügelkette auslief.
»Ich wußte es doch!« stieß er hervor, als die Kutsche die Hügelkuppe erreicht hatte. »Er folgt uns auch hierhin! Schnell! Sehen Sie zurück!«
Jessica beugte sich weit aus dem Fenster und sah den Reiter nun auch. Er war nicht mehr als eine schemenhafte Silhouette, die sich kaum vor den hohen Sträuchern abhob. Ein Wunder, daß Craig ihn bemerkt hatte. Aber es stimmte. Der Reiter war wie sie vom Weg abgewichen und ihnen gefolgt.
»Halten Sie sich bereit! Wir werden ihm einen herzlichen Empfang bereiten, Mrs. Brading!« Craig spuckte aus und trieb die Grauschimmel nun zur Eile an. Er hatte das Waldstück entdeckt, das etwa zweihundert Yards zu ihrer Linken lag, und es erschien ihm für seinen Plan wie gerufen. Die Kutsche rollte den Hang auf der anderen Seite hinunter und machte wahre Bocksprünge, als Craig sie mit unverminderter Geschwindigkeit durch Mulden und über Bodenwellen lenkte.
Jessica wurde kräftig durchgeschaukelt und holte sich mehrere

blaue Flecken, als sie sich bei diesem Gerüttele vorbeugte und die alte Holztruhe unter der Vorderbank hervorzog. Jetzt hatte sogar sie es eilig, die Pistole geladen und gespannt in ihrer Hand zu wissen. Mit dem Laden wartete sie jedoch, bis Craig die Kutsche hinter den Sichtschutz des Waldes gebracht hatte, der nun zwischen ihnen und der Hügelgruppe lag.

Mit festem Zügelgriff brachte Craig die schnaubenden Tiere zum Stehen, zog die Bremse an, wickelte hastig die Zügel um den eisernen Peitschenhalter und sprang mit der Flinte in der Hand vom Bock.

»Haben Sie die Pistole?«

»Ja, aber ich muß sie noch laden.«

»Beeilen Sie sich. Wir müssen uns versteckt haben, ehe der Kerl dort drüben um die Buschgruppe kommt und die Kutsche sieht!« drängte er.

Jessica war jetzt froh, daß Steve ihr beigebracht hatte, mit Gewehr und Pistole umzugehen. Wenn sie auch kein Meisterschütze war, der ein flüchtendes Känguruh vom Sattel aus erlegen konnte, so war sie doch treffsicher genug, um aus dem Stand einen guten Schuß abgeben zu können.

»Fertig!« rief Jessica und stieß den Wagenschlag auf.

»Dann nichts wie in Deckung. Kommen Sie!«

Jessica folgte ihm durch das hohe Gras zu einer Gruppe mannshoher Sträucher, die zwischen der Kutsche und dem Beginn des Waldstückes standen.

»Wir nehmen ihn in die Zange. Ich stelle ihn von vorn, und Sie halten ihn von hinten in Schach. Dann werden wir schon erfahren, wer er ist und was er im Schilde führt.«

Jessica nickte. »Gut, aber lassen Sie ihm Zeit, Ihre Fragen zu beantworten, und schießen Sie ihn nicht gleich aus dem Sattel, nur weil Ihnen sein Gesicht vielleicht nicht gefällt!«

»Wenn es ein Wegelagerer ist, weiß ich schon, wie ich ihn zu behandeln habe, Mrs. Brading. Und wenn nicht, braucht er auch nichts zu fürchten. So, und jetzt gehen Sie hier in Dekkung! Bleiben Sie hinter den Büschen, bis der Reiter an Ihnen

vorbei ist!« stieß er hastig hervor. »Erst wenn ich ihn vor der Flinte habe, kommen Sie hervor.«
»Ich werde mich daran halten, Craig.«
Der alte Kutscher lauschte. Das Pferdegetrappel war jetzt deutlich zu hören. »Er kommt. Jetzt gilt's!« Er rannte zwanzig Schritte in Richtung Kutsche zurück und kauerte sich dann hinter einen fast kugelrunden Strauch, der von buttergelben Blüten bedeckt war.
Jessica machte sich so klein wie möglich und hielt die Pistole mit festem Griff, ohne sich jedoch zu verkrampfen. Sie war aufgeregt, doch weit davon entfernt, etwa Angst zu haben. Gefahren vielfältiger Art waren in diesem Land allgegenwärtig. Man gewöhnte sich daran und lernte, ihnen zu begegnen – oder aber man zerbrach an der ewigen Belastung.
New South Wales war nun mal kein Land, das Menschen mit physisch oder psychisch schwacher Konstitution duldete. Schon gar nicht als Farmer fern der großen Siedlungen. Wer hier nicht aus eisenhartem Holz geschnitzt war, sah meist den dritten Sommer nicht mehr auf der Ackerscholle, die er der Natur abgerungen hatte.
Der Hufschlag kam näher. Der Reiter mußte jetzt um die Spitze des Waldstücks gebogen sein, denn deutlich konnte Jessica das Schnauben eines Pferdes hören. Sie wünschte, sie könnte mehr sehen. Doch dichtes Blätterwerk verwehrte ihr die Sicht. Und zu erheben, wagte sie sich nicht, weil sie sich nicht verraten wollte.
Der Reiter brachte sein Pferd zum Stehen.
Jessica hielt den Atem an. Er mußte jetzt die Kutsche sehen, die fünfzig, sechzig Schritt entfernt im tiefen Schatten zweier Eukalyptusbäume stand. Hatte er vielleicht die Falle gerochen?
Nein, der Reiter setzte sein Pferd wieder in Gang. Er war zum Greifen nahe, als er Jessicas Versteck passierte. Sein Schatten glitt über sie hinweg. Einen Moment lang war sie versucht, hervorzuspringen und ihn zur Rede zu stellen. Doch das war Craigs Aufgabe. Würde sie ihm zuvorkommen, wäre das für

ihn eine unverzeihliche Demütigung, und er wäre dann wohl den längsten Tag auf Seven Hills gewesen.
Als die beiden Pferde ihr Versteck passiert hatten, richtete sich Jessica auf. Sie spähte durch einen Spalt im dichten Blätterwerk und sah, daß auch das zweite Pferd gesattelt war. Kein gutes Zeichen.
Craig sprang nun hinter dem blühenden Strauch hervor, die Flinte im Anschlag. »Halt! Und keine Bewegung, wenn Ihnen Ihr Leben lieb ist!« schrie er aus Leibeskräften, als wollte er den Fremden schon kraft seiner Stimme aus dem Sattel holen.
Das war für Jessica das Stichwort. Sie kam hinter dem Gestrüpp hervor, packte die Pistole mit beiden Händen und richtete sie auf den Rücken des Mannes. »Ich hab' ihn im Visier, Craig!« rief sie, um dem Fremden zu verstehen zu geben, daß er sich einem Kreuzfeuer aussetzen würde, falls er so dumm sein sollte, ihren Befehlen nicht Folge zu leisten.
»Prächtig, Mrs. Brading!«
Der fremde Reiter war ein hochgewachsener Mann mit dunklem Haar, wie Jessica von hinten bemerken konnte. Und er saß mit einer merkwürdig straffen, aufrechten Haltung im Sattel, ohne dabei jedoch steif zu wirken. Die beiden Pferde waren alles andere als lahme Gäule. Der Mann ritt einen schwarzen Hengst, und das Pferd, das er hinter sich herführte, war ein wunderbarer Rotfuchs. Beide Tiere stellten hier in der Kolonie, wo Pferde noch rar waren, ein kleines Vermögen dar. Auch Sattel und Zaumzeug waren aus bestem Leder gearbeitet und verrieten, daß ihr Besitzer ganz sicherlich nicht zu den armen Kolonisten zählte, die schon Mühe hatten, das nötige Geld für zwei Kühe und drei Schafe aufzubringen.
Doch die Frage war, ob der Mann im Sattel des rabenschwarzen Hengstes auch wirklich der Besitzer war!
Als Jessica sich hinter ihm bemerkbar gemacht hatte, wollte er sich zu ihr umdrehen. Doch der alte Craig, der kein Risiko eingehen wollte, wußte das zu verhindern. Er machte eine drohende Geste mit der Flinte.

»Keine Bewegung, hab' ich gesagt, Mister!« herrschte er ihn an. »Also halten Sie sich daran, wenn Sie einem alten Mann keinen Schreck einjagen wollen, der ihn veranlassen könnte, vorsichtshalber abzudrücken!«

Der Fremde lachte kurz auf. »Schon gut, Mann. Sie sehen mir aber nicht danach aus, als würden Sie sich vor irgend jemandem erschrecken. Eher dürfte das Gegenteil zutreffen. Ich wäre Ihnen dankbar, wenn Sie den Lauf Ihrer Flinte ein wenig senken würden. Es fördert nicht gerade die Unterhaltung, wenn man in den Lauf eines Schießprügels zu sehen gezwungen ist, der zudem auch noch so alt ist, daß die Gefahr einer unbeabsichtigten Entladung wohl nicht ganz auszuschließen ist, wenn Sie mir diese Bemerkung erlauben.«

Jessica horchte mit wachsender Verunsicherung der Stimme des Fremden. Irgendwie kam sie ihr bekannt vor.

»Der Teufel soll mich auf der Stelle holen, wenn die Flinte nicht noch gut in Schuß ist!« gab Craig barsch zurück. »Und 'ne Unterhaltung, wie ich Sie mir vorstelle, Mister, fördert sie allemal. Also: Was haben Sie hier zu suchen? Und warum sind Sie uns die letzten Stunden gefolgt?«

Eine Gänsehaut überzog Jessicas Arme.

Die Stimme! Die Stimme!

»Ich hatte und habe die Absicht, mit Mrs. Brading zu sprechen.«

»Die hätten Sie schon vor Stunden gehabt, wenn Sie Ihre Pferde nur ein wenig schneller bewegt hätten!« schnappte Craig. »Spätestens seit Parramatta sind Sie uns gefolgt. Also lassen Sie sich eine bessere Erklärung einfallen! Was wollen Sie wirklich?«

»Das geht Sie zwar nichts an«, antwortete der Reiter mit nun verändertem Tonfall, der verriet, daß er eine solche Behandlung durch einen Kutscher nicht gewohnt, jedoch ausnahmsweise zu tolerieren gewillt war. »Aber da Sie es angesichts einer sicherlich verwirrenden Situation übernommen haben, Mrs. Brading zu schützen, will ich es Ihnen sagen: Es sind sehr private Gründe, die mich dazu veranlaßt haben, mich noch nicht zu erkennen zu geben.«

»Ha!« machte Craig, als wollte er sagen: ›Lügner!‹

Ein Schauer durchfuhr Jessica, als sie die Stimme erkannte. Auf einmal wußte sie, wieso ihr diese aufrechte Haltung so merkwürdig bekannt vorgekommen war. Die Erkenntnis traf sie wie ein heftiger, unerwarteter Schlag und erschütterte sie tief im Innersten. Und die Gänsehaut überzog ihren ganzen Körper.

»Mitchell!« stieß sie hervor. Doch ihrer Stimme fehlte die Kraft. Sie war kaum mehr als ein heiseres Flüstern.

Der Mann auf dem Hengst drehte sich nun langsam im Sattel zu ihr um. Seine Augen begegneten ihrem ungläubigen, erschrockenen Blick mit einem verhaltenen Lächeln.

»Jessica«, sagte er leise. Und seine Stimme ließ sechs lange Jahre wie einen einzigen Tag erscheinen. Ihr war in diesem unwirklichen Moment, als hätte sie erst gestern den Stein vom Boden aufgehoben, mit dem sie ihn niedergeschlagen hatte.

10

Jessica war wie gelähmt, während in ihrem Innern ein Aufruhr der Gefühle tobte. Bilder, Erinnerungen, Empfindungen stürmten auf sie ein und rissen sie wie in einem Strudel mit sich, daß ihr ganz schwindelig wurde.
Mitchell Hamilton!
Sie hatte die Erinnerung an ihn tief in sich bewahrt wie das Andenken an einen Toten, von dem keine Gefahr mehr ausgehen konnte. Doch sie hätte wissen müssen, daß sie sich damit einer trügerischen Selbsttäuschung hingegeben hatte, die den Keim des bösen Erwachens in sich trug. Und nun war es geschehen: Er war in ihr Leben zurückgekehrt!
»Ich muß mit dir reden, Jessica«, sagte Mitchell Hamilton mit ruhiger, aber eindringlicher Stimme. »Allein.«
Jessica war noch immer wie in Trance und nicht in der Lage, ihm zu antworten. Sie blickte ihn nur an, als könnte sie nicht glauben, was ihre Augen sahen. Die Vergangenheit, die sie längst begraben geglaubt hatte, wurde mit einem Mal wieder lebendig.
»Was willst du?« brachte sie schließlich nur unter größter Anstrengung hervor.
»Wir müssen miteinander reden«, sagte Mitchell noch einmal, wußte jedoch, daß Jessica mit ihrer Frage etwas ganz anderes gemeint hatte. Doch darauf konnte er ihr hier vor den Ohren des Kutschers keine Antwort geben. Dazu brauchte er mehr Zeit – und Jessica mehr Ruhe, um den Schock des Wiedersehens zu überwinden.
»Es gibt nichts zu bereden«, erwiderte Jessica, und ihr Gesicht war so blaß wie ein Leichentuch. Sie fror trotz der heißen

Sonne. Und die Pistole in ihren Händen schwankte, als hätte sie Mühe, sie hochzuhalten.
Mitchell Hamilton ging auf ihre Erwiderung gar nicht ein. Er deutete mit dem Kopf zu Craig hinüber. »Sag deinem Kutscher, er möge endlich die Flinte sinken lassen!« forderte er sie auf und fuhr dann mit leicht spöttischem Plauderton fort: »Und vielleicht wäre es besser, wenn auch du nicht weiterhin mit der Pistole da auf mich zielen würdest. Als ich das letzte Mal in eine Mündung schaute, standest du an meiner Seite. Das war bedeutend angenehmer als diese Konstellation, denn damals konnte ich mit deiner Unterstützung gegen diese irischen Banditen, die ausgerechnet uns Schiffbrüchige ausplündern wollten, immerhin noch gewiß sein, wenn die Enttäuschung später dann auch um so bitterer ausfiel.«
Jessica verstand die Anspielung sehr wohl. Das Blut schoß in ihr Gesicht zurück und ließ ihre Wangen brennen. Kraftlos sank die Hand mit der Pistole. »Sie können die Flinte runternehmen, Craig«, sagte sie mit zitternder Stimme. »Ich kenne unseren Verfolger. Von ihm droht keine Gefahr.« Doch in Gedanken fügte sie hinzu: *›Vielleicht keine körperliche Gefahr, aber die ist manchmal leichter zu ertragen als die Gefahr für die Seele!‹*
Craig war noch nicht davon überzeugt, daß alles in Ordnung war. Das Zittern ihrer Stimme legte er als Angst aus. »Sind Sie sicher, daß alles seine Richtigkeit hat, Mrs. Brading?« fragte er argwöhnisch.
»Ja, Sie können wirklich unbesorgt sein«, versicherte Jessica und zwang sich, ihrer Stimme einen festen Klang zu geben.
Nur widerwillig ließ Craig nun die Flinte sinken. »Nur ein Wort, Mrs. Brading, und ich...«
Mitchell unterbrach ihn scharf. »Sie haben gehört, was Mrs. Brading gesagt hat! Ich bin kein Wegelagerer, falls Ihnen das noch immer nicht aufgegangen sein sollte. Und es liegt auch nicht in meiner Absicht, ihr irgend etwas anzutun. Also nehmen Sie Ihre Flinte und kehren Sie zur Kutsche zurück. Ich

möchte mit Mrs. Brading allein sprechen!« Seine scharfe Stimme ließ keine Widerrede zu.

Als Craig sah, daß Jessica die Worte des Fremden mit einem Kopfnicken bestätigte, zuckte er die Achseln und entfernte sich in Richtung Kutsche. Doch er ließ sie nicht aus den Augen, denn diese Situation erschien ihm doch höchst seltsam, gelinde ausgedrückt.

Mitchell schwang sich aus dem Sattel und kam auf sie zu. Er sah so gut aus, wie sie ihn in Erinnerung gehabt hatte. Groß, schlank, wettergebräunt und mit Augen, die man nicht vergessen konnte, wenn man nur einmal in sie geblickt hatte. Sie waren von einem unglaublichen Blau, ohne dabei jedoch auch nur eine Spur von Kälte auszustrahlen. Sechs Jahre waren seit jenem verzweifelten Marsch durch die Wildnis vergangen, und er mußte jetzt Mitte Dreißig sein.

»Warum?« fragte Jessica, als er vor ihr stand.

Einen Augenblick sah er sie schweigend an. »Du weißt nicht, wie oft ich mir diese Frage in den letzten Jahren gestellt habe, Jessica.«

»Was geschehen ist, ist Vergangenheit, Mitchell.«

»Das mag zutreffen, Jessica. Aber es entbindet dich doch längst nicht einer Erklärung.«

»Ich möchte nicht darüber reden!«

»Oh, doch! Das wirst du!« Er packte sie an den Schultern. »Das ist wohl das mindeste, was du mir schuldig bist!«

Sie zuckte unter der Berührung zusammen und machte sich schnell von ihm frei. »Bitte, tu es nicht!« flüsterte sie, erschrocken über die Stärke ihrer Gefühle.

»Warum sträubst du dich, Jessica? Sind nicht schon genug Jahre verstrichen? Ich habe ein Recht darauf, mit dir endlich einmal über alles zu sprechen. Sechs Jahre habe ich warten müssen. Ich habe respektiert, daß du verheiratet warst. Und ich habe nicht einmal den Versuch unternommen, dich für das zur Rede zu stellen, was du mir angetan hast!«

»Ich habe dir nichts angetan!« widersprach sie heftig.

Er lächelte bitter. »So? Du hast mich hinterrücks niedergeschlagen und hast mich verlassen! Ist das der Dank dafür gewesen, daß ich dich gerettet habe, als die TRADEWIND unterging? Und wie war das, als wir tagelang durch diese Wildnis marschiert sind und du aufgeben wolltest? Wer war es denn, der dich dazu gebracht hat, bis zur nächsten Siedlung durchzuhalten, statt irgendwo liegenzubleiben und auf den Tod zu warten? Hast du denn nicht begriffen, daß ich dich liebte?«
Jessica wand sich innerlich wie unter unsichtbaren Schlägen. Jedes seiner Worte riß alte Wunden tief auf. »Du hast mir das Leben gerettet – und dafür habe ich dich davor bewahrt, deine Zukunft zu ruinieren!«
»Du hättest mir die Entscheidung darüber überlassen sollen! Ich hätte schon Mittel und Wege gefunden, Jessica. Aber du hast mir überhaupt keine Chance gegeben.«
»Weil du von Anfang an keine gehabt hast!« hielt sie ihm entgegen. »Ein freier Siedler wie du, der die Kolonie noch nie zuvor betreten und nicht den geringsten Einfluß gehabt hatte, hätte sich mit einer Deportierten, die zudem noch einen schändlichen Mord begangen hatte, zwangsläufig ruiniert und nie etwas aufbauen können. Jawohl, du hättest dich ruiniert, wenn du dich vor mich gestellt und mich gar geheiratet hättest! Ich habe dich damals vor deiner eigenen Blindheit gerettet, Mitchell!« brach es wild aus Jessica hervor. Tränen glänzten in ihren Augen. Die Erinnerung war so frisch, so lebendig und so grausam schmerzhaft. Warum war er ihr bloß nicht weiterhin aus dem Weg gegangen? Warum nicht?
Mitchell Hamilton schüttelte heftig den Kopf. »Es war kein Mord, sondern Notwehr. Dieser verfluchte Tyler hat dich gequält und zu dieser Tat getrieben, Jessica. Und wie ich gehört habe, hat das Gericht in Sydney es ähnlich gesehen.«
»Ja, und mich gnädigerweise nicht zum Tode durch Erhängen verurteilt, sondern nur zu Lebenslänglich!«
»Eine Formsache. Du hast Steve Brading geheiratet, und er hat später deine Begnadigung erwirkt!« Der Vorwurf war unüber-

hörbar. »Wenn du nur etwas mehr Vertrauen zu mir gehabt hättest, hätte ich das mit John Hawkleys Hilfe auch erreicht! Seine Stimme ist in der Kolonie nicht ohne Gewicht!«
Sie erinnerte sich noch sehr gut an diesen einflußreichen Farmer, mit dem Mitchell an Bord der TRADEWIND Freundschaft geschlossen hatte und der sie im Kerker in Sydney aufgesucht hatte. Nicht einen Finger hätte dieser John Hawkley für sie gerührt. Ganz im Gegenteil! Er hatte ihr unverhohlen gedroht, seinen Einfluß auf das Gericht geltend zu machen und sie an den Galgen zu bringen, falls sie es wagen sollte, jemals wieder mit Mitchell in Kontakt zu treten. Ja, sogar seinen Namen hatte sie vor Gericht verschweigen müssen. Hawkley hatte noch nicht einmal gewollt, daß man in der Kolonie erfuhr, daß sein Schützling mit einer Mörderin tagelang durch den Busch geirrt war. Das hätte zu Klatsch und Spekulationen Anlaß geben können, die sich negativ auf das Ansehen seines Freundes unter den Freien hätte auswirken können. Und er hatte sie damals in der Zelle auch belogen, als er behauptet hatte, daß Mitchell inzwischen eingesehen hätte, welch ein verhängnisvoller Fehler es gewesen war, sein Schicksal mit dem ihrigen zu verknüpfen. Was immer in Mitchell damals auch vorgegangen sein mochte, niemals hätte er sich hinter dem Rücken von Hawkley versteckt und ihn vorgeschickt, um sie einzuschüchtern. So gut hatte sie ihn gekannt. Doch sie hatte geschwiegen, als Hawkley vorgegeben hatte, in Mitchell Hamiltons Namen zu sprechen. Denn sie hatte genau gewußt, daß Hawkley kein Mann von leeren Drohungen und fest entschlossen gewesen war, sie notfalls hängen zu sehen. Soviel nur zur Hilfsbereitschaft des ehrenwerten Mister John Hawkley!
»Oh, ja, die selbstlose Hilfe deines Freundes hätte ihre Wirkung wahrlich nicht verfehlt«, erwiderte sie deshalb mit beißendem Spott.
Mitchell runzelte die Stirn. »Was willst du damit sagen?«
»Nichts, was heute noch von Interesse sein könnte«, antwortete sie ausweichend.

»Mein Gott, Jessica! Warum streiten wir uns?« beschwor Mitchell sie. »Jahrelang habe ich auf diesen Tag gewartet, habe ihm entgegengefiebert und dann schon nicht mehr geglaubt, daß er je Wirklichkeit werden könnte. Und ich habe mir immer wieder überlegt, was ich dir sagen würde. Doch du gibst mir keine Gelegenheit, ruhig mit dir zu reden. Warum bist du so verbittert, so hart und abweisend?«
»Es ist tröstlich zu hören, daß du dir Steves Tod sehnlichst herbeigewünscht hast!«
»Sag so etwas nicht!« erwiderte Mitchell mit der gleichen Schärfe. »Nie ist mir ein solcher Gedanke auch nur im Traum gekommen. Ich habe dir immer Glück gewünscht, zusammen mit deinem Mann und deinen Kindern. Aber verstehst du denn nicht, daß ich dich nicht vergessen konnte – und daß ich mir gewünscht habe, dich wiederzusehen? Oder hast du jene Nacht am Strand vergessen, als wir uns geliebt haben? Und erzähl mir jetzt nicht, ich hätte eine günstige Gelegenheit ausgenützt. Du weißt, daß das nicht stimmt – egal, was später dann auch passiert sein mag!«
Sie wich seinem flammenden Blick aus. »Entschuldige. Ich bin sicher, daß du mir nur Gutes gewünscht hast. Vergiß, was ich gesagt habe.«
Mitchell berührte sie zögernd am Arm. »Bitte, laß uns in Ruhe über alles reden, Jessica. Schicke diesen Mann mit der Kutsche voraus. Es irritiert mich, wie er unablässig zu uns herüberstiert, als hegte er die feste Überzeugung, ich würde jeden Moment über dich herfallen. Ich habe ein Pferd für dich dabei und werde dich nach SEVEN HILLS begleiten. Wir brauchen beide viel Zeit.«
»Du hast dir offenbar schon alles sehr gut überlegt.«
Er nickte. »Sechs Jahre sind eine Ewigkeit, wenn man einen Menschen liebt und sich zwingen muß, ihm fernzubleiben, um keine Wunden aufzureißen – und keinen Keil in eine Ehe zu treiben.«
»Ich glaube nicht, daß das irgendeinen Sinn hätte, Mitchell.

Denn du hast völlig recht: Sechs Jahre sind eine lange Zeit, ganz besonders hier in New South Wales, wo die Zeit einen anderen Takt schlägt«, antwortete sie so ruhig, wie es ihre innere Erregung zuließ. »Wir sind längst nicht mehr diejenigen, die wir waren, als wir an Land gespült wurden, Mitchell. Du würdest enttäuscht sein. Vielleicht ist es besser, du behältst mich so in Erinnerung, wie ich damals auf dich gewirkt haben mag.«

»Warum willst du wieder für mich eine Entscheidung treffen?« fragte er. »Ich bin bereit, das Risiko einer Enttäuschung einzugehen, solange du mir nur die Chance gibst, in Ruhe mit dir zu reden!«

»Was tun wir denn die ganze Zeit?«

»Wir streiten und tauschen Vorwürfe aus, verdammt noch mal!« rief Mitchell Hamilton wütend, bekam sich jedoch sofort wieder unter Kontrolle. »Ich glaube, wir könnten beide einen anderen Ton füreinander finden, der nicht voller Bitterkeit und Anklage ist.«

Jessica schwieg einen Moment. Sie hatte gelernt, daß Härte ein Schutz war. Und sie wollte sich ungern dieses Schutzes entledigen, weil sie befürchtete, dann wieder so verwundbar zu sein, wie sie es einmal gewesen war. Doch da war diese Stimme in ihr, die sich danach sehnte, diese anstrengende Maske endlich einmal fallen zu lassen und wieder ihren innersten Gefühlen und Sehnsüchten Platz zum Entfalten zu geben.

Es war, als ahnte Mitchell diesen Kampf, den Jessica stumm mit sich ausfocht. »Sag bitte nicht nein!« beschwor er sie. »Wir sind uns mehr schuldig, als einen grimmigen Wortwechsel im Stehen.«

»Also gut«, sagte sie zögernd, und als sie sein befreites Lächeln sah, war ihr für einen Augenblick, als erfüllte eine Wärme ihren Körper, die sie lange Jahre vermißt hatte, ohne sich dessen bewußt gewesen zu sein. Doch sofort reagierte ihr Mißtrauen auf derartige Gefühle. »Aber schlag dir aus dem Kopf, daß du mich bis nach SEVEN HILLS begleitest! Ich schicke Craig mit der Kutsche ein paar Meilen voraus. Und in spätestens einer halben

Stunde breche ich von hier auf. Akzeptiere es, oder laß es bleiben!«
Mitchell verzog das Gesicht. »Also gut, ich habe ja wohl keine andere Wahl.«
Jessica ging zu Craig und trug ihm auf, bei den drei alten Akazien auf sie zu warten, die etwa drei Meilen weiter westlich dicht nebeneinander am Wegesrand standen und jedem vertraut waren, der zwischen Hawkesbury River und den Siedlungen an der Küste unterwegs war.
»Bei allem Respekt, Mrs. Brading, aber Sie hier einfach so zurückzulassen, gefällt mir so gut wie Maden im Speck«, sagte der alte Kutscher ungehalten. »Ich bin für Ihre Sicherheit verantwortlich. Und dieser Mann da...«
»Ist ein Gentleman!« schnitt Jessica ihm das Wort ab, ohne jedoch unfreundlich zu klingen. »Sie können wirklich beruhigt sein. Der Mann da, der Ihnen nicht gefällt, hat mir schon zweimal das Leben gerettet.«
Ungläubig blickte er sie an.
Jessica mußte über sein verdutztes Gesicht lächeln. »Sie sehen, alles ist in bester Ordnung. Lassen Sie sich also nicht davon irritieren, daß wir einige sehr persönliche Meinungsverschiedenheiten haben. Und nun schwingen Sie sich auf den Bock, und warten Sie bei den drei Akazien auf mich.«
Kopfschüttelnd tat Craig, wie ihm geheißen. »Zweimal das Leben gerettet, und sie faucht ihn an wie eine Klosterschülerin, die um ihre Unschuld fürchtet!« brummte er vor sich hin und ergriff die Zügel. »Die Pest über mich, wenn ich verstehe, was im Kopf einer Frau vor sich geht! Da lob' ich mir das einfältige Hirn eines Pferdes! He, los! Bewegt euch!«
Die Kutsche setzte sich in Bewegung und verschwand schnell hinter den hohen Eukalyptusbäumen.
Mitchell Hamilton hatte eine Decke im Gras ausgebreitet und wartete schon auf sie.
Jessica setzte sich zu ihm und beschloß, die Initiative in die Hand zu nehmen, um dem Gespräch eine für sie weniger ver-

fängliche Lenkung zu geben. »Sprechen wir von dir, Mitchell. Wie ist es dir all die Jahre ergangen? Was ist aus deinen Plänen geworden, dir ein Stück Land zu erwerben und dich als Farmer niederzulassen?«

Sie konnte Mitchell vom Gesicht ablesen, daß es ihm gar nicht gefiel, über sich zu sprechen. Doch er fügte sich. »Es passierte so einiges, das mich veranlaßte, meine Pläne zu ändern«, begann er. »Als ich nach Sydney kam, war ich dem Tod näher als dem Leben...«

Erschrocken sah sie ihn an. »Aber doch nicht etwa wegen mir?« stieß sie hervor. »Gut, ich habe dich niedergeschlagen und lokker gefesselt, damit ich einen Vorsprung bekam und du mich nicht mehr einholen konntest. Aber du warst bei Sinnen, als ich dich beim *Harper's Inn* verließ!«

»Nein, es war Typhus, der mich niederwarf, kaum daß ich Sydney erreicht hatte«, beruhigte er sie. »John Hawkley nahm mich auf seiner Farm in Parramatta auf. Ich schaffte es gerade noch zu ihm, dann brach ich zusammen. Und wenn er sich nicht so aufopfernd um mich gekümmert hätte, wäre ich schon längst nicht mehr unter den Lebenden.«

»Du warst also krank, als ich vor Gericht stand«, stellte Jessica fest und dachte daran, wie recht sie damals doch gehabt hatte, als Hawkley ihr hatte weismachen wollen, daß er in Mitchells Namen gekommen sei. Dabei hatte Mitchell von all dem gar nichts gewußt, sondern mit dem Tode gerungen!

»Ja, ich habe von dem Prozeß gegen dich erst viel später erfahren.«

»Hawkley, dein guter Freund, hat dich offenbar schonen wollen und dich daher von allen unerfreulichen Nachrichten abgeschirmt«, sagte Jessica sarkastisch. »Wirklich ein überaus uneigennütziger, hochherziger Mann.«

Mitchell bemerkte den Unterton ihrer Stimme nicht. Er war gefangen in der Erinnerung an jene Zeit, als seine schwere Krankheit ihn jeder Möglichkeit beraubt hatte, den Lauf der Dinge und Jessicas Schicksal zu beeinflussen. Wenn er an diese

Wochen, die er ans Bett gefesselt gewesen war, zurückdachte, hatte er jedesmal das Gefühl, sie im Stich gelassen zu haben, als sie seine Hilfe nötiger als je zuvor gebraucht hätte. Er wußte zwar, wie haltlos dieser Selbstvorwurf war, doch das änderte nichts an der Tatsache, daß ihn seine erzwungene Tatenlosigkeit in jener Zeit bedrückte. Denn das waren die Wochen gewesen, in denen sich alles entschieden hatte.

»Als ich die Krise überstanden hatte und nach dir fragte«, fuhr er nun niedergeschlagen fort, »hattest du schon Steve Brading geheiratet, und ich...« Er brach ab und behielt für sich, daß die Nachricht von ihrer Eheschließung mit diesem Farmer vom Hawkesbury bei ihm einen schweren Rückfall ausgelöst hatte.

Jessica erinnerte sich sehr gut ihrer eigenen Empfindungen, gegen die sie damals mit aller Macht hatte ankämpfen müssen. Es war eine Art von Wehmut, die Mitchells Worte in ihr weckten.

»Es war das beste«, sagte sie leise, »für uns alle.«

Mitchell ergriff ihre Hand, und sie entzog sie ihm diesmal nicht. »Ich weigere mich, das zu glauben, Jessica. Warum hast du nicht auf mich gewartet?«

»Weil es nur zu Kummer und später zu gegenseitigen Vorwürfen geführt hätte«, antwortete Jessica ruhig und mit voller Überzeugung.

»Edward und Victoria hätten auch meine Kinder sein können«, beharrte Mitchell.

Jessica versteifte sich und zog ihre Hand zurück. »Steve war ihr Vater, und sie hätten sich keinen besseren wünschen können! Versuche nicht, die Vergangenheit neu schreiben zu wollen, Mitchell. Es ist nicht nur sinnlos, sondern du verletzt mich auch, wenn du den Versuch unternimmst, Steve durch dich ersetzen zu wollen... und wenn es nur ein Gedankenspiel ist!«

»Dich zu verletzen, war nicht meine Absicht«, versicherte er und sah sie forschend an. »Hast du ihn geliebt?«

»Darüber bin ich dir keine Rechenschaft schuldig!«

»Nein, das bist du nicht«, gab er unumwunden zu. »Aber da du

dich nie die Wahrheit auszusprechen gescheut hast, wirst du mir doch auch auf diese Frage eine Antwort geben können.«
Jessicas Blick glitt über das karge, hügelige Land vor ihren Augen, das in der Ferne an die Bergzüge der Blue Mountains stieß. Irgendwo über ihnen in den Baumkronen hockten mehrere Kookaburras. Und ihr wildes Geschnatter klang wie Gelächter.
»Liebe ist nicht unbedingt die Voraussetzung für eine gute, erfüllte Ehe«, antwortete sie zu ihrer eigenen Verwunderung. »Steve hat mir mehr gegeben, als ich zu erhoffen gewagt hatte, Mitchell. Wärme, Sicherheit und das Gefühl, mit meinem Leben etwas Sinnvolles anzufangen, für das es sich lohnt, zu kämpfen und manchmal auch Schmerz zu ertragen. Und wenn es vielleicht auch nicht jene Art von Liebe war, die du meinst, so habe ich ihn doch lieben gelernt. Ja, sein Tod war das Schlimmste, das mir je widerfahren ist. Ich hoffe, das genügt dir als Antwort.«
»Muß es wohl«, erwiderte er bedrückt.
»Du hast mir aber noch immer nicht erzählt, wie es dir später ergangen ist, nachdem du dich von deiner Krankheit erholt hattest«, wechselte sie das Thema, und es war kein Vorwand, um von sich abzulenken, sondern es interessierte sie wirklich.
»Irgendwie ergab es sich so, daß ich auf Mirra Booka blieb«, begann Mitchell.
»Mirra Booka? Ist das nicht die Bezeichnung der Aborigines für das Kreuz des Südens?«
Mitchell nickte. »Ja, so hat John seine Farm genannt. Ich hatte ja keine Vorkenntnisse, was Landwirtschaft und Schafzucht angeht. Und so erschien es mir nur zu vernünftig, sein Angebot, mir bei ihm die nötigen Kenntnisse anzueignen, anzunehmen. Ein Jahr hatte ich mir als Grenze gesetzt. Doch daraus wurden schnell zwei. Ich fand Gefallen daran, und bald übertrug John mir mehr und mehr Aufgaben. Ich glaube, er sieht in mir auch den Sohn, der ihm versagt geblieben ist. Auf jeden Fall machte er mich im dritten Jahr zu seinem gleichberechtigten Partner.

Mittlerweile liegt die Verantwortung für MIRRA BOOKA fast ausschließlich auf meinen Schultern. Denn John hat in den letzten Jahren mehr und mehr unter seinem Rheuma zu leiden, das ihn manchmal tagelang an den Rollstuhl fesselt.«
»Ich freue mich, daß du so erfolgreich bist.«
»Es ist mir nicht in den Schoß gefallen«, versicherte er, als wollte er dem unausgesprochenen Verdacht begegnen, er hätte geerntet, was ein anderer Mann im Schweiße seines Angesichtes gesät und aufgezogen hatte. »John ist kein Mann, der etwas verschenkt – schon gar nicht sein Lebenswerk MIRRA BOOKA. Er hat mir nichts erspart. Vermutlich hätte ich weniger schuften müssen, wenn ich mir irgendwo am Neapan River oder am Hawkesbury eine eigene Farm aufgebaut hätte. Aber mir war es recht so. Manchmal ist Arbeit bis zur totalen körperlichen Erschöpfung das einzige Mittel, wenigstens tagsüber zu vergessen und nicht ins Grübeln zu verfallen.«
»Es wird Zeit, daß ich aufbreche! Craig wird schon ungeduldig auf mich warten«, erklärte Jessica scheinbar zusammenhanglos und machte Anstalten, sich zu erheben.
Mitchell sah sie fast bestürzt an und hielt sie am Arm zurück. »Bleib noch, Jessica!«
»Eine halbe Stunde habe ich gesagt.«
»Die ist noch längst nicht um!« behauptete er. Ihm war, als wären erst wenige Minuten verstrichen. »Du kannst jetzt nicht so einfach aufbrechen.«
»Ich sehe keinen Grund, warum ich das nicht könnte.«
»Aber wir haben noch nicht mit einem einzigen Wort über die Zukunft gesprochen!«
»Wessen Zukunft?«
»Unsere gemeinsame Zukunft natürlich!«
Jessica hob leicht die Augenbrauen, als könnte sie seinem Gedankengang nicht folgen. »Ich weiß wirklich nicht, was du meinst«, antwortete sie kühl. »Du hast MIRRA BOOKA und ich habe meine Kinder und SEVEN HILLS. Wo könnte es da eine gemeinsame Zukunft für uns geben, Mitchell? Ich fürchte, du

hast dich all die Jahre einer gefährlichen Hoffnung hingegeben, die sich im Licht der Wirklichkeit in Nichts auflösen muß. Ich glaube, es ist wirklich besser, wenn ich jetzt zur Kutsche zurückkehre.«

»Mein Gott, was ist nur mit dir geschehen, daß du so unnahbar, so abweisend geworden bist?« fragte er bestürzt. »Wovor hast du Angst, daß du nichts mehr an dich heranzulassen versuchst?«

»Angst? Ich verstehe nicht, was du damit meinst, Mitchell. Mag sein, daß ich mich verändert habe und härter geworden bin. Aber ich gedenke nicht, mich dafür zu entschuldigen.«

Mitchell sah sie mit verzehrender Sehnsucht an. »Jessica, hör mir bitte einen Augenblick zu, ohne mich zu unterbrechen. Du hast vorhin recht gehabt: Die Vergangenheit läßt sich nicht neu schreiben, und verpaßten Gelegenheiten nachzutrauern, führt zu nichts, höchstens zu noch mehr Bitterkeit und Hader mit dem Schicksal. Doch wir reden jetzt nicht mehr von der Vergangenheit, sondern von der Zukunft, von *unserer gemeinsamen* Zukunft, die möglich ist, wenn wir beide uns eine Chance geben.«

Jessica hatte befürchtet, daß Mitchell dieses Thema anschneiden und sie mehr oder weniger dazu zwingen würde, Farbe zu bekennen. Doch sie war noch nicht einmal vor sich selbst bereit, über ihre verwirrenden Gefühle Mitchell gegenüber Rechenschaft abzulegen und Klarheit zu gewinnen. Sechs Jahre an der Seite eines anderen Mannes und in einem Land wie New South Wales waren eine lange Zeit, die tiefe Spuren in ihr hinterlassen und sie geformt hatten. Mitchell war für sie während dieser Jahre wie eine Figur aus einem Traum gewesen. Allein ihm plötzlich gegenüberzustehen und den Blick seiner Augen auf sich zu spüren, war genug, um sie völlig aus dem inneren Gleichgewicht zu bringen. Sie wußte, daß sie sich damit würde auseinandersetzen müssen, doch nicht jetzt. Sie brauchte Abstand, um sich erst einmal an den Gedanken zu gewöhnen, daß Mitchell plötzlich in ihr Leben zurückgekehrt war. Deshalb

hatte sie gehofft, seinem Drängen zu einer umfassenden Aussprache durch einen schnellen Aufbruch zu entgehen.
In ihrer Verwirrung nahm sie Zuflucht bei einem Toten. »Ich habe mit Steve...«
Mitchell ließ sie nicht ausreden. »Steve ist tot, Jessica! So hart es vielleicht klingen mag, aber auch Steve ist Vergangenheit. Ich kann verstehen, daß du um ihn trauerst, aber mit Trauer füllt man nicht die langen Jahre, die noch vor einem liegen!« redete er auf sie ein. »Das Leben gehört den Lebenden, den Toten das Andenken. Du bist noch so jung, Jessica. Dein Leben liegt noch vor dir, und versuche nicht, mich vom Gegenteil überzeugen zu wollen. Du weißt, daß ich recht habe. Was immer dir dein Mann auch bedeutet haben mag, er kann dir nicht mehr das geben, was eine Frau wie du braucht – nämlich Zärtlichkeit, Liebe und Erfüllung, wie sie eine Ehe zu geben in der Lage ist. Und was deine Kinder brauchen, nämlich einen Vater.«
»Ist das ein Heiratsantrag?« fragte Jessica schroff. »Wie rücksichtsvoll von dir, daß du damit zumindest ein gutes halbes Jahr nach Steves Tod gewartet hast.«
»Nein, das würde ich nicht wagen. Kennst du mich so schlecht, daß du mir unterstellen willst, ich würde dich bei unserem ersten Wiedersehen zu einem solchen Schritt drängen?« fragte er vorwurfsvoll.
Jessica wich seinem Blick aus. Sie war ungerecht zu ihm, doch sie wußte einfach keinen anderen Weg, sich vor seinen eindringlichen Worten zu schützen, die ihr bisher festgefügtes Leben ins Wanken gebracht hatten. »Entschuldige, Mitchell«, murmelte sie. »Ich kann das alles einfach nicht verkraften. Versteh das doch!«
»Wer könnte dich besser verstehen als ich, der ich nie aufgehört habe, dich zu lieben«, sagte er zärtlich und strich über ihr Haar. »Ich bin nur hier, um dich das wissen zu lassen, Jessica. Ich erwarte von dir keine Entscheidung. Nicht jetzt und nicht übermorgen. Doch ich flehe dich an, dich nicht zu verschließen

und meine Liebe von dir zu weisen wie eine Beleidigung. Oder ist es so, daß von dem, was du einmal für mich empfandest, nichts mehr geblieben, daß dir meine Person völlig gleichgültig geworden ist?«
Jessica schwieg.
»Bitte gib mir eine Antwort.«
»Ich kann nicht«, flüsterte sie. »Ich kann dir darauf keine Antwort geben, weil ich es nicht weiß!«
»Vielleicht sträubst du dich auch nur dagegen, auf die Stimme deines Herzens zu hören.«
Heftig schüttelte sie den Kopf. »Nein, nein...«
Mitchell vergaß in diesem Moment seinen Vorsatz, sich zu keinem unbedachten Schritt hinreißen zu lassen. Zu lange hatte er auf diesen Augenblick gewartet und sich danach verzehrt, Jessica zu berühren und ihre Lippen zu küssen. Wie oft hatte er nachts schlaflos im Bett gelegen und daran denken müssen, daß ihr Körper jetzt an der Seite eines anderen Mannes lag, der ihre Haut berühren und sie lieben durfte.
Vergessen war jegliche Vorsicht, und er zog sie mit einer raschen, von Leidenschaft beherrschten Bewegung in seine Arme, drückte sie an sich und küßte sie mit einem Feuer, das von verzehrender Glut und einem unstillbaren Hunger nach Zärtlichkeit war.
Jessica ließ es einen Augenblick geschehen, überwältigt von seiner Leidenschaft und der Hitze seiner Lippen, die erst ihren Mund und dann ihr Gesicht mit Küssen bedeckten und ihr den Atem nahmen. Ein Zittern durchlief ihren Körper, als er sie so verlangend an sich drückte. Seine Wildheit drohte sie willenlos zu machen und sie mit sich fortzureißen wie die gewaltigen Flutwellen des Frühlings, die aus den Bergen talwärts schossen und alles mit sich rissen, was sich ihnen in den Weg stellte.
Doch dann gewannen Vernunft und Selbstbeherrschung wieder die Oberhand. Brüsk und nach Atem ringend, stieß sie ihn zurück. Ihr Gesicht glühte wie nach einem langen, heißen Sommertag auf den Feldern.

»Ist das deine Art von Verständnis?« stieß sie hervor und sprang auf. »Wie kannst du es wagen, dir diese Freiheit herauszunehmen!«
Mitchell starrte sie an, Erschrecken über seine eigene Unbeherrschtheit in den stahlblauen Augen. Wie benommen schüttelte er den Kopf. »Jessica, verzeih, ich habe mich vergessen«, brachte er mit heiserer Stimme hervor.
»Ja, das hast du wirklich! Du hast wohl geglaubt, du bräuchtest mich nur einmal zu küssen, um mir deinen Willen aufzuzwingen, ja? Aber du hast vergessen, daß ich nicht länger eine rechtlose Deportierte bin, mit der man nach Belieben umspringen kann!«
»Jessica, um Gottes willen...!«
»Rühr mich nicht an!« Ihre Augen funkelten zornig, während sie vor ihm zurückwich. »Und spar dir alle Entschuldigungen! Denn dafür gibt es keine Entschuldigung!... Das Pferd findest du drei Meilen von hier bei den drei Akazien! Und wage es nicht, mir zu folgen!«
Mit bleichem Gesicht und hängenden Schultern sah Mitchell Hamilton zu, wie sie die Zügel vom Ast des Strauches löste, sich mit einer geschmeidigen Bewegung, die die erfahrene Reiterin verriet, in den Sattel schwang und in einem halsbrecherischen Galopp davonjagte.
Als Jessica eine halbe Stunde später die drei Akazien und die Kutsche am Wegesrand erblickte, glänzten die Flanken des Pferdes schweißnaß und Schaum flog ihm aus dem Maul. Auch ihr Gesicht war feucht, doch nicht allein vom Schweiß der Anstrengung, sondern von den Tränen, die sie geweint hatte.

11

Sie erreichten SEVEN HILLS schon am frühen Vormittag des nächsten Tages. Jessica hatte in der Nacht keine Ruhe finden können und sich schlaflos von einer Seite auf die andere gewälzt, den vertrauten und doch so fremdartigen Geräuschen der Nacht gelauscht und mit tränenfeuchten Augen zum Sternenhimmel aufgeschaut, dessen fernes Licht in der unendlichen Weite des Kosmos ihr Gefühl der Ratlosigkeit noch verstärkt hatte. Nach der Hitze des Tages war es eine klare, kalte Nacht gewesen, deren Frosthauch durch die Decken gedrungen und in ihren Körper gekrochen war. Schließlich hatte sie aufgegeben, Schlaf und Vergessen zu finden, und Craig den Befehl gegeben, die Pferde wieder vor die Kutsche zu spannen und die Reise fortzusetzen. Dem alten Kutscher war es gar nicht recht gewesen. Es war für ihn ein langer Tag auf dem Kutschbock gewesen, und seine schmerzenden Knochen hatten ihn nachdrücklich daran erinnert, daß er die besten Jahre längst hinter sich hatte, wo ihm Strapazen dieser Art nicht das geringste ausgemacht hatten. Doch er hatte sich jeden Einwand verkniffen, sich an die Arbeit gemacht und sich mit zwei Decken um die Schultern wieder auf den Kutschbock geschwungen.

Und nun, keine drei Stunden nach Sonnenaufgang, lag die Farm im Licht des frühen Tages vor ihren Augen. Bei ihrem Anblick vergaß Jessica vorübergehend, was sie seit ihrer Begegnung mit Mitchell bewegte und verstörte. Stolz erfüllte sie, als die Kutsche aus dem Eukalyptuswald herauskam und ihr Blick über Äcker, Felder und Weiden, über Scheunen, Werkstätten und Arbeiterunterkünfte und über das Haupthaus glitt.

Ich bin zurückgekehrt! dachte sie mit einem Lächeln auf dem

Gesicht, das die Spuren einer schlaflosen Nacht trug, und ein beruhigendes Gefühl der Wärme und Vertrautheit durchströmte sie und vertrieb den letzten Rest Kälte in ihr. *Hier ist mein Platz! Hier gehöre ich hin!*

Seven Hills verdankte seinen Namen der Tatsache, daß das Herzstück der Farm am breiten Hawkesbury River aus einer weiten, sanft gewellten Ebene bestand, aus der in Flußnähe sieben Hügel aufragten. Auf der flachen Kuppe des größten dieser sieben Hügel, der sich unweit des Ufers erhob und sanft ansteigende Hänge aufwies, hatte Steve Brading das Haupthaus errichtet. Es war das schönste, größte und bestgebaute Farmhaus am Hawkesbury und dokumentierte, welch hervorragende Rolle Seven Hills in diesem abgelegenen Siedlungsgebiet spielte.

Das langgestreckte Gebäude, das kein Obergeschoß besaß, ruhte auf einem massiven Steinfundament und Wänden aus schweren Balken, die roh behauen waren. Die Fugen waren mit Lehm ausgefüllt. Zwei sich nach oben hin verjüngende Kamine, jeweils einer an jeder Längsseite, aus rotbraunen Backsteinen ragten weit über das Dach des Hauses hinaus. Im Vergleich zu den Farmhäusern anderer Siedler, die sich aus Mangel an den nötigen Arbeitskräften und Geldmitteln mit primitiven Behausungen zufriedengeben mußten, war dies ein wirklich stattliches Herrenhaus.

Zahlreiche Nebengebäude umgaben das Farmhaus auf der dem Fluß abgewandten Seite in einem weiten Halbkreis. Dahinter lag die kleine Siedlung aus einfachen Lehmhütten, in denen die Arbeiter untergebracht waren. Mittlerweile waren neben der Köchin Lisa Reed noch sechsundzwanzig Arbeiter auf Seven Hills beschäftigt, davon immerhin sechs Emanzipierte, die nach Ende ihrer Zwangsarbeit gern auf der Brading-Farm geblieben waren.

Jessica genoß den Anblick der Äcker, Felder und Weiden, die so weit reichten, wie das Auge von der Kuppe des Farmhaus-Hügels blicken konnte. Sie verstand nun nicht mehr, wie sie einmal den Wunsch gehabt haben mochte, das Leben hier aufzugeben und mit dem in einer Stadt wie London zu vertauschen. Die Pferde hatten längst den heimischen Stall gerochen, und Craig mußte sie hart an die Zügel nehmen, damit sie die Kutsche nicht fast im Galopp die sandige Auffahrt hochzogen, die in einem großen Bogen hoch zum Farmhaus führte.

Als Jessica den Schlag aufstieß und ins Freie hinaustrat, liefen die Arbeiter aus den Werkstätten, der Scheune und den nahe liegenden Feldern zusammen.

Lisa Reed, die stämmige Köchin, die in ihrem Reich mit eiserner Hand regierte, Mitte Vierzig, von nie erlahmendem Arbeitseifer und schon völlig ergraut, stürzte aus dem Küchenanbau, wäre in ihrer Eile fast gestürzt und war eine der ersten, die bei ihr waren.

»Die gnädige Frau!« rief sie fassungslos vor Freude, denn keiner von ihnen hatte damit gerechnet, Jessica Brading vor Ablauf von mindestens zwei, drei Jahren wieder auf der Farm zu erblicken. »Die gnädige Frau ist zurück!«

»Reiß dich zusammen, Lisa!« fuhr Craig sie brummig an, doch ein verstecktes Lächeln vermochte auch er nicht ganz zu verbergen. »Mrs. Brading hat diese Nacht kaum ein Auge zugetan. Wir haben nicht mehr als ein paar Stunden Rast gemacht. So eilig hatte sie es, nach SEVEN HILLS zurückzukehren. Also gib Ruhe und scher dich besser hinter deine Kochtöpfe zurück! Sie kann jetzt eine Stärkung sicherlich vertragen!«

»Schon gut, Craig. Ich breche schon nicht vor Erschöpfung zusammen«, sagte Jessica schmunzelnd.

Die Freude über Jessicas Sinneswandel war bei allen gleich groß, auch wenn nicht jeder von ihnen nach außen hin so überschwenglich reagierte wie Lisa Reed. Der alte Baker zum Beispiel stand nur stumm da und schneuzte sich vernehmlich. Während William Howard, der zu den zuverlässigsten Arbeitern auf der Farm gehörte und Jessica so verehrte, wie er ihren Mann verehrt hatte, aus dem Kreis der Zusammengelaufenen trat, eine linkische Bewegung machte und mit bewegter

Stimme sagte: »Ich glaube, ich spreche im Namen von uns allen, wenn ich sage, daß wir alle mächtig froh sind, Sie wieder hier zu sehen, Mrs. Brading!«
Zustimmendes Gemurmel erhob sich, auch unter den Sträflingen.
Jessica war gerührt und machte keinen Versuch, es zu verbergen. »Ich bin genauso froh wie ihr, William. Und da es nicht alle Tage passiert, daß ich meine Meinung ändere«, verhaltenes Gelächter erhob sich, »sollte das Grund genug sein, um heute eine Ausnahme zu machen und Arbeit Arbeit sein zu lassen. Der Tag ist heute für alle frei. William, gib eine Extraration Rum aus, und zwei Schafe dürfen auch daran glauben.«
Nun war der Jubel groß.
Jessica ging ins Haus, denn wenn sie sich auch freute, wieder auf SEVEN HILLS zu sein, so war ihr jedoch alles andere als nach feiern zumute. Sie mußte mit sich allein sein und versuchen, einen Weg aus dem Chaos ihrer Gefühle und Gedanken zu finden, das Mitchell in ihr bewirkt hatte.
Lisa Reed war ihr schon vorausgeeilt und scheuchte Anne, die siebzehnjährige Tochter von William Howard, durch die Räume, damit die Tücher und Decken, mit denen die besseren Möbel vor Staub und Ausbleichung geschützt werden sollten, im Handumdrehen verschwanden und die Zimmer so schnell wie möglich wieder bewohnbar wurden.
»Beweg dich! Beweg dich! Du bist hier nicht im feinen Mädchenpensionat, wo andere Leute die Arbeit erledigen! Runter mit den verdammten Tüchern und sauber zusammengefaltet! Man könnte ja meinen, du hättest in den letzten Jahren bei mir nur Trödeln gelernt!« trieb Lisa Reed die noch immer sehr schüchterne, aber zu einer kleinen Schönheit erblühten Anne an. »Wenn du das Arbeiten nennst, wirst du nie einen Mann finden, der dich zu seiner Frau macht, du Tölpel! Hier kann keiner zwei linke Hände gebrauchen. Und einen reichen Mann wirst du bestenfalls als Zimmermädchen oder Küchenmagd zu Gesicht bekommen. Aber auch daran hege ich noch Zweifel!

Was hast du nur all die Jahre von dem behalten, was ich dir einzutrichtern versucht habe!? Willst du vielleicht, daß ich mich deinetwegen vor der gnädigen Frau schämen muß? Ha, so gefällt es mir schon besser. Wer hat was von Verschnaufen gesagt? Weiter! Ab ins Schlafzimmer!«

Jessica konnte sich eines Lächelns nicht erwehren. Lisa polterte und schimpfte wie eh und je, dabei hatte sie ein Herz aus Gold und war stolz darauf, wie Anne sich gemacht hatte. Doch eher hätte sie sich die Zunge abgebissen, als daß ihr das über die Lippen gekommen wäre.

Nichts hatte sich auf SEVEN HILLS in der Zeit ihrer Abwesenheit verändert. Das gab ihr Kraft und Zuversicht, denn es war die Beständigkeit, die sie zu schätzen gelernt und zum Maßstab ihres Lebens in der Kolonie gemacht hatte. Es war noch alles so, wie sie die Farm verlassen und wiederzufinden erhofft hatte: der mächtige Fluß, der sich mit seinen dunklen, schweren Fluten der Küste entgegenwälzte und genausoviel Verderben und Leid brachte wie Fruchtbarkeit und Segen, das wilde Land, das sich mit aller Kraft gegen die Unterwerfung durch den Menschen wehrte und immer eine Herausforderung sein würde, die es wert war, täglich aufs neue angenommen zu werden, und die Menschen, die in diesem Kampf wie Eichen im Sturm an ihrer Seite standen und eher ihr Leben riskierten, als daß sie zurückgewichen wären.

Jessica empfand Dankbarkeit, daß Steve ihr SEVEN HILLS nicht nur als Garant finanzieller Sicherheit zurückgelassen hatte, sondern in erster Linie als ein Vermächtnis, das sie verpflichtete, fortzusetzen, was er auf so großartige Weise der Wildnis abgetrotzt hatte.

Tränen stiegen ihr in die Augen, und sie wußte nicht, wem sie galten.

12

Das Ochsengespann mit Ian McIntosh und den beiden Kindern traf am Vormittag des nächsten Tages ein. Edward und vor allem Victoria waren erschöpft, doch auf eine zufriedene Art, die ihre Augen noch glänzen ließ, als ihre Münder schon herzhaft gähnten.
Begeistert erzählten sie Jessica von ihrem großen Abenteuer. Doch kaum lagen sie in ihren Betten, als ihnen auch schon die Augen zufielen und sie in einen tiefen Schlaf sanken.
»Edward wird einmal ein guter Farmer werden«, meinte Ian, als sie bei einer Tasse Tee im Schatten der Veranda saßen, die dem Fluß zugewandt war. »Er hat ein gutes Auge und ist ein aufmerksamer Beobachter, dem man selten etwas zweimal erklären muß.«
Jessica lächelte verhalten. Sie war froh, daß Ian mit ihren Kindern zurück war. Zu leer war ihr das Haus letzte Nacht erschienen. Stunden hatte sie wach gelegen und gegrübelt. Hatte an Mitchell gedacht, an seine heftige Umarmung, und das Gefühl gehabt, als könnte sie wieder seine Küsse auf ihren Lippen spüren, dieses wilde Brennen, das von einer unersättlichen Flamme genährt wurde. Erst wenige Stunden vor Einbruch der Dämmerung war sie endlich eingeschlafen. Doch als sie am Morgen erwacht war, hatte sie bemerkt, daß sie im Schlaf wieder geweint hatte. Deshalb war es gut, daß Ian, Edward und Victoria wieder da waren. Sie würden ihren Tag zu einer nicht enden wollenden Kette von Pflichten aller Art machen, an deren Ende der Schlaf der Erschöpfung stand. Daß sie mit sich und Mitchell ins reine kommen mußte, war ihr klar. Doch sie war noch nicht bereit, sich diesem Problem zu stellen.

»Ja, er ist ganz so, wie sein Vater war«, antwortete sie nun auf sein Lob. »Erdverbunden, willensstark und unbeirrbar, wenn er sich erst mal etwas in den Kopf gesetzt hat. Dagegen scheint mir Victoria ein Abbild meiner selbst zu sein, als ich ein junges Mädchen war und noch ein wohlbehütetes, sorgloses Leben führte. Ich war genauso verträumt und an allem interessiert, was für das spätere Leben ohne praktischen Nutzen war.«
Ian nickte verständnisvoll. »Victoria ist wie ein Schmetterling, der nur die farbenprächtigen, blühenden Blumen sieht und nichts um Dornensträucher und verdörrte Halme weiß. Aber was erwarten Sie auch von ihr, Jessica? Lassen Sie ihr diese wenigen sorglosen Jahre, die sie noch hat. Sie wird früh genug lernen müssen, daß für fröhliche Schmetterlingsflüge unsere Welt der falsche Ort ist.«
»Ich hätte es nicht besser ausdrücken können, Ian. Und ich möchte Ihnen sagen, wie sehr ich Ihnen dankbar bin, daß Sie sich meiner Kinder so annehmen. Von Ihnen können sie mehr lernen als von irgend jemandem sonst.«
Ian räusperte sich verlegen. »Ihre Kinder sind die Zukunft von SEVEN HILLS, Jessica. Und ich war stets ein Mann, der die Tat von heute an den Erfordernissen von übermorgen mißt. Edward wird der Herausforderung der Zukunft gewachsen sein. Wenn er ein Mann ist, wird er seinen Eltern und hoffentlich auch mir alle Ehre machen.«
»Wenn Sie weiterhin sein Lehrer bleiben, hege ich daran nicht den geringsten Zweifel«, sagte Jessica im Brustton der Überzeugung und entdeckte auf dem Hawkesbury River ein kleines Boot, das von der starken Strömung flußabwärts getrieben wurde. Eine Gestalt, die aus der Entfernung nicht auszumachen war, legte sich kräftig in die Riemen, um das Ruderboot über den Fluß zu bringen. Es war ganz eindeutig, daß die Bootsanlegestelle von SEVEN HILLS das Ziel war.
»Es ist gut, daß er nicht nach England gegangen ist, Jessica. Dort hätte er sicherlich viel Wertvolles gelernt. Doch was er braucht, um eines Tages SEVEN HILLS zu übernehmen, das

kann er nur hier erlernen. Keine Schule der Welt kann ihn auf das Leben mit Flutkatastrophen, Buschbränden, kriegerischen Eingeborenen, jahrelanger Dürre und all den anderen Problemen, mit denen wir uns auseinanderzusetzen haben, vorbereiten – ausgenommen die Schule der Erfahrungen.«

»Ich bin genauso froh, wieder hier zu sein«, gab Jessica offen zu und deutete dann mit der Hand auf das kleine Boot, das sich einen Weg über den reißenden Strom erkämpfte. »Mir scheint, wir bekommen Besuch.«

Ian blickte einen Augenblick konzentriert auf den Strom. Dann sagte er: »Es ist Mrs. Randell.«

»Ja, möglich.«

»Nein, ganz sicher.«

»Woher wollen Sie das wissen?« fragte Jessica überrascht. New Hope, die Farm von George und Lydia Randell, lag zwar ein paar Meilen stromaufwärts auf der anderen Seite des Hawkesbury, so daß die Richtung, aus der das Ruderboot kam, diese Vermutung zuließ. Doch noch war die Entfernung viel zu groß, als daß man die Person im Boot erkennen konnte.

Ian lachte. »Es ist die Art, wie sie rudert, Jessica. Mrs. Randell hat einen sehr kraftvollen, energischen Stil, der unverwechselbar wie eine Handschrift ist. An ihrer zupackenden Art könnte sich ihr Mann übrigens ein gutes Beispiel nehmen, wenn Sie mir diese Bemerkung nicht verübeln.«

Jessica seufzte. »Wie könnte ich, Ian.« Lydia war eine gute Freundin von ihr. Sie hatten sich als Schicksalsgefährtinnen an Bord der Tradewind angefreundet und nach dem Schiffbruch jahrelang aus den Augen verloren. Lydia war dann mit ihrem Mann George nach einem mißglückten Versuch, auf Norfolk Island eine Existenz aufzubauen, zum Hawkesbury River gekommen. George Randell hatte viel Pech gehabt, doch an vielem war er nicht ganz unschuldig gewesen. Ihm fehlte nicht nur die nötige Ausdauer und Entschlossenheit, sondern oftmals ließ er auch gesunden Menschenverstand vermissen, wenn es beispielsweise darum ging, sich auf absehbare Schwierigkeiten einzustellen. Als Steve noch lebte, hatte er George Randell so manches Mal in stundenlangen Gesprächen auf seine Fehler als Farmer aufmerksam zu machen versucht. Und wie oft war es nötig gewesen, eine Arbeitskolonne von SEVEN HILLS nach NEW HOPE zu schicken, wenn dort drüben mal wieder Not am Mann war.

»Gibt es mal wieder Probleme, Ian? Ist Ihnen irgend etwas zu Ohren gekommen?«

»Nichts als Gerüchte«, antwortete Ian achselzuckend, als wollte er sagen, daß die Randells doch ständig mit Problemen zu kämpfen hätten. »Ihm sollen drei Sträflinge davongelaufen sein. Es heißt, er hätte sie zu hart rangenommen und ihnen auch noch die Rationen gekürzt. Wenn das stimmt, hat er sich den Ärger selbst zuzuschreiben.«

»Na, wir werden es ja von Lydia erfahren«, meinte Jessica.

»Bis Mrs. Randell hier ist, wird es noch eine Weile dauern, Jessica. Wir sollten die Zeit nutzen, um über einige Dinge zu sprechen, die nun, nachdem Sie die Kolonie nicht verlassen, einer Entscheidung bedürfen.«

»Nur zu, Ian. Was liegt Ihnen am Herzen?«

»Es geht um die Auborn-Farm. Sie steht seit einigen Monaten zum Verkauf, und ich habe Ihnen damals schon geraten, sie zu erwerben«, sagte Ian. »Ich habe sie mir mehrmals angesehen. Sie ist zwar völlig heruntergewirtschaftet, und die paar windschiefen Schuppen sind kaum das Geld als Brennholz wert. Aber der Boden ist gut, und das Land grenzt nun mal im Südwesten an SEVEN HILLS.«

Jessica erinnerte sich, daß Ian sie schon vor Monaten daraufhin angesprochen hatte. Doch damals, noch zur Rückkehr nach England fest entschlossen, hatte sie von weiterem Landerwerb nichts wissen wollen. Mit mehr als dreitausend Acres Grund und Boden war ihr SEVEN HILLS groß genug erschienen.

»Wie groß ist die Farm?«

»Zweihundert Acres. Aber der Boden ist gut. Wir könnten einen Teil unserer Schafherden dort grasen lassen, wenn unser

Land im Sommer kaum noch einen trockenen Halm aufweist.«
»Und was soll die Farm kosten?«
»Weniger als ein Pfund pro Acre.«
Jessica überlegte nicht lange. Nach Steves Tod hatte sie zu ihrer maßlosen Verwunderung festgestellt, daß sie eine recht vermögende Frau war – und zwar nicht nur in Form von Grundbesitz und Viehbestand, sondern auch was bares Geld anging. »Also gut, leiten Sie alle Schritte zum Kauf der Auborn-Farm ein, wenn Sie meinen, daß der Zuwachs an Land gut für uns ist.«
»Und ob er das ist!« versicherte Ian McIntosh fröhlich. »Ich werde heute noch hinüberreiten und den Auborns Ihr Angebot unterbreiten. Sie werden mehr als glücklich sein, endlich einen Käufer zu finden. So traurig es auch ist, aber es ist nun einmal nicht jeder zum Farmer geboren.«
»Gut, das ist erledigt. Regeln Sie das und lassen Sie den Kaufvertrag vorbereiten. Was steht noch an, Ian?«
»Bald haben wir Oktober, die Zeit, wo die Schafe geschoren werden müssen«, fuhr ihr Verwalter sogleich fort. »Wir sollten uns jetzt schon um gute Scherer kümmern und das Entgelt pro hundert geschorener Schafe festlegen, damit wir später nicht das Nachsehen haben.«
»Sie haben da völlig freie Hand, das wissen Sie doch. Also treffen Sie die notwendigen Vorbereitungen.«
Ian hörte es gern. Insgeheim hatte er die Befürchtung gehegt, daß sie nun wieder alles an sich reißen und ihm als Verwalter kaum noch genügend Verantwortlichkeit überlassen würde, die seinem Gehalt und seinem Stolz nicht mehr gerecht wurde.
»Ich dachte an 15 Shilling pro Hundert, das ist mehr, als andere zahlen, jedoch nicht so überhöht, als daß wir die Preise verderben würden. Doch so gehen wir sicher, daß wir wirklich die besten Scherer auf unserem Land haben.«
Jessica nickte zustimmend. »Guter Lohn für gute Arbeit, Ian.

So hat es Steve immer gehalten, und so soll es auf SEVEN HILLS auch in Zukunft sein.«

»Dann ist da noch die Geschichte mit dem Abtransport der Wolle und der Ernte«, schnitt Ian McIntosh einen Punkt an, der ihm sichtlich Unbehagen bereitete. »Da wird es Schwierigkeiten geben.«

»Schwierigkeiten? Wieso? Das hat doch bisher immer Jonas Duckworth mit seiner Schaluppe, der ENTERPRISE, erledigt«, sagte Jessica verwundert. Der dickleibige Duckworth, ein klobiger und ungepflegter Mann mit der Schwatzhaftigkeit eines Marktweibes, gehörte zu den wenigen Flußschiffern, die einen regelmäßigen Pendelverkehr zwischen den abgelegenen Farmen am Hawkesbury und den Siedlungen an der Küste unterhielten, wo die Waren umgeschlagen und teilweise von der Regierung aufgekauft wurden. »Wir sind seit Jahren einer seiner besten Kunden. Also wo liegt das Problem, Ian?«

»Ich habe noch vor unserer Abreise nach Sydney mit diesem verdammten Halsabschneider gesprochen, um wie jedes Jahr auch diesmal wieder früh genug Frachtraum auf seiner ENTERPRISE zu reservieren«, berichtete Ian ärgerlich. »Aber er hat mein Angebot von einem Shilling und zwei Pence pro Getreidebuschel rundheraus als zu niedrig abgelehnt!«

»Was?« stieß Jessica ungläubig hervor. »Das ist ein Pence mehr, als wir im letzten Jahr bezahlt haben!«

Ian verzog das Gesicht. »Genau das habe ich ihm auch gesagt. Doch er erwiderte mir darauf, daß das dieses Jahr eben nicht genug sei. Sie wissen ja, daß zwei Flußschiffer ihre Boote verloren haben. Captain Mortimer in einem Sturm kurz vor Sydney und der junge Spund Bathan durch ein Feuer, das eines Nachts bei ihm an Bord ausbrach. Und das sind zwei Schiffe weniger bei größerer Nachfrage, wie Duckworth mich hat wissen lassen. Langer Rede kurzer Sinn: Er will uns Farmer erpressen, weil er weiß, daß wir auf ihn angewiesen sind, und die anderen Flußschiffer haben sich mit ihm abgesprochen, einen Buschel nicht unter einen Shilling und Sixpence zu transportieren.«

»Das ist Wucher!« rief Jessica empört.
»Meine Worte, doch das hat den fetten Duckworth nicht im geringsten beeindruckt. Ganz im Gegenteil. Er hatte sogar noch die Frechheit, mich zu warnen, daß der Preis für uns noch höher steigen würde, wenn wir nicht innerhalb eines Monats bereit wären, einen Vorvertrag für dieses Jahr mit ihm zu schließen. Und diese Frist ist in einer Woche abgelaufen. Wir werden uns entscheiden müssen.«
»Einen Buschel für einen Shilling und Sixpence?« empörte sie sich. »Nie und nimmer. Soll er sehen, wo er bleibt. Aber erpressen lassen wir uns nicht. Dann müssen wir eben für einen Abtransport über Land sorgen!«
Ian schüttelte den Kopf. »Das schaffen wir nicht, Jessica. Dafür ist unsere Farm schon zu groß. Wir bräuchten Dutzende von Ochsengespannen und ebenso viele Wagen. Denn Sie wissen ebensogut wie ich, daß es darauf ankommt, mit der Ernte früh bei den Ankaufstellen zu sein. Wer zu spät kommt, hat das Nachsehen, wenn die Speicher gefüllt sind und der Preis im Keller ist.«
»Das heißt also, wir sind gezwungen, diesem elenden Schurken zu zahlen, was er verlangt?« fragte Jessica wütend.
»Ja, darauf wird es wohl hinauslaufen«, seufzte Ian.
Jessica schwieg ärgerlich und überlegte angestrengt. »Also gut, dann werden wir wohl nachgeben müssen – zumindest dieses Jahr noch.«
»Was meinen Sie mit ›zumindest dieses Jahr‹?«
»Daß wir einen Weg finden müssen, damit sich diese Erpressung nicht wiederholt! Meiner Ansicht geht das nur, wenn wir uns nicht mehr nur allein darauf beschränken, Seven Hills so optimal wie möglich zu bewirtschaften, sondern uns auch an anderen Geschäften beteiligen, die für uns in dieser abgelegenen Region wichtig sind.«
»Zum Beispiel am Transportgeschäft auf dem Hawkesbury«, folgerte Ian und sah sie überrascht an.
»Genau. Wir sollten versuchen, uns bei einem soliden Fluß-

schiffer einzukaufen, damit wir unsere Unabhängigkeit bewahren.«

»Klingt verlockend, aber billig wird das gerade nicht sein«, wandte Ian ein.

»Nein, es wird gewiß eine hübsche Stange Geld kosten. Wieviel schätzen Sie?«

Er zuckte die Achsel. »Das kommt auf das Boot und die finanzielle Situation seines Besitzers an. Aber ich glaube nicht, daß wir einen fünfzigprozentigen Anteil an einer soliden Schaluppe wie der ENTERPRISE für unter vierhundert, fünfhundert Pfund aufkaufen können.«

Jessica sog die Luft hörbar ein. »Himmel, das ist nicht gerade Kleingeld für den Klingelbeutel!«

»Nein, ganz gewiß nicht. Es ist eine stattliche Summe«, räumte er ein.

Jessica zuckte die Achsel. »Aber auf Dauer gesehen wird sich solch eine Geschäftsbeteiligung mehr als bezahlt machen. Denn der Hawkesbury hat in den letzten Jahren einen großen Zustrom von Siedlern erlebt, der ungebrochen anhält. Und viele siedeln jetzt schon weit jenseits des Flusses, so daß sie auf diesen Transportweg noch mehr als wir angewiesen sind.«

Ian McIntosh hörte ihr aufmerksam zu.

»Die Bootsbauer in Sydney können mit dem Bedarf gar nicht Schritt halten, weil es ihnen an erfahrenen Arbeitskräften und dem nötigen Holz fehlt«, fuhr Jessica fort. »Das bedeutet, daß die Frachtraten auch in Zukunft weiter steigen werden. Das ist so sicher wie der Wechsel der Jahreszeiten. Es wird gewiß keine schlechte Investition sein, denn der Profit, der den Flußschiffern in den nächsten Jahren winkt, wird sich sehen lassen können – und wir wären daran zur Hälfte beteiligt, auch wenn wir Preise nehmen, die unter denen von Leuten wie Jonas Duckworth liegen.«

»Aber wenn Jahre kommen, wo die Ernte auf dem Halm verdörrt oder von einer Flut vernichtet wird, wird es nicht viel zu transportieren geben.«

»Richtig, Risiken dieser Art gibt es immer, Ian. Aber auch in Notzeiten müssen die Farmen entlang des Flusses versorgt werden. Und ich bin sicher, daß sich der Handel enorm ausweiten wird. Sehen Sie doch nur, wie viele freie Siedler in den letzten Jahren nach New South Wales gekommen sind. Wer jetzt mutig ist und auch mal ein Wagnis eingeht, wie es damals mein Mann mit dem Aufbau von SEVEN HILLS getan hat, der hat die besten Chancen, ganz vorn auf der Welle des Erfolges mitzuschwimmen.«

»Sie haben recht«, pflichtete er ihr bei und sah sie bewundernd an. Daß sie eine außergewöhnliche Frau war, hatte er immer gewußt. Doch ihr kühler, risikobereiter Geschäftssinn überraschte ihn. Sie bewies, daß sie sich schnell auf veränderte Situationen einzustellen und Entscheidungen zu treffen vermochte.

»Also machen Sie sich an die Arbeit und hören Sie sich um, ob es jemanden gibt, der gewillt ist, uns als Partner ins Geschäft zu nehmen.«

»Mit Vergnügen. Ich glaube, die Chancen stehen gar nicht mal so schlecht, vielleicht noch dieses Jahr Wolle und Getreide auf einem Boot abzutransportieren, an dem Sie zur Hälfte beteiligt sind.«

»Sehen Sie nur zu, daß Sie dem Schiffer die Hälfte seines Bootes nicht gerade mit Gold aufwiegen müssen«, scherzte Jessica, wußte sie doch nur zu gut, daß Ian ein zäher und geschickter Verhandlungspartner war, der sich von keinem über den Tisch ziehen ließ – schon gar nicht, wenn es dabei um ihr Geld ging.

»Wir werden einen den Umständen entsprechend günstigen Abschluß machen oder gar keinen«, versicherte Ian.

»Davon bin ich überzeugt«, erwiderte Jessica und fügte mit einem Seufzer hinzu: »Nun, das bedeutet wohl, daß wir die Pläne für ein neues Hauptgebäude wohl noch für einige Zeit im Schrank lassen müssen.«

Ian lächelte. »Ich schätze, daß dieses Haus auch noch in ein paar Jahren zu den schönsten am ganzen Hawkesbury zählen wird, obwohl ich zugeben muß, daß Steves neue Baupläne auch meine Begeisterung gefunden haben.«

»Nein, nein, das kann wirklich noch warten.«

Ian trank seinen Tee und machte Anstalten, sich zu erheben. »Mrs. Randell wird gleich hier sein. Oh, noch eine Frage hinsichtlich des Festes, Jessica.«

»Ja?«

»Wann soll es überhaupt stattfinden?«

»Am besten doch noch vor Beginn der Scherzeit, denn dann gibt es auf den Farmen zuviel Arbeit, als daß unsere Nachbarn an ein Fest denken könnten. Und nach dem Scheren kommen wir in die heißen Monate. Wem wird da noch nach Feiern zumute sein, wenn ihm der Schweiß auch nachts noch aus allen Poren bricht?«

»Nur zu wahr«, sagte Ian. »Aber dann bleiben uns keine zwei Wochen mehr.«

»Zeit genug, um unsere Nachbarn einzuladen und die Vorbereitungen zu treffen.«

»Hoffentlich. Nun, darum werden Sie sich vermutlich ja kümmern wollen. Ich nehme die Angelegenheit mit der Schiffsbeteiligung in die Hand. Tja, dann werde ich jetzt ja öfter in Sydney sein, als ich es mir hätte träumen lassen«, brummte er, doch man konnte ihm ansehen, wie er sich darauf freute, sich mit voller Tatkraft in die neuen Projekte zu stürzen. »So, und jetzt werde ich Sie mit Mrs. Randell allein lassen. Bestimmt werden Sie viel zu bereden haben.«

13

Lydia, eine schlanke, energische Person mit pechschwarzem Haar und ebenso dunklen Augen, hatte von Jessicas Rückkehr durch Lucas Patterson erfahren. Der Schmied, der auf Seven Hills arbeitete, hatte für die Randells einen neuen Pflug angefertigt und ihnen diesen noch am gestrigen Tag gebracht, zusammen mit der freudigen Nachricht. Lydia hatte daraufhin kaum den neuen Tag abwarten können, um sich auf den Weg zu ihrer Freundin zu machen, obwohl ihr Mann davon alles andere als erfreut gewesen war. Jetzt, wo die drei Sträflinge von New Hope desertiert waren, wurde jede Hand mehr denn je auf der Farm gebraucht. Doch davon erzählte sie Jessica erst viel später.

Jessica mußte ihr alles ganz genau berichten. Wie es jetzt in Sydney aussah, wen sie getroffen hatte und was man sich in der Stadt erzählte. Und Jessica kam der Bitte ihrer Freundin bereitwillig nach.

»Ach, ich wünschte, George würde mich auch mal mit nach Sydney nehmen«, seufzte Lydia. »Es ist schon über ein Jahr her, seit ich das letzte Mal dort gewesen bin.«

»Die Stadt wächst schnell, und ein paar Tage ist es dort auch recht angenehm. Aber hier am Hawkesbury gefällt es mir immer noch am besten«, versuchte Jessica ihre Freundin zu trösten, die wahrscheinlich kein leichtes Los hatte.

»Ja, hier auf Seven Hills«, sagte Lydia mit einem Unterton, der ihre Sorgen verriet.

»Habt ihr Probleme?« fragte Jessica vorsichtig.

Lydia warf ihr einen schnellen Seitenblick zu. »Du hast schon davon gehört, nicht wahr?«

»Es gibt Gerüchte.«
»Schön wär's, wenn es nur Gerüchte wären, Jessica. Uns sind drei Sträflinge davongelaufen. Vor drei Tagen.«
»Wie ist das passiert?«
Lydia blickte starr auf den Fluß. »Es ist allein Georges Schuld! Er hätte nicht so hart mit ihnen umspringen dürfen. Ich habe geahnt, daß so etwas mal passieren würde. Aber er wollte nicht auf mich hören. Ich verstehe einfach nicht, was in seinem Kopf vorgeht, Jessica«, sagte sie, und ihre Stimme veränderte sich von Ärger in tiefe Niedergeschlagenheit. »Er ist zu hart zu ihnen, läßt ihnen nicht die kleinste Nachlässigkeit durchgehen und tut so, als wäre ihm ein jeder von ihnen die Arbeitskraft von zweien schuldig. Und wenn sie nicht so spuren, wie er es sich vorstellt, dreht er durch und greift auch schon mal zur Peitsche.«
»Kannst du ihn denn nicht zur Vernunft bringen?« fragte Jessica. »Du hast doch am eigenen Leib zu spüren bekommen, wie es ist, wenn man ein Sträfling ist. Gut, sie sollen arbeiten, aber kein Mensch hat das Recht, sie so zu behandeln, als wären sie Tiere.«
Lydia lachte bitter auf. »Den Tieren geht es bei George dreimal besser als unseren Zwangsarbeitern. Ich habe versucht, was ich konnte, aber auf mich hört er nicht. Davon verstehe ich nichts, sagt er immer. Dabei weiß ich wohl besser als er, was in diesen Männern vor sich geht, wenn er sie so behandelt. Manchmal schäme ich mich für ihn, denn harte Arbeit verlangt er nur von anderen, aber nicht von sich selbst. Wie oft beginnt er den Tag damit, daß er sich einen Becher Rum einschenkt. Und bei diesem einen bleibt es nie!«
Jessica legte einen Arm um ihre Schulter, wußte darauf jedoch kein tröstliches Wort. George Randell war ein Versager, und sie beide wußten es.
»Haben sie Waffen gestohlen? Und habt ihr schon die Garnison in Parramatta davon benachrichtigt?« fragte Jessica, denn wem als Farmer zugeteilte Zwangsarbeiter desertierten, hatte

das unverzüglich zu melden – und unter Umständen sogar mit erheblichen Strafen zu rechnen. Ganz besonders dann, wenn es ihnen gelungen war, in den Besitz von Waffen zu gelangen. Nichts fürchtete die Obrigkeit mehr als eine Bande von bewaffneten Sträflingen, die marodierend durch die Kolonie zog und womöglich wieder einen Aufstand anzettelte. Das war der Alptraum eines jeden Gouverneurs.

Aber auch wenn eine Strafe ausblieb, war der Schaden beträchtlich. Nur in den seltensten Ausnahmen wurden entlaufene Sträflinge nämlich durch neue ersetzt. Das war besonders für Leute wie die Randells eine bittere, manchmal sogar existenzgefährdende Sache.

»Nein«, gestand Lydia. »Waffen haben sie nicht in die Hände bekommen. Und gemeldet hat George es auch noch nicht. Wir haben doch niemanden, den wir auf der Farm entbehren und nach Parramatta oder Windsor schicken könnten. Jetzt stehen wir nur noch mit zwei Burschen da, von denen sich einer auch noch eine böse Verletzung am Bein zugezogen hat, als er mit George einen Baum gefällt hat. Er kann kaum gehen vor Schmerzen, und ich glaube ihm. Doch George beschuldigt ihn, sich nur vor der Arbeit drücken zu wollen!«

»Das ist bitter«, sagte Jessica voller Mitgefühl und dachte, daß ihre Freundin einen besseren Mann verdient hätte, so aufrecht und arbeitsam, wie sie war. »Aber wir werden schon einen Weg finden, daß ihr es nicht zu schwer habt. Ich werde Ian bitten, mit sechs, sieben Mann loszureiten und die Verfolgung der Sträflinge aufzunehmen. Sie sind doch zu Fuß, nicht wahr?«

Lydia nickte.

»Gut, da werden sie nicht sehr weit gekommen sein. Vermutlich sind sie noch immer dort drüben auf eurer Flußseite, denn ohne Boot ist es lebensgefährlich, den Strom überqueren zu wollen. Ich glaube nicht, daß sie das Wagnis eingegangen sind«, versuchte Jessica ihr Hoffnung zu machen. »Warte hier. Ich sag' Ian schnell Bescheid, damit nicht noch mehr Zeit verlorengeht.«

»Aber du kannst doch nicht einfach so viele Männer für einen Suchtrupp entbehren!« wandte Lydia ein. »Ich weiß doch, daß auch ihr jeden Mann auf den Feldern und Weiden braucht.«

»Mach dir darüber mal keine Sorgen. Nachbarschaftshilfe kommt immer an erster Stelle.«

»Nicht bei jedem«, murmelte Lydia beschämt, als Jessica davoneilte.

Zehn Minuten später kehrte sie auf die schattige Veranda zurück. »Sie reiten sofort los und nehmen den alten Baker mit. Der kann Spuren fast so gut lesen wie die Eingeborenen. Wenn sie sich noch auf der anderen Flußseite befinden, werden sie sie finden und zurückbringen, verlaß dich darauf«, versicherte Jessica und behielt für sich, daß Ian wütend war und George Randell die Pest an den Hals wünschte, weil er ihnen nichts als Schwierigkeiten bereitete. Und zwar vermeidbare Schwierigkeiten.

Lydia hatte Tränen in den Augen. »Ich weiß nicht, wie wir dir danken können, Jessica«, brachte sie mit bewegter Stimme hervor. »New Hope würde schon längst nicht mehr existieren, wenn ihr uns nicht immer geholfen hättet.«

»Ach, was! Mach nicht soviel Worte um eine Selbstverständlichkeit!« erwiderte Jessica fast schroff, um erst gar keine Sentimentalität aufkommen zu lassen. »Und jetzt laß uns von erfreulicheren Dingen reden. Wie steht es um deine Nähkunst, meine Liebe?«

Lydia sah sie verständnislos an. »Mit Nadel und Faden war ich schon immer besser als jede andere Frau am Hawkesbury«, sagte sie dann. »Aber das weißt du doch.«

Jessica nickte. »Richtig. Und ich wollte dich bitten, mir ein wenig zur Hand zu gehen. Ich werde wohl ein neues Kleid brauchen – für das Fest, das bald auf Seven Hills stattfindet«, erklärte sie schmunzelnd, wohl wissend, welche Wirkung diese Nachricht auf Lydia machen würde.

»Du gibst ein Fest auf Seven Hills?« rief Lydia mit glänzenden Augen.

»Ja, in zwei Wochen. Ein Nachbarschaftsfest. Ihr seid alle eingeladen. Die Randells, die Stuarts, die Fieldings, die Smiters und all die anderen.«

»Ein Fest! Ein richtiges Fest!« Lydia jubilierte geradezu und war völlig aus dem Häuschen. Zerstreuungen dieser Art, vor allem wenn sie auf SEVEN HILLS stattfanden, waren ein großes Ereignis wie etwa der Auftakt zur Pferderennen-Saison in England. Zumal dies die ganz seltenen Gelegenheiten waren, zu denen sich die Siedler geschlossen versammelten und man alte Freundschaften auffrischen konnte. Ein Ereignis, das noch Monate später für genügend Gesprächsstoff am eigenen Herd lieferte – und zwar nicht allein den Frauen und heiratsfähigen Töchtern, die auf solchen Festen Ausschau nach einem geeigneten Ehekandidaten hielten. Auch die Männer zehrten noch lange nach so einem Fest von den Gesprächen, die sie in der Runde Gleichgesinnter über Politik, Landwirtschaft und Viehzucht geführt hatten.

»Ja, es soll das schönste Fest werden, das jemals am Hawkesbury gefeiert worden ist«, sagte Jessica. »Und falls du die Zeit erübrigen kannst, wäre ich dir dankbar, wenn du mir beim Schneidern meines Kleides ein wenig zur Hand gehen könntest. Ich weiß nämlich wirklich nicht, wie ich das neben all den anderen Dingen, die ich zu tun habe, noch schaffen soll.«

Das war eine barmherzige Lüge, denn in Wirklichkeit war sie selber so geschickt, daß sie Lydias Hilfe nicht bedurft hätte. Ihre Kleider hatte sie sich bisher immer selbst genäht, und die Zeit dazu hätte sie auch gehabt. Doch sie wußte, daß Lydia sich besser fühlen würde, wenn es etwas gab, das sie für sie tun konnte.

Und so war es auch. Lydia strahlte, als hätte Jessica ihr eine Aufgabe anvertraut, die einer Auszeichnung gleichkam. Und in gewisser Weise war es auch so. »Nichts lieber als das, Jessica! Es wird das schönste Kleid werden, das ich je geschneidert habe. Hast du schon eine Idee, wie es aussehen soll und welchen Stoff du verwenden willst?« Vergessen waren vorübergehend die

Sorgen, die ihr Mann und New Hope ihr auf Schultern und Seele legten. Ihre Wangen glühten vor Begeisterung, während sie mit Jessica über das Kleid und das Fest redete.
So verflog die Zeit im Handumdrehen. Als sie endlich aufbrach, stand die Sonne schon weit im Westen und ließ die Schatten länger werden.
»Mein Gott, jetzt wird es aber Zeit, daß ich aufbreche! George wird mir den Kopf abreißen!« rief Lydia, als ihr bewußt wurde, wie lange sie schon auf Seven Hills war.
»Das wird er besser nicht tun! Sag ihm, daß ich dich hier gebraucht habe. Über alles andere reden wir später noch.«
Lydia fiel ihrer Freundin um den Hals und eilte dann den Hügel hinunter zur Anlegestelle, wo ihr kleines Boot vertäut lag.
Jessica blickte ihr noch lange nach. Ein Gefühl der Trauer erfaßte sie, als sie sah, wie Lydia sich in Ufernähe gegen die Strömung flußaufwärts kämpfte. Erst wenn sie ein gutes Stück oberhalb von New Hope war, konnte sie es wagen, auf die Strommitte zuzuhalten und unter Einsatz aller Muskelkraft den Hawkesbury zu überqueren.
Jessica erschien dieses Abrackern wie ein Symbol. Der reißende Fluß war wie das Leben, in dem Lydia und andere gefangen waren. Mit unglaublicher Zähigkeit und Ausdauer kämpften sie dagegen an, mußten drei Riemenschläge tun, um nur eine Handbreit voranzukommen. Bisher hatte Lydia es immer noch geschafft, den Strom sicher zu überqueren – wie sie es auch geschafft hatte, New Hope mit eiserner Hand vor dem Untergang zu bewahren, denn es war allein ihr Einsatz, der die Farm in den letzten Jahren am Leben gehalten hatte. Während George wie der dunkle Strudel war, der sie in sein Zentrum zu ziehen und zu vernichten drohte.
Lydia hatte dem widerstanden. Jahr um Jahr. Die Spuren in ihrem Gesicht sprachen eine beredte Sprache von den Anstrengungen, die es sie gekostet hatte. Doch wie lange würde sie noch die Kraft haben, sich gegen die Strömung zu stemmen, gegen den dunklen Strudel?

14

Mirra Booka lag außerhalb von Parramatta, doch nicht so weit entfernt, als daß man diese aufblühende Siedlung nicht per Pferd innerhalb von einer halben Stunde bequem erreichen konnte.

Als Mitchell Hamilton an der Windmühle vorbeikam, die Phil Thorn letztes Jahr auf der kleinen Anhöhe namens Trebble Hill errichtet hatte, zügelte er sein Pferd. Er hatte es sich zur Gewohnheit gemacht, hier eine kurze Rast einzulegen, wenn er von einem Ritt nach Sydney, Windsor oder auch nur Parramatta zurückkehrte. Von hier oben hatte man nämlich einen wunderbaren Blick auf Mirra Booka.

Die Felder und Weiden der Farm breiteten sich in einem weiten Tal aus, das von sanften Hügelketten umschlossen wurde. Eukalyptushaine wirkten aus der Ferne wie grüngraue Inseln, die hier und da aus einem Meer wogender Getreidefelder und saftiger Weiden herausragten. Ein kleiner Fluß, der vom Parramatta gespeist wurde, schlängelte sich durch das Tal und versandete auch im Hochsommer nur ganz selten einmal. Schafherden zogen über die scheinbar endlosen Grasflächen und ähnelten von weitem einem hellen Flockenteppich, den jemand dort auf dem noch grünen Gras ausgebreitet hatte.

Mitchell Hamilton wischte sich den Schweiß von der Stirn und lächelte unwillkürlich. Eines mußte er seinem Partner John Hawkley ja lassen: Er hatte eine ausgezeichnete Voraussicht und ein sicheres Auge für fruchtbaren Grund und Boden bewiesen, als er dieses Tal urbar gemacht und Mirra Booka aufgebaut hatte.

Mitchell gab seinem Hengst ein wenig Schenkeldruck, und das

Pferd trug ihn den ausgefahrenen Weg hinunter, der hinab ins Tal führte. Wenig später ritt er durch das hohe, hölzerne Tor, das aus zwei mächtigen, in den Boden gerammten Eukalyptusstämmen und einem mehr als mannsdicken, geschwungenen Abschlußbalken bestand. In diesen Torbalken hatte Mitchell höchstpersönlich den Namen der Farm mit dem Brenneisen eingebrannt: MIRRA BOOKA – KREUZ DES SÜDENS. Es erfüllte ihn jedesmal mit einem fast kindlichen Stolz, wenn er darunter herritt, symbolisierte es für ihn doch all das, was er in den vergangenen sechs Jahren an Geld, Arbeit und Schweiß in diese Farm investiert hatte.

Das Hauptgebäude bestand aus vier gleichlangen Trakten, die sich um einen Innenhof gruppierten und ein Quadrat bildeten. Böden und Wände bestanden aus Stein, was im Sommer die Hitze aus dem Haus hielt. Und die Dächer waren so weit vorgezogen, daß nur die schwache Morgen- und Abendsonne durch die Fenster fallen konnte.

Mitchell glitt mit der geschmeidigen Bewegung eines Mannes, der von Kindesbeinen an auf dem Pferderücken gesessen war, aus dem Sattel. Jeremy, der Stallknecht, hatte ihn kommen sehen und lief von den Stallungen herüber.

»Reib ihn gut ab, er hat einen scharfen Ritt hinter sich«, sagte Mitchell, warf ihm die Zügel zu und nahm die Satteltaschen an sich.

»Ja, Sir!« Jeremy führte den rassigen Hengst davon.

Mitchell ging ins Haus. Schattige Kühle umfing ihn, und nach dem langen, scharfen Ritt von Sydney zurück nach MIRRA BOOKA genoß er den erheblichen Temperaturunterschied, den die dicken Mauern bewirkten, noch mehr als sonst.

Er schritt durch die große Halle, nahm die beiden Pakete aus den Satteltaschen, hängte diese über die Lehne eines handgeschnitzten Stuhls und zögerte einen Moment.

»Mitchell?« rief eine kräftige, leicht ungeduldig klingende Stimme aus dem Salon. »Bist du es, Mitchell?«

»Ja, John«, rief Mitchell zurück und verzog das Gesicht. Als ob es seiner Antwort überhaupt bedurft hätte! John Hawkley hatte bestimmt vor dem Fenster gesessen und ihn schon gesehen, als er durch das Tor geritten war. Doch er fürchtete wohl mal wieder, er könnte sich erst einmal in seine Privaträume zurückziehen, anstatt zuerst zu ihm zu kommen.

»Ich komme sofort, John.«

Mit einem unterdrückten Seufzer trat Mitchell nun in den großen Salon, der nicht mit den primitiven Möbeln, wie sie in der Kolonie hergestellt wurden, eingerichtet war, sondern ausschließlich mit ansprechenden Stücken aus der guten, fernen Heimat. John Hawkley hatte sich das ein kleines Vermögen kosten lassen, doch er fand, daß die Wirkung, die er damit auf jeden Besucher erzielte, die stattlichen Ausgaben mehr als rechtfertigte.

Nur ein Bruchteil der grellen Sonne sickerte durch die Fenster und tauchte den großen Raum in ein angenehmes Dämmerlicht. Auf einem kleinen, runden Tisch neben dem Kamin brannten drei Kerzen in einem silbernen Leuchter und entlockten dem dunklen Holz der Möbel einen warmen Schein.

John Hawkley saß in seinem Rollstuhl neben dem Fenster, ein aufgeschlagenes Buch in seinem Schoß. »Schön, dich wiederzusehen, Mitchell!« begrüßte er ihn mit einem freudigen, erwartungsvollen Lächeln.

»Ich war doch nur drei Tage fort«, erwiderte Mitchell und nahm ihm gegenüber in einem lederbezogenen Sessel Platz.

»Drei Tage sind eine lange Zeit, mein Freund, wenn man sich nicht mehr so bewegen kann, wie man es gerne möchte.«

»Wie geht es deiner Gicht?« erkundigte sich Mitchell. »Du solltest mehr draußen in der Sonne sitzen. Wärme ist gut für dich.«

John Hawkley seufzte. »Ich bin schon zu lange in diesem Land, um der verdammten Sonne noch etwas Gutes abzugewinnen. Untätig in der Sonne herumzusitzen, war noch nie mein Fall. Und daran wird sich auch nichts ändern.«

»Aber Wärme lindert die Schmerzen.«

»Die Schmerzen halten sich in Grenzen, wenn ich mich nicht zuviel bewege. Obwohl ... gestern fiel es mir wirklich schwer, aus dem Bett zu steigen. Am liebsten wäre ich liegen geblieben, aber du weißt, ich bin hart gegen mich.«
»Nicht nur gegen dich.«
John lächelte schwach. »Ich weiß, ich weiß. Aber die Zeiten sind vorbei, als ich hier auf MIRRA BOOKA das Sagen hatte und du einen Bock nicht von einem Mutterschaf unterscheiden konntest. Ich werde mich wohl damit abfinden müssen, daß die besten Jahre hinter mir liegen.«
»Das habe ich schon öfters gehört, um dich dann doch wieder draußen auf den Weiden zu finden«, erwiderte Mitchell, um ihn aufzumuntern, wußte jedoch, daß John seine Situation richtig beurteilt hatte. Wenn diese Gichtanfälle auch in Schüben kamen und manchmal Wochen verstrichen, wo er sich relativ gut bewegen konnte, so war er doch nicht mehr in der Lage, lange auf einem Pferd zu sitzen oder bei irgendeiner Sache, die Kraft und Ausdauer erforderte, mit Hand anzulegen.
John Hawkley war jetzt Anfang Fünfzig und machte mit seiner stämmigen, kantigen Gestalt auch im Rollstuhl noch eine eindrucksvolle Figur. Seinen klaren Augen unter den buschigen Brauen entging so schnell nichts. Und sein etwas grobflächiges Gesicht mit der fast eckigen Kinnpartie besaß diesen leicht trotzigen Ausdruck. Nein, er war keiner, der sich selbst bemitleidete. Aber das machte das Zusammenleben mit ihm nicht gerade leichter.
John ersparte es sich und Mitchell, auf seine Bemerkung einzugehen. »Ist in Sydney alles zu deiner Zufriedenheit gelaufen?« fragte er.
»Ja«, antwortete Mitchell einsilbig und stand auf. »Möchtest du auch einen Madeira?«
»Port ist mir lieber.«
Mitchell nickte und ging zur Anrichte, wo Gläser und Karaffen auf einem Silbertablett standen. Er goß zwei Gläser ein und hoffte, John würde keine weiteren Fragen stellen. Doch als er

ihm das Glas brachte und in seine Augen schaute, wußte er, daß John ihn nicht so leicht davonkommen lassen würde.

»Hast du sie wiedergesehen?« fragte John, und legte den Finger geradewegs auf den wunden Punkt.

»Nein!« antwortete Mitchell. Eine Woche war vergangen, seit jener unglücklichen Begegnung dort draußen im Busch. Eine schreckliche lange Woche voller Selbstvorwürfe und mühsam verheimlichter Verzweiflung. Er hatte sich kaum auf die Arbeit auf der Farm konzentrieren können, hatte sich immer wieder dabei ertappt, wie er gedankenversunken ins Nichts starrte und sich das Gehirn darüber zermarterte, weshalb ihm dieser unverzeihliche Fehler unterlaufen war. Warum hatte er nur die Kontrolle über seine Gefühle verloren? Hatte er nicht sechs lange Jahre warten können? In einem kurzen Augenblick des Sich-Vergessens hatte er die größte Chance, Jessica näherzukommen, vertan. Drei Tage war er nicht ansprechbar gewesen, dann hatte er sich aufs Pferd geschwungen und war unter einem fadenscheinigen Vorwand nach Sydney geritten, ohne zu wissen, was er da überhaupt sollte. Doch alles war ihm lieber gewesen als die bohrenden Fragen und mißbilligenden Blicke seines Partners.

»Du wirst darüber hinwegkommen«, sagte John Hawkley nun in völliger Fehleinschätzung der Lage. Was Frauen und ihre Wirkung auf Männer betraf, fehlte ihm das nötige Gespür.

Mitchells Kopf ruckte hoch. »Ich bin sechs Jahre nicht darüber hinweggekommen!« erwiderte er mit ungewohnter Schärfe. »Und daran wird sich auch in Zukunft nichts ändern. Allmählich ist es an der Zeit, daß du dich damit abfindest!«

»Nicht so hitzig, mein Freund! Ich habe dir nie Vorschriften gemacht...«

»Nein, aber Vorhaltungen!«

»Weil ich der Überzeugung bin, daß du einen verhängnisvollen Fehler begehst, wenn du diese Frau nicht endlich vergißt! Du hast schon genug Jahre damit vergeudet, einem Traumbild nachzuhängen. Warum begreifst du nicht endlich, daß ihr

nicht zueinander paßt? Welten trennen euch!« beschwor John ihn. »Sicher, diese Jessica ist nicht ohne Reize, das will ich ihr zubilligen...«
»Wie großzügig!« stieß Mitchell gereizt hervor.
»... aber es gibt genügend andere Frauen, die es an Schönheit mit ihr aufnehmen können«, fuhr er unbeirrt fort. »Und zwar *freie* Frauen, die nicht mit dem ewigen Makel der Deportation und des Offiziersmordes behaftet sind!«
»Du weißt, daß sie unschuldig war!«
John schlug mit der geballten Faust auf die Armlehne seines Rollstuhles. »Unschuldig oder nicht! Was tut das zur Sache?« erregte er sich. »Allein das Urteil zählt – und das, was die Gesellschaft von Frauen ihrer Art hält!«
»Ich verbiete dir, so über Jessica zu sprechen!«
John Hawkley schnaubte. »Das hättest du wohl gerne, Mitchell. Aber du wirst dir schon anhören müssen, was ich dir zu sagen habe... es sei denn, du bist so feige, vor meinen Worten davonzulaufen. Bitte, geh, wenn du eine andere Meinung nicht ertragen kannst!«
Mitchell preßte die Lippen zusammen, rührte sich jedoch nicht aus dem Sessel.
Ein zufriedenes Lächeln zuckte um John Hawkleys Mund. »Gut, tauschen wir also wie bisher unsere Meinungen aus – diesmal jedoch nicht über Schafaufzucht und Weidennutzung, sondern über diese Jessica. Ich will es dir ganz ungeschminkt sagen: Sie ist gefährlicher für dich als das Gift der Königskobra! Wenn du dich mit ihr einläßt, kannst du all deine hochgesteckten Ziele vergessen!«
»Das ist nichts weiter als eine Behauptung, die von deiner Voreingenommenheit zeugt!« Mitchell hatte Mühe, sich zu beherrschen.
Jahrelang hatten sie das Thema Jessica gemieden. Mitchell, weil Jessica verheiratet und für ihn somit unerreichbar war. Und John, weil er seine ganz speziellen Gründe hatte, die es ihm klüger erscheinen ließen, Ereignisse der Vergangenheit

nicht wieder aus dem Dunkel ans Licht zu zerren. Doch beide hatten immer, wenn wohl auch mehr unbewußt gespürt, daß diese Frau trotz ihrer tiefen Freundschaft zwischen ihnen stand. Doch zu seiner großen Enttäuschung hatte John nach dem Tod von Steve Brading festgestellt, daß Jessica für Mitchell noch längst kein abgeschlossenes Kapitel der Vergangenheit war und nicht nur sein Denken, sondern auch sein Handeln bestimmte.

John Hawkley schüttelte heftig den Kopf. »Oh, nein. Du bist es, Mitchell, der die Augen vor der Wirklichkeit verschließt. Ich sehe die Dinge nur klar und nüchtern und nenne sie auch beim Namen – ob das dir nun paßt oder nicht. Und die Tatsachen sind doch die: Die Freien in New South Wales würden so eine Verbindung gesellschaftlich nicht tolerieren, und man würde dich von Stund an schneiden.«

»Die Zeiten haben sich geändert, John!« widersprach Mitchell. »Früher mag das vielleicht so gewesen sein. Aber heute sind schon viele Freie mit ehemaligen Sträflingen verheiratet.«

John machte eine unwillige Handbewegung. »Ja, aber du bist nicht irgendein kleiner Farmer, der sich am Oberlauf des Hawkesbury oder irgendwo am Hunter River abschindet, um für sich und seine Familie ein leidliches Auskommen zu finden. Du gehörst zur Elite dieser Kolonie. Eines Tages wird dir ganz Mirra Booka gehören. Und mit so einem großen Grundbesitz hast du Ansehen und Einfluß – vorausgesetzt du hältst dich an die gesellschaftlichen Spielregeln, die hier Geltung haben. Wenn es dir jedoch nichts ausmacht, von allen wichtigen Leuten geschnitten zu werden – nur zu! Aber hast du mir nicht selbst gesagt, daß du daran interessiert bist, demnächst vielleicht ein öffentliches Amt zu bekleiden?«

Mitchell kippte seinen Madeira hinunter, stand auf und goß sich noch einmal nach. »Gouverneur Bligh ist nicht halb so engstirnig wie dieses arrogante Offizierspack und ein Teil der freien Händler!« stieß er grimmig hervor. »Und eines Tages werden diese hochnäsigen Freien, die sich lächerlicherweise auch noch die Exclusives nennen, von ihrem hohen Roß steigen müssen. Eine Farm wie SEVEN HILLS ist ja schon jetzt ein Machtfaktor am Hawkesbury. Und wer soviel Land besitzt, den kann eine Gesellschaft auf Dauer nicht schneiden. Geld bestimmt diese Welt, John, das habe ich von dir gelernt. Und immer mehr Emanzipisten bringen es zu was. Und eines Tages können die sogenannten Freien an ihnen einfach nicht mehr vorbei!«

»Gut möglich«, räumte John ein. »Aber noch ist es längst nicht soweit. Und was Bligh betrifft: Das New South Wales Corps ist noch immer der entscheidende Machtfaktor in dieser Kolonie. Und sosehr ich privat auch mit manchen seiner Ideen sympathisieren mag, so kann ich doch nicht die Augen davor verschließen, daß er immer noch weniger zu sagen hat als die Offiziere.«

»Auch das wird sich noch ändern!«

John Hawkley zuckte die Achseln. »Das bezweifle ich. Bisher haben sich noch alle Gouverneure die Zähne an der geschlossenen Front des Corps ausgebissen und nach ein paar Jahren aufgegeben. Bligh dürfte da keine Ausnahme bilden, Mitchell. Er ist bestimmt ein erstklassiger Navigator und weiß ein Kriegsschiff in der Schlacht zu führen, aber als Gouverneur einer jungen Kolonie ist er der falsche Mann!«

Mitchell schwieg, denn so ganz unrecht hatte John nicht.

»Außerdem liegt doch überhaupt kein Grund vor, uns wegen dieser... Jessica in die Haare zu geraten«, schlug John einen versöhnlichen Ton an. »Ich will dich wirklich nicht verletzen, aber sieh doch, wie die Dinge liegen: Wenn du dieser Frau auch nur halb so viel bedeutet hättest, was du scheinbar für sie empfindest, hätte sie dann nicht ein wenig länger darauf gewartet, von dir zu hören? Halt! Laß mich bitte ausreden. Tatsache ist doch, daß sie schon kurz nach ihrem Prozeß diesen Steve Brading geheiratet hat. Warum hat sie nicht ein, zwei Wochen verstreichen lassen und versucht herauszufinden, was aus dir geworden ist? Du weißt so gut wie ich, daß ihr das durchaus möglich gewesen wäre – auch als Insassin des Frauengefängnisses. Damals bestand für ihr Leben doch keine Gefahr mehr. Und sie war hübsch, so daß sie nicht zu befürchten brauchte, keine Wahl unter den Ehebewerbern zu haben. Sie hatte alle Trümpfe in der Hand, wenn du mir diesen Vergleich erlaubst. Also warum die Hast?«

»Sie wollte eben nicht, daß ich ihretwegen meinen Start hier in der Kolonie gefährde«, sagte Mitchell widerwillig.

»Welch eine noble Geisteshaltung«, bemerkte John spöttisch. »Sie gab sich also lieber in die Hände eines Mannes, der ihr noch fremder war als du und den sie mit *Sicherheit* nicht hat lieben können, als auf dich zu warten. Wobei du zudem noch annimmst, daß sie mehr als nur Sympathie für dich empfunden hat. Also einen Verzicht aus Liebe willst du ihr unterstellen.«

»Ja«, antwortete Mitchell gereizt.

»Kann es aber nicht auch möglich gewesen sein, daß Steve Brading ihr einfach mehr zu bieten hatte als du?«

Mitchell wußte darauf keine Erwiderung. Wie oft hatte er sich diese Frage selbst schon gestellt? Doch er wollte einfach nicht glauben, daß John mit seiner Vermutung recht hatte. Aber die Zweifel quälten ihn.

John Hawkley schien zu ahnen, wie es in ihm aussah. »Versteh mich bitte nicht falsch, Mitchell. Ich will dir keine Illusionen rauben. Doch du hast als mein Partner soviel Lernfähigkeit, Sachverstand und Vernunft gezeigt, daß ich von dir erwarten kann, auch in Hinsicht auf Jessica alles gut abzuwägen und den Unterschied zwischen Wunsch und Wirklichkeit zu erkennen.«

»Ich bin kein Traumtänzer!« erwiderte Mitchell hitzig. »Ich bin nicht weniger Realist als du!«

»Gut, das zu hören. Übermorgen wirst du das beweisen können«, wechselte John geschickt das Thema.

Mitchell runzelte die Stirn. »Übermorgen? Was ist übermorgen?«

John Hawkley lächelte vergnügt. »Wir werden Besuch bekommen. Der alte Marwick ist wieder zurück. Er kam gestern hier vorbei und ließ es sich nicht nehmen, mit mir ein Glas zu trinken, obwohl er in Eile war.«

»Jonas Marwick ist immer in Eile«, brummte Mitchell mißmutig, der dem dicken Geschäftsmann wenig Sympathisches abgewinnen konnte.

»Da hast du recht. Auf jeden Fall habe ich darauf gedrängt, daß er uns einen richtigen Besuch abstattet, was er auch mit Freuden angenommen hat«, berichtete John. »Er wird noch ein paar andere Gentlemen mitbringen, deren Bekanntschaft er auf der Überfahrt gemacht hat und die interessante Gesprächspartner sein werden.«

»Und wer kommt noch?« fragte Mitchell.

»Ein paar alte Bekannte von mir«, sagte John leichthin.

Mitchell kniff die Augen zusammen. »Du meinst Offiziere des Corps, ja?«

»Mach doch nicht so ein Gesicht, Mitchell!« bat John. »Wenn man in der Wildnis ist, muß man mit den Wölfen heulen.«

»Wölfe! Eine bessere Bezeichnung hätte mir für diese Leute auch nicht einfallen können! Früher hättest du diese Offiziere nicht über deine Türschwelle gelassen, John! Du hast auf sie geschimpft und sie das Geschwür dieser Kolonie genannt. Doch davon ist in letzter Zeit nicht mehr viel geblieben. Im Gegenteil, du verkehrst immer häufiger mit ihnen und scheust dich auch nicht, dich an ihren Geschäften zu beteiligen!«

John Hawkley blieb ruhig. »Ich behaupte ja nicht, daß diese Männer meine Herzensfreunde sind...«

»Aber du suchst ihre Gesellschaft!« warf Mitchell ihm vor. »Und nicht nur das. Du machst sogar Geschäfte mit diesen Männern, die die Kolonie unter ihrer Knute haben!«

»Ich bin kein Weltverbesserer, Mitchell, jedenfalls ist es lange her, seit ich versucht habe, gegen den Strom schwimmen zu wollen. Es hat zu nichts geführt«, sagte er mit einem Anflug von Bitterkeit, der jedoch schnell wieder aus seiner Stimme verschwand. »Ich habe gelernt, mit den Gegebenheiten zu leben, auch wenn sie nicht meinen Idealvorstellungen entsprechen. Und du weißt so gut wie ich, daß wir das Corps nicht mit Mißachtung oder gar mit offener Ablehnung strafen können, wenn wir nicht Gefahr laufen wollen, große geschäftliche Einbußen hinzunehmen – ja, vielleicht sogar Gefahren für unsere eigene Person.«

»Auch wenn Vorsicht angebracht ist«, räumte Mitchell widerstrebend ein, »so gibt es aber doch noch lange keinen Grund, sie auch noch zu uns einzuladen.«

»Keiner hindert dich daran, deine anderen Kontakte zu pflegen«, meinte John. »Aber ein kluger Mann manövriert sich nicht selbst in die Sackgasse, wenn er die Chance hat, sich mehrere Wege offenzuhalten. Und genau das ist es, was ich dir rate.«

Mitchell Hamilton seufzte schwer. »Also gut, sollen sie kommen. Ich werde mich bemühen, nicht allzu deutlich zu zeigen, was ich von diesem Rum-Corps halte!«

»So gefällst du mir schon besser! Du wirst sehen, es wird sicherlich ein vergnüglicher Abend werden. Ein paar führende Geschäftsleute und Offiziere unter sich. Der Teufel soll mich holen, wenn es da nicht die eine oder andere Information aufzuschnappen gibt!« freute sich John Hawkley.

Mitchell blieb noch eine Weile bei seinem Freund und Partner und besprach einige Dinge, die die Farm betrafen. Dann zog er sich in seine Privaträume zurück.

Sofort schweiften seine Gedanken zu Jessica ab. Unruhig ging er im Zimmer auf und ab. Johns Worte hatte seine eigenen, quälenden Zweifel angefacht. Am liebsten hätte er sich wieder aufs Pferd geschwungen und wäre nach SEVEN HILLS geritten. Doch er wußte, daß er sich jetzt erst einmal in Geduld üben und eine Antwort abwarten mußte. Ob sie sein Brief, den er in Sydney vor drei Tagen dem Flußschiffer mitgegeben hatte, schon erreicht hatte?

15

»Die ENTERPRISE!... Der fette Duckworth kommt mit seinem Kahn den Fluß hoch!« schallte es zwei Tage nach Lydias Besuch über die Hügelkuppe von SEVEN HILLS.

Jessica trat aus dem Haus und beschattete die Augen mit der flachen Hand. Es war wirklich die ENTERPRISE, die sich mühsam den Hawkesbury hochkämpfte. Eine plumpe Schaluppe, die gewöhnlich vor Dreck starrte wie ihr Besitzer.

Lisa Reed trat hinter ihr aus der Tür. »Sieht ganz so aus, als wollte der fette Jonas zu uns«, stellte sie fest, als die ENTERPRISE auf die Anlegestelle der Farm zusteuerte.

»Hoffentlich hat er keine Zeit, um bei uns eine längere Rast einzulegen. Nur sehr ungern sehe ich ihn im Haus, denn er frißt, mit allem Respekt, gnädige Frau, wie ein Schwein! Das hat selbst Mister McIntosh gesagt!« fügte sie hastig hinzu.

»Keine Sorge, Lisa, Jonas Duckworth wird wohl in Zukunft auf unsere Gastfreundschaft verzichten müssen.«

»Dem Himmel sei Dank!« seufzte Lisa Reed erleichtert und eilte schnell wieder zurück in die Küche, als fürchtete sie, Anne könnte in den wenigen Minuten ihrer Abwesenheit Verheerendes in ihren Töpfen und Pfannen anrichten.

Jessica verzog das Gesicht, als an der Absicht des Flußschiffers kein Zweifel mehr bestand. Sie erwarteten keine bestellten Waren. Also hatte Jonas Duckworth andere Gründe, weshalb er bei ihnen anlegte. Sie konnte sich schon denken, welche das waren, und sie wünschte, Ian wäre schon zurück. Doch er befand sich mit dem Reitertrupp noch immer auf der Suche nach den drei entlaufenen Sträflingen. Sie würde dem alten Flußschiffer also ohne seine Unterstützung begegnen müssen.

Mit einem unguten Gefühl im Magen setzte sie ihren Strohhut auf, der ihr hier auf der Farm den Dienst eines Parasols leistete, und begab sich zur Anlegestelle hinunter. Es war ein Fußweg von immerhin gut zehn, fünfzehn Minuten. Genug Zeit also, um sich schon mal einige passende Worte paratzulegen.

Jonas Duckworth saß im Schatten des alten, zerschlissenen Segels, das in der warmen Brise hin und her schlug. Weder ihm noch seiner Mannschaft kam es in den Sinn, das Segel festzuzurren und so vor Beschädigung und Abnutzung zu bewahren. Der Flußschiffer hatte das Format einer Tonne, wobei sogar die Größenverhältnisse beinahe stimmten. Sein fetter Wanst drohte den speckigen Steuermannsrock zu sprengen. Und über seinen schwarzen, zerzausten Vollbart rollten nun etliche Tropfen Rum und funkelten im Sonnenlicht, als er die schwere Korbflasche absetzte, laut rülpste und den Korken wieder in den Hals drückte. Seine Männer, nicht minder ungepflegt, sahen mit verdrossenen Mienen zu, wie er sich da aus der Rumflasche bediente, wagten jedoch nicht, einen Ton zu sagen. Jonas Duckworth war nicht dafür bekannt, ein Mann großzügiger Gesten und verträglichen Temperamentes zu sein.

Er war ein grober Klotz, was nicht weiter schlimm gewesen wäre, wenn sich dazu nicht noch eine gefährliche Portion Gerissenheit gesellt hätte.

Als Jessica nun die Anlegestelle betrat, erhob er sich ohne Hast von der Kiste, auf der er gesessen hatte, und wischte sich mit dem Handrücken über den Mund. Sein Gesicht verzog sich zu einem breiten Lächeln, das falscher nicht sein konnte.

»Einen schönen guten Tag, Mr. Duckworth!« rief sie ihm zu und blieb am Anfang der Anlegestelle aus massiven Baumstämmen stehen. Sie hatte nicht die Absicht, die ENTERPRISE zu betreten. Daß der Flußschiffer auf seiner Schaluppe wartete, war schon ein deutliches Zeichen, daß er verstimmt war. Denn normalerweise wartete er gar nicht ab, daß ihn jemand einlud, auf SEVEN HILLS eine Rast einzulegen und sich an dem gütlich zu tun, was Lisa Reed auftischte. Stets hatte er den Hügel er-

klommen, wie heiß es auch gewesen sein mochte. Daß er nun wartete, daß sie zu ihm kam, war bezeichnend für ihr abgekühltes Verhältnis.
»Ah, Mrs. Brading!« rief er überschwenglich, als gäbe es nicht die geringsten Mißstimmungen zwischen ihnen, schwang sich über die hüfthohe Reling und kam ihr auf dem Steg entgegen. »Welch ein Vergnügen, Sie wieder auf Seven Hills zu wissen. Der obere Hawkesbury ohne einen Brading wäre auch nicht mehr der alte gewesen. Ein Mann wie ich kann das beurteilen. Ich komme mit mehr Leuten zusammen und bekomme mehr zu hören als so mancher im ganzen Jahr. Wirklich prächtig, daß Sie zurückgekommen sind. Ich sage Ihnen, dieses Jahr werden die Kornspeicher aus den Nähten platzen! Die Ernte wird alles bisher Dagewesene übertreffen, darauf will ich jede Wette eingehen!«
Ah! dachte Jessica, *jetzt kommt er allmählich zur Sache, dieser verfluchte Halsabschneider! Er will mir zu verstehen geben, daß Frachtraum dieses Jahr knapper als sonst sein wird!* Doch sie ließ sich nicht anmerken, daß sie wußte, worauf er damit anspielte.
»Ja, wir werden uns sicher nicht zu beklagen brauchen, wenn wir keinen allzu heftigen Regen mehr bekommen oder der Sommer nicht die Ernte schon auf den Feldern verdörrt«, antwortete sie freundlich, aber unverbindlich.
Jonas Duckworth wiegte seinen massigen Kopf in einer Geste großer Nachdenklichkeit, als hätte sie etwas gesagt, das von Gewicht war und gut bedacht werden mußte. Dabei war es doch nichts weiter als eine Belanglosigkeit gewesen.
»Ja, ja, man muß viel bedenken, wenn man hier das nächste Jahr erleben will«, sagte er dann und unternahm einen neuen Vorstoß, auf das Thema zu kommen, an dem es ihm offenbar sehr gelegen war. »Die Schafe stehen dies Jahr auch gut im Fleisch und werden mächtig viel Wolle bringen. Ein gutes Jahr in jeder Hinsicht, Mrs. Brading. Wenn wir klug sind, werden wir alle gute Geschäfte machen.«

Jessica behielt ihr freundliches, aber nichtssagendes Lächeln bei. »Das hoffe ich auch, Mrs. Duckworth.«
Der Flußschiffer runzelte unwillig die Stirn. Jetzt reichte es ihm. Und mit weit weniger Höflichkeit fragte er: »Hat Mr. McIntosh noch nicht mit Ihnen darüber gesprochen, Mrs. Brading?«
»Worüber, wenn ich fragen darf?«
»Zum Teufel noch mal, über die neuen Frachtraten!« polterte er los.
Jessica gab sich ein wenig verwirrt. »Ja, schon«, sagte sie und tat so, als versuchte sie sich krampfhaft etwas ins Gedächtnis zurückzurufen, an das sie nur noch eine vage Erinnerung hatte.
»Geredet hat er wirklich mit mir darüber. Doch ich muß zu meiner Schande gestehen, daß ich ihm zuwenig Aufmerksamkeit geschenkt habe. Zumindest ist nicht viel davon bei mir hängen geblieben. Ich glaube, er sagte etwas davon, daß Sie dieses Jahr eine ganze Menge Fracht zu bewältigen hätten ...«
»In der Tat!« grunzte Jonas Duckworth.
»... und daß sich das günstig für uns auswirken würde«, fuhr Jessica mit Unschuldsmiene fort.
Der Flußschiffer klappte den Mund auf, ließ seine verfaulten Zähne sehen und starrte sie einen Augenblick in sprachloser Verblüffung an. »Günstig für Sie?« stieß er dann hervor. »Zum Teufel noch mal, wie kommen Sie denn auf so eine lächerliche Idee!«
»Aber das liegt doch auf der Hand«, antwortete Jessica und gab sich verwirrt wie eine Frau, die vom Geschäft keine Ahnung hatte, was auf sie nun wahrlich nicht zutreffen konnte. »Wir geben Ihnen die Möglichkeit, dieses Jahr bedeutend mehr Fracht als gewöhnlich zu transportieren – und somit auch mehr Geld zu verdienen. Und wenn mich nicht alles täuscht, ist bei solchen Geschäften doch stets eine Art Rabatt fällig. Zumal Sie exklusiv für uns fahren dürfen.«
»Dürfen?« Duckworth spuckte das Wort förmlich aus.

Jessica schien seine Gereiztheit überhaupt nicht zu bemerken, legte den Kopf schief, nagte an ihrem Zeigefinger und sagte dann geradezu fröhlich. »Ich meine, ein Preisnachlaß von zwei Pence dürfte wirklich nicht zuviel verlangt sein, Mr. Duckworth. Denn ich glaube, Sie haben wirklich recht: Alles spricht dafür, daß wir ein außergewöhnlich gutes Jahr haben werden.«

Der Flußschiffer lief nun dunkelrot an. »Zwei Pence *Preisnachlaß?*« stieß er hervor.

»Nun, wir werden uns schon handelseinig werden. Ich glaube, mit anderthalb kommen wir auch ins Geschäft«, gab Jessica sich großzügig und genoß es, ihn innerlich fast explodieren zu sehen. »Ich will ja wirklich nicht in den Ruf kommen, einem langjährigen Geschäftspartner das Messer an die Kehle zu setzen und ihn zu übervorteilen. Vielleicht wären zwei Pence wirklich etwas zuviel verlangt. Aber warum bereden wir das nicht bei ...«

Der Flußschiffer konnte nun nicht länger an sich halten und fiel ihr aufgebracht ins Wort. »Von einem Preisnachlaß kann gar keine Rede sein, Mrs. Brading! Ich weiß nicht, wem Sie zugehört haben, aber diesen bodenlosen Unsinn können Sie nicht von Mr. McIntosh erfahren haben! Ich habe ihm meine Bedingungen klipp und klar genannt – und ich bin hier, nicht um über irgendwelche lächerlichen Preisnachlässe zu reden, sondern um zu erfahren, ob Sie akzeptieren oder nicht!«

»Oh, es tut mir leid, sollte ich da etwas durcheinandergeworfen haben. Und es lag ganz sicher nicht in meiner Absicht, Sie zu verstimmen«, antwortete Jessica mit scheinbarer Betroffenheit und fast verwirrt: »Könnten Sie mir vielleicht die Bedingungen, die Sie meinem Verwalter genannt haben, wiederholen?«

»Und ob ich das kann!« knurrte Duckworth und rasselte seine Forderungen herunter, vermied es aber, sie dabei anzusehen. Jessica sah ihn mit großen, ungläubigen Augen an. »Aber Mr. Duckworth!« rief sie tadelnd. »Sie dürfen mehr transpor-

tieren als gewöhnlich, und statt billiger zu werden, schrauben Sie die Preise hoch? Das hätte ich nicht von Ihnen erwartet!«
»Was Sie von mir erwartet haben, interessiert mich einen... äh... tut hier nichts zur Sache«, mäßigte er sich noch im letzten Moment. »Die Preise sind nun mal so hoch. Damit werden Sie sich abfinden müssen.«
»Schade, dann sehe ich mich gezwungen, von Ihren Konkurrenten Angebote einzuholen.«
»Das wird Ihnen nicht einen lumpigen Penny sparen, Mrs. Brading«, antwortete er mit kaum verhohlener Häme. »Sie werden keinen Flußschiffer auf dem Hawkesbury oder sonstwo finden, der einen Buschel für weniger als einen Shilling und Sixpence an Bord nimmt!«
Jessica hatte nicht schlecht Lust, ihm an den Kopf zu werfen, daß sie ihm bald auf dem Hawkesbury River Konkurrenz machen würde. Doch das wäre unklug gewesen und hätte ihm die Möglichkeit gegeben, etwas dagegen zu unternehmen. So zügelte sie ihren Zorn.
»Wollen Sie damit sagen, Mr. Duckworth, daß alle Flußschiffer die Preise in diesem Jahr erhöhen?« fragte sie.
»So ist es!«
»Das riecht aber unangenehm nach Absprache«, sagte Jessica und meinte damit Erpressung.
Jonas Duckworth lächelte überheblich. »Wir sind eine Interessengemeinschaft, Mrs. Brading, und gelegentlich tauschen wir unsere Ansichten eben untereinander aus.«
»Wirklich erstaunlich, daß alle Flußschiffer dieses Jahr ihre Preise angehoben haben.«
»Es war längst an der Zeit, die Frachtraten anzuheben!« antwortete der fette Flußschiffer barsch.
Jessica erinnerte sich daran, was Steve ihr einmal über Jonas Duckworth erzählt hatte. Demnach hatte der Dicke händeringend nach Fracht gesucht, als er vor gut acht Jahren in das Geschäft eingestiegen war. Und SEVEN HILLS war sein erster und für lange Zeit auch bester Kunde gewesen. Ohne Steves Unter-

stützung hätte Duckworth damals geschäftlich nicht überlebt. Das schien er vergessen zu haben.

Jessica unternahm einen letzten Versuch, ihn zu einem Kompromiß zu bewegen, obwohl sie am liebsten jegliche Geschäftsbeziehungen mit ihm abgebrochen hätte. Doch solange nicht feststand, ob es ihr gelingen würde, eine Beteiligung zu erwerben, mußte sie sich alle Möglichkeiten offenhalten.

»Mr. Duckworth«, begann sie und schenkte ihm ein reizendes Lächeln, das ihr viel Überwindung kostete. »Mein Mann hat mir oft davon erzählt, wie schwer die ersten Jahre hier am Hawkesbury waren – für Siedler und für Flußschiffer. Und wenn mich meine Erinnerung nicht täuscht, war Ihre Beziehung zu SEVEN HILLS immer eine von ganz besonderer Art.«

Duckworth kniff die Augen zusammen. Er ließ sich offenbar nicht gern daran erinnern, daß er bei den Bradings eigentlich in der Schuld stand. »Ich weiß nicht, wovon Sie sprechen!« knurrte er gereizt.

Ich spreche von Ehre und Loyalität, du Mistkerl! dachte Jessica aufgebracht und sagte laut: »Ich will damit sagen, daß Sie heute wohl nicht mehr Flußschiffer wären, wenn mein Mann Ihnen nicht über die ersten Jahre hinweggeholfen hätte. Und ich dachte, das würde Sie dazu veranlassen, bei Ihren Preisforderungen uns gegenüber einen anderen Maßstab anzulegen.«

Duckworth lief hochrot an. »Das ist gottverdammter Unsinn!« erregte er sich. »Ich hätte es auch ohne die Aufträge Ihres Mannes geschafft. Wenn Sie glauben, mir auf diese Weise ein paar Pennies abhandeln zu können, dann befinden Sie sich im Irrtum! Er brauchte mich damals nicht weniger als ich ihn. Und ich bin für ihn immer ein bißchen billiger gefahren, als ich es mir eigentlich hätte erlauben können. Das war nichts weiter als Großzügigkeit von mir, zu der ich nicht verpflichtet war. Aber allmählich muß ich darauf achten, daß auch bei mir die Kasse stimmt. Und wenn ich so sehe, wie sich SEVEN HILLS in den letzten Jahren entwickelt hat, dann frage ich mich, wieso Sie mit mir über diese lächerliche Preiserhöhung streiten!«

Jessica hätte ihm am liebsten ob dieser unverschämten Lüge eine schallende Ohrfeige gegeben. Doch sie beherrschte sich und rang sich nur ein schweres Seufzen ab, das einen resignierenden Beiklang haben sollte. »Also gut, lassen wir das, Mr. Duckworth. Vielleicht bin ich auch falsch unterrichtet«, lenkte sie ein.

Der Flußschiffer schnaubte. »Die Pest über mich, wenn Sie das nicht sind!«

»Sie sagten, Sie hätten meinem Verwalter einen Monat gegeben, um zu einer Entscheidung zu gelangen.«

»Ja, und die Frist ist jetzt um! Ich weiß nicht, welche Qualitäten Ihr Verwalter hat, aber die Art, die er mir gegenüber an den Tag gelegt hat, hat mir gar nicht gefallen«, beschwerte sich Jonas Duckworth, der nun Oberwasser zu gewinnen glaubte. »Wenn Sie ihm weiterhin bei so wichtigen Entscheidungen wie dem Abtransport von Ernte und Wolle freie Hand lassen, kann das für Sie bittere Konsequenzen haben. Außerdem möchte ich wissen, mit wem ich in Zukunft Geschäftsverbindungen zu treffen habe – mit diesem Iren oder mit Ihnen!«

Mit keinem, wenn alles so klappt, wie ich es mir erhoffe! war Jessica versucht zu antworten. »Selbstverständlich mit mir, Mr. Duckworth«, sagte sie jedoch und bemerkte sehr wohl, daß ein zufriedenes Lächeln über sein Gesicht huschte. Er glaubte sicherlich, mit ihr leichter fertigzuwerden als mit Ian McIntosh. Wenn er sich da mal nicht täuschte!

»Das ist mir mehr als recht, Mrs. Brading. Ich verhandel immer lieber mit denjenigen, die auch wirklich das Sagen haben. Und ich bin überzeugt, daß Sie es nicht auf eine Kraftprobe ankommen lassen wollen, die erhebliche finanzielle Verluste für Sie zur Folge haben könnte.«

»Ganz bestimmt nicht, Mrs. Duckworth«, versicherte Jessica und versuchte nun alles, um ihn in Sicherheit zu wiegen und ihn glauben zu lassen, daß sie nur noch ihr Gesicht gewahrt wissen wollte. »Dieses Mißverständnis mit den Frachtraten ist mir äußerst peinlich, zumal SEVEN HILLS sich ja schon seit so vielen Jahren Ihrer Dienste bedient. Und wenn Sie wüßten, wie hoch ich Sie schätze, würden Sie überrascht sein.« In der Tat, das würde er!

Der Flußschiffer lächelte. »Das beruht selbstverständlich auf Gegenseitigkeit, Mrs. Brading!« versicherte er und hielt das Spiel schon für gewonnen.

»Doch ich muß Sie bitten, mir noch zwei Wochen Frist zu geben«, fuhr Jessica fort. »Nicht, weil ich die Absicht hätte, mit anderen Flußschiffern wegen preiswerterer Frachtraten Kontakt aufzunehmen, was Ihren Ausführungen zufolge ja auch zwecklos wäre...«

»Ich gebe Ihnen mein Wort drauf!«

»... sondern um mir einen Überblick über alles zu verschaffen. Sie wissen ja, daß ich erst kurz wieder auf der Farm bin, und ich muß gestehen, daß ich mich auch in den Monaten zuvor nicht so sehr um die Belange von SEVEN HILLS gekümmert habe, als es offenbar nötig gewesen wäre. Hätte ich die Zügel nicht so schleifen lassen, wären unsere Vereinbarungen wie auch in den Jahren zuvor mit Ihnen schon längst unter Dach und Fach. Ich glaube, ich werde mit Mr. McIntosh ein sehr ernstes Gespräch führen müssen!« Jessica brachte es fertig, entschlossen und zugleich verlegen zu wirken.

Jonas Duckworth war überzeugt, auf ganzer Linie gewonnen zu haben. Daß Jessica Brading nicht hier und jetzt seine Forderungen annehmen wollte, obwohl ihr gar keine andere Wahl blieb, verstand er nur zu gut. Wenn zwei Wochen das waren, was sie brauchte, um ihr Gesicht zu wahren, hatte er daran nichts auszusetzen. Und so gab er sich in der trügerischen Gewißheit seines Sieges großzügig.

»Ich bin kein kleinlicher Mensch«, sagte er mit einem falschen Lächeln. »Selbstverständlich gebe ich Ihnen die beiden gewünschten Wochen, Mrs. Brading. Wie ich Ihnen schon vorhin gesagt habe, bin ich sehr froh, daß Sie nun wieder auf SEVEN HILLS die Zügel in der Hand halten. Das wird für uns alle nur von Vorteil sein.«

Jessica gab sich geschmeichelt. »Zu freundlich, Mr. Duckworth. Ich hoffe sehr, allen Erwartungen gerecht zu werden, und werde mir alle Mühe geben. Also dann, bis in zwei Wochen.«

Jonas Duckworth wollte schon zurück an Bord der ENTERPRISE gehen, als ihm noch etwas einfiel. »Oh, das hätte ich ja beinahe vergessen. Ich habe einen Brief für Sie, Mrs. Brading!«

»Einen Brief für mich?« fragte Jessica überrascht. Sie konnte sich nicht erinnern, jemals wieder einen Brief erhalten zu haben, seit sie das Mädchenpensionat von Madam Blakley in London verlassen hatte und zu ihrer todkranken Mutter ans Sterbebett geeilt war. Und sie wußte instinktiv, daß nur ein einziger Briefschreiber in Frage kam: Mitchell Hamilton!

»Ja.« Er zog den Brief unter seiner speckigen Jacke hervor. »Ein Gentleman bat mich in Sydney, Ihnen dieses Schreiben zuzustellen. Ich hoffe, es enthält nur angenehme Nachrichten.« Erwartungsvoll sah er sie an.

»Danke.« Jessica nahm den Brief, der schon reichlich zerknittert aussah und mehrere Flecken aufwies, entgegen und zwang sich, ihn wegzustecken, ohne einen Blick auf den Absender zu werfen.

Jonas Duckworth, der offenbar auf irgendeine Reaktion gewartet hatte, zog seine Jacke gerade, tippte als Abschiedsgruß an eine nicht vorhandene Kappe und sprang wieder an Bord seiner Schaluppe.

Jessica ging schnellen Schrittes zum Farmhaus hoch. Ihr Herz klopfte vor Erregung.

Sie vergaß die unerfreuliche Begegnung mit Jonas Duckworth, der mit heiserer Stimme seine Mannschaft anschrie, beim Ablegen nicht so herumzutrödeln.

Der Brief mußte von Mitchell sein!

Als sie weit genug vom Anlegesteg entfernt war, holte sie ihn hervor. Ihre Hände zitterten, als sie den Brief umdrehte und den Absender las.

Mitchell Hamilton, Mirra Booka, Parramatta!

Sie wollte ihn im ersten Moment aufreißen und lesen, was er ihr geschrieben hatte. Doch sie riß sich zusammen. Nicht hier. Wenn sie allein in ihrem Zimmer und sicher war, von niemandem beim Lesen des Briefes beobachtet zu werden! Sie eilte den Hang hoch, konnte gar nicht schnell genug ins Haus kommen. Doch dann sah sie, daß sie mit dem Lesen des Briefes noch würde warten müssen. Sieben Reiter näherten sich SEVEN HILLS aus Nordwesten. Es war Ian McIntosh mit dem Suchtrupp.

16

Die Männer sahen müde und erschöpft aus, waren von oben bis unten mit rotbraunem Staub bedeckt. Schweiß und Dreck hatten ihre Gesichter verschmiert, die einen verschlossenen Ausdruck trugen. Auf die Zurufe ihrer Kameraden hoben sie kaum die Köpfe, hatten allenfalls ein müdes Nicken für sie. Was immer sie in den letzten Tagen erreicht haben mochten, eine fröhliche Rückkehr war es nicht.

Jessica war mit Suchtrupps dieser Art zu erfahren, um aus dem verschlossenen, schweigsamen Verhalten der zurückkehrenden Männer einen voreiligen Schluß zu ziehen. Sie hatte Suchtrupps erlebt, die fast fröhlich wieder auf Seven Hills erschienen waren – obwohl sie keinen Erfolg gehabt hatten, die entlaufenen Sträflinge aufzuspüren. Finstere Mienen konnten genauso viel und genauso wenig über den Ausgang eines Suchkommandos aussagen wie fröhliche.

Welch ein Glück, daß wir auf Seven Hills wenig Probleme mit Entlaufenen haben! dachte Jessica im stillen dankbar. Daß es trotz gerechter Behandlung auch unter ihren Zwangsarbeitern unzufriedene Gesellen gab, die andere aufzustacheln versuchten, damit mußte man sich abfinden. Bisher hatte es nur eine schwere Auseinandersetzung mit aufrührerischen Sträflingen auf Seven Hills gegeben – und Steve Brading hatte dabei den Tod durch die Kugel eines gewissenlosen Verbrechers gefunden. Ausgerechnet er, der mehr für die Sträflinge am Hawkesbury getan hatte, als irgend jemand sonst!

Ian McIntosh sah sie wartend vor dem Haus stehen und wandte sein Pferd ihr zu, während die anderen Männer geradewegs auf die Stallungen zuhielten und dort aus den Sätteln rutschten.

Der Verwalter zügelte sein Pferd vor ihr und saß ab. Er reckte sich, während der alte Craig herbeieilte und das nicht weniger erschöpfte Pferd zum Stall führte. »Ich spüre jeden verdammten Knochen. Noch vor ein paar Jahren konnte ich tagelang im Sattel sitzen, ohne auch nur ein leichtes Ziehen zu verspüren. Jetzt setzt mir schon ein zweitägiger Streifzug zu. Offenbar komme ich ins Alter«, brummte er.

Das war es nicht, was Jessica hören wollte. »Haben Sie Erfolg gehabt?« fragte sie gespannt.

Ian verzog das Gesicht und trat mit ihr in den Schatten des Vordaches. »Ja, wir haben die Kerle geschnappt. Drüben in den Red Rock Hills. Wir dachten schon, sie wären ein gutes Stück weiter flußabwärts gekommen. Aber sie haben es noch nicht einmal bis zu den Stuarts geschafft.«

»Gott sei Dank!« stieß Jessica erleichtert hervor.

»Ich glaube, das haben die Burschen im stillen wohl auch gedacht«, sagte Ian McIntosh und sank mit einem schweren Seufzer auf die Bank. »Ihnen ging es nämlich verdammt dreckig. Hatten schon seit zwei Tagen nichts mehr zu beißen und wußten nicht, was sie machen sollten. Ohne Waffen und gute Kenntnisse des Landes hat man da draußen wenig Aussicht, auch nur eine Woche zu überleben. Konnten wirklich froh sein, daß wir ihre Spur zuerst gefunden haben – und nicht die Aborigines. Die hätten mit ihnen kurzen Prozeß gemacht.«

»Sie hatten also keine Schwierigkeiten mit ihnen?«

»Nicht die geringsten. Sie versuchten noch nicht einmal, vor uns zu flüchten, sondern blieben an ihrem Feuer sitzen. Ich sage Ihnen, das waren keine Burschen, die nur auf eine Chance gewartet hatten, um sich in den Busch abzusetzen. Ihre Flucht von New Hope war nichts weiter als eine spontane Verzweiflungstat, und ich kann sie verdammt gut verstehen.«

Jessica war erleichtert. »Na, da wird den Randells sicherlich ein Stein vom Herzen gefallen sein, als Sie mit den Entlaufenen auf ihrer Farm erschienen sind!«

Ian blickte finster drein. »Pah!« machte er nur.

»Was ist?«
»Statt dankbar zu sein, daß wir sie ihm zurückgebracht haben, hat es noch verdammten Ärger mit diesem George Randell gegeben! Und wenn seine Frau ihn nicht beruhigt hätte, wäre er mir vielleicht sogar noch an die Kehle gesprungen!«
»Aber wieso denn?« fragte Jessica verständnislos.
»Dieser Saufkopf war fest entschlossen, die drei Männer auf der Stelle auszupeitschen«, berichtete Ian ärgerlich. »Dabei hätte er es verdient, mal die Neunschwänzige zu spüren. Wir haben die drei Sträflinge nämlich ausführlich und getrennt befragt, bevor wir sie nach New Hope zurückbrachten. Und was sie uns über George Randells Behandlung zu berichten hatten, hat meinen schlimmsten Verdacht noch übertroffen. Er ist ein richtiger Sklaventreiber, ein Sadist zudem, der sein eigenes Versagen nicht wahrhaben will und seine Wut an seinen Sträflingen ausläßt.«
Jessica sah betroffen drein und verstand jetzt die verschlossenen Mienen der Reiter. Es war keine dankbare Aufgabe, Entlaufene wieder der tyrannischen Herrschaft eines Mannes wie George Randell zu übereignen. »Ja, so etwas hat auch Lydia schon angedeutet«, sagte sie leise.
»Ich habe ihm die drei Männer nur unter der Bedingung übergeben, daß sie für ihr Entlaufen nicht bestraft werden. Und ich habe ihm zu verstehen gegeben, daß ich mich nicht allein auf sein Wort verlassen, sondern eigene Erkundigungen einziehen würde«, erzählte Ian McIntosh. »Da hätten Sie ihn mal sehen sollen. Er hat sich aufgeführt wie ein Verrückter und mich beschuldigt, der Landplage durch entlaufene Sträflinge noch Vorschub zu leisten. Himmel! Dabei sind es in Wirklichkeit Typen wie er, die den Sträflingen gar keine andere Wahl lassen, als wegzulaufen und sich zu marodierenden Banden zusammenzuschließen. Aber das geht wohl nicht in seinen rumvernebelten Schädel!«
»Sie haben recht, Ian. Wir müssen ein Auge auf ihn halten. Wenn George den Bogen noch einmal überspannt und ihm die

Männer unter Mitnahme von Waffen weglaufen, kann es für uns alle am oberen Hawkesbury gefährlich werden«, sagte Jessica ernsthaft besorgt.

Ian McIntosh nickte düster. »Ich habe ihn gewarnt! Noch so ein Zwischenfall, und ich sorge dafür, daß er sich dafür vor Gericht verantworten muß!«

Zu diesem Punkt war alles gesagt, was gesagt werden mußte, und Jessica wechselte das Thema. »Schade, daß Sie nicht eine Stunde eher zurückgekommen sind. Das heißt, vielleicht war es sogar ganz gut so, daß Sie nicht hier gewesen sind. Ich habe mit Jonas Duckworth gesprochen, Ian.«

»Schau an!« stieß er grimmig hervor. »Hat er Ihnen das Messer auf die Brust gesetzt?«

»O ja!«

»Ich hoffe, Sie haben sich von diesem Schurken nicht in die Enge drängen lassen!« sagte er alarmiert.

Jessica lachte. »Keine Sorge, ich glaube, ich habe ihn ganz schön an der Nase herumgeführt«, erwiderte sie und berichtete ihm von ihrem Gespräch mit dem Flußschiffer.

Sie schilderte die Begegnung so plastisch, daß Ian McIntosh seinen Ärger mit George Randell vorerst vergaß und in schallendes Gelächter ausbrach. »Sie haben ihm wirklich einen Preisnachlaß von zwei Pence angeboten?«

»Ja, und er ist in die Luft gegangen wie ein Känguruh auf glühenden Kohlen! Ich habe mich wirklich so naiv angestellt, wie er mich offenbar einschätzt.«

»Himmel, sein Gesicht hätte ich wirklich sehen mögen«, sagte Ian belustigt und warf ihr einen bewundernden Blick zu, wurde dann aber schnell wieder ernst. »Wir haben also noch eine Galgenfrist von zwei Wochen. Das ist nicht schlecht.«

»Mir ist vorhin ein Gedanke gekommen, Ian«, sagte Jessica nachdenklich.

»Ja?«

»Wenn sich die Flußschiffer abgesprochen haben, um den Preis hochzudrücken, könnten wir Siedler doch notfalls versuchen, den Spieß umzudrehen – und ihnen *unsere* Bedingungen aufzuzwingen. Wir brauchen uns doch nur genauso wie sie zusammenzuschließen und damit zu drohen, daß keiner von uns seine Ernte ihnen überlassen wird. Dann ständen sie doch ganz schön dumm da.«

Ian machte eine skeptische Miene. »Theoretisch wäre das wohl möglich. Dann hätten wir so etwas wie ein Patt.«

»Richtig!«

»Das werden wir nicht erreichen«, meinte Ian zweifelnd.

»Aber warum nicht?« drängte Jessica.

»Alle Siedler an einen Tisch und auf eine Linie zu bringen, halte ich für unmöglich. Viele würden gewiß mitziehen, aber das genügt nicht, um eine Chance gegen die Flußschiffer zu haben. Es gibt zu viele Siedler, die sich untereinander nicht gerade grün sind, und genug andere, die es sich nicht erlauben können, von den Flußschiffern boykottiert zu werden. Wir Farmer riskieren bei so einer Auseinandersetzung einfach mehr als die Flußschiffer. Und kaum eine andere Farm befindet sich in der günstigen Lage wie SEVEN HILLS, die nicht mit finanziellen Schwierigkeiten zu kämpfen hat, Jessica. Wir könnten es notfalls verkraften, aber ein schwerer Schlag wäre es auch für uns. Nein, für einen solchen Zusammenschluß sehe ich keine großen Chancen.«

»Es war auch nur so ein Gedanke«, sagte Jessica und zuckte die Achseln. »Also, setzen wir alle unsere Hoffnungen auf eine mögliche Schiffsbeteiligung.«

Ian nickte. »Ich werde gleich morgen früh aufbrechen und nach Sydney reiten, um mich umzuhören. Zwei Wochen haben wir ja immer noch. Falls ich kein Glück habe, werden wir wohl in den sauren Apfel beißen und zahlen müssen, was Duckworth verlangt. Doch spätestens im nächsten Jahr wird SEVEN HILLS unabhängig sein, was den Transport betrifft!«

»Dieses Jahr wäre mir lieber.«

Ian lachte kurz auf. »Mit halben Sachen geben Sie sich nicht zufrieden, nicht wahr?«

»Das habe ich von Steve und von Ihnen gelernt.«
Ian McIntosh erhob sich. »Ich werde notfalls Himmel und Hölle in Bewegung setzen, um Sie nicht zu enttäuschen. So, und jetzt brauche ich ein ausgiebiges Bad!«
Jessica ging ins Haus, gab Lisa Bescheid, daß sie unter keinen Umständen gestört werden wollte, und schloß sich in ihr Zimmer ein.
Sie legte den Brief von Mitchell auf die Schreibplatte des Sekretärs und sah ihn lange an, zögerte, ihn zu öffnen, als hätte sie Angst, im Brief mit etwas konfrontiert zu werden, dem sie bisher aus dem Weg gegangen war.
Doch dann erbrach sie das Wachssiegel, das den Abdruck seines Siegelringes trug, und entfaltete den Bogen, der mit dünnen, scharfgestochenen Linien beschrieben war.
Ganz langsam las sie, wie jemand, der eine längst verlernt geglaubte Fähigkeit wiederentdeckte. Doch es war nicht das Lesen, das sie wieder erlernen mußte, sondern das Verstehen, das Akzeptieren von Dingen, die sie aus ihrem Leben hatte verbannen wollen.
Mehrmals las sie Mitchell Hamiltons Brief. Ganz besonders eine Stelle:
Wie sehr ich Dich auch durch mein Verhalten verletzt haben mag, Jessica, so bitte ich Dich doch zu verstehen, daß es keine Berechnung war und ich Dir niemals etwas antun wollte, was Dich verletzen könnte. Es war die unbeherrschte Reaktion eines Mannes, der Dich auch nach sechs Jahren nicht vergessen konnte und der Dich mehr denn damals liebt. Eine Umarmung, ein in der Erregung gestohlener Kuß – ist das ein so unverzeihliches Vergehen, daß Du dafür keine Entschuldigung gelten läßt, Jessica? Was haben Dir die vergangenen Jahre nur angetan, daß Du es offenbar als Beleidigung empfindest, wenn ein Mann Dir sagt, daß Du eine schöne und begehrenswerte Frau bist? Ist das Geständnis, jemanden zu lieben, so unverzeihlich, daß Du mich mit Verachtung und Unnahbarkeit strafen mußt?

Jessica ließ den Brief sinken, als die Zeilen vor ihren Augen verschwammen. Mitchells Worte trafen sie zutiefst. Hatten die vergangenen sechs Jahre sie wirklich so hart und unversöhnlich gemacht, wie er ihr vorwarf?
Sie wußte es nicht. Doch sie wußte, daß sie darauf eine Antwort finden mußte.

17

Gemächlich rollte die Kutsche durch Parramatta. Edward Chambers hatte seinem Kutscher Anweisung gegeben, sich Zeit zu lassen. Es war noch recht früh, und bis nach MIRRA BOOKA war es nicht sehr weit.

Die Abendsonne gab der Siedlung ein malerisches Aussehen. Sie vergoldete die primitiven Lehmhütten und ließ die Backsteingebäude in einem dunklen, braunen Rot erstrahlen. Die Weinberge an den Hängen des Hügels, auf der sich die Sommerresidenz des Gouverneurs erhob, schienen die letzten Sonnenstrahlen aufzusaugen. Alle Konturen verloren ihre scharfen Kanten und Ecken, wurden weich und rund und harmonisch. Sogar die Factory, das üble Frauengefängnis von Parramatta, sah im Glutschimmer der versinkenden Sonne annehmbar aus. Drei Segel zogen unten über den Fluß. Die Luft war milde und erfüllt vom Geruch warmer Erde.

Alles in allem war es ein Abend, wie dazu geschaffen, mit der Kutsche übers Land zu fahren und auf eine Gesellschaft zu gehen.

Edward Chambers war in außergewöhnlich guter Stimmung. Laut sog er die würzige Abendluft ein. »Ein Duft, wie Sie ihn nirgendwo sonst auf der Welt finden, Lieutenant!« schwärmte er.

»Viel Eukalyptus«, antwortete Kenneth Forbes mit einem leichten Achselzucken...

Chambers lachte. »Ja, aber nicht nur! Es ist das besondere Zusammenspiel aus Erde, reichlich Sonne und exotischer Vegetation, mein Freund!« belehrte er ihn.

Kenneth dachte, daß ihm der Duft eines gepflegten englischen

Rasens zehnmal lieber war. Doch das behielt er für sich. Und höflich erwiderte er: »Ja, eine wirklich außergewöhnliche Mischung, Mr. Chambers.«
»Sie gehen recht sparsam mit Meinungsäußerungen um, Lieutenant.«
Kenneth wußte nicht, ob er das als Vorwurf oder als Anerkennung werten sollte. Leicht irritiert sah er den Geschäftsmann an. »Ich bedaure, wenn ich auf Sie den Eindruck gemacht haben mag, mit meiner Meinung hinter dem Berg zu halten«, sagte er vorsichtig. »Doch mir ist nicht ganz klar, wo Sie mehr Offenheit gewünscht hätten.«
Chambers verzog das Gesicht zu einem Lächeln. »Seien Sie unbesorgt, ich meinte es nicht als Tadel. Mir gefällt Ihre Art, sich nicht gleich in die Karten gucken zu lassen. Eine Kunst, die Sie uns an Bord der ANDROMEDA ja zu Genüge bewiesen haben. Aber mich würde dennoch interessieren, wie es Ihnen in unserer Kolonie gefällt. Immerhin hatten Sie in den vergangenen Wochen doch Zeit genug, um einige erste Eindrücke zu sammeln.«
»Es ist nicht so übel, wie man mich in England hat glauben lassen«, erklärte Kenneth. »Ich bin sogar recht froh, nach Australien gekommen zu sein. Es bieten sich hier wirklich einige interessante Möglichkeiten. Ich bin überzeugt, daß es mir gefallen wird.«
»Und darf ich fragen, wie sich Ihre Frau bei uns eingelebt hat?« erkundigte sich Chambers.
»Recht gut«, log Kenneth. »Sie ist zwar noch immer nicht ganz bei Kräften und daher nicht in der Lage, Kontakte zu knüpfen und zu pflegen. Doch ich hege keinen Zweifel, daß sie sich bald eingelebt haben und mir eine große Stütze sein wird.«
»Das höre ich gern. Sie können ja auch von Glück reden, daß man sie nicht in Sydney behalten, sondern hier in Parramatta stationiert hat. Das milde Klima wird Ihrer Frau bestimmt guttun.«
Kenneth nickte, und die Lüge kam ihm glatt über die Lippen: »Sie ist auch sehr froh darüber.«

Froh? Von wegen! Rosetta haßte die Kolonie vom ersten Tag an und zeigte es ihm auch deutlich. Das Elend der Sträflinge und die Grausamkeiten, die an der Tagesordnung waren, entsetzten und ekelten sie an. Und von einer Besserung ihrer Gesundheit konnte keine Rede sein, wenn er ihren Behauptungen Glauben schenken sollte, was er aber schon lange nicht mehr tat. Sie verbrachte zwar noch immer die meiste Zeit des Tages im Bett. Aber ihm kamen allmählich starke Zweifel, ob sie wirklich so schonungsbedürftig war, wie es nach außen hin den Anschein hatte. Daß sie längst nicht mehr geschwächt war, hatte sie ihm noch an Bord bewiesen – als sie erfahren hatte, was er Jonas Marwick beim Glücksspiel abgenommen hatte. Was hatte sie sich erregt! Seine Versuche, sie zu besänftigen, waren leider fehlgeschlagen. Was vermutlich auch daran lag, daß er darauf bestanden hatte, Maneka zu behalten und nicht Marwick wieder zurückzugeben, wie Rosetta von ihm vehement verlangt hatte. Doch dieses Ansinnen hatte er mit gleicher Heftigkeit von sich gewiesen. Er hatte nicht ohne einen ironischen Doppelsinn behauptet, daß eine zweite Zofe bei ihrer kränklichen Konstitution nicht schaden und Maneka auch andere Pflichten im Haus übernehmen könne. Dabei hatte er natürlich nicht an Putz-, Näh- und Küchenarbeiten gedacht, sondern vielmehr daran, was ihr junger Körper ihm für eine Lust schenken konnte. Möglich, daß Rosetta den Hintersinn seiner Worte verstanden hatte und nicht ganz ahnungslos war. Aber das kümmerte ihn nicht. Ganz im Gegenteil. Vielleicht hatte es die gewünschte Wirkung, und sie besann sich endlich darauf, daß er als ihr Ehemann gewisse Rechte hatte, die sie ihm auf Dauer nicht würde verwehren können.

Kenneth fuhr aus seinen Gedanken auf. »Entschuldigen Sie. Was haben Sie gesagt?«

»Ich glaube, Sie haben inzwischen auch festgestellt, daß das Leben eines Offiziers hier mehr Annehmlichkeiten als Pflichten mit sich bringt.«

Der Lieutenant lächelte. »Ich müßte lügen, würde ich behaupten, davon nicht angenehm überrascht zu sein«, gestand er. Für einen Offizier gab es wirklich kaum etwas zu tun. Viele seiner neuen Kameraden verbrachten den Großteil der Zeit auf ihren Farmen oder gaben sich anderen Beschäftigungen hin, für die ein normaler Offizier in England niemals soviel Muße gefunden hätte.

»Ich sagte Ihnen ja schon auf dem Schiff, daß das Corps in der Kolonie die Macht in den Händen hält. Eine etwas ungewöhnliche Konstellation, wenn man bedenkt, daß diese Macht eigentlich dem Gouverneur zusteht«, sagte Chambers spöttisch. »Haben Sie sich überhaupt schon einmal Gedanken darüber gemacht, Lieutenant, warum das der Fall ist?«

»Nein«, räumte Kenneth ein.

»Dann will ich Ihnen meine Theorie verraten«, fuhr Chambers fort. »Sie wissen vermutlich auch, daß das New South Wales Corps noch nie den Pulverdampf einer Schlacht gerochen oder die Klinge eines Gegners blitzen gesehen hat.«

Kenneth nickte. Das traf auch auf ihn zu, und es drängte ihn auch nicht danach, derartige Erfahrungen zu machen. Doch das war nichts, was man offen zu erkennen gab, wenn man den Rock des Königs trug.

Chambers glaubte zu wissen, was ihm durch den Kopf ging, und ein kaum merkliches Lächeln huschte über sein Gesicht. »Diese Einheit ist aufgestellt worden, um den inneren und äußeren Schutz der Kolonie zu gewährleisten, und hat nicht die geringste Kampferfahrung. Ich sagte das nicht als Kritik«, beeilte er sich hinzuzufügen, als er das Stirnrunzeln bei Kenneth Forbes bemerkte. »Ganz im Gegenteil. Für uns ist das nur von Nutzen. Denn alte, kampferprobte Soldaten haben zumeist einen sehr begrenzten Horizont, der sich nur auf ihr Kriegshandwerk beschränkt. Glücklicherweise hat uns das Schicksal ein Offiziers-Corps beschert, das seine Interessen auf einem völlig anderen Gebiet als dem Schlachtfeld gesucht und gefunden hat.«

»Eine interessante Theorie«, sagte Lieutenant Forbes und wechselte das Thema. »Wäre es zuviel verlangt, wenn ich Sie bitten würde, mir ein wenig über die Gentlemen zu erzählen, zu deren Gesellschaft Sie mich heute entführt haben?«

»Wer da alles kommen wird, kann ich Ihnen leider auch nicht sagen. Ich weiß von Mr. Marwick nur, daß es ein zwangsloses Zusammensein von einigen Händlern, Farmern und Siedlern sein wird. Es werden aber bestimmt einige höchst interessante Männer zugegen sein, deren Bekanntschaft zu machen für Sie nur von großem Nutzen sein dürfte.«

»Und wer ist der Besitzer von MIRRA BOOKA?«

»Es gibt zwei: John Hawkley und Mitchell Hamilton. Sie sind Partner. Hawkley hat die Farm aufgebaut und Hamilton zu dem gemacht, was sie heute ist – nämlich eine der ertragreichsten der Kolonie. Mit diesem Hamilton hatte ich bisher wenig Kontakt, doch man sagt ihm nach, daß er nicht gerade ein Freund des Corps ist, während Hawkley ein schlauer Fuchs ist, den keine falschen Skrupel plagen und der genau weiß, wo sein Vorteil liegt.«

»Das verspricht ein höchst interessanter Abend zu werden«, meinte Kenneth, und er sollte recht behalten.

Sie verfielen in eine leichte Plauderei, und Kenneth berichtete ihm von einer Farm, die man ihm in der Nähe von Parramatta zum Kauf angeboten hatte. Edward Chambers kannte sie und riet ihm zu. Es war zwar nur eine verhältnismäßig kleine Farm, doch sie besaß ein sehr ansprechendes Hauptgebäude. Und allein darauf kam es Kenneth an. Er wollte eine einigermaßen standesgemäße Unterkunft mit genug Räumlichkeiten, um sich ungestört den vielfältigen Vergnügungen mit Maneka hingeben zu können.

Und dann passierte die Kutsche das hohe Tor von MIRRA BOOKA, die auf Kenneth ihren Eindruck nicht verfehlte. Laternen beleuchteten die Vorderfront. Und ein Knecht war sofort zur Stelle, um ihnen den Schlag aufzuhalten.

Sie waren nicht die ersten Gäste. Als Kenneth seinem Gönner

folgte, hielten sich schon ein knappes Dutzend Männer im Salon auf. Mehrere trugen wie er die Offiziersuniform, und einigen war er schon begegnet, ohne jedoch die Gelegenheit gehabt zu haben, ihre nähere Bekanntschaft zu machen.
Er brannte darauf, dies nun nachzuholen und endlich mit Chambers Unterstützung Einlaß in den Kreis derjenigen Männer zu finden, die in der Kolonie das Rum-Monopol ausübten.
Chambers stellte ihn zuerst den beiden Gastgebern vor. Mitchell Hamilton hieß ihn auf MIRRA BOOKA willkommen, doch dem Lieutenant schien es, als läge nicht viel Herzlichkeit in seinen Worten.
Kenneth bedankte sich, machte ihm ein höfliches Kompliment über MIRRA BOOKA und fühlte sich unter dem abschätzenden Blick dieser stahlblauen Augen irgendwie unwohl.
»Forbes?« fragte Mitchell noch einmal nach und runzelte die Stirn. »Irgendwie kommt mir der Name bekannt vor. Sind wir uns schon einmal begegnet, Lieutenant?«
»Nicht, daß ich wüßte, Mr. Hamilton. Ich bin erst seit wenigen Wochen in New South Wales. Doch Forbes gehört sicherlich nicht zu den wenig verbreiteten Namen.«
Mitchell nickte. Irgend etwas regte sich in seinem Gedächtnis, ohne jedoch konkrete Gestalt anzunehmen. Er hörte diesen Namen nicht zum ersten Mal, wußte ihn jedoch nicht einzuordnen. »Sie haben recht, Lieutenant. Forbes ist genauso selten wie Hamilton.«
Edward Chambers zog ihn weiter zu John Hawkley, dessen Freude über den neuen Gast echt war. »Ah, endlich mal wieder ein frisches Gesicht in unserer Kolonie! Ich freue mich, daß Mr. Chambers Sie mitgebracht hat, Lieutenant.«
»Die Ehre ist ganz meinerseits«, erwiderte Kenneth.
»Fühlen Sie sich in meinem Heim wie zu Hause, Lieutenant. Ich hoffe, Sie werden sich bei uns auf das angenehmste amüsieren und neue Bekanntschaften schließen«, sagte Hawkley herzlich und verwickelte ihn sogleich in ein Gespräch über seine Eindrücke von New South Wales.

Etwas später gesellte sich noch Jonas Marwick zu ihnen, und das Gespräch drehte sich eine Weile um die kriegerischen Auseinandersetzungen zwischen England und Frankreich.
Dann betrat ein schlanker Mann den Salon. Er war elegant gekleidet, besaß ein markantes Gesicht mit einer scharf geschnittenen Nase und trug das schwarze, wellige Haar nach vorn gekämmt, ohne daß es jedoch die schon lichten Stellen seiner hohen Stirn hätte bedecken können. Er bewegte sich mit dem Selbstverständnis eines Mannes, der von der Wichtigkeit seiner eigenen Person überaus überzeugt war.
»Schau an, unsere graue Eminenz ist auch gekommen«, kommentierte Chambers das Eintreffen des Mannes, doch in seiner Stimme lag Respekt.
»Graue Eminenz?« fragte Kenneth gedämpft.
»Sie kennen ihn noch nicht?« fragte Marwick verwundert zurück.
»Nein.«
»Das ist John MacArthur«, klärte Chambers ihn auf. »Der wichtigste Mann in unserer Kolonie, oder würden Sie mit mir darin nicht übereinstimmen, Mr. Marwick?«
Dieser nickte bekräftigend. »Wichtiger und vor allem mächtiger als der Kommandeur des Corps oder gar Gouverneur Bligh. Bei ihm laufen alle Fäden zusammen, Lieutenant, und an seiner Macht sind schon zwei Gouverneure zerbrochen. Und es sieht nicht so aus, als könnte Bounty-Bligh es mit ihm aufnehmen. MacArthur ist sein größter und zähester Widersacher, und er hat die besseren Karten in der Hand, so wie ich das sehe.«
Kenneth, der sich bisher wenig für Politik interessiert hatte, bat um weitere Erläuterungen. Chambers und Marwick kamen dieser Bitte gerne nach.
»John MacArthur gehörte fast zu den Männern der ersten Stunde«, berichtete Chambers. »Er kam zwar nicht mit der ersten Flotte nach New South Wales, doch immerhin schon zwei Jahre später, also 1790. Damals bekleidete er den Rang eines Lieutenant.«

»Es heißt, er wäre noch kurz vor der Abreise in Plymouth in ein Duell verwickelt gewesen, bei dem glücklicherweise keiner verletzt worden sei«, warf Chambers ein und lachte kurz auf. »John MacArthur ist ein Mann von äußerst hitzigem Temperament. Das hat er auch schon hier bewiesen. Kaum in der Kolonie angekommen, hatte er schon wieder Ehrenhändel, und zwar mit Captain Nepean. Er konnte von Glück reden, daß das kein Kriegsgerichtsverfahren nach sich gezogen hat.«

»Nun ja, hitzig ist unser Freund schon«, räumte Chambers ein.

»Aber der Erfolg stand bisher stets auf seiner Seite. Schon 1793 war er Inspektor für alle öffentlichen Bauarbeiten und wurde zwei Jahre darauf zum Captain ernannt.«

»Das Jahr, in dem Gouverneur Hunter in New South Wales eintraf«, fuhr Marwick fort. »Zwischen den beiden gab es bald erhebliche sachliche und persönliche Differenzen, und er legte sein Amt nieder, um sich seinen anderen Interessen zu widmen – der Schafzucht und dem Ausbau des Rum-Monopols. Er war wohl der erste, der Merino-Schafe einführte und die Zucht professionell betrieb.«

Mit wachsendem Interesse und Bewunderung für diesen Mann hörte Kenneth zu, als er von Chambers und Marwick erfuhr, daß John MacArthur es verstanden hatte, die Stellung von Gouverneur Hunter total zu untergraben, so daß dieser letztendlich seine Demission eingereicht und die Kolonie verlassen hatte. Sein Nachfolger, Gouverneur King, der im August 1801 in Sydney eintraf, war entschlossen gewesen, die Macht dieses Mannes zu zerschlagen.

Doch John MacArthur demonstrierte schon gleich bei der Ankunft des neuen Gouverneurs, wer in der Kolonie das Sagen hatte. Er brachte seine Offizierskameraden dazu, sich zu weigern, Gouverneur King mit den ihm zustehenden Ehren zu empfangen. Colonel Patterson, der kommandierende Offizier, gehörte zu den wenigen, die MacArthur die Stirn boten. Das führte zu einem heftigen Streit zwischen den beiden Männern,

der damit endete, daß John MacArthur seinen Vorgesetzten zu einem Duell herausforderte und ihn schwer verletzte.
»Viele hielten das fur das Ende von Captain MacArthur«, berichtete Edward Chambers vergnügt und genehmigte sich noch ein Glas Port. »Denn King ließ ihn unter Arrest setzen und mit einer langen, detaillierten Anklageschrift mit dem nächsten auslaufenden Schiff nach England schicken, wo er sich vor einem Kriegsgericht verantworten sollte.«
»Und? Wie ist dieser Prozeß ausgegangen?« fragte Kenneth gespannt.
Ein spöttisches Lächeln lag auf dem rosigen Gesicht von Jonas Marwick. »MacArthur ist kein Mann, der irgend etwas dem Zufall überläßt, Lieutenant. Als das Schiff in England eintraf, fehlte von der umfassenden Anklageschrift jede Spur, obschon King größte Sicherheitsvorkehrungen getroffen hatte, um so etwas zu verhindern. Doch geholfen hat es dem armen King nicht.«
»Was wieder mal bewies, daß die Bezeichnung graue Eminenz für MacArthur keine Übertreibung ist«, sagte Chambers.
Marwick nippte an seinem Glas und fuhr dann fort. »Nun, ohne Anklageschrift war auch ein Prozeß nicht möglich. Wie man mir berichtet hat, war MacArthur aber bestens präpariert, um nun gegen King zu Felde zu ziehen. Er verstand es, alle Verdächtigungen gegen seine Person als haltlos und King als unfähig hinzustellen. Außerdem waren das Kolonialamt und die Wollindustrie von den Wollmustern seiner Schafe so begeistert, daß er das Wohlwollen aller errang. MacArthur legte zwar sein Offizierspatent nieder, kehrte aber im Juni 1805 in die Kolonie zurück – und zwar als Sieger in dieser Auseinandersetzung und mit einer Landschenkungsurkunde über Tausende Acres bestes Weideland!«
Kenneth war beeindruckt. »Ein erstaunlicher Mann!«
»Ja«, stimmte Chambers ihm zu. »Ein Jahr später wurde King dann seines Amtes enthoben. Und glauben Sie mir, wenn ich Ihnen sage, daß er das nur MacArthur zu verdanken hat. Die-

ser Mann, der schon längst nicht mehr die Uniform trägt, hat jedoch fast das gesamte Offiziers-Corps hinter sich stehen.«
»Und er kontrolliert also auch das Rum-Monopol«, sagte Kenneth versonnen.
»Zusammen mit anderen«, meinte Marwick. »Aber sein Wort wiegt schwerer als das jedes anderen. Möchten Sie, daß ich Sie mit ihm bekannt mache, Lieutenant?«
»Oh, nichts lieber als das!«
Chambers lachte und zwinkerte ihm verschmitzt zu. »Sie warten wohl schon ganz ungeduldig darauf, in den Kreis aufgenommen zu werden, was?«
»Ich hätte nichts dagegen, eine hübsche Summe Geldes gewinnbringend anzulegen«, gestand er.
»Na, dann kommen Sie mal! Sie werden ihm bestimmt gefallen. John mag Leute, die wissen, was sie wollen, und das auch geradeheraus zu erkennen geben«, sagte Chambers aufgekratzt. John MacArthur stand bei einer Gruppe von Männern, zu denen auch Mitchell Hamilton gehörte und die in eine erregte Diskussion vertieft waren.
»Da kann ich Ihnen leider nicht folgen, Mr. Palmers!« sagte John MacArthur gerade zu einem untersetzten Mann gleichen Alters, dem man den Farmer sofort ansah. »Was das Kolonialamt in London für gut befinden mag, muß nicht unbedingt auch gut für diese Kolonie sein.«
»Oder für die Offiziere des Corps«, warf Mitchell Hamilton trocken ein, und sein Gesichtsausdruck verriet nicht, ob er diese Bemerkung ironisch verstanden wissen wollte.
MacArthur warf ihm einen scharfen Blick zu, ging darauf jedoch nicht ein. Seine Aufmerksamkeit galt Palmers.
»Die erklärte Politik Londons war es doch, das Land von vielen kleinen Farmern besiedeln und kultivieren zu lassen«, beharrte Palmers. »Aber genau dem arbeiten Sie und Männer von Ihrer Gesinnung entgegen. Ich weiß aus Erfahrung, daß Sie die großen Farmen mit der Zuteilung von Arbeitskräften, Saatgut und Geräten eindeutig bevorzugen.«

»Kleine Farmen haben in diesem Land keine großen Überlebenschancen! Das sollten Sie doch eigentlich am besten wissen, Mr. Palmers. Ihr Grundbesitz ist ja auch nicht gerade klein zu nennen!« beschied MacArthur ihn kühl.
»Ja, im nachhinein erscheint es mir fast wie ein Wunder, daß mir das gelungen ist, denn die Unterstützung, die ich erhalten habe, war wirklich lächerlich. Aber auch wenn es anders gewesen wäre, änderte das doch nichts an den Tatsachen, daß Kleinfarmer ausgeblutet werden, um den Landhunger der Großen zu stillen!« erklärte Palmers, und fast jeder im Raum wußte, daß John MacArthur zu den landhungrigsten Großgrundbesitzern der Kolonie zählte.
Doch der ehemalige Offizier verzog nur spöttisch die Mundwinkel, als könnte ihn diese versteckte Kritik überhaupt nicht treffen. »Bei der Erschließung eines neuen Landes gibt es immer Sieger und Verlierer, Mr. Palmers. Und es gibt Notwendigkeiten, die vielleicht nicht jedermanns Geschmack sind. Aber es gibt sie. So auch hier in New South Wales. Es wäre unsinnig, ja geradezu sträflich, die vorhandenen Arbeitskräfte zu zersplittern und dort einzusetzen, wo sie kaum von Nutzen sind... weder für den einzelnen Farmer, noch für die Allgemeinheit.«
»Von welcher Allgemeinheit sprechen Sie, Mr. MacArthur?« erkundigte sich Mitchell Hamilton, den die Arroganz dieses Mannes mehr und mehr reizte.
»Die Frage zu beantworten, erübrigt sich wohl!«
Mitchell lächelte feinsinnig. »Ja, da muß ich Ihnen recht geben.«
John MacArthur zeigte eine verärgerte Miene. Auch John Hawkley warf ihm einen verstimmten, warnenden Blick zu. Doch Mitchell ignorierte das.
Palmers schüttelte den Kopf. »Daß viele Kleinfarmer mit erheblichen Schwierigkeiten zu kämpfen haben, hat doch wohl eine ganz andere Ursache.«
»So?« fragte MacArthur mit hochgezogenen Augenbrauen.

»Es ist der verdammte Rum!« sagte Palmers geradeheraus.
»Eine bessere Währung als Rum gibt es doch gar nicht!« warf jemand spöttisch ein, und viele bekundeten ihre Zustimmung mit Gelächter.
»Aus der Sicht der Offiziere ist das eine überaus verständliche Einstellung!« erklärte Mitchell nun sarkastisch. »Wer würde sich denn auch nicht dagegen verwehren, wenn jemand käme, um ihm das Huhn wegzunehmen, das goldene Eier legt.«
In MacArthurs Augen blitzte es auf. »Ein reichlich unzutreffender Vergleich, Mr. Hamilton! Von einem Huhn, das goldene Eier legt, kann wohl nicht die Rede sein. Wir kontrollieren den Konsum und die Einfuhr, und das ist eine notwendige Angelegenheit in einer Sträflingskolonie.«
»Richtig, bei einer Profitspanne von fünfhundert bis tausend Prozent ist das selbstverständlich eine Angelegenheit von überragender Bedeutung, die man keinem anderen aufbürden möchte«, spottete Mitchell.
Palmers stimmte ihm zu. »Diese Rum-Wirtschaft ist nicht nur ein Skandal, sondern auch eine große Gefahr für alle Kleinfarmer, die gezwungen sind, zu überhöhten Preisen Rum einzukaufen und ihre Waren gegen Rum zu verkaufen. Sie werden so ausgebeutet, ja häufig sogar stranguliert.«
»Was sind denn das für merkwürdige Reden?« rief ein Major unwillig.
»Palmers weiß offenbar nicht, wo er steht!« knurrte ein anderer.
»Das grenzt fast schon an Verleumdung!« zischte John MacArthur. Rote Flecken zeichneten sich auf seinem Gesicht ab und verrieten, daß der Ärger in ihm kochte. »Rum ist unsere einzige Waffe, um diese verdammte Sträflingsbrut in Schach zu halten. Ohne Rum gäbe es eine Revolte!«
»Ja, weil man die Leute schon so süchtig gemacht hat, daß sie ohne Rum gar nicht mehr leben können«, sagte Mitchell scharf. »Halten Sie das für einen erstrebenswerten Zustand, Mr. MacArthur?«

»Ich verstehe Ihre Frage nicht, Mr. Hamilton!« antwortete der mächtigste Mann der Kolonie mit der gleichen Schärfe in der Stimme.
»Dann will ich mich deutlich ausdrücken.« Mitchell wich seinem durchdringenden Blick nicht aus, und es war MacArthur, der zuerst wegschaute. »Bisher war ich der Ansicht, daß es die Aufgabe einer Schutztruppe sei, kraft ihrer Stärke und militärischen Schlagkraft für Ruhe und Sicherheit zu sorgen. Daß man Sträflinge erst systematisch zu Säufern machen muß, weil man sie angeblich nur so unter Kontrolle halten und die Sicherheit der anderen Siedler gewährleisten kann, fällt mir schwer zu glauben. Zumal wenn ich sehe, durch welche Hände der Rum geht und wo das Geld kleben bleibt!«
Einen Augenblick lang herrschte Schweigen im Salon. Was Mitchell Hamilton soeben geäußert hatte, entsprach der Wahrheit. Und viele der Anwesenden waren im stillen auch bereit, das einzugestehen und Mitchells bissige Kritik mehr mit der Überheblichkeit von Männern gelten zu lassen, die sich ihrer eigenen Macht viel zu sicher sind, um sich von Minderheiten aus der Reserve locken zu lassen.
Nicht jedoch so John MacArthur. »Wenn ich Sie richtig verstanden habe, bezichtigen Sie mich ...« begann er wutschnaubend.
Es war Edward Chambers, der durch seine geistesgegenwärtige Reaktion vermutlich ein Duell verhinderte. Er schnitt John MacArthur nämlich einfach das Wort ab und sagte mit betont lauter, leutseliger Stimme: »Gentlemen, ich glaube, das wahre Problem, mit dem wir uns hier in der Kolonie herumzuschlagen haben, ist in dieser wirklich anregenden Unterhaltung noch gar nicht erwähnt worden.«
Bevor MacArthur reagieren konnte, mischte sich Jonas Marwick ein, um Chambers schnell Schützenhilfe zu leisten. »Nur zu, Mr. Chambers. Lassen Sie hören, wo Ihrer Meinung nach der Wurm sitzt!«
»Das will ich Ihnen sagen«, kam Chambers der Aufforderung

unverzüglich nach. »Das Hauptproblem ist doch, daß man uns aus England den Abschaum des Gesindels schickt. Und zwar wahllos. Statt Zimmerleute, Schmiede, Landarbeiter und ähnlich handwerklich vorgebildete Verurteilte, die wir hier dringend benötigen, für die Sträflingstransporte nach New South Wales auszuwählen, bekommen wir Mörder, Betrüger, Taschendiebe und Huren! Wie soll man mit diesem Pack problemlos eine Kolonie aufbauen? Ich bin der Meinung, daß wir alle unseren Einfluß geltend machen müssen, um diese Unsitte endlich abzustellen.«
»Ein wahres Wort!« rief Marwick, und die Spannung, die den Salon eben noch fast greifbar erfüllt hatte, ließ nach. Palmers und Hamilton zogen sich zurück, und für MacArthur war der Zeitpunkt verpaßt, wo er den Streit durch eine Aufforderung zum Duell hätte auf die Spitze treiben können. Und so beteiligte er sich, wenn anfangs auch mit sichtlichem Widerwillen, an dem neuen Gesprächsthema.
»Das haben Sie ausgezeichnet gemacht«, sagte Kenneth später zu Chambers. »Wenn Sie nicht eingeschritten wären, hätte das böse Folgen haben können.«
»Ich hätte es nicht getan, wenn ich den Abend nicht vor einem unerfreulichen und verfrühten Ende hätte bewahren wollen! Dieser Mitchell Hamilton ist ein gottverdammter Narr, einen Mann wie MacArthur herauszufordern!« brummte er. »Der bringt sich eines Tages noch in Teufels Küche. Aber das soll mich nicht interessieren!«
Trotz dieser heftigen Auseinandersetzung zwischen Hamilton und MacArthur wurde es ein langer und gelungener Abend, wie Kenneth fand. Er bekam nicht nur reichlich Gelegenheit, mit John MacArthur und anderen Männern zu sprechen, die das Rum-Monopol ausübten, sondern hörte zufällig auch ein Gespräch zwischen John Hawkley und einem Siedler mit, der ebenfalls erst kurz in New South Wales war. Der Mann erkundigte sich nach jemandem, der aus politischen Gründen in die Kolonie deportiert worden war.

Sofort dachte Kenneth wieder an Jessica. Er brannte darauf, zu erfahren, was aus ihr geworden war. Das festzustellen, wäre nicht allzu schwierig gewesen. Er hätte nur einen seiner Offizierskameraden, die in der Verwaltung eingesetzt waren, bitten müssen, der Sache nachzugehen. Doch davor schreckte er zurück. Er wollte keinen Anlaß zu irgendwelchen Spekulationen geben. Doch bei einem Mann wie John Hawkley war das eine andere Sache.

Er wartete also, bis sich der Mann entfernt hatte, und trat dann zu Hawkley. »Entschuldigen Sie, wenn ich Sie mit einer völligen Belanglosigkeit belästige«, begann er. »Aber ich habe gerade zufällig mitbekommen, daß Sie diesem Gentleman mit einer Auskunft hinsichtlich eines Deportierten hatten behilflich sein können. Vielleicht können Sie auch mir mit einer solchen Information helfen.«

John Hawkley sah ihn interessiert an. »Aber gern doch, Lieutenant. Gibt es jemanden, den Sie gekannt haben und der hierher deportiert wurde?«

»Nein, nein, mir persönlich ist keiner bekannt«, log er. »Es handelt sich vielmehr um jemanden, den die Zofe meiner Frau flüchtig gekannt hat. Und seit wir in der Kolonie sind, liegt sie meiner Frau mit ihrer Neugier in den Ohren, was denn bloß aus dieser Person geworden sei. Vermutlich lebt sie gar nicht mehr. Aber Sie wissen ja selbst, wie Dienstpersonal ist. Dieses Volk lebt doch hauptsächlich von Klatsch.« Er machte eine geringschätzige Geste. »Aber da sie als Zofe recht verläßlich ist, bat mich meine Frau, mich bei Gelegenheit nach dieser Person umzuhören, um endlich Ruhe zu haben.«

»Nun, ich helfe Ihnen gerne, wenn es in meiner Macht steht«, antwortete John Hawkley. »Wenn man so lange in dieser Kolonie gelebt hat wie ich, kennt man doch schon eine beachtliche Zahl von Sträflingen und Emanzipisten. Wie ist denn der Name dieser Person?«

Kenneth Forbes tat, als müßte er überlegen. »Jessica... Jakling... oder Jakes. Ja, das ist er: Jessica Jakes.«

In Hawkleys Augen blitzte es überrascht auf, doch der Lieutenant bemerkte es glücklicherweise nicht. Er hatte sich auch sofort wieder unter Kontrolle. »Jessica Jakes, sagten Sie. Mhm, mir ist so, als hätte ich den Namen schon mal gehört«, antwortete er bedächtig und überlegte fieberhaft, was diesen Offizier mit Jessica verband. Die Geschichte mit der Zofe nahm er ihm nicht ab. Das war eine glatte Lüge und verriet ihm, daß der Lieutenant gewichtige Gründe haben mußte, weshalb er nicht mit ihr in Verbindung gebracht werden wollte.

Das ist ja hochinteressant! dachte er und witterte etwas, ohne sagen zu können, was es war. Doch allein schon die Tatsache, daß Lieutenant Forbes Jessicas Mädchennamen kannte und sich für sie interessierte, war im Licht von Mitchells Gefühlen Grund genug, genaue Nachforschungen anzustellen. Vielleicht hatte ihm das Schicksal ein Werkzeug in die Hand gegeben, um die drohende Gefahr, die diese Frau seiner Ansicht nach für seinen Schützling darstellte, irgendwie aus der Welt zu schaffen.

»Ja, Jessica Jakes ist ein Name, der mir schon mal untergekommen ist. Doch im Augenblick weiß ich nicht, wo ich ihn einordnen soll, Lieutenant«, sagte John Hawkley in einem Ton des Bedauerns.

»Oh, das ist wirklich nicht weiter wichtig«, beeilte sich Kenneth Forbes zu versichern. »Eine Belanglosigkeit, wie ich eingangs schon sagte. Wenn es Ihnen zuviel Mühe macht...«

»Aber davon kann doch überhaupt keine Rede sein«, fiel Hawkley ihm lächelnd ins Wort. »Ich bin sicher, daß ich Ihnen mit der gewünschten Auskunft dienen kann, und ich tue gern, was in meinen Kräften steht, um das Schicksal dieser Person in Erfahrung zu bringen.«

»Das ist wirklich zu freundlich von Ihnen«, bedankte sich Forbes und zwang sich, seine Erleichterung zu verbergen.

»Meine Frau und ihre Zofe werden Ihre großzügige Hilfe sehr zu schätzen wissen.«

John Hawkley nickte wohlwollend. »Gute Zofen sind fast so rar

wie gute Gouverneure«, scherzte er. »Ich hoffe, irgendwann einmal auch das Vergnügen zu haben, Ihre werte Frau kennenzulernen; Lieutenant. Ich bin sicher, sie wird wie Sie eine Bereicherung unseres gesellschaftlichen Lebens hier in der Kolonie sein.«
Das Kompliment ließ dem Lieutenant die Brust schwellen. Ein Lob aus dem Mund eines Mannes wie John Hawkley bedeutete ihm viel. »Das wird sicherlich einzurichten sein, wenn auch nicht in der näheren Zukunft«, antwortete er und berichtete kurz von der angegriffenen Gesundheit seiner Frau.
»Dann richten sie ihr bitte unbekannterweise meine aufrichtigen Genesungswünsche aus. Und falls ich sonst noch etwas für Sie tun kann, zögern Sie nicht, es mich wissen zu lassen.«
Als Kenneth gemeinsam mit Edward Chambers spät in der Nacht MIRRA BOOKA verließ und mit der Kutsche zurück nach Parramatta fuhr, hatte er das zufriedene Gefühl, neue wichtige Kontakte geknüpft zu haben, die seinem brennenden Ehrgeiz endlich ein greifbares Ziel boten.
»Nun, wie hat es Ihnen gefallen?« fragte Chambers und gähnte ungeniert.
»Ausgezeichnet. Viele Dinge haben für mich eine neue Perspektive bekommen. Es war hochinteressant, mit Major Robertson und vor allem mit Mr. MacArthur zu reden.«
Chambers nickte. »Ja, das sind für einen Mann, der seine Karten geschickt auszuspielen weiß, auch die besten Gesprächspartner.«
Sie verfielen in ein angenehmes Schweigen, und für den Rest der Fahrt hing jeder seinen Gedanken nach. Als die Kutsche schließlich vor Lieutenant Forbes' Haus hielt, bedankte sich dieser noch einmal herzlich und stieg aus.
»Oh, da ist noch etwas, das ich doch beinahe vergessen hätte«, sagte Chambers aus dem Fenster gebeugt, als der Lieutenant sich schon ein paar Schritte von der Kutsche entfernt hatte.
Kenneth Forbes blieb stehen und wandte sich verwundert um.
»Ja?« fragte er.

»Hätten Sie morgen am Abend Zeit, Lieutenant?«
»Aber sicher. Worum handelt es sich denn?«
Ein dünnes Lächeln zeigte sich auf Chambers' Gesicht. »Ich treffe mich morgen mit einigen Gentlemen, diesmal nur vier an der Zahl, um einige geschäftliche Dinge zu besprechen. Man hat mich wissen lassen, daß Sie herzlich dazu eingeladen sind, sich unserem Kreis anzuschließen.«
»Darf ich fragen, um wen es sich bei diesen Gentlemen handelt, Mr. Chambers?« fragte Kenneth, und die freudige Erregung war seiner Stimme deutlich anzuhören.
Chambers lächelte amüsiert. »Sie dürfen, mein Freund. Major Robertson und Mr. MacArthur werden zugegen sein. Machen Sie sich schon mal Gedanken, in welchem finanziellen Rahmen Sie bereit sind, sich an unseren Geschäften zu beteiligen. Gute Nacht, Lieutenant!«
Kenneth blickte der Kutsche nach, bis die Dunkelheit sie verschluckt hatte. Von Müdigkeit konnte bei ihm nach dieser Nachricht keine Rede mehr sein. Sie wollten ihn in ihrem Rum-Monopol als Partner aufnehmen.
Er hatte es geschafft! Das Tor zu einer goldenen Zukunft war aufgestoßen.

18

»Aufstehen, Rosetta!« flüsterte die heisere Stimme an ihrem Ohr, während sich eine knochige Hand auf ihre Schulter legte und sie rüttelte. »Aufstehen!«

»Ich will nicht!« murmelte Rosetta noch im Zustand zwischen Traum und Erwachen und versuchte die jäh verblassenden Bilder des Traumes festzuhalten. Doch sie lösten sich nur um so schneller auf.

Die heisere Stimme blieb beharrlich an ihrem Ohr. »Es ist an der Zeit, dem neuen Tag ins Antlitz zu sehen. Ob man ihm nun ins Gesicht lächeln oder ihn anspeien möchte, tut nichts zur Sache. Ihm stellen muß man sich!«

Rosetta schüttelte unwillig den Kopf und öffnete die Augen. Kate Mallocks Gesicht war ganz nahe. Doch tiefe Schatten verbargen ihre Züge. Nur das Weiß ihrer Augen leuchtete aus dem Dunkel des hageren Gesichtes.

»Laß mich, Kate! Wozu soll ich aufstehen?« wehrte Rosetta ungehalten ab.

»Weil es nicht gut ist, wenn Sie sich Tag für Tag in Ihr Zimmer einschließen und das Bett kaum verlassen«, sagte die Zofe. »Sie brauchen frische Luft und ein wenig Bewegung! Zudem ist es schon bald Mittag!«

»Der Arzt hat mir viel Ruhe und Schonung verordnet«, widersprach Rosetta, ließ es jedoch geschehen, daß Kate die Bettdecke zurückschlug.

»Der Arzt war ein Dummkopf!« sagte Kate Mallock unverblümt. Keine normale Zofe hätte es gewagt, sich solch einen Tonfall gegenüber ihrer Herrin herauszunehmen. Doch Kate war sich ihres Einflusses, den sie auf Rosetta seit deren Kind-

heit ausgeübt hatte, sehr bewußt und verstand ihn für sich zu nutzen. Außer ihr gab es niemanden mehr, der sie hier in der Kolonie mit der Heimat verband. Der Lieutenant zählte nicht, war er es doch, der sie zu dieser unglückseligen Reise gezwungen hatte.
»Sag das nicht, Kate.«
»O doch! Er war ein netter Dummkopf, aber eben doch ein Dummkopf! Einem Matrosen das Bein abzunehmen oder eine Wunde zu vernähen, dafür reichten seine Kenntnisse. Aber für alles andere war er nicht viel tauglicher als ein grobschlächtiger Seemann für zarte Seidenstickerei! Wenn er etwas getaugt hätte, wäre er nicht Schiffsarzt geworden. Außerdem verstehen die wenigsten Ärzte auch nur das Schwarze unter ihren Fingernägeln von Frauenleiden und von vorzeitiger Niederkunft!« sagte Kate Mallock mit der für sie so typischen leisen Stimme, die stets den Eindruck vermittelte, von finsteren Gefahren zu wissen und etwas Geheimnisvolles zu verkünden.
Rosetta mußte sich anstrengen, wenn sie Kate gut verstehen wollte. Und das hatte zur Folge, daß sie gänzlich wach wurde. Sie richtete sich im Bett auf. »Manchmal hätte ich nicht schlecht Lust, dich vor die Tür zu setzen, Kate!« stieß sie mit verkniffener Miene hervor.
Kate Mallock zeigte sich nicht im geringsten beeindruckt von dieser Drohung. Sie wußte nur zu gut, daß Rosetta so etwas niemals tun würde – schon aus Eigensucht nicht. Sie fürchtete sich vor dem Alleinsein. Und sie, Kate Mallock, war die einzige, mit der sie reden konnte. Das gab ihr Macht. Doch sie war zu klug, um sie offen zu zeigen. »Ich tue nur meine Pflicht, Rosetta. Und wenn Sie mit meinen Diensten nicht zufrieden sind...«
»Schon gut!« herrschte Rosetta sie an, wohl wissend, wie unsinnig ihre Drohung gewesen war.
Kate Mallock trat zu den schweren Samtvorhängen, die vor dem Fenster zugezogen waren.
»Nein! Nicht!« rief Rosetta erschrocken. Sie sah nicht mehr

das spöttische Lächeln auf dem Gesicht ihrer Zofe, denn im nächsten Augenblick flogen die Vorhänge zurück, und grelles Sonnenlicht flutete wie eine Springflut, die einen Damm durchbrochen hat, ins Zimmer und blendete sie.
Kate stand im vollen Sonnenlicht. Eine dürre Gestalt mit einem leicht gekrümmten Rücken. Ihr Gesicht war so hager, als litte sie unter großen Entbehrungen. Ihre Haut spannte sich über hohen Wangenknochen und einer spitz zulaufenden Kinnpartie. Die breite Nase war für dieses schmale, abgehärmte Gesicht viel zu kräftig. Und die grauen Augen, die unter dünnen grauen Brauen lagen, waren für eine Zofe viel zu klar und zu durchdringend.
Kate Mallock war zwar noch nicht Mitte Vierzig. Doch mit ihrem aschgrauen Haar und dem zerfurchten, hageren Gesicht sah sie mindestens zehn Jahre älter aus.
»Warum tust du das, Kate?« Rosetta schützte ihre Augen mit der Hand.
Kate gab darauf keine Antwort, zog einen der Vorhänge wieder halb zu, um so das einströmende Sonnenlicht ein wenig abzudämpfen, und ging zur Waschkommode. Sie schüttete Wasser aus dem Krug in die Porzellanschüssel und trug sie ans Bett. Rosetta gab auf, sich gegen die starke Hand ihrer Zofe zu sträuben, ließ sich das Nachtgewand ausziehen und sich erfrischen.
»Wo ist mein Mann?« fragte sie dann.
»Ausgeritten. Schon sehr früh am Morgen.«
»Hat er gesagt, wohin er wollte?«
Kate griff zur silbernen Bürste und widmete sich dem Haar ihrer Herrin. »Er sagte etwas von einer Farm, die zum Kauf stehe und die er sich ansehen wolle«, antwortete sie mit unverhohlenem Mißfallen in der Stimme.
»Eine Farm?«
»Ja, und wenn Sie nichts unternehmen, werden wir wohl bald auf einem dieser schäbigen Höfe dort draußen in der Wildnis hausen!« stieß Kate grimmig hervor. »Es ist schon schlimm genug, daß Sie in diesem primitiven Haus wohnen müssen, Ro-

setta! Ihr Vater hätte es nicht einmal gewagt, seinem Gutsverwalter solch eine Behausung anzubieten!«
»Nein, das hätte er wahrscheinlich nicht«, stimmte Rosetta ihr zu, und Bitterkeit erfüllte sie, als sie daran dachte, wie wohlgeordnet und sorglos ihr Leben noch vor zweieinhalb Jahren gewesen war. Sie war glücklich in der kleinen, gut überschaubaren Welt des vornehmen Mädchenpensionates gewesen, glücklich mit ihrer Freundin Gwen, die sie in die verbotene und doch so süße Welt gleichgeschlechtlicher Liebe eingeweiht hatte. Um so größer waren Schmerz und Enttäuschung gewesen, als Gwen nach den Ferien nicht mehr zurückgekommen und bekannt geworden war, daß sie den Sohn eines Lords geheiratet hatte. Gwen hatte vorher schon Andeutungen gemacht, doch sie hatte es nicht wahrhaben wollen, daß die Zärtlichkeiten eines Tages ein Ende haben und sie Gwen verlieren würde.
Verzweifelt war sie gewesen, zumal das letzte Jahr ihrer Ausbildung gekommen war und ihre Eltern immer stärker darauf drängten, sie zu verheiraten. Schließlich hatte sie sich in ihr Schicksal ergeben und Kenneth Forbes ermuntert, bei ihren Eltern um ihre Hand zu bitten. Sie hatte ihn für einen Gentleman gehalten und geglaubt, ein ruhiges Leben auf dem Herrensitz der Forbes zu führen. Doch wie bitter war sie da enttäuscht worden! Er hatte sie nicht nur gezwungen, ihre Heimat zu verlassen, sondern auch Dinge im Bett von ihr verlangt, die sie mit Ekel erfüllten. Wie haßte sie seine Männlichkeit, die sich hart und schmerzhaft in sie bohrte und nichts als die eigene Lust kannte!
»Sie müssen etwas unternehmen, Rosetta!« sagte Kate noch einmal eindringlich. »Dieses gräßliche Land wird Sie umbringen, wenn Sie nichts tun!«
»Es gibt nichts, was ich tun könnte, Kate«, erwiderte Rosetta. »Das weißt du so gut wie ich. Ich bin seine Frau und habe ihm zu folgen. Fünf Jahre, hat er gesagt, fünf Jahre werden wir hier wohl ausharren müssen.«

»Fünf Jahre!« Kate spuckte trocken aus. »Das werden fünf Jahre Hölle auf Erden sein, Rosetta!«
Es klopfte zaghaft an die Tür.
»Ja?« rief Rosetta.
Maneka erschien mit einem Tablett, auf dem eine Kanne Tee, zierliches Porzellan und ein Teller mit Biskuit und frischen Früchten standen. »Das Frühstück«, sagte sie mit niedergeschlagenem Blick.
»Wer hat dir gesagt, daß du das Frühstück machen sollst?« fuhr Kate Mallock sie wütend an.
Maneka stand mit gesenktem Kopf da. »Ich habe Mrs. Forbes' Stimme gehört und dachte, daß ihr jetzt eine Tasse Tee und etwas zu essen guttun würde«, sagte sie mit unterwürfiger Stimme.
»Spar dir das Denken!« herrschte Kate sie an. »Du tust, was man dir befiehlt, und nichts anderes. Und nun mach, daß du aus dem Zimmer kommst!«
»Laß gut sein, Kate«, sagte Rosetta nun. »Eine Tasse Tee wird mir wirklich guttun.«
Die Zofe kniff in mühsam beherrschtem Zorn die Augen zusammen. »Also gut!« zischte sie. »Dann stell das Tablett ab und verschwinde!«
Maneka setzte das Silbertablett behutsam auf einem kleinen, runden Tisch neben dem Bett ab, warf Rosetta einen schnellen Blick aus verängstigten Augen zu, verbeugte sich vor ihr und hastete aus dem Zimmer.
»Diese Schlange!« stieß Kate hervor. »Nicht einen Schluck würde ich von dem Tee über meine Lippen kommen lassen! Und jeder Bissen, den sie mir vorsetzte, würde mir im Halse steckenbleiben! Wer sagt, daß sie nicht Gift hineingemischt hat?«
»Sei nicht albern, Kate!« sagte Rosetta unwillig. »Das arme Mädchen will sich doch nur nützlich machen.«
»Nützlich? Pah! Diese Wilde muß verschwinden, Rosetta! Und zwar so schnell wie möglich! Sie bringt nur Unglück ins

Haus!« ereiferte sie sich, und ihre flüsternde Stimme wurde noch heiserer. »Diese Maneka hat der Teufel höchstpersönlich geschickt. Ich habe es in den Karten gelesen. Und die Karten lügen nicht!«

Gewöhnlich gab Rosetta eine ganze Menge auf das, was ihre Zofe, die sich auf diese geheimnisvolle Kunst verstand, aus den Karten las. Doch in diesem Fall hatte sie ihre Zweifel. Kate haßte dieses indische Mädchen, denn sie fürchtete wohl, es könnte ihre Stellung gefährden. Wieso sie diese Befürchtungen hegte, war ihr schleierhaft. Doch sie kannte Kate nun schon lange genug, um so etwas zu spüren.

»Nicht der Teufel hat Maneka geschickt«, erwiderte sie, »sondern mein Mann hat sie an Bord der ANDROMEDA gewonnen, wie du ja selbst weißt.«

»Beim Glücksspiel!« rief Kate.

Rosetta machte eine gereizte Handbewegung. »Ich billige es nicht, was Kenneth da getan hat, aber ich kann gegen seine Entscheidung, sie im Haus zu behalten, nichts machen. Und sie ist anstellig, daran gibt es keinen Zweifel.«

Ein höhnisches Lächeln trat auf Kates Gesicht. »O ja, sie ist nur zu anstellig«, raunte sie. »Sie gibt sich bescheiden und unterwürfig, doch sie ist verdorben wie eine faule Frucht, deren Schale noch glatt ist, während sie innen schon von Würmern zerfressen ist. Und sie ist schön wie die Schlange der Versuchung, die sich im Gewande blendender Unschuld verbirgt und Verderben bringt!«

»Du bist voreingenommen, Kate! Maneka mag vieles sein, aber ganz sicherlich keine Schlange! Sie ist ein bedauernswertes Geschöpf.«

»Bei allem Respekt, Rosetta, aber der Lieutenant sieht sie wohl mit ganz anderen Augen! Und ich sage, daß sie Unheil bringt!«

Rosetta wußte, worauf Kate anspielte. Sie war weder blind noch taub, und so war ihr nicht entgangen, mit welchen Blicken Kenneth das Mädchen bedachte. Sie hatte sich mit aller Macht dagegen gesträubt, Maneka unter ihrem Dach aufzunehmen. Doch es war zwecklos gewesen. Ihr Zorn richtete sich allein gegen Kenneth, nicht gegen Maneka. Sie tat ihr vielmehr leid. Was konnte sie schon dafür, wie ein Stück Vieh verkauft zu werden?

Kate Mallock unternahm noch mehrmals den Versuch, das Gespräch auf Maneka zu bringen, doch Rosetta wies sie schließlich zornig in ihre Schranken. »Schweig jetzt endlich!« befahl sie ihr. »Ich will davon nichts mehr hören! Und jetzt laß mich allein!«

»Sie werden sich noch einmal an meine Worte erinnern«, raunte Kate Mallock, als sie schon an der Tür stand. »Ich hoffe, daß es dann noch nicht zu spät ist.«

Rosetta funkelte sie an. »Du sollst gehen!«

Mit der lautlosen Geschmeidigkeit einer Katze, die man dieser ausgezehrten Frau gar nicht zugetraut hätte, huschte sie aus dem Zimmer. Doch Rosetta hatte das beklemmende Gefühl, als wäre ihr Schatten im Raum zurückgeblieben.

Manchmal fragte sie sich, weshalb sie Kate Mallock noch immer in ihren Diensten hielt. Sie war zwar eine gute und gewissenhafte Zofe, an deren Sorgfalt und Aufmerksamkeit es nichts auszusetzen gab. Doch sie nahm sich Rechte heraus, die bei jeder anderen Zofe die sofortige Entlassung zur Folge gehabt hätten. Und ihre düstere Erscheinung, ihre beunruhigenden Fähigkeiten als Kartenleserin und vor allem ihre merkwürdigen Reden flößten ihr zuweilen eine gehörige Portion Angst ein. Sie fühlte sich dann verunsichert, und das gegenüber ihrer eigenen Zofe! Doch sich von ihr zu trennen, war ihr einfach unmöglich. Jetzt schon gar nicht. Kate Mallock war ihr einziger Halt in einer fremden Welt, die sie aus tiefster Seele verabscheute. Und was immer man ihr auch nachsagen konnte, so gab es doch an ihrer unverbrüchlichen Treue nicht den geringsten Zweifel. Auf Kate konnte sie sich blindlings verlassen, worum auch immer sie sie bitten würde. Das wog mehr als alles andere.

Rosetta ging zum Fenster und schaute einen Augenblick hinaus. Die Sonne stand hoch am Himmel und hatte schon jetzt mehr Kraft, als die Sommersonne in England. Ein warmer Wind wehte über Parramatta hinweg und wirbelte den Staub auf, der durch alle Ritzen drang und sich überall im Haus niederlegte. Fast glaubte sie, ihn auf der Zunge schmecken zu können. Eine Abteilung Sträflinge, durch schwere Eisenketten miteinander verbunden und von vier Rotröcken begleitet, schlurften schweigend über die Straße. Sie boten einen jämmerlichen, hoffnungslosen Anblick.
Schnell zog Rosetta die Vorhänge wieder zu, als könnte sie damit die Welt dort draußen von sich fernhalten. Tiefe Depression ergriff sie. Fünf schrecklich lange Jahre sollte sie hier in New South Wales verbringen! An der Seite eines Mannes, den sie nicht liebte und dessen Berührung Ekelgefühle in ihr hervorrief.
Wie sollte sie das ertragen?
Ihr blieb nur die Flucht in eine Welt, in der sie frei von allen Zwängen und Ängsten war. In der sie die niederdrückende Wirklichkeit vergessen und ihren Träumen nachhängen konnte. Doktor Devin hatte ihr diese Welt gezeigt, und sie würde ihm dafür ewig dankbar sein.
Sie klappte die Truhe auf, die neben der Waschkommode stand. Ganz unten lag die kleine Silberdose und die Pfeife, die in ein Seidentuch eingewickelt war. Sie holte beides heraus und öffnete die Dose. Sie war mit einem Dutzend kleiner dunkelbrauner Kügelchen gefüllt, die an den Fingern kleben blieben. Viel war ihr nicht mehr geblieben. Doch Doktor Devin hatte ihr eine Adresse in Sydney genannt, wo sie mehr von diesem wunderbaren Mittel kaufen konnte. Sie würde Kate bei Gelegenheit hinschicken. Kate würde schweigen.
Rosetta nahm ein Kügelchen, wickelte die Pfeife mit dem langen Stil aus Elfenbein aus dem Seidentuch und preßte das Kügelchen in den kleinen Kopf, wie Doktor Devin es ihr gezeigt hatte. Dann entzündete sie einen Span an der Flamme der

Lampe, hielt das Feuer an den Pfeifenkopf und sog den Rauch tief in sich ein.

Sie war längst darüber hinaus zu husten, wie sie es anfangs getan hatte. Ein dumpfer, betäubender Geruch breitete sich im Zimmer aus, und Rosetta hatte einen bitteren Geschmack im Mund. Er war ihr vertraut, und sie wußte, daß die Wirkung des Schlafmohns schnell eintreten würde.

Nach ein paar Zügen legte sie die Pfeife unter das Bett und sank mit einem verklärten Lächeln in die Kissen zurück. Wohlige Wärme breitete sich in ihr aus. Und die rauschhaften Träume und Halluzinationen nahmen sie gefangen.

19

Ian McIntosh war forsch geritten, um noch vor Einbruch der Dunkelheit auf SEVEN HILLS zu sein. Jessica hielt sich gerade im Stall bei ihrem Lieblingspferd auf, dem nicht ganz dreijährigen Wallach Adrian. Sie war mit ihm ausgeritten, um entfernte Felder und Weiden zu inspizieren, und hatte ihn danach eigenhändig abgerieben und gestriegelt, wie sie das nach jedem Ausritt tat. Nun glänzte sein rotbraunes Fell im Licht der Stalllampe, und er rieb seine Schnauze mit den seidigen Nüstern an ihrer Schulter.

»Ja, mein Guter, ruh dich schön aus. Morgen hast du einen langen Tag vor dir«, sagte Jessica und tätschelte ihm liebevoll den Hals. Am nächsten Tag wollte sie zu den Südweiden reiten, wo ein Großteil der Schafherden graste. Vielleicht fand sie sogar noch Zeit genug, um sich noch einmal die Auborn-Farm anzusehen.

Als sie aus dem Stall trat, hörte sie den trommelnden Hufschlag. Augenblicke später tauchte Ian zwischen den Nebengebäuden der Farm auf.

»Ian! Sie sind ja schon zurück!« rief sie freudig überrascht. »Ich hab Sie frühestens morgen zurückerwartet!«

Ian zügelte sein Pferd, dessen Fell schweißnaß glänzte. Mit einem zufriedenen Lachen glitt er aus dem Sattel und überließ es Norman, dem Stallknecht.

»Sie wissen doch genau, daß es mich in Sydney oder Parramatta nicht länger als gerade notwendig hält«, erklärte er und schlug sich mit seinem speckigen Lederhut den Staub von Hemd und Hose.

»Dann haben Sie gute Nachrichten?«

»Ja, könnte man sagen«, sagte er zurückhaltend, doch in seinen Augen stand ein fröhliches Leuchten, das seine Zurückhaltung Lügen strafte.
»Kommen Sie ins Haus!« drängte Jessica. »Sie werden durstig und hungrig sein. Lisa hat heute abend einen Lammbraten gemacht, an dem ich sonst noch die ganze nächste Woche hätte essen müssen, wenn Sie nicht gekommen wären.«
Sie gingen ins Haus, und Jessica konnte nicht erwarten, von Ian zu erfahren, was er in den letzten Tagen erreicht hatte. Doch sie zügelte ihre Ungeduld, bis Lisa Reed aufgedeckt hatte und in die Küche zurückgekehrt war.
Ian ließ sich den Lammbraten schmecken und aß mit sichtlichem Heißhunger. »In Sydney ißt man nicht halb so gut wie bei Lisa Reed«, sagte er anerkennend.
»Nun spannen Sie mich nicht auf die Folter!« bat Jessica. »Wie stehen die Dinge?«
Ian wischte sich das Fett vom Mund und schmunzelte. »Nicht schlecht, Jessica, wirklich nicht schlecht. Der Kaufvertrag für die Auborn-Farm ist unter Dach und Fach. Clemens Auborns Unterschrift steht schon auf den Papieren. Er war mit Ihrem Angebot mehr als zufrieden. Jetzt brauchen nur noch Sie zu unterschreiben, und der Handel ist perfekt.«
»Wunderbar«, sagte Jessica. »Aber davon sind wir beide doch schon ausgegangen. Mich interessiert viel mehr, was Ihre Erkundigungen hinsichtlich der Bootsbeteiligung ergeben haben.«
Ian griff zu seinem Glas und spülte ein Stück Lamm mit einem kräftigen Schluck Port hinunter. »Ich sage Ihnen, sich bei den Flußschiffern umzuhören, ohne dabei das Mißtrauen der ganzen Sippschaft zu wecken, war ein verflucht schweres Stück Arbeit.«
»Dann sind hinterher die Früchte dieser Arbeit um so süßer«, erwiderte Jessica.
Ian lachte. »Nun, in den Schoß gefallen ist uns diese Frucht noch lange nicht, Jessica.«

»Erzählen Sie!«
Der Verwalter wurde ernst. »In Parramatta hatte ich wenig Glück. Von den dort ansässigen Flußschiffern war keiner an einer Beteiligung interessiert. Doch immerhin erfuhr ich, daß es unter den Flußschiffern wirklich eine Absprache gibt, die auf das Konto von unserem lieben Freund Jonas Duckworth geht. Und ich erhielt dort von einem Schiffsausstatter, der für Duckworth ebensowenig Sympathien hegt wie wir, den Tip, in Sydney mal einen gewissen Patrick Rourke aufzusuchen und bei ihm vorzufühlen.«
»Ein Ire?«
»Ja, ein Emanzipist. Wie ich erfahren habe, war er Fischer und wurde nur deshalb deportiert, weil er seinem Bruder, der an einem Aufruhr beteiligt gewesen war, in seinem Haus Unterschlupf gewährt hatte. Der Bruder konnte der Polizei noch im letzten Moment entkommen, doch Patrick Rourke mußte für seine Bruderliebe mit acht Jahren Verbannung nach New South Wales bezahlen. Nach fünf Jahren wurde er dann begnadigt, fuhr beim alten Flint, der zwischen Coal Harbor und Sydney segelt, ein paar Jahre und machte sich dann im letzten Jahr selbständig. Er kaufte einen Schoner, der bei Broken Bay auf Grund gelaufen war, setzte ihn wieder instand und taufte ihn auf den Namen COMET.« Er lachte spöttisch. »Vermutlich ein Wunschtraum, denn wenn dieser Marssegelschoner auch den Eindruck macht, in rauher See bestehen zu können, so ist Schnelligkeit doch ganz sicherlich nicht seine Stärke.«
»Also ein Schoner«, sagte Jessica erfreut. »Das bedeutet, daß wir ihn später auch an der Küste einsetzen können, wenn auf dem Hawkesbury mal geschäftliche Flaute herrscht.«
»Langsam! Noch gehört uns nicht eine einzige Planke. Und wenn wir es nicht höllisch geschickt anfangen, werden Sie auch nie Partner von diesem Patrick Rourke sein!« dämpfte Ian ihre Freude. »Es gibt da nämlich einige Schwierigkeiten.«
»Wäre wohl auch zu schön gewesen, wenn das nicht der Fall gewesen wäre«, seufzte Jessica. »Also, wo sitzt der Haken?«

»In seinem Stolz, Jessica«, antwortete Ian direkt. »Unter keinen Umständen ist er bereit, eine Frau als gleichberechtigten Geschäftspartner zu akzeptieren.«
Jessica zog die Augenbrauen hoch. »Kann er sich diesen Stolz leisten?«
»Ganz und gar nicht. Die Ausbesserungen am gestrandeten Schoner haben ihn mehr Geld gekostet, als er besaß. Er hat Schulden machen müssen. Einen Teil davon hätte er schon zurückzahlen können, wenn er nicht zweimal Pech gehabt hätte«, berichtete Ian. »Schon bei seiner dritten Fahrt rammte ihn nachts ein anderes Boot, zertrümmerte ihm die Ruderanlage und verschwand in der Dunkelheit, bevor Patrick Rourke oder einer seiner Männer ausmachen konnte, wer ihnen da den Schaden zugefügt hatte. Das bedeutete noch mehr Schulden. Vier Monate später brach er sich das Bein. Kurz und gut, er steht kurz davor, das ganze Boot zu verlieren.«
»Und er ist dennoch nicht bereit, einen Partner zu akzeptieren?« fragte Jessica verwundert.
»Er ist bereit, einen stillen Teilhaber aufzunehmen: Dreißig Prozent Schiffsanteil ohne Mitspracherecht für sechshundert Pfund. Das ist sein Angebot.«
»Ausgeschlossen!« erklärte Jessica spontan. »Das ist viel zu teuer. Und was soll ich mit einem Anteil, der mir kein Recht gibt, beim Einsatz des Schiffes entscheidend mitzureden? Der Kerl wird solch einen Geldgeber nirgends finden! Sechshundert Pfund für dreißig Prozent! Was denkt sich der Bursche überhaupt?«
»Immerhin ist es ein solider Schoner.«
»Den er sich auf meine Kosten wohl vergolden will! Nein, das kommt nicht in Frage.«
Ian zuckte die Achseln. »Das habe ich ihm auch gesagt. Doch er hat mir offen ins Gesicht gesagt, daß er eher Schafe beaufsichtigen oder Kohle abbauen würde, als von einem Weiberrock Befehle zu empfangen.«
»Weiberrock?«

Ian nickte und lächelte verhalten. »Ja, das waren seine Worte.«
Jessica furchte ärgerlich die Stirn. »Zum Teufel noch mal, dann warten wir eben, bis diesem stolzen Seemann das Wasser bis über beide Ohren steht und er den Schoner verkaufen muß. Notfalls kaufen wir nicht nur fünfzig Prozent, sondern das ganze Schiff.«
Ian schüttelte den Kopf. »Ich fürchte, das wird leider nicht möglich sein.«
»Wieso nicht? Ich denke, ihm sind die Schulden über den Kopf gewachsen?«
»Das stimmt. Nur hat Patrick Rourke seine Schulden bei einem gewissen Edward Chambers, und wie ich gehört habe, ist dieser Chambers nicht nur mit Jonas Duckworth bekannt, sondern hat auch selber ein Auge auf die COMET geworfen. Wenn Patrick Rourke seine Schulden, die sich übrigens auf etwa dreihundertfünfzig Pfund belaufen, nicht in den nächsten vier Wochen beglichen hat, fällt ihm der Schoner in die Hände. Und von ihm werden sie nicht ein Stück Tau kaufen können.«
Jessica blickte finster drein. »Also entweder ich akzeptiere seine unverschämte Forderung, oder aber die COMET können wir abschreiben.«
»So ist es.«
Jessica faßte einen spontanen Entschluß. »Wir werden sehen, ob er nicht doch Vernunft annimmt. Ich beabsichtige ja nicht, ihm bei der Führung des Schiffes dreinzureden. Ich möchte nur ein gewichtiges Mitspracherecht, wenn es darum geht, die Routen und Frachtraten festzulegen. Alles andere kann er so halten, wie es ihm beliebt.«
»Genau das habe ich ihm mehrmals versichert.«
»Und?«
»Nun, er kam immer wieder mit demselben Einwand: ›Weiberrock bleibt Weiberrock!‹« Gutmütiger Spott lag in seiner Stimme, als er hinzufügte: »Vielleicht muß ich es mir noch einmal ernsthaft überlegen, ob ich es mir überhaupt leisten

kann, für einen Weiberrock wie Sie zu arbeiten, Jessica. Dieser Patrick Rourke hat mir jedenfalls deutlich zu verstehen gegeben, was er von Männern hält, die sich dem Wort einer Frau zu beugen haben.«
Jessica sah ihn einen Augenblick erschrocken an. »Auf SEVEN HILLS gibt Ihnen keiner Befehle, Ian! Sie können fast so frei schalten und walten, als gehörte Ihnen die Farm. Sie wissen doch ganz genau, daß Sie bedeutend mehr sind als irgendein bezahlter Verwalter. Sie sind das Rückgrat von SEVEN HILLS. Ich bin nur ...« Sie brach ab und suchte nach einem passenden Vergleich.
»Das Herz«, sagte Ian sofort.
Jessica lächelte verlegen. »Ich weiß nicht, ob meine Rolle wirklich so bedeutend ist. Das Herz zu sein, ist eine große Sache.«
»Sie können alles sein, was sie wollen«, versicherte Ian, und merkwürdigerweise hatte seine Stimme einen grimmigen Unterton.
Jessica betrachtete ihn versonnen und fragte sich, weshalb Ian McIntosh immer noch auf SEVEN HILLS war. Er hatte es schon längst nicht mehr nötig, für irgend jemanden zu arbeiten. Er besaß beachtliche Ersparnisse, die er zum Teil höchst gewinnbringend in Grundstücke in Sydney angelegt hatte. Das illegale Rumgeschäft, das er mit Steve lange Zeit ohne ihr Wissen betrieben hatte, hatte ihn in aller Stille zu einem gutbetuchten Mann gemacht, der sich um seine finanzielle Zukunft keine Sorgen mehr zu machen brauchte. Nur wenige wußten davon. Auch sie hatte das erst nach dem Tode ihres Mannes erfahren – von Ian selbst.
Er hätte es sich schon vor Jahren leisten können, eine eigene Farm aufzubauen. Doch er hatte es vorgezogen, auf SEVEN HILLS zu bleiben, die er auch als sein Lebenswerk betrachtete. Aber diese Verbundenheit zur Farm konnte nicht der entscheidende Grund sein, weshalb er sich nicht selbständig machte, sondern in Abhängigkeit blieb – wenn auch in der angesehenen Position des Verwalters einer Farm von so großem Ausmaß

und ebenso großer Bedeutung. Es mußte mehr dahinterstekken. Doch was?
»Schauen Sie mich nicht so betroffen an, Jessica«, bat Ian, der ihren ernsten Gesichtsausdruck falsch deutete. »Entschuldigen Sie die Taktlosigkeit meiner Bemerkung, die wirklich nur scherzhafter Natur sein sollte, mir aber wohl etwas entglitten ist. Ich betrachte es nicht als Herabsetzung meiner Person, bei Ihnen als Verwalter tätig zu sein, Jessica, sondern als Ehre.«
Da war etwas in seiner Stimme, das sie wieder verlegen machte. Sie ging schnell darüber hinweg, indem sie erwiderte:
»Aber für diesen Rourke bin ich ein Weiberrock! Nun, wir werden ja sehen, ob er nicht noch mal gezwungen sein wird, seine Meinung zu ändern.«
»Sie haben vor, ihm persönlich einen Besuch abzustatten, nicht wahr?« mutmaßte Ian schmunzelnd.
»In der Tat!« erklärte sie entschlossen.
Er lachte.
»Was ist daran so lachhaft, Ian?« fragte sie gereizt.
»Gar nichts!« versicherte er. »Nur, ich wußte, daß Sie so reagieren und den Stier bei den Hörnern packen würden. Das habe ich Patrick Rourke auch gesagt. Er meinte darauf, daß Sie sich die Mühe sparen können, denn er hätte nicht die Absicht, sich mit einem Weiberrock an einen Tisch zu setzen und Geschäfte zu besprechen, von denen Weiber nichts verstünden.«
Zornesröte überzog ihr Gesicht. »Er wird sich mit mir an einen Tisch setzen und mir zumindest zuhören, das schwöre ich! Ich werde sofort nach unserem Fest nach Sydney reiten und ihn dazu zwingen!«
»Und wie wollen Sie das anstellen?«
»Lassen Sie das mal meine Sorge sein!« erwiderte Jessica und hoffte insgeheim, daß ihr auch wirklich etwas einfallen würde. Aber dafür hatte sie ja noch ein paar Tage Zeit.
Ian lachte. »Da bin ich wirklich mal gespannt. Ich hoffe natürlich sehr, daß Sie mehr Erfolg haben als ich. Aber ich sage Ih-

nen, leicht wird es nicht sein.« Wenn Jessica sich etwas in den Kopf gesetzt hatte, dann erreichte sie das gewöhnlich auch. Doch Patrick Rourke war ein verflucht grober Klotz, dem so leicht nicht beizukommen war.
»Leicht war in den letzten Tagen gar nichts«, beendete Jessica das Thema energisch und sprach dann noch einige andere geschäftliche Dinge an, bevor er sich vom Tisch erhob und ihr eine gute Nacht wünschte.
Jessica war es gewohnt, früh ins Bett zu gehen und ebenso früh aufzustehen. Doch als sie sich für die Nacht fertig gemacht und in ihr Schlafgewand geschlüpft war, fiel ihr Blick auf Mitchells Brief, der in einem Fach ihres Sekretärs steckte.
Sie zog ihn heraus und faltete seinen Brief auf. Sie konnte mittlerweile fast jede Zeile auswendig, so oft hatte sie seinen Brief in den letzten Tagen gelesen. Und noch öfter hatte sie an ihn gedacht und ihre eigenen Gefühle zu erforschen versucht.
Ich muß ihm antworten, dachte sie, nahm die Lampe und stellte sie vor sich auf die Schreibplatte des Sekretärs. *Er hat ein Recht auf eine Antwort.*
Sie zog ein Blatt hervor, griff zum Federkiel und tunkte die Spitze in die Tinte. Dann begann sie zu schreiben: *Mein lieber Mitchell...*
Weiter kam sie nicht. Sie blickte auf die Worte, als hätten sie ihr etwas verraten, was sie nicht hatte offenbaren wollen. Mein lieber Mitchell. Stimmte das denn? Empfand sie nach all den Jahren immer noch so etwas wie Liebe für ihn? Oder waren es nichts weiter als sentimentale Erinnerungen an eine Zeit, die sich nicht wieder mit Gefühlen dieser Art beleben ließ?
Jessica zerknüllte das Blatt und warf es zu Boden. Was sie bewegte und beunruhigte, würde sie nie und nimmer in geschriebene Worte fassen können. Zu vieles würden sie offenlassen oder verfälschen. Nein, die Zeit war noch nicht reif.

20

Lieutenant Kenneth Forbes war berauscht, als er spät in der Nacht von der Besprechung mit den einflußreichen Männern vom Rum-Monopol nach Hause zurückkehrte. Berauscht vom Erfolg und vom Brandy, den er nach Abschluß der geschäftlichen Belange in größeren Mengen zu sich genommen hatte, als das sonst seine Art war.

Edward Chambers hatte ihm wahrhaftig den Weg zu einer goldenen Zukunft bereitet, und er würde ihm dafür ewig dankbar sein. Jetzt war er überzeugt davon, in fünf Jahren als reicher Mann nach England zurückkehren zu können. Sein Vater würde allen Grund haben, seine Skandale zu vergessen und stolz auf ihn zu sein.

Zweihundert Pfund betrug seine erste Investition. Dafür konnte man, sofern man dem Monopol angehörte, gut tausend Gallonen Rum für vier Shilling die Gallone kaufen und ihn für das Fünf- oder Sechsfache des Einkaufspreises wieder verkaufen. Im Handumdrehen würde er also aus seinen zweihundert Pfund mehr als tausend machen. Das war so viel, wie ein guter Aufseher nicht mal in zehn Jahren verdienen konnte. Mehr auch, als das Jahresgehalt des Gouverneurs betrug, der sich mit tausend Pfund zufriedengeben mußte. Und das war erst der Anfang. Bei der nächsten Order würde er vielleicht schon mit dem doppelten Einsatz dabei sein!

Er würde im Geld schwimmen!

Kenneth brachte sein Pferd in den kleinen, schäbigen Anbau, der ihm als Stall diente, nahm ihm das Sattelzeug ab und ging ins Haus. Sein erster Gang führte ihn in den Salon, der diesen Namen kaum verdiente. Er war klein und nur spärlich möbliert. Hier konnte er seine neuen Geschäftspartner auf keinen Fall zu einem Gegenbesuch einladen. Das war eine Behausung für einen Mann ohne Ehrgeiz, Geschmack und Geld. Verständlich, daß Rosetta dieses Haus abscheulich fand.

Aber das würde sich bald ändern. Er hatte sich am Morgen die Farm angesehen. Sie war mit ihren 40 Acres zwar recht klein für hiesige Verhältnisse, aber das Haupthaus war wirklich geräumig und zudem noch bildhübsch, und mit fünfzig Pfund machte er mit dem Kauf der Farm so nahe bei Parramatta ein gutes Geschäft, wie Chambers ihm versichert hatte. Die Preise in den Siedlungen und in der näheren Umgebung waren in den letzten Jahren beachtlich gestiegen. Daran würde sich auch in Zukunft nichts ändern.

Kenneth genehmigte sich noch einen großzügigen Brandy, zog seine Stiefel aus und warf die Uniformjacke achtlos über einen Sessel.

Einige Minuten ging er im Zimmer auf und ab, nippte an seinem Glas und ließ den anregenden Abend, den er mit den Männern im Haus von Edward Chambers verbracht hatte, noch einmal genüßlich vor seinem inneren Auge vorbeiziehen. Er war jetzt wer. Rosetta konnte jetzt keinen Grund mehr haben, ihn mit Geringschätzung zu strafen.

Seine Gedanken wandten sich unwillkürlich seiner Frau und Maneka zu. Seit er von Bord des Schiffes gegangen war, hatte er Rosetta kaum ein dutzendmal zu Gesicht bekommen, und wenn es doch der Fall war, machte sie einen abwesenden Eindruck und schien kaum zu hören, was er sagte. Sie entzog sich ihm völlig, und es schien sie überhaupt nicht zu interessieren, wie er sich anstrengte, etwas zu erreichen, wovon ja auch sie profitieren würde. Und noch immer lehnte sie es ab, ihn zu sich zu lassen.

Ärger stieg in ihm auf. »Der Teufel soll mich holen, wenn ich mich von ihr zum Eunuchen machen lasse!« murmelte er vor sich hin und kippte den Rest Brandy mit einem Schluck hinunter.

Er hatte ja noch Maneka! Und sie würde ihm zu Willen sein. Wahrscheinlich tat sie es sogar gern, wenn sie es ihm auch nicht zeigte. Aber welch größeres Glück konnte es für so ein heidnisches Mädchen schon geben, als von einem Mann wie ihm begehrt und beglückt zu werden?
Kenneth verließ den Salon und lauschte im Gang. Es war totenstill im Haus. Sogar Kate, diese elende Geiferhexe, schlief diesmal ohne laut zu schnarchen.
Manekas Kammer lag am Ende des Querganges gleich neben dem Stallanbau. Es wäre ihm zwar lieber gewesen, wenn er sie in seinem eigenen Bett hätte haben können. Aber er hatte dafür gesorgt, daß ihre Kammer gut genug eingerichtet war, um ihm bei seinen gelegentlichen Besuchen bei ihr ein Minimum an Bequemlichkeit zu bieten.
Maneka war wach. Sie hatte gehört, wie er zurückgekommen war und das Pferd im Stall untergestellt hatte. Hellwach und voller Angst hatte sie im Bett gelegen, in der Dunkelheit gelauscht und gehofft, seine Zimmertür zuschlagen zu hören. Doch statt dessen hatte sie seine Schritte gehört, obwohl er keine Stiefel trug. Es war mehr eine Ahnung gewesen. Und die Angst, diesen schrecklichen Alptraum seiner zügellosen Begierde sogleich wieder über sich ergehen lassen zu müssen, würgte sie wie ein Paar Hände, das sich um ihre Kehle legte und ihr die Luft abschnürte.
Die Tür glitt leise auf, und dann stand er vor ihr.
»Du hast schon auf mich gewartet, nicht wahr?« flüsterte Kenneth selbstgefällig.
Maneka brachte kein Wort heraus.
»Zieh dich aus!« forderte er sie auf.
Sie wußte, daß Widerstand sinnlos war, und folgte schweigend seinem Befehl. Sie würde ihn ertragen müssen und tun, was er verlangte. Es war nur gut, daß er diesmal ohne Lampe gekommen war, und sie seinen schwitzenden Körper und sein lustverzerrtes Gesicht nicht zu sehen brauchte.
Kenneth befreite sich von seiner Kleidung und weidete sich ei-

nen Augenblick an ihrem nackten Körper. Doch er konnte seine Lust nicht lange zügeln. Das Blut pochte hart in seinem Körper, und der Alkohol war ihm in den Kopf gestiegen. »Komm her, ich werde dir zeigen, wie man einem Mann den Himmel auf Erden schenkt!« preßte er hervor und packte sie am Arm. »Du hast noch viel zu lernen...«

21

Rosetta wälzte sich auf die Seite und vergrub ihr Gesicht im Kissen. Doch es nutzte nicht. Auch daß sie sich die Ohren zuhielt, war sinnlos. Sie hatte Manekas gedämpfte Stimme gehört, ihr verzweifeltes Wimmern. Und sie wußte, was sich in ihrer Kammer abspielte.

Ich kann ihr nicht helfen! sagte sie sich immer wieder wie eine Beschwörungsformel. *Ich kann ihr nicht helfen. Niemand kann ihr helfen!*

Dann drang die wütende, gedämpfte Stimme ihres Mannes an ihr Ohr. Sie vernahm ein scharfes Klatschen und einen unterdrückten Aufschrei.

Rosetta hielt es nicht länger aus. Mehrere Nächte hatte sie das nun schon ertragen. Jetzt vermochte sie nicht länger so zu tun, als wüßte sie nicht, was in ihrem Haus geschah und was dem armen Mädchen angetan wurde. Sie mußte dagegen einschreiten, Kenneth in seine Schranken weisen!

Ohne sich richtig bewußt zu werden, was sie da tat, lief sie in den Salon, packte die Pistole, die dort auf dem Kaminsims lag und hastete mit nackten Füßen den Gang hinunter zu Manekas Kammer.

Sie stieß die Tür auf.

Das Bild, das sich ihren Augen bot, ließ sie erschaudern. Ekel und grenzenloser Zorn verzerrten ihr Gesicht. Sie riß die Pistole hoch und richtete sie auf ihren Mann. »Laß sie los!« stieß sie mit sich fast überschlagender Stimme hervor. »Weg von ihr!«

Zu Tode erschrocken ließ Kenneth von Maneka ab, die auf das Bett taumelte, und fuhr herum. Fassungslos starrte er in die

Mündung der Pistole. »Bist du verrückt geworden?« stieß er schließlich hervor.
»Nicht ich bin verrückt geworden!« antwortete sie schrill. »Komm mir nicht zu nahe! Ich warne dich, Kenneth! Noch ein Schritt, und ich drücke ab!«
Hastig zog er seine Hose hoch. Mit geballten Fäusten stand er drei Schritte vor ihr. »Das wagst du nicht!«
»O doch! Ich habe genug, Kenneth. Das ist das letzte Mal, daß du dich an Maneka vergriffen hast! Ich werde nicht zulassen, daß du sie noch einmal vergewaltigst. Eher bringe ich dich um. Ja, das tue ich! Ich bringe dich um, Kenneth. Schwöre bei Gott und dem Leben deiner Eltern, daß du Maneka nie wieder anrühren wirst. Schwöre es, oder du stirbst hier in ihrer Kammer!« Ihre Stimme zitterte. Sie stand kurz vor der Hysterie und war zu allem fähig. Das erkannte auch Kenneth.
»Du hast völlig den Verstand verloren!«
»Schwöre – oder du stirbst!« schrie sie. Die Pistole in ihrer Hand zitterte.
Kenneth hatte dem Tod noch nie ins Antlitz gesehen – und kalter Schweiß brach ihm aus allen Poren. Er zweifelte plötzlich nicht mehr daran, daß sie sich in diesem Zustand zu einer solchen Wahnsinnstat hinreißen lassen würde.
»Schwöre!«
Kenneth versuchte die Angst hinunterzuwürgen. »Also gut, ich schwöre es ... bei Gott und dem Leben meiner Eltern!« Er brachte den Satz nur mühsam heraus.
Rosetta zitterte am ganzen Körper. Ihre Hände hatten sich um den Griff der Pistole verkrampft. Nun ließ sie sie langsam sinken. »Das tust du mir nie wieder an, Kenneth. Nicht, solange ich deine Frau bin! Nimm dir eine Hure, wenn du dich nicht beherrschen kannst. Doch lege nie wieder Hand an Maneka!« keuchte sie und hatte das entsetzliche Gefühl, einen Alptraum zu erleben, der all ihre Vorstellungskraft übertraf.
Kenneth atmete heftig, und sein Blick folgte dem Lauf der Pistole. »Du sollst deinen Willen haben, Rose«, sagte er in kaltem

Zorn. Für diese Demütigung würde sie einen hohen Preis bezahlen!
»Von nun an wird Maneka bei mir...«
Rosetta brachte den Satz nicht mehr zu Ende. Sowie der Pistolenlauf auf den Boden wies, sprang er vor, entriß ihr die Waffe und schlug ihr mit der anderen Hand so hart ins Gesicht, daß sie aufschreiend gegen die Wand taumelte. Er schleuderte die Pistole unter das Bett und packte sie mit brutalem Griff am Arm. »Du hast wohl geglaubt, damit wäre die Geschichte erledigt, was?« stieß er wutentbrannt hervor. »Aber da hast du dich geirrt, Rose! Du wirst es noch bitter bereuen, mich mit der Pistole bedroht zu haben – auch das will ich bei Gott und dem Leben meiner Eltern schwören!«
»Rühr mich nicht an!« gellte Rosetta.
»O nein, diesmal werde ich meinen Willen bekommen!« Kenneth schleuderte sie auf das Bett und stieß Maneka, die vor Entsetzen wie gelähmt neben dem Bett gekauert hatte, brutal zur Seite. »Mach, daß du in den Stall kommst! Raus mit dir! Du hast von mir nichts mehr zu befürchten. Von nun an teilt wieder meine Frau das Bett mit mir!« Er lachte höhnisch. Maneka wankte aus der Kammer.
Rosetta wehrte sich nach Leibeskräften, doch gegen die Kräfte ihres Mannes kam sie nicht an.
»Runter mit dem Fummel!« zischte Kenneth und riß ihr das Nachtgewand in Fetzen. Dann drückte er sie kraft seines Gewichtes auf das Bett, nagelte sie förmlich fest und stieß hart in sie hinein.
Es war, als würde sich ein Messer in sie bohren und sie von innen zerfetzen. Rosetta bäumte sich auf, doch er ließ nicht von ihr ab. All ihr Flehen war vergebens. Er nahm sie mit roher Gewalt und fügte ihr Schmerzen zu, wie sie sie noch nie gespürt hatte. Ein Nebel legte sich vor ihre Augen, und ein wildes Feuer schien sich durch ihre Eingeweide zu fressen. Dann plötzlich war das erdrückende Gewicht von ihr genommen, doch der brennende Schmerz blieb.

»Gewöhne dich daran, Frau!« hörte sie seine Stimme wie aus weiter Ferne. »Von nun an werde ich dich nehmen, wann und wie oft es mir paßt. Bis du mir einen gesunden Sohn zur Welt gebracht hast! Und glaube ja nicht, mich noch einmal überrumpeln und mit einer Waffe bedrohen zu können. Notfalls werde ich dich einsperren! Denke darüber nach! Vielleicht kommst du jetzt endlich zur Besinnung und erkennst, daß du mit mir so nicht umspringen kannst!«
Sie hörte die Kammertür schlagen.
Zerschunden und schmerzgepeinigt lag Rosetta auf dem Bett. Ein heftiger Weinkrampf schüttelte ihren zerschundenen Körper. Sie merkte gar nicht, daß die Tür wenig später geöffnet wurde und Maneka in die Kammer schlüpfte. Doch dann spürte sie zarte Hände, die behutsam über ihren Kopf streichelten, und hörte ihre tröstende, tränenerstickte Stimme.
»Es ist alles meine Schuld. Ich habe es nicht verdient zu leben. Ich habe kein Recht gehabt, mich zu verweigern und dadurch dieses Unheil heraufzubeschwören. Ich werde alles tun, damit es nie wieder passiert – und er Ihnen nie wieder so etwas antut!«
Rosetta schüttelte heftig den Kopf. »Nein, dann hätte alles keinen Sinn gehabt. Er hat es geschworen. Es ist nicht deine Schuld. O mein Gott, warum hast du mich so gestraft!« schluchzte sie und klammerte sich wie eine Ertrinkende an Maneka. »Warum nur?«

22

Das Fest, das auf SEVEN HILLS stattfand, war kein Fest der glanzvollen Garderoben, livrierten Diener und prunkvollen Ballsäle. Doch für die Siedler vom oberen Hawkesbury River war es das gesellschaftliche Ereignis, das sogar die angespannte politische Situation in der Kolonie zu einem zweitrangigen Gesprächsthema machte. Mit wachsender Vorfreude und Ungeduld fieberten die Siedler dem Tag des Festes entgegen, während ihre älteren Söhne und Töchter fast die Stunden zählten und schlaflose Nächte verbrachten. Bot ihnen so ein Farmfest doch die einzigartige Möglichkeit, auch die jungen Männer und heiratsfähigen Mädchen kennenzulernen, die nicht in ihrer unmittelbaren Nachbarschaft wohnten. Und auch diesen begegneten sie nur höchst selten im Jahr. Denn Pferde waren auf den kleinen Farmen ein Luxus, den sich nur die wenigsten leisten konnten. Und wer in der glücklichen Lage war, ein Pferd zu besitzen, setzte es nur für die dringenden Arbeiten auf Feld und Acker ein. Bei dem harten Kampf, den das Land ihnen abverlangte, mußte schon ein gewichtiger Grund vorliegen, der einen Ausritt auch nur zum nächsten Nachbarn rechtfertigte. Kein Wunder also, daß jung und alt darauf brannten, die ewige Plackerei zumindest für ein, zwei Tage vergessen und sich ohne Gewissensbisse ganz dem Genuß sinnesfreudiger Vergnügungen verschiedenster Art hingeben zu können.

Das Fest wurde ein voller Erfolg, der alle Erwartungen übertraf – und Lisa Reeds Befürchtungen, es werde alles drunter und drüber gehen und nichts rechtzeitig gerichtet sein, als grundlose Hysterie entlarvte.

Mit der Köchin hatte Jessica in den Tagen vor dem Fest wahrlich ihre Not. Wie ein aufgeschrecktes Huhn eilte Lisa hin und her, zumindest erweckte sie diesen Eindruck. Sie scheuchte Anne und die beiden anderen Mädchen, die Jessica von der Feldarbeit abgezogen und der Köchin als zusätzliche Hilfen zugewiesen hatte, schlimmer als je zuvor.

»Lisa ist von der panischen Angst getrieben, nicht rechtzeitig mit allen Vorbereitungen fertig zu werden«, klagte Jessica einmal Ian ihr Leid. »Ich wage kaum noch, die Küche zu betreten. Die armen Mädchen tun mir wirklich leid. Unablässig hat sie etwas auszusetzen. Nichts ist ihr gut genug. Und ständig liegt sie mir mit ihrem Gejammer in den Ohren, daß ihr nicht mehr genug Zeit bleibt. Dabei sieht doch alles schon ganz prächtig aus. Allein die Kuchen, die sie in den letzten Tagen bis spät in die Nacht gebacken hat, würden ausreichen, um eine kleine Armee zu verköstigen!«

Ian lachte. »Lisa will es eben besonders gut machen. Sie kennen doch ihren Stolz. Dieses Fest ist ihre Chance zu zeigen, was sie kann, Jessica. Sie können sich glücklich schätzen, eine Frau wie Lisa Reed zur Köchin zu haben. Es ist erstaunlich, was sie alles kann.«

Jessica verdrehte die Augen. »Ja, in der Küche ist sie eine wahre Künstlerin. Aber allmählich steckt mich ihre Nervosität an. Ich kann ja kaum noch ein vernünftiges Wort mit ihr reden. Sie ist wie überdreht.«

»Das beste ist, wenn Sie sich von ihr fernhalten und sie ganz allein schalten und walten lassen«, riet er ihr. »Lisa weiß schon, was sie tut. Vielleicht paßt es ihr auch nicht, daß Sie ihr ständig auf die Finger schauen. Also lassen Sie sie nur jammern und die Mädchen hart rannehmen. Das wird ihnen nicht schaden. Halten Sie sich nur aus diesen Dingen heraus. Ich gehe jede Wette ein, daß alles zum Fest fertig sein wird und sie sich selbst übertrifft, wenn man ihr nur freie Hand läßt.«

Jessica beherzigte seinen Rat und zwang sich, der Küche und den Wirtschaftsräumen von Stund an fernzubleiben. Das erwies sich als das Vernünftigste, was sie tun konnte. Lisa Reed blühte förmlich auf, auch wenn sie den Eindruck zu erwecken versuchte, daß die Last der Verantwortung für eine Person wie sie zu groß sei. Dabei hätte sie sich mit Händen und Füßen dagegen gesträubt, auch nur einen kleinen Teil davon abzutreten.

In diesen Tagen ging es auf SEVEN HILLS wie in einem Bienenstock zu. Denn Jessica hatte beschlossen, daß es nicht nur ein großartiges Fest für die Siedler geben sollte, sondern auch für die Arbeiter.

Endlich war es soweit.

Am frühen Nachmittag trafen schon die ersten Gäste ein. Die meisten kamen mit Ochsengespannen, wenige zu Pferd. Jessica empfing sie zusammen mit Ian in ihrem neuen Kleid aus karmesinrotem Musselin, das einen dezenten Schnitt hatte und gerade dadurch ihre sehr frauliche Figur unterstrich und einen wunderbaren Kontrast zu ihrem dunkelblonden Haar bildete. Lydia hatte ihr bei den Näharbeiten geholfen und strahlte bei jedem Kompliment, das ihre Freundin von den eintreffenden Gästen erhielt, als gelte es ihr.

Mit Lob wurde auch Lisa Reed überschüttet, die die Nacht kaum geschlafen hatte. Ihr Gesicht glühte vor Stolz und Freude, und geschäftig eilte sie hin und her, um halbleere Platten mit Braten aufzufüllen, frischen Früchtepunsch aus dem kühlen Keller des Hauses zu holen und immer neue Leckerbissen aufzutischen.

Fröhliches Stimmengewirr erfüllte das Haus. Als die Dunkelheit hereinbrach, wurden rings um das Hauptgebäude Dutzende von Stallaternen entzündet, und etwas abseits davon loderten zwei Holzfeuer auf, über denen die Arbeiter der Farm junge Lämmer brieten und kräftig dem Rum zusprachen, den Ian ihnen zur Feier dieses Tages zugestanden hatte.

Getanzt wurde natürlich auch. Die drei Söhne der McLeods hatten ihre Instrumente mitgebracht: Fidel, Laute und Dudelsack, was eine ungewöhnliche Mischung ergab, aber dem Vergnügen aller Beteiligten nicht den geringsten Abbruch tat. Daß

bei diesem Siedlerfest die Tänze wenig Ähnlichkeit mit dem Figurenreigen hatten, wie er in den Ballsälen der Reichen zu sehen war, verstand sich von selbst. Hier wurde auf eine fröhliche rustikale Art getanzt, wie sie überall auf dem Land üblich war.
Jessica tanzte auch mit Ian, und sie genoß es sehr, zumal er sich ganz und gar nicht tolpatschig bewegte, wie das bei vielen anderen Farmern der Fall war.
»Ich habe gar nicht gewußt, daß Sie so ausgezeichnet tanzen, Ian«, sagte sie, beschwingt von der fröhlichen Stimmung und dem Punsch, der nicht ohne Feuer war.
»Das ist allein Ihr Verdienst, Jessica«, erwiderte er. »Sie sind so leicht wie eine Feder und so voller Anmut, daß ein Mann gar nicht anders kann als gut zu tanzen.«
Sie lachte. »Oh, ich entdecke ja immer neue Seiten an Ihnen! Daß Sie auch das Talent zum Charmeur haben, war mir bisher ebensowenig bekannt.«
»Ich glaube, keiner kennt alle Seiten eines anderen Menschen, Jessica«, sagte er und schaute ihr in die Augen, daß ihr ganz merkwürdig zumute wurde. »Und manchmal verschließt man auch die Augen, weil nicht sein soll, was nicht sein darf.«
»Machen Sie, um Gottes willen, jetzt doch nicht so ein ernstes Gesicht!« tadelte sie ihn. »Wo wir doch allen Grund haben, fröhlich zu sein und dieses Fest zu genießen. Es ist schöner, als ich es mir hätte erträumen können.«
Ian nickte. »Es ist das großartigste Fest, das je am Hawkesbury gefeiert wurde, Jessica. Sie können wirklich stolz sein. Man wird noch Jahre später davon sprechen ... vor allem die jungen Leute, wenn sie sich daran erinnern, daß sie an diesem Abend ihrer späteren Frau oder ihrem Ehemann zum ersten Mal verliebt in die Augen geblickt und in ihnen stilles Einverständnis entdeckt haben.«
»Wir alle können stolz sein!« korrigierte sie ihn und führte das Gespräch in weniger verfängliche Bahnen zurück. »Sie haben einen großen Anteil am Gelingen gehabt, Ian. Und außerdem

ist das Fest noch lange nicht zu Ende, so daß wir jetzt schon anfangen müßten, die Erinnerung zu bemühen.«

»Das ist wahr. Vor Sonnenaufgang wird wohl kaum einer aufbrechen. Höchstens die Randells«, fügte Ian mit einem bissigen Unterton hinzu. »Sofern er sich bis dahin nicht sinnlos betrunken hat. Er steht ja schon jetzt recht wackelig auf den Beinen.«

»Jeder wie er will«, ging Jessica drüber hinweg. Kurz darauf klang das Lied aus.

»Bitte entschuldigen Sie mich jetzt, Jessica. Aber es ist wohl an der Zeit, wenn ich mal draußen nach dem Rechten sehe«, sagte er und murmelte etwas von offenem Feuer und zuviel Rum, was beides kontrolliert werden müsse, und eilte davon.

Jessica blickte ihm nach und wurde sich bewußt, wie sehr sie es genossen hatte, von einem Mann im Arm gehalten und über die Tanzfläche gewirbelt zu werden. Ian war wirklich ein ungewöhnlicher Mann...

»O Jessica, es ist ja ein so wunderschönes Fest!« rief Sara Stuart, eine resolute Frau mit schon leicht ergrautem Haar.

»Danke, Sara.«

»Für nichts auf der Welt hätte ich es versäumen mögen. Und wenn ich todkrank im Bett gelegen hätte, ich hätte es mir nicht entgehen lassen.«

Jessica strahlte. »Es sind die Gäste, die ein gutes Fest zu einem wunderbaren machen, Sara.« Sie verstand sich gut mit ihr und bedauerte nur, daß die Stuarts viel zu weit weg von Seven Hills lebten. Sara war nicht nur eine Frau, die anzupacken wußte und mit jedem Mann auf dem Feld mithalten konnte, sondern von ihr ging auch eine Warmherzigkeit und Lebensfreude aus, die nur wenige Siedlerfrauen auszeichneten. Sara erging sich in den höchsten Tönen über das gelungene Fest und sparte auch nicht mit Lob für die Köchin. »Um deine Lisa bist du wirklich zu beneiden. Was gäben wir darum, wenn wir so eine Frau in unserem Haus haben könnten.«

»Das werde ich ihr gern erzählen«, sagte Jessica.

»Und Mr. McIntosh ist auch ein prächtiger Mann«, fuhr Sara

fort und bedachte sie mit einem fragenden Blick. »Er sieht nicht nur gut aus, sondern versteht auch was von seiner Arbeit. Ich bin sicher, er ist dir in allen Lebenslagen eine große Stütze.«
»O ja, und ob er das ist.«
»Ich habe gesehen, wie ihr beide getanzt habt«, sagte sie mit gedämpfter Stimme.
»Ja, und?«
»Er hat eine gute Figur gemacht!«
Jessica lachte. »Ich glaube, es gibt wohl kaum etwas, wo er keine gute Figur macht.«
»Und wie er dich angeschaut hat.« Sara zwinkerte ihr zu, als würden sie ein Geheimnis teilen.
Jessica sah sie verwirrt an. »Angesehen? Wie meinst du das?«
»Nun, wie eben ein Mann eine Frau ansieht, die ihm sehr viel bedeutet, du Dummerchen«, raunte Sara ihr zu.
Jessica war verblüfft. »Wenn du dir da mal nicht etwas einbildest, Sara.«
»Einbilden? Von wegen! Ich kenne mich aus mit Männern, habe ja selbst genug im Haus. Nein, Mr. McIntosh ist in dich verliebt!«
»Sara!«
»Ja, ja, so ist es.«
»Sag mal, hast du vielleicht mehr von dem Punsch getrunken, als du vertragen kannst?« scherzte Jessica.
»Bestimmt nicht mehr als du, Jessica. Du brauchst gar nicht zu versuchen, das ins Scherzhafte zu ziehen. Es ist mir ernst damit, und du kannst mir ruhig glauben. Ein Wunder, daß dir das nicht schon längst aufgefallen ist. Sei mir bitte nicht böse, aber ich habe ihn den ganzen Abend über beobachtet. Wenn du in der Nähe bist, läßt er dich nicht aus den Augen. Und versuche mir bloß nicht weiszumachen, er würde dich nur wegen deines hübschen Kleides bewundern. Seine Gefühle für dich gehen viel tiefer. Laß dir das von mir gesagt sein. Ich sehe so etwas.«
Jessica war von ihren Worten so durcheinander, daß sie gar nicht wußte, was sie sagen sollte. Ian McIntosh sollte in sie ver-

liebt sein? Das war doch unmöglich!... Aber war es wirklich so unmöglich?
Sie erinnerte sich plötzlich an Dinge, die Ian zu ihr gesagt hatte, die nun im Licht von Ruths Behauptung eine völlig andere Bedeutung erhielten. Hatte er vorhin beim Tanzen beispielsweise nicht gesagt: *Und manchmal verschließt man auch die Augen, weil etwas nicht sein soll, was nicht sein darf?* Und hatte er ihr nicht Komplimente gemacht, die mehr zum Inhalt gehabt hatten als oberflächliche Zuneigung?
»Mr. McIntosh ist ein Mann, wie sich ihn eine Frau nur wünschen kann«, unterbrach Sara ihren Gedankengang. »Ich weiß, daß keiner Steves Platz in deinem Herzen ausfüllen kann. Doch bei Mr. McIntosh würde ich an deiner Stelle nicht allzu lange zögern. Er würde dir bestimmt ein wunderbarer Ehemann und Vater deiner Kinder sein.«
»Sara, bitte! Jetzt läßt du deiner Fantasie aber die Zügel schießen!«
»Du hast Verpflichtungen, Jessica!« hielt Ruth ihr nun ernst entgegen. »Verpflichtungen dir gegenüber, denn du bist noch so jung. Eine Frau braucht die Sicherheit und Nähe eines Mannes... in vielfacher Hinsicht. Und Edward und Victoria brauchen die führende Hand eines Vaters. Mr. McIntosh kann all das für dich sein, da bin ich mir so sicher, wie ich weiß, daß er dich liebt. Also was spricht dagegen, daß du ihn zum Mann nimmst? Eine bessere Wahl kannst du wirklich nicht treffen, da hast du mein Wort drauf! Du mußt ihn nur mehr ermuntern, ihm zu erkennen geben, daß du ihn nicht nur als deinen tüchtigen Verwalter siehst, sondern als Mann, der einer Frau mehr als nur die Kraft seiner Hände geben kann. Mr. McIntosh ist kein Draufgänger, das weißt du sicherlich besser als ich. Und wenn er sich tausendmal nach dir verzehrt, Jessica, er wird dir nie einen Antrag machen, wenn du ihm nicht ein Zeichen gibst, daß auch du dir dies wünschst. Weißt du, viele halten Liebe für ein Zeichen von Schwäche, ganz besonders Männer. Mr. McIntosh ist auch kein Mann, der sein Herz auf der Zunge

trägt. Gerade deshalb mußt du ihm Mut machen und ihn in seinem Werben um dich ermutigen.«

Jessica schwieg einen Augenblick verstört. Dann sagte sie: »Du hast mich wirklich überrumpelt damit und aus dem Gleichgewicht gebracht. Ich muß erst darüber nachdenken. Doch es ist lieb von dir, daß du dir meinetwegen solche Gedanken machst.«

»Weil mir viel daran liegt, dich glücklich zu wissen, Jessica.«

Jessica nutzte den günstigen Moment, dieses Gespräch abzubrechen, als Lisa Reed neue Speisen in den Salon brachte. Sie ging ihrer Köchin zur Hand, gab das Lob von Sara an sie weiter und ging dann schnell hinaus auf die Terrasse, um über das nachzudenken, was Sara Stuart beobachtet zu haben glaubte.

23

Als sie aus der Tür trat, entdeckte sie Lydia am Ende des Vordaches. Sie stand mit ihrem Mann, der gegen die Wand lehnte, dort ganz allein. Das war nicht richtig so, und sie schlenderte zu ihnen hinüber, um sie zu bitten, sich doch nicht so abseits zu halten und sich zu den anderen zu begeben.
Sie hatte George als schlanken, sehnigen Mann mit sympathischen Gesichtszügen in Erinnerung gehabt. Doch er hatte sich im letzten Jahr sehr verändert. Leider zu seinem Nachteil. Von schlank konnte bei ihm längst keine Rede mehr sein. Und daß er mehr Rum und Brandy trank, als ihm guttat, konnte man ihm vom Gesicht ablesen, das aufgedunsen und von vielen geplatzten, roten Äderchen durchzogen war. Seine Augen hatten einen trüben Glanz.
Als Jessica näher trat, hörte sie, wie er Lydia mit schon alkoholschwerer Stimme anfuhr: »... trink soviel, wie es mir paßt! Und ich brauche keine verdammte Amme, die mir die Hand hält! Geh nur zu den anderen!«
»O Jessica!« rief Lydia laut, als sie ihre Freundin erblickte, um George wohl zu verstehen zu geben, daß sie alles hören konnte, was er da von sich gab.
Jessica tat so, als bemerkte sie Lydias sichtliche Verlegenheit und Georges Zustand nicht. Sie schenkte ihnen beiden ein unbeschwertes, freundschaftliches Lächeln. »Ist es nicht schön, daß wir mal wieder alle zusammen sind?« plauderte sie drauflos. »Wann passiert es schon mal, daß die Randells, die Stuarts, die Fieldings, die McLeods und all die anderen mal unter einem Dach zusammenkommen.«
»Selten«, knurrte George, »und das reicht mir.«

»George!« tadelte Lydia ihn.
Jessica lachte. »Ach, laß nur. Wir wissen ja, daß George sich gern als Brummbär gibt. Es ist eben nicht jeder ein geselliger Typ. Steve war auch kein großer Freund von Festen. Mehr als vier Gäste auf einmal machen ihn ganz kribbelig, hat er immer gesagt. Er war viel lieber draußen auf den Feldern oder bei den Tieren, als mit Gästen Konversation zu betreiben.«
George Randell nahm einen kräftigen Schluck Rum und schnaubte. »Achttausend Schafe wären mir als Gesellschaft auch lieber!«
Jessica verstand die Anspielung sofort. Achttausend, das war in etwa die Anzahl der Schafe, die auf den Weiden von SEVEN HILLS grasten. Für hiesige Verhältnisse, wo auf einem Acre fünf Schafe leben konnten, war das eine stattliche Herde, die nur von wenigen Farmern an Größe übertroffen wurde. Dagegen kam die Schafherde der Randells nicht über zweihundert Köpfe hinaus. Das lag aber nicht allein an den beschränkten finanziellen Möglichkeiten ihrer Nachbarn, sondern zu einem Gutteil auch daran, daß George Randell sich viel zu wenig um die Aufzucht einer in der Wolle guten, gleichzeitig jedoch auch widerstandsfähigen Rasse kümmerte. Eigentlich kümmerte er sich um alle Belange seiner Farm viel zu wenig, so daß es ihn gar nicht wundern sollte, wenn er nicht recht voran kam.
Doch um ihm das unter die Nase zu reiben, war dieses Fest sicherlich nicht die passende Gelegenheit. Zumal er schon zu viel Rum genossen hatte, um kritische Äußerungen mit der gebotenen Sachlichkeit anzunehmen – was ihm ja schon in nüchternem Zustand äußerst schwerfiel.
»Ja, achttausend Schafe sind für einen Farmer gewiß ein erhebenderer Anblick als eine Herde von Gästen, die man nicht scheren kann«, versuchte sie seine Bemerkung ins Spaßige zu ziehen, um eine Mißstimmung zu vermeiden. »Aber dafür machen sie auch eine Menge mehr Arbeit als ihr hier heute.«
George dachte nicht daran, sich seiner Rolle als Gast zu besinnen und seinen Groll zu unterdrücken. Er verzog auf Jessicas

Antwort hin nur das Gesicht und erwiderte gehässig: »Na, du wirst schon jemanden finden, dem du das Fell über die Ohren ziehen kannst. Dein Steve war darin ja ein Meister, und du hast gut bei ihm gelernt.«
Lydia erblaßte.
»Wie meinst du das, George?« fragte Jessica und hatte Mühe, ihrer Stimme einen noch immer freundlichen Tonfall zu geben. Was er da gesagt hatte, war so gut wie eine Beleidigung. Steve war vielleicht ein harter Mann gewesen, der nicht nur von sich, sondern auch von jedem anderen viel verlangte. Doch niemand hatte ihm jemals vorwerfen können, von ihm ungerecht behandelt oder übervorteilt worden zu sein. Also was sollte diese unsinnige, haltlose Beschuldigung?
»Du sollst die Auborn-Farm gekauft haben!« stieß er hervor, als hätte sie etwas Verwerfliches begangen.
»George! Bist du noch zu retten!« stieß Lydia betroffen hervor und packte ihren Mann bei der Schulter. »Jessica kann doch kaufen, was sie will. Und die Auborns werden froh sein, endlich einen Käufer gefunden zu haben. Es hat sich doch sonst keiner für ihr Land interessiert.«
George schlug ihre Hand weg. »Was verstehst du schon von solchen Dingen!« herrschte er sie an.
Jessica riß sich zusammen. Nur keinen Streit an diesem Abend. Schon gar nicht mit George, der offenbar nicht wußte, was ihm da in seinem Suff über die Lippen kam. »Ich weiß nicht, was dich zu dieser höchst seltsamen Bemerkung, die ja wie ein Vorwurf klingt, veranlaßt hat«, sagte sie kühl, aber ruhig.
»Obwohl ich keinem Rechenschaft schuldig bin, wie auch du keinem Rechenschaft darüber schuldig bist, was du mit deinem Geld anfängst, sollst du eine Antwort haben, George: Ich habe auf Ians Anraten hin die Farm gekauft, weil sie im Südwesten an SEVEN HILLS grenzt und niemand sonst für sie Interesse gezeigt hat. Was mich aber nicht dazu verleitet hat, den Auborns nicht einen mehr als fairen Preis zu zahlen.«
George Randell starrte sie aus glasigen Augen an. »NEW HOPE

grenzt auch an dein Land, Jessica!« stieß er dann hervor. »Ob du mir auch 'nen fairen Preis zahlst?«

»Du redest dummes Zeug!« sagte Jessica nun ärgerlich.

»Was ist nur in dich gefahren, George? Warum sagst du so etwas Gehässiges zu ihr, wo sie, Steve und Mr. McIntosh uns doch so oft geholfen haben?« Lydia war den Tränen nahe. »Du bist richtig beleidigend. Schämen muß ich mich für dich!«

»Sei ruhig, Weib!« zischte George. »Ich weiß schon, was hier gespielt wird. SEVEN HILLS wuchert und wuchert wie der Schimmel an 'ner feuchten Wand. Die Bradings haben den Rachen nie voll genug kriegen können! Immer wollten sie mehr. Mehr Land, mehr Schafe, mehr Getreide! Mehr! Mehr! Mehr!« Geifer rann ihm aus den Mundwinkeln. »Vor allem mehr Land. Auborns Land, und dann eines Tages auch Randell-Land! Schon dein Mann wollte König vom Hawkesbury sein! Und du bist nicht anders, Jessica!«

Jessica unterdrückte eine spontane Erwiderung. Ihr Zorn verrauchte schlagartig, und sie empfang nur noch tiefes Mitleid mit George Randell. Männer seines Schlages gab es viele in der Kolonie. Sie waren entweder Emanzipisten oder Freie, die nach New South Wales gekommen waren, um hier etwas aufzubauen, was ihnen in England nie möglich gewesen wäre.

Sie kamen mit den besten Vorsätzen und dem Willen, alles zu geben, was ihr Körper an Kräften und Ausdauer hergeben konnte. Und sie legten sich auch wirklich hart ins Zeug, um etwas zu schaffen, verlangten sich mehr ab, als sie in ihrer alten Heimat jemals geleistet hatten. Es waren rechtschaffene, gottesgläubige Männer, die an die formende Kraft ihrer Hände und den Segen der Arbeit glaubten. Sie steckten auch Rückschläge ein, bissen die Zähne zusammen und vergruben den Schmerz, wenn ihnen eine Katastrophe die Ernte vernichtete oder eines ihrer Kinder oder gar die Frau den Tod fand. Sie machten weiter, überstanden das Elend der Hungerjahre und glaubten schließlich, es geschafft und sich das Land untertan gemacht zu haben.

Doch dann passierte es, manchmal fast über Nacht, daß diese Männer in sich zusammenfielen. Nicht äußerlich. In ihrem Innern. In ihnen vollzog sich eine merkwürdige Verwandlung, die sie trotz ihrer stählernen Muskeln auf Rücken und Armen kraftlos und apathisch werden ließ. Nur den wenigsten wurde klar, daß sie sich das Land ganz und gar nicht untertan gemacht hatten, sondern daß die Wildnis sie wie eine schleichende Krankheit ausgezehrt und sie restlos ausgebrannt hatte. Der Busch, die sengende Sonne, die monatelang ihre Gluthitze über die Kolonie warf, die Buschbrände und die Flutkatastrophen, die in einem Tag vernichteten, was sich eine Familie in langen Jahren harter Arbeit aufgebaut hatte. Sie Versager zu nennen, hieße ungerecht sein. Sie hatten gekämpft und getan, was in ihrer Macht stand. Doch sie konnten ihre menschliche Natur nicht ändern. Es war ihnen einfach nicht gegeben, sich dem Land auch seelisch anzupassen und diese innere Widerstandskraft und Härte zu entwickeln, die einen Mann oder eine Frau befähigte, ihren Platz in einer Kolonie wie New South Wales gegen alle Unbill zu behaupten. George Randell gehörte zu diesen ausgebrannten Männern, die sich plötzlich treiben ließen und in den Rum flüchteten. Er hatte längst aufgegeben, ohne es selbst zu wissen. Er war wie ein vom Tod gezeichnetes Wild, das sich zwar noch durch den Busch bewegte, doch mit schleppendem Gang, und über dem schon die Geier kreisten mit dem sicheren Instinkt, daß sein Ende nicht mehr lange auf sich warten lassen würde. Auch George war gezeichnet.

Die Erkenntnis, daß George nicht mehr zu retten war, traf Jessica mit niederschmetternder Wucht. »Ja, wir haben eine Menge Glück gehabt, mehr Glück als viele andere«, räumte sie mit müder Stimme ein. »Aber wir haben keinem etwas genommen oder ihm unsere Hilfe verwehrt, George. Und wenn du noch einmal mit mir darüber reden willst, können wir das gerne tun, nur bitte nicht an diesem Tag.«

»Reden! Reden! Ich wüßte nicht, was es da noch zu reden gäbe«, erwiderte er aufgebracht.

»Wir werden sehen, George. Und nun entschuldige mich bitte. Ich muß mich auch um die anderen Gäste kümmern.« Sie wandte sich ab und entfernte sich.

Lydia folgte ihr mit bleichem Gesicht. »Jessica, ich verstehe nicht, was heute bloß in ihn gefahren ist. Ich schäme mich ja so. Es war unverzeihlich, was er da gesagt hat. Dabei weiß doch keiner besser als er, was wir euch zu verdanken haben. Wie oft hat er mir gesagt, daß es NEW HOPE wohl gar nicht mehr gäbe, wenn ihr uns nicht immer in Zeiten der Not beigestanden hättet.«

»Nimm es dir nicht so zu Herzen. Er hat einfach zuviel getrunken und überhaupt nicht gewußt, was er geredet hat«, tröstete Jessica ihre Freundin wider besseres Wissen. Vermutlich war es gerade die Tatsache, daß NEW HOPE ohne die Unterstützung des großen Nachbarn SEVEN HILLS längst in sich zusammengefallen wäre wie ein Kartenhaus im Wind, die so an George nagte und Dankbarkeit in ohnmächtigen Zorn und Neid verwandelt hatte. Doch wie es auch sein mochte, sie konnte daran nichts ändern und würde sich damit abfinden müssen. Aber sie vermochte nicht so herzlos zu sein, ihrer Freundin die Wahrheit so kraß ins Gesicht zu sagen. Sie litt mit Lydia und würde auch weiterhin alles versuchen, damit die Randells ihre Farm nicht verloren. Denn dieses Schicksal hatte Lydia nicht verdient. Doch andererseits, wer fragte hier schon danach, was jemand verdient oder nicht verdient hatte?

»Paß auf, morgen weiß er davon kein einziges Wort mehr und wird dich sogar der Lüge bezichtigen, falls du so dumm sein solltest, ihn zur Rede zu stellen.«

Lydia schwieg. Sie wußte es besser.

»Und vergessen wir diesen dummen Zwischenfall!« Jessica legte einen Arm um ihre Schulter. »Sei wieder fröhlich, Lydia. Ein Fest ist kein Ort, um trüben Gedanken nachzuhängen. Hast du schon bemerkt, wie Cecile Burton dem jungen Bruce schöne Augen macht? Ich sage dir, da steht den Burtons und Stuarts bald eine Hochzeit ins Haus.«

Jessica führte sie zu den anderen Siedlerfrauen und gab sich alle Mühe, Lydia auf andere Gedanken zu bringen, was ihr auch tatsächlich gelang. Und sie selbst wurde auch schnell wieder von der heiteren Atmosphäre des Festes eingefangen, so daß sie nicht mehr an den unerfreulichen Zwischenfall dachte. Es war, wie Ian gesagt hatte: Nicht einer der zahlreichen Gäste dachte daran, vor Tagesanbruch zur Heimfahrt aufzubrechen. Erst als die Sonne schon hoch über dem Hawkesbury stand und ihre glutrote Farbe einem blendenden Gold gewichen war, wurden die Zugtiere vor die Karren gespannt und die Pferde gesattelt. Und so manch einer hatte Mühe, auf den Kutschbock zu steigen und sich dort aufrecht zu halten, was viel gutmütigen Spott und allgemeine Erheiterung auslöste. Die McLeods gehörten zu den letzten. Es gab einen wortreichen herzlichen Abschied. Mrs. und Mr. McLeod nahmen vorn auf dem Kutschbock des Ochsenkarrens Platz. Der schlacksige Charles, dem sein schottischer Vater die Kunst des Dudelsackspielens beigebracht hatte, kletterte zu seinen Brüdern, die schon im Stroh ihren Rausch ausschliefen. Doch er ließ es sich nicht nehmen, sich mit einem fröhlichen Lied zu verabschieden.
Der fremdartige Klang der Dudelsackpfeifen war noch zu hören, als der Ochsenkarren zwischen den Feldern im Osten immer kleiner wurde und schließlich nicht mehr zu sehen war. Die Musik dagegen klang noch lange danach durch den klaren, stillen Morgen, um schließlich in der Ferne zu verklingen. Jessica hatte die ganze Zeit vor dem Haus auf der Hügelkuppe gestanden und den an- und abschwellenden Tönen mit einem Gefühl der Rührung gelauscht.
Sie hörte Schritte hinter sich. Es war Ian. Er atmete tief durch. »Der Morgen nach einem so wunderbaren Fest hat immer etwas Deprimierendes an sich, nicht wahr?« sagte er.
Jessica seufzte und fühlte sich nun todmüde. »Ja, man hat sich so lange darauf gefreut, und plötzlich ist es im Handumdrehen vorbei. Es wird lange dauern, bis wir uns alle zusammen wiedersehen werden.«

Ian berührte sie sanft am Arm. »Kommen Sie, Lisa hat frischen Tee aufgebrüht. Eine Tasse wird uns jetzt guttun. Und dann sollten wir uns ein paar Stunden Schlaf gönnen.«
Jessica folgte ihm ins Haus und roch sofort, daß Lisa keinen Kolonie-Tee aufgesetzt hatte, der mit Eukalyptusblättern versetzt wurde, sondern guten indischen Tee, der zu teuer war, um ihn täglich trinken zu können. Das starke Aroma belebte ihre Lebensgeister.
Als sie mit Ian allein am Tisch saß und sich über das gelungene Fest unterhielt, während sie den indischen Tee genossen, dachte sie plötzlich an das, was Sara Stuart ihr über Ian gesagt hatte.
War er wirklich in sie verliebt?
Sie musterte ihn verstohlen und versuchte sich vorzustellen, wie es wohl sein mochte, ihn zum Mann zu haben? Gewiß, eine schlechte Wahl würde sie mit ihm nicht treffen. Er war intelligent, tüchtig, war eine ansprechende Erscheinung und trank auch nicht. Sie empfand sogar mehr als Hochachtung für ihn. Sie mochte ihn wie einen guten, lieben Freund, in dessen Nähe sie sich sicher fühlte. Das war mehr, als sie für Steve empfunden hatte, als er sie bat, seine Frau zu werden. Aber das war eine andere Zeit gewesen. Sie war jetzt frei in ihren Entscheidungen. Und wenn sie Ian auch sehr mochte, war das Grund genug, ihn zu heiraten?
»Entschuldigen Sie, Ian, das habe ich gerade nicht mitbekommen«, sagte Jessica. »Ich glaube, ich bin doch müder, als ich gedacht habe.«
Ian machte eine verlegene Geste. »Nun, ich sagte, daß Sie die bezauberndste Gastgeberin waren, die man sich bei einem solchen Fest nur wünschen kann.«
»Oh, danke, Ian«, sagte sie und dachte sofort an Saras Worte: *Du mußt ihn ermuntern! Du mußt ihm zu erkennen geben, daß du ihn nicht nur als einen tüchtigen Verwalter siehst, sondern als Mann, der einer Frau mehr als nur die Kraft seiner Hände geben kann.*

»Sie sahen hinreißend aus, Jessica«, fuhr Ian fast zögernd fort und machte sich dabei an seiner Tasse zu schaffen, als wüßte er nicht, wohin mit seiner Hand. »Ich glaube, der Ansicht waren alle Gäste. Aber bei Ihnen kommt es eigentlich gar nicht darauf an, was Sie tragen, Jessica, Sie sehen immer... bezaubernd aus, wenn Sie mir diese vielleicht zu persönliche Bemerkung verzeihen.«

Jessicas Herz schlug einen schnellen, harten Rhythmus. Sie wußte plötzlich, daß Sara Stuart recht hatte und sie wohl blind gewesen sein mußte. Ians Worte waren bedeutend mehr als ein gewöhnliches Kompliment. Sie offenbarten Gefühle, die Ian bisher vor ihr verborgen gehalten hatte. Jetzt war der Augenblick gekommen, den Rat von Sara zu beherzigen und Ian zu ermuntern, einen Schritt weiterzugehen. Doch wenn sie das tat und ihn dazu brachte, ihr quasi eine Liebeserklärung zu machen, was bei seinem Charakter einem Heiratsantrag gleichkam, gab es für sie kein Zurück mehr. Dann würde sie seinen Antrag entweder annehmen müssen – oder ihn ganz verlieren. Auch als Verwalter. Sein Stolz würde es ihm nach einer solchen Offenbarung, die eine Ablehnung zur Folge hatte, verbieten, weiterhin auf SEVEN HILLS zu bleiben.

Ian erwartete ihre Antwort, von der so vieles abhing.

»Ich weiß Ihre Worte sehr zu schätzen, Ian. Jede Frau hört so etwas gern, obwohl ich glaube, daß nicht nur ich dieses Kompliment verdient habe. Cecile Burton ist doch wahrlich eine junge Schönheit geworden, und auch Samantha Morris hat sich prächtig herausgemacht«, sagte Jessica schließlich und bemühte sich um einen leichten Tonfall, während sie das Gespräch geschickt von ihrer Person ablenkte. »Ach, es war wirklich ein rundum gelungenes Fest. Ich wünschte, wir hätten öfter eine Möglichkeit, so zusammenzukommen.«

Ian schwieg einen Moment, als müßte er erst überlegen, ob er auf ihre ausweichende Antwort mit einem erneuten Versuch, sich ihr zu erklären, reagieren sollte. Doch er tat es nicht und ließ sich auch seine Enttäuschung nicht anmerken. »Möglichkeiten gibt es immer, Jessica. Doch ich befürchte, daß ein Fest seinen besonderen Reiz verliert, wenn es seinen außergewöhnlichen Charakter nicht mehr hat.«

»Sie haben mal wieder recht, Ian«, stimmte Jessica ihm zu, atmete innerlich erleichtert auf, daß die gefährliche Klippe umschifft war, und wechselte das Thema. »Nachdem wir unser Vergnügen gehabt haben, ist es für mich wohl an der Zeit, die Sache mit Patrick Rourke nicht mehr länger aufzuschieben.«

»Sind Sie noch immer entschlossen, ihn persönlich aufzusuchen und ihn umstimmen zu wollen?«

»Entschlossener denn je, Ian«, erklärte sie mit fester Stimme. »Ich werde schon in ein paar Tagen, spätestens jedoch in einer Woche nach Sydney reiten. Aber hinreiten werde ich, das steht ganz außer Frage. Ich denke doch nicht daran, Jonas Duckworth Wucherpreise zu bezahlen, bevor ich nicht alle Möglichkeiten ausgeschöpft habe!«

»Sie werden nichts erreichen, glauben Sie mir das.«

»Ich teile Ihren Pessimismus nicht, Ian.«

»Er wird Sie noch nicht einmal an Bord lassen. Patrick Rourke ist ein sturer Ire.«

Jessica lächelte ihn an. »So wie Sie, Ian?«

»Nein, noch sturer.«

»Gut, dann lohnt sich der Aufwand wenigstens«, sagte sie trokken.

»Ich werde Sie begleiten.«

»Nein, das werden Sie nicht!« widersprach sie. »Wenn Patrick Rourke wirklich ein so sturer, verbohrter Ire ist, wie Sie ihn mir geschildert haben, wird Ihre Gegenwart mehr schädlich als nützlich sein. Er könnte so dumm sein, weiterhin auf seinem kurzsichtigen Standpunkt zu beharren, nur um vor Ihnen sein Gesicht nicht zu verlieren.«

»Sie setzen voraus, daß er mehr auf Sie hören wird als auf mich, und das ist wohl ein Trugschluß«, sagte Ian. »Ich sagte Ihnen doch, was er von Frauen hält.«

»Ich weiß. Weiberröcke taugen nicht fürs Geschäft. Aber das

wird sich ja erst noch herausstellen, Ian. So, und jetzt sehne ich mich nach meinem Bett – und Sie sicherlich auch«, brach sie das Gespräch ab und begab sich in ihr Zimmer. Doch bevor sie sich schlafen legte, setzte sie sich noch an ihren Sekretär und schrieb einen kurzen Brief, der an Betsy Fodder gerichtet war. Ein berittener Bote machte sich wenig später auf, um ihn nach Sydney zu bringen.
Mit einem zufriedenen Gefühl legte sich Jessica auf das kühle Laken. Bevor die Müdigkeit ihr die Augen schloß, dachte sie noch daran, wie kurz sie vorhin davor gestanden hatte, Ian McIntosh als künftigen Ehemann in Betracht zu ziehen. Und ihr letzter Gedanke, bevor der Schlaf sie übermannte, war: *Ich muß Mitchell wiedersehen!*

24

»Das ist die Liste all der Dinge, die ich unverzüglich brauche. Und auf der anderen Liste steht all das, was nicht so eilt, aber dennoch nicht allzu lange aufgeschoben werden darf«, sagte Rosetta.
Kenneth nahm die beiden Listen an sich und überflog sie flüchtig. Er fand einiges an der Aufstellung auszusetzen, hielt es jedoch für klüger, sich nicht zu kleinlich zu zeigen. »Gut, ich werde sehen, was ich davon in Parramatta oder Sydney besorgen kann«, versprach er. »Willst du denn wirklich nicht mitkommen?«
»Nein«, antwortete Rosetta knapp, ohne ihn anzublicken.
»Ich könnte dich mit Mrs. Chambers bekannt machen und mit Mr. Hawkley. Sie werden dir bestimmt gefallen«, versuchte er sie zu überreden. »Beide haben schon nach dir gefragt.«
»Wie aufregend.«
Kenneth gab auf und zuckte die Achseln. »Also gut, wenn du nicht willst...« Er war froh, daß sie überhaupt mit ihm redete, und hegte die Hoffnung, daß sie nun endlich Vernunft angenommen hatte. »Ich werde erst spät zurück sein.«
»Laß dir nur Zeit... und vergiß nicht, daß ich spät in der Nacht nicht geweckt werden möchte!« sagte sie mit kühlem Nachdruck in der Stimme.
»Wie könnte ich das vergessen«, erwiderte er mit sarkastischem Unterton und ging.
Kaum war Rosetta allein im Zimmer, als ihre Gestalt ihre straffe, aufrechte Haltung verlor. Ihr Gesicht trug nicht länger den Ausdruck beherrschter Kühle, und ihre Schultern sackten nach vorn, während sie die Ellbogen auf die Tischplatte auf-

stützte und den Kopf in den Händen barg. Was kostete es sie für eine Kraft, in Kenneth' Gegenwart die Selbstbeherrschung zu bewahren und den Eindruck kühler, aber nicht abweisender Zurückhaltung zu erwecken.

Die Nacht, in der Kenneth sie mit brutaler Gewalt genommen hatte, hatte sie verändert. In jener Nacht war der letzte Funken Zuneigung, die sie ihrem Mann noch entgegengebracht hatte, jäh erloschen. Ein mörderischer Zorn hatte in ihr getobt und nach Vergeltung für seine unverzeihliche Tat geschrien. Doch dieser blinde, selbstzerstörerische Haß war in den Morgenstunden von ihr gewichen, und sie hatte erkannt, daß es für sie keinen Ausweg gab.

Gut, sie konnte ihn töten, aber das wäre gleichzeitig auch ihr eigenes Ende. Und sie dachte nicht daran, ihr Leben für einen kurzen Akt der Rache zu opfern. Das war es ihr nicht wert. Auf irgendeine Art würde sie sich schon rächen, das hatte sie sich geschworen. Aber es würde eine wohldurchdachte Rache sein, die Kenneth ein Höchstmaß an Leiden bescheren und sie selbst unangreifbar lassen würde. Noch wußte sie nicht, wie sie das bewerkstelligen sollte, aber sie hatte keine Eile. Die Zeit würde ihr schon den richtigen Weg weisen. Bis dahin würde sie ihn in Sicherheit wiegen.

Sie hob den Kopf und zog eine verächtliche Grimasse, als sie daran dachte, daß Kenneth offensichtlich der festen Überzeugung war, sie durch diesen Akt der Gewalt gezähmt zu haben. Er hatte seinen Schwur gehalten und Maneka seit jener Nacht nicht wieder berührt. Dafür war er zu ihr gekommen. Und sie hatte ihn nicht abgewiesen und sich auch nicht dagegen gewehrt. Teilnahmslos hatte sie es über sich ergehen lassen, schweigend und ohne eine Träne. Ja, sie hatte sogar ihren Ekel vor ihm verborgen und im stillen nur inständig darum gefleht, so schnell wie möglich wieder schwanger zu werden und endlich ein gesundes Kind zur Welt zu bringen. Einen Sohn! Denn dann würde er von ihr lassen. Doch bis dahin würde sie sich fügen und ihren Ekel mit dem Schlafmohn betäuben.

»Rosetta?«
Die Stimme ihrer Zofe riß sie aus ihren Gedanken, und erschrocken drehte sie sich um. Kate stand neben ihr. »Mein Gott, ich hasse es, wenn du so herumschleichst, daß man dich nicht kommen hört!« fuhr sie Kate an. »Gewöhn dir endlich an, zu klopfen oder dich sonstwie bemerkbar zu machen!«
Kate bemühte sich um einen schuldbewußten Ausdruck, der jedoch wenig überzeugend ausfiel. »Ich wollte Sie nicht erschrecken, Rosetta. Wirklich nicht! Ich dachte, Sie hätten mich gehört und...«
»Was willst du?« fuhr Rosetta ihr barsch in die Rede. Kates umständliches Getue ging ihr mehr und mehr auf die Nerven. Warum war ihr das nicht schon viel früher aufgefallen? Seit Maneka im Haus war und sich auf stille, unaufdringliche Weise nützlich machte, vermochte sie Kates geschwätzige Art und ihre düstere Ausstrahlung nur noch schwer zu ertragen. Hätte sie Kate doch in England gelassen!
»Da ist eine Kiste, von der ich nicht weiß, wohin sie soll.«
»Sieh nach, was da drin ist.«
»Sie ist verschlossen. Es ist eine Seekiste Ihres Mannes. Er hat mir die Schlüssel dazu nicht ausgehändigt.«
Rosatta seufzte geplagt und erhob sich. »Ich kümmere mich schon darum«, sagte sie und ging durch den großen kühlen Raum, für den Kenneth ihr richtige englische Möbel versprochen hatte.
Vor zwei Tagen waren sie auf der Farm, die er gekauft hatte, eingezogen. Mehrere Wagen hatten ihr Umzugsgut und ein gutes Dutzend Seekisten, die sie nach ihrer Ankunft in Sydney in einem Lagerhaus untergestellt hatten, weil deren Inhalt in dem kleinen Haus keinen Platz gefunden hatte, auf die Farm gebracht, die einige Meilen nordöstlich von Parramatta lag. Einige der Kisten waren noch immer nicht ausgepackt und standen in irgendwelchen Ecken herum. Kenneth hatte ihr zwar noch eine Hilfe, die sich auch aufs Kochen verstand, versprochen, doch bislang noch keine geeignete Person gefunden.

Rosetta war angenehm überrascht gewesen, als sie das Farmhaus erblickt hatte. Wenn es auch keinem Vergleich mit einem englischen Herrenhaus standhalten konnte, so war es doch ein ansprechendes Haus, dessen großzügige Räumlichkeiten viele Möglichkeiten der Gestaltung boten.
»Wir werden daraus ein Schmuckstück machen, um das man uns in ganz New South Wales beneiden wird!« hatte Kenneth versichert, als er sie durch das Haus geführt hatte. »Es wird zwar eine Menge Geld kosten, aber das kann ich mir leisten, wo ich jetzt fest im Sattel sitze.«
»Mir soll es nur recht sein«, hatte sie erwidert und sich vorgenommen, ihn beim Wort zu nehmen. Sie würde bei den Ausgaben nicht sparen. Auf welche Weise er sich das Geld beschaffte, interessierte sie nicht. Die paar hundert Pfund, die sie von ihrer Mitgift beiseitegeschafft hatte, würde sie auf jeden Fall nicht anrühren. Davon brauchte er nichts zu wissen. Und sowie sich ihr eine Möglichkeit bot, ihm Geld abzunehmen, das sie zu dem anderen Geld legen konnte, würde sie sie ergreifen. Geld war Macht. Mit Geld konnte man sich eine Menge kaufen – vielleicht sogar Rache.
Rosetta ging in das Zimmer ihres Mannes. Sie wußte, wo er den Bund mit den Schlüsseln für seine persönlichen Kisten hingelegt hatte und überzeugte sich davon, daß er auch wirklich noch da lag, wo sie ihn am gestrigen Tag gesehen hatte. Dann suchte sie Kate und fand sie in der Küche.
»Wo ist die Kiste?«
»Hier! Einer von den Tölpeln, die die Fuhrwerke entladen haben, hat wohl keine Augen im Kopf gehabt, sie hier hinzustellen, wo man sie doch zehnmal übersehen muß!« Kate deutete in eine Ecke neben der Kellertreppe, wo drei hüfthohe, eingestaubte Bastkörbe standen und eine kleine, eisenbeschlagene Kiste mit einem schweren Schloß vor flüchtigen Blicken verbargen.
Ein Messingschild auf dem Deckel trug die Gravur *Kenneth W. Forbes, Eton.*

Rosetta versuchte, sie anzuheben. Ein kräftiger Mann hätte sie wohl allein tragen können, doch ihr war sie reichlich schwer.
»Komm, faß mit an, Kate!« forderte sie ihre Zofe auf und packte einen der Griffe.
»Wo soll sie hin?«
»Erst einmal in sein Zimmer. Dann sehen wir weiter. Hier hat sie ja ganz bestimmt nichts zu suchen.«
Sie trugen die Kiste aus der Küche in das private Zimmer ihres Mannes. Bevor Rosetta die Schlüssel holte, schickte sie Kate weg. Dann machte sie sich daran, den richtigen Schlüssel für das Schloß zu finden und den Inhalt der Reisetruhe zu begutachten.
Sie erwartete nicht, irgendeine große Entdeckung zu machen. Um das, was Kenneth wichtig gewesen war, hatte er sich schon gleich am ersten Tag gekümmert. Vermutlich enthielt die Truhe persönliche Dinge aus seiner Studienzeit, deren Existenz ihm vielleicht gar nicht mehr bewußt war.
Als sie das Schloß geöffnet hatte und den Deckel hochklappte, fand sie ihre Vermutung bestätigt. In Leder gebundene Gesetzestexte und andere rechtswissenschaftliche Bücher füllten die Kiste zum größten Teil aus, dazu einige Romane und Gedichtbände sowie alte, vergilbte Zeitungsausschnitte, deren Artikel in irgendeinem Bezug zur Universität von Eton standen.
Rosetta wollte die Bücher schon wieder zurücklegen, als ihr Blick auf ein kleines Paket fiel, das ganz zuunterst lag. Es war in ein blaues Seidentuch gewickelt und mit dünner, gleichfalls blauer Samtkordel verschnürt.
Sie griff nach dem Paket und löste die Knoten. Als sie das Seidentuch zurückschlug, sah sie, daß sie ein altes, abgegriffenes Tagebuch sowie ein halbes Dutzend Briefe in der Hand hielt.
Sie schlug das Tagebuch auf. *Helen Jakes, Ravan*, stand auf der ersten Seite. Die Handschrift war zierlich, aber ausgeprägt, und zeugte von großer Sicherheit mit der Feder. Die Eintragungen begannen mit dem Jahr 1792.
Rosetta blätterte die ersten Seiten flüchtig durch und verzog

spöttisch das Gesicht. Die Tagebuchschreiberin hatte offenbar ein Verhältnis mit Sir Wesley Forbes, Kenneth' Vater, gehabt, wie den intimen, romantisch verklärten Eintragungen unschwer zu entnehmen war.
»Sieh an, mein werter Schwiegervater hat einen Bastard mit dieser Helen Jakes gezeugt«, murmelte sie spöttisch vor sich hin, als sie auf eine entsprechende Eintragung stieß, in der Helen Jakes die Geburt ihrer unehelichen Tochter Jessica erwähnte.
Sie blätterte das Tagebuch weiter durch. Es gab Jahre, in denen Helen Jakes kaum mehr als ein halbes Dutzend Seiten beschrieben hatte. Offenbar hatte Sir Wesley seinem Bastard die Ausbildung in einem guten Londoner Mädchenpensionat bezahlt. Die Eintragungen endeten im Februar 1799. Die Handschrift war so krakelig, daß sie kaum lesbar war. *Muß schnell wieder gesund werden*, vermochte Rosetta gerade noch zu entziffern, eine Hoffnung, die sich wohl nicht erfüllt hatte. Rosetta schlug das Tagebuch zu und wandte ihre Aufmerksamkeit den Briefen zu. Sei waren von Sir Wesley und an seinen Sohn Kenneth gerichtet.
Sie überflog die Briefe, in denen sich Sir Wesley für irgend etwas zu rechtfertigen versuchte, was er seinem unehelichen Kind Jessica angetan hatte. Da war von einem Gerichtsverfahren die Rede, vom Ruf und Ansehen der Familie, die unter allen Umständen zu schützen seien und von der Verwerflichkeit des Verhaltens seines Sohnes, dem er zudem dringend anriet, die Briefe nach Erhalt unverzüglich zu vernichten. Nachdenklich blickte Rosetta auf Briefe und Tagebuch. Vieles, was in den Briefen angeschnitten wurde, verstand sie nicht, doch eines verstand sie sehr wohl: Kenneth hatte eine Liebesaffäre mit seiner Halbschwester gehabt!
Sie beschloß, Tagebuch und Briefe an sich zu nehmen und an einem sicheren Ort zu verwahren. Im Augenblick konnte sie damit nichts anfangen. Und immerhin lag dieser vertuschte Skandal schon viele Jahre zurück, doch diese Dokumente zu be-

sitzen, konnte sich eines Tages als ganz nützlich erweisen. Vielleicht waren sie ein wichtiges Mosaiksteinchen in ihrem Racheplan, der erst noch Gestalt in ihrem Kopf annehmen mußte. Doch sie hatte das unerklärliche Gefühl, ihrem Ziel, Kenneth die Schmach und Erniedrigung eines Tages zurückzuzahlen, mit diesem Fund einen großen Schritt näher gekommen zu sein.

25

Warm und schwer wie ein schwarzes, wassergetränktes Tuch lag die Nacht über Sydney. Unten bei den Anlegestellen und regierungseigenen Lagerschuppen brannten einige Laternen, und weit draußen auf der Bucht verrieten schwache Lichter, die sich in der warmen Brise wie geisterhafte Irrlichter hin und her bewegten, daß dort zwei Schiffe vor Anker lagen, ein amerikanischer Walfänger und ein englischer Ostindienfahrer.
Die Straßen der Stadt, wo die rechtschaffenen Bürger wohnten, waren so gut wie ausgestorben. Dagegen lag ein heller Lichtschein über dem Lasterviertel *The Rocks*.
Die Nacht war die Zeit, wo sich Männer und Frauen in den rauchvernebelten Rum-Tavernen drängten, sich in schäbigen Lehmhütten um einen Spieltisch versammelten und sich in dunklen Kammern der faden Befriedigung fleischlicher Gelüste hingaben.
Jessica eilte die York Street hinunter, machte einen Bogen um den Paradeplatz vor den Soldatenunterkünften und näherte sich dem Fort. Sie mied dabei die Posten, die auf und ab patrouillierten, und die wenigen Laternen.
Niemand durfte wissen, zu wem sie zu dieser späten Stunde noch unterwegs war. Und sie hatte höchste Vorsicht walten lassen. Noch nicht einmal Robert und Martha Kelton wußten, was sie vorhatte. Hätten sie es gewußt, wären sie entsetzt gewesen und hätten ihr zweifellos sofort die Freundschaft aufgekündigt.
Jessica hatte Sorge getragen, daß sie von niemandem, der ihr zufällig begegnen mochte, erkannt werden konnte. Sie trug einen langen, weiten Umhang aus schwarzem Tuch, dessen

Kapuze ihren Kopf bedeckte und ihr Gesicht in Dunkelheit hüllte.
Beinahe hatte sie die Kutsche, die hinter einer halb zusammengefallenen Lehmhütte stand, übersehen, denn das dunkle Fell des Pferdes und der schwarze Wagen verschwammen mit den tiefen Schatten der Nacht. Es brannten auch keine Kerzen in den Kutscherlampen.
Jessica ging auf die Kutsche zu.
Eine Gestalt tauchte aus der Dunkelheit zwischen Haus und Kutsche auf. Es war ein Mann, klein und bärtig. Das war alles, was sie erkennen konnte.
»Tradewind«, sagte Jessica nur, denn das mußte die Kutsche sein, die Betsy ihr geschickt hatte.
»Newgate«, antwortete der Mann und wies sich mit diesem Erkennungswort als vertrauenswürdig aus. »Bitte steigen Sie ein.«
Jessica nickte nur und setzte sich in die Kutsche. Als er den Schlag schloß, zog sie den Vorhang zurück. »Sie bringen mich zum Hintereingang?« fragte sie leise.
»Ja, über den Hof.«
»Können Sie nicht einmal vorn vorbeifahren?«
»Mein Auftrag lautet anders. Ich soll Sie unbemerkt zu ihr bringen. Wenn ich vorne vorfahre, kann ich nicht dafür garantieren, daß Sie ungesehen bleiben«, wandte er ein.
»Niemand kann in die Kutsche hineinschauen. Und ich werde den Vorhang auch bis auf einen Spalt zugezogen lassen. Seien Sie also unbesorgt. Ich habe das Haus noch nie gesehen.«
»Wenn Sie es so wünschen...«
»Ja. Und fahren Sie langsam, wenn wir uns vor dem betreffenden Haus befinden.«
»Gut, wenn Sie darauf bestehen.« Er zuckte die Achsel und kletterte auf den Kutschbock.
Im nächsten Moment ruckte die Kutsche an. Jessica schob den Vorhang ein klein wenig zur Seite, so daß sie einen Blick hinauswerfen konnte.

Die Fahrt ging durch *The Rocks,* wenn auch nur durch die Randbezirke. Windschiefe Hütten, aus Resten zusammengezimmert, und Lehmhütten bestimmten das Bild dieses Viertels, in dem sich die Lasterhöhlen aneinanderreihten wie die Perlen einer Kette. Lautes Gelächter und Gegröle drang aus den Rum-Schenken, hier und da erklang Musik und mischten sich wütende Stimmen in das schrille Gezeter einer Frau, die sich um ihren Liebeslohn betrogen fühlte, oder einer anderen Hure, die mehr Zuspruch bei den Männern fand, wüste Beschimpfungen zurief. Betrunkene wankten über die Straßen. Doch es waren nicht nur zerlumpte Gestalten, die sich in *The Rocks* herumtrieben, sondern auch viele Soldaten, Matrosen und Männer, deren Kleidung verriet, daß sie nicht gerade auf der Schattenseite des Lebens standen.
Die Kutsche kreuzte die Clarence Street und wandte sich dann nach rechts. Hier am Ende der George Street, die zwar noch zu *The Rocks* zählte und nur einen Steinwurf vom Ufer von Sydney Cove entfernt lag, standen schon mehrere bessere Häuser, die aber auch Tavernen beherbergten. Nur war die Kundschaft in diesem Teil des Viertels um einiges gesitteter und auch zahlungskräftiger als weiter oberhalb, wo der Rum verdünnt und mit gebranntem Zucker, Tabak und einem Schuß Vitriol versetzt aus den Fässern rann und wo die Seeleute schnell mit ihrem Messer bei der Hand waren.
Plötzlich wurde die Kutsche merklich langsamer. Jessica beugte sich vor und schob den Vorhang noch etwas mehr zur Seite – und da lag es vor ihren Augen, das Freudenhaus von Betsy Fodder.
Es war ein etwas plumpes, kastenförmig wirkendes Gebäude, doch es war groß und aus Ziegelsteinen errichtet, was ein Vermögen gekostet haben mußte. Zwei große Fenster gingen zur Straße hinaus. Doch zwischen den Fensterkreuzen glänzte kein Glas, sondern hing dickes Wachstuch, das im Innern von schwerem Gardinenstoff verdeckt wurde. Gedämpfter Lichtschein sickerte zwischen den Vorhängen hindurch und verlieh

dem Wachstuch den Anschein von Transparenz. Dicke Kerzen brannten in den Messinglampen, die rechts und links vom Eingang hingen und von einem Schiff stammten.
Jessica schmunzelte unwillkürlich, während die Kutsche wieder schneller wurde und das Gebäude aus ihrem Blickfeld verschwand. Betsy hatte wirklich nicht übertrieben und es zu etwas gebracht. Solch ein Haus stellte in Sydney einen beachtlichen Wert dar. Und sie mußte sich das Wohlwollen einflußreicher Männer gesichert haben, ohne die ein Freudenhaus dieser Klasse nicht lange existieren konnte.
Kurz darauf hielt die Kutsche im umzäunten Hof auf der Rückseite des Hauses. Der kleine, bärtige Mann huschte wie ein Wiesel vom Bock und hatte den Schlag schon geöffnet, bevor Jessica noch zur Klinke greifen konnte.
»Hier entlang.«
Er führte sie zur linken der beiden Türen, die auf den Hof hinausgingen, öffnete sie und ging voran, während Jessica ihm folgte. Der Flur, der hinter der Tür lag, war nur ein Dutzend Schritte lang. Gleich vor der ersten Tür blieb er stehen, klopfte kurz – und trat danach zurück, als Betsy Fodder öffnete.
»Ihr Besuch, Madam«, sagte er leise.
»Danke, Ryan«, sagte sie, zog Jessica ins Zimmer und schob den Riegel vor. »Endlich! Ich hab' mir schon Sorgen gemacht, wo ihr bleibt!«
Jessica schlug die Kapuze zurück und hakte das Cape vor der Brust auf. Ihr war in dem Aufzug reichlich warm geworden.
»Ich bin ein bißchen später als geplant von den Keltons weggekommen. Und dann sind wir noch einen kleinen Umweg gefahren, weil ich mir dein Haus natürlich auch von vorn ansehen wollte.«
Betsy Fodder, die ein scharlachrotes Kleid trug, dessen gewagtes Dekolleté viel von ihrem mächtigen Busen sehen ließ, zwinkerte ihr zu. »Na, gefällt es dir? Kann sich doch sehen lassen, oder?« fragte sie stolz.
»Und ob!«

»In ein paar Monaten bekomme ich auch richtiges Glas für die Fenster. Captain Barstow hat fest versprochen, mir genug bei seiner nächsten Fahrt mitzubringen. Wenn sein Schiff, die York, in Sydney vor Anker liegt, ist er regelmäßig Gast bei mir«, sprudelte sie hervor. »Komm, mach es dir bequem in meiner bescheidenen Behausung.«

Jessica sah sich im Raum um, der eine Mischung aus Schlafzimmer und Salon war. In einer Ecke stand ein Bett mit kunstvoll geschnitzten Pfosten, die einen Himmel aus hauchzarten, aprikotfarbenen Seidenstoffen trugen. Zwei Stühle mit Armlehnen und bestickten Sitzkissen flankierten einen ovalen Tisch aus Rosenholz. Auf der anderen Seite standen eine brusthohe Kommode mit verschließbaren Schubladen und ein Sekretär mit Bücheraufsatz, der jedoch statt der dafür vorgesehenen Bücher vielerlei Kleinkram enthielt. Die Wände waren mit rostrotem Leinen bespannt. Zwei Spiegel mit verschnörkelten Holzrahmen reflektierten das Licht der beiden dreiarmigen Kerzenleuchter, die auf dem Tisch und dem Sekretär standen und aus Silber waren.

»Von wegen bescheiden!« meinte Jessica und legte den Umhang ab. »Das ist ja ein richtiger kleiner Palast!«

Betsy lachte. »Ja, für Sydney vielleicht. Aber da hättest du mal mein Haus in London sehen sollen. Ach, was soll's. Das ist Vergangenheit. Sprechen wir lieber über dich.«

»Hast du etwas in Erfahrung bringen können?« fragte Jessica erwartungsvoll und setzte sich in einen der Stühle. Aus dem Nebenraum waren Stimmen zu vernehmen, doch so leise, daß man nicht verstehen konnte, was gesprochen wurde.

»Genug, hoffe ich. Viel Zeit hast du mir ja nicht gelassen. Aber glücklicherweise kenne ich genug Leute, die mir gern einen Gefallen tun, sonst wäre ich auch mit den paar Tagen nicht ausgekommen. Doch bevor ich dir erzähle, was ich herausbekommen habe, möchte ich doch gern wissen, weshalb du dich für diesen irischen Dickschädel interessierst. Dein Brief war diesbezüglich ja sehr vage gehalten.«

»Ja, ich weiß, aber ich mußte ja damit rechnen, daß er in die falschen Hände geraten konnte«, entschuldigte sich Jessica, daß sie Betsy um Hilfe gebeten hatte, ohne ihr die Hintergründe erklärt zu haben.
»Also was ist mit diesem Patrick Rourke?«
»Er besitzt einen Schoner, an dem ich interessiert bin.«
»Du willst ihm die COMET abkaufen?« fragte Betsy Fodder verblüfft.
»Nicht ganz. Ich möchte mich nur als gleichberechtigte Partnerin mit fünfzigprozentiger Teilhaberschaft bei ihm einkaufen«, antwortete Jessica und unterrichtete sie kurz über die Gründe ihres Vorhabens.
»Da hast du dir ja ganz schön was vorgenommen«, meinte Betsy, als Jessica geendet hatte. »Ein verdammt zäher Brocken, den du dir mit Patrick Rourke ausgesucht hast, da muß ich deinem Verwalter recht geben.«
»Ich habe ihn mir nicht ausgesucht, Betsy«, widersprach Jessica, »sondern er ist im Augenblick der einzige, der dafür in Frage kommt.«
Betsy verzog das Gesicht. »Na, wenn du dir mal an dem Kerl nicht die Zähne ausbeißt. Was man mir über ihn erzählt hat, stimmt mich nicht gerade optimistisch.«
»Was hat man dir denn über ihn erzählt?«
»Eine ganze Menge. Augenblick.« Betsy ging zum Sekretär und holte das Blatt hervor, auf dem sie sich Notizen gemacht hatte. Sie kam zu Jessica zurück und setzte sich ihr gegenüber. »Also, das mit den Schulden kann ich nur bestätigen. Er steht bei Mr. Chambers mit mehr als dreihundertfünfzig Pfund in der Kreide, die demnächst fällig werden...«
»Was für einen Ruf hat er?«
»Den eines verflucht eigensinnigen Hitzkopfes.«
»Ich meine als Flußschiffer und Navigator?«
»Was das angeht, hat er einen sehr guten Ruf. Ryan hat sich überall umgehört. Diesem Patrick Rourke sagt man nach, Salzwasser statt Blut in den Adern zu haben. Er versteht sein Ge-

schäft. Daß er finanziell in der Klemme sitzt, hat nichts damit zu tun, daß er etwa nicht tüchtig genug wäre. Er hat viel Pech gehabt.«

Jessica nickte ungeduldig. »Ja, ich weiß, die Kollision und der Beinbruch. Aber das ist mir schon alles bekannt. Hast du denn nichts in Erfahrung bringen können, was mir helfen könnte, ihm das Messer auf die Brust zu setzen?«

Betsy sah sie erst ungläubig an und lachte dann belustigt. »*Du* willst ihm das Messer auf die Brust setzen? Jessica, wenn Ryan nicht übertrieben hat, und das tut er gewöhnlich nicht, dann ist Patrick Rourke ein Klotz von einem Mann, dem keiner in die Quere zu kommen wagt. Er kann es sich sogar leisten, mit gezinkten Würfeln zu spielen, sofern er noch einen Dummen findet, der nicht weiß, mit wem er sich da an den Spieltisch setzt. Nein, Patrick Rourke läßt sich von keinem auf die Zehen treten, schon gar nicht von einer Frau.«

Jessica hob die Augenbrauen. »Er ist ein Falschspieler?« fragte sie enttäuscht. Jemand, der dem Glücksspiel verfallen war, war für sie als potentieller Geschäftspartner völlig indiskutabel.

»Falschspieler ist vielleicht ein wenig übertrieben. Ryan hat von einem seiner Matrosen erfahren, daß er ein paar Würfel besitzt, die präpariert sind und, mit dem richtigen Dreh geworfen, immer so fallen, daß sie die höchsten Augen zeigen. Aber er ist kein richtiger Spieler, der nächtelang um viel Geld spielt. In den echten Spielerkreisen hätte er auch gar keine Chance mit seinem Trick. Er benützt die gezinkten Würfel nur gelegentlich, etwa um einem Dummkopf in einer Taverne für sich und seine Mannschaft einen Krug Rum abzuluchsen.«

»Seine Mannschaft weiß also von seinem Würfeltrick«, stellte Jessica fest.

»Ja.«

»Interessant.«

»Er muß bei seinen Männern übrigens recht beliebt sein«, fuhr Betsy fort.

»So?«

»Immerhin ist er ihnen schon seit Monaten den Lohn schuldig geblieben, ohne daß auch nur einer von ihnen abgeheuert hätte«, berichtete die Bordellbesitzerin. »Das spricht immerhin für ihn...«

»Als Captain«, schränkte Jessica ein und lächelte. Wenn Patrick Rourke noch nicht einmal mehr in der Lage war, seine Mannschaft zu bezahlen, dann steckte er ja in einer argen Klemme. Diese Nachricht gab ihrer Hoffnung neue Nahrung. »Dein Ryan scheint wirklich ein tüchtiger Mann zu sein, Betsy. Er hat gute Arbeit geleistet.«

»Langsam, Jessica. Das ist ja noch nicht alles, was er zutage gefördert hat.«

»Um so besser!« sagte Jessica erfreut. »Also, was kannst du mir noch über ihn erzählen.«

»Ryan ist da etwas zu Ohren gekommen, von dem ich nicht weiß, ob und wie es dir nutzen wird. Aber ich sage es dir, denn du kannst vielleicht doch auf die eine oder andere Art Gebrauch von diesem Wissen machen.«

»Was ist es denn?«

»Wie du ja schon weißt, ist Rourke bei Mr. Chambers hoch verschuldet. Und wenn er nicht schnell die dreihundertfünfzig Pfund auftreibt, wird Chambers sich die COMET nicht nur unter den Nagel reißen, sondern auch völlig neu bemannen. Wenn Rourke im stillen hofft, auch nach einer Übernahme des Schoners durch Mr. Chambers weiterhin das Kommando über das Schiff und seine Mannschaft behalten zu können, dann irrt er sich gewaltig.«

»Aber warum sollte dieser Chambers eine neue Mannschaft anheuern, wenn Rourke doch so ein guter Captain ist?« wandte Jessica ein.

»Weil Rourke Ire ist«, antwortete Betsy. »Und Iren, die ihre Strafe verbüßt haben und nicht mehr geknechtet werden können, kann Mr. Chambers auf den Tod nicht ausstehen – aus diesem Grund leiht er ihnen ja auch so gerne Geld zu hohen Wucherzinsen. Es würde mich überhaupt nicht überraschen, wenn mir jemand erzählen würde, daß diese nächtliche Kollision, die so viel Schaden an der COMET angerichtet hat, mit Absicht herbeigeführt worden ist.«

»Das traust du ihm zu?«

»Nicht ich, aber Ryan traut es ihm zu, und er sollte es eigentlich ja am besten wissen.«

»Welch eine Gemeinheit!«

Betsy verzog das Gesicht. »Von solchen Gemeinheiten leben Leute wie Mr. Chambers, meine Liebe. Er hat ja auch seine Finger tief im Rum-Geschäft. Und Patrick Rourke wäre nicht der erste Ire, der dank Mr. Chambers' *besonderer Hilfe* seine Farm oder sein Geschäft verloren hat. Aber davon ahnt er wohl noch nichts.«

»Und wieso hat dein Ryan das herausbekommen?«

Betsy lächelte. »Ryan hat ein Auge auf eine gewisse Lucille geworfen, die im Haus von Mr. Chambers als Zimmermädchen beschäftigt ist und dort viel zu hören bekommt. Sie soll im nächsten Jahr begnadigt werden, und dann werden die beiden heiraten können. Auf jeden Fall hat Ryan soviel von ihr erfahren, daß Mr. Chambers nur darauf wartet, Rourke den Schoner abnehmen und ihn samt seiner Mannschaft von Bord jagen zu können.«

Jessica strahlte. »Betsy! Diese Information ist ja nicht mit Gold aufzuwiegen!«

Betsy teilte ihren Optimismus offenbar nicht, denn ihr Gesicht behielt den skeptischen Ausdruck. »Das bezweifle ich, Jessica.«

»Aber wenn ich ihm einen Ausweg aus seiner doch wirklich aussichtslosen Lage anbiete...« begann Jessica.

»Du vergißt, daß Patrick Rourke mehr Stolz besitzt, als er sich eigentlich erlauben kann«, unterbrach Betsy sie. »Wenn du ihm nun mit der Nachricht kommst, daß Chambers nur darauf wartet, ihm die Luft abzudrücken, und du seine einzige Rettung bist, wird er dich ganz sicherlich nicht mit offenen Armen als Partner akzeptieren. Ganz im Gegenteil! Er wird sich in seinem verdammten, übersteigerten Männlichkeitswahn zutiefst verletzt vorkommen und dir gegenüber niemals eingestehen, daß du mit der Einschätzung der Situation recht haben könntest. Er wird glattweg leugnen, daß Chambers so etwas Hinterhältiges im Schilde führt – auch wenn er insgeheim so sicher ist wie Ryan. Aber er wird es dir nicht eingestehen – und er wird dich schon gar nicht als Retter aus höchster Not akzeptieren. Dann wäre er dir ja zu Dank verpflichtet. Einer Frau! Nein, schlag dir das aus dem Kopf. So wichtig diese Information auch sein mag, Jessica, aber wenn du sie ihm geradeheraus servierst, hast du nicht den Schimmer einer Chance, bei ihm etwas zu erreichen.«

Jessica biß sich auf die Lippen und überlegte. Wenn es auch absolut unvernünftig erschien, eine solche Reaktion von einem Mann mit Verstand zu erwarten, so mußte sie doch davon ausgehen, daß genau das eintreten würde, was Betsy gesagt hatte. Ian hatte Patrick Rourke ja genauso eingeschätzt. Und sie wäre schlecht beraten, die Warnungen von Betsy und Ian in den Wind zu schlagen.

»Also gut, ich werde es mir verkneifen, ihm direkt Zunder zu geben«, murmelte Jessica schließlich.

Betsy seufzte. »Ob nun direkt oder indirekt, du schneidest dir nur ins eigene Fleisch, wenn du zu erkennen gibt, was du über Chambers' Absichten weißt. Aber eigentlich ist es völlig gleichgültig, denn ich sehe so oder so keine Möglichkeit, wie du dein Ziel erreichen kannst.«

Jessica zuckte die Achseln. »Ich im Augenblick auch nicht, aber das hat nichts zu sagen, Betsy. Mir wird schon etwas einfallen. Ich will die Teilhaberschaft!« sagte sie fest entschlossen. »Und ich werde sie auch bekommen!«

Betsy lachte. »Zumindest wirst du es ihm nicht leicht machen, dein Angebot auszuschlagen.«

»Damit werde ich mich nicht zufriedengeben.«

»Man kann nicht immer gewinnen«, gab Betsy mit leicht tadelndem Unterton zurück.

»Nein, aber wenn man die Niederlage schon von vornherein mit einkalkuliert, braucht man sich hinterher auch nicht zu wundern, wenn man sein Ziel nicht erreicht!« erwiderte Jessica unerschütterlich. »Ich brauche Patrick Rourke, und er braucht mich. Darauf läuft es doch hinaus. Und ich werde dafür sorgen, daß er seine geringschätzige Meinung über Weiberröcke, die angeblich fürs Geschäft nichts taugen, grundlegend ändern muß, das verspreche ich dir!«

26

Die Wogen brandeten gegen den felsigen Strand, über dem hoch oben ein magerer Mond stand. Die Wellen brachen sich an den Klippen, und die Gischt flog wie der flockige Schaum eines abgehetzten Pferdes durch die Nacht. Das Rauschen und Donnern der Brandung war von einer beruhigenden Gleichmäßigkeit und drang nur gedämpft in die kleine Höhle.

»Wir sind zurückgekehrt«, flüsterte Jessica, als fürchtete sie, irgend jemand könnte sie hören. Dabei war die Küste unbewohnt und die nächste Siedlung viele Tagesmärsche entfernt.

»Ja, wir sind zurückgekehrt, Jessica«, erwiderte Mitchell, und seine Hand suchte ihren Körper in der Dunkelheit. »Es hat so lange gedauert.«

»Aber es ist noch so wie damals, Mitchell. Die Zeit hat nichts ändern können.«

»Sag es mir, Jessica.«

»Ich liebe dich, Mitchell.«

»Und ich liebe dich, Jessica.«

Ihr warmer Körper drängte sich ihm entgegen, und er spürte ihr seidiges Haar unter seinen Händen. Mit den Fingerkuppen erkundete er ihr Gesicht, und seine Finger sagten ihm in der Dunkelheit mehr, als er mit den Augen im hellen Sonnenlicht hätte sehen können.

Er beugte sich zu ihr hinunter, während sie ihn umarmte, und ihre Lippen berührten sich. Wilde Leidenschaft und zärtliche Liebe lagen in ihrem Kuß. Erregung durchflutete sie, als ihre Zungen sich trafen und einander liebkosten.

Ohne ein Wort zu sagen, ließen sie kurz voneinander ab, um sich ihrer Kleider zu entledigen.

Mitchell streichelte über ihren Körper, der sich ihm in seiner betörenden Sinnlichkeit darbot, liebkoste ihre Brüste und bedeckte ihre samtweiche Haut mit seinen Küssen, während ihre Hände seinen Körper erkundeten und sich um seine Männlichkeit legten.
Kurz und schnell wurde ihr Atem. Ein kaum merkliches Zittern durchlief sie von den Zehenspitzen bis zum Kopf, als er über die Innenseiten ihrer Oberschenkel streichelte und zwischen ihren Beinen hinaufglitt. Es war, als würde ein merkwürdiges Fieber Besitz von ihr ergreifen, ein Fieber, das nach mehr Zärtlichkeit und Leidenschaft verlangte.
»Liebe mich!« raunte Jessica, als das Feuer so stark in ihnen loderte, daß sie es nicht länger unter Kontrolle halten konnte. »Liebe mich.«
Mitchell nahm ihr Gesicht in beide Hände und blickte in ihre Augen, während er sich langsam auf sie niederließ. Er küßte sie, als er in sie eindrang. Und ein Stöhnen drang aus ihrer Kehle, während sie sich aufbäumte und sich seiner heißen Härte entgegendrängte.
Ihre Körper verschmolzen miteinander und folgten dem wilden Rhythmus der brennenden Leidenschaft. Sie liebten sich wie im Rausch, gierig und ohne Hemmungen. Und die Worte, die ihnen über die Lippen kamen, waren die Laute einer fremden Sprache, die nur unter ganz bestimmten Umständen einen Sinn ergaben.
Mitchell hielt sie fest in seinen Armen, spürte den Druck ihrer Brüste, die feuchte Hitze ihres Schoßes und ihre Hände, die sich in seinen Rücken krallten.
»Mitchell!... Mitchell!« keuchte sie und warf den Kopf zur Seite, das Gesicht lustverzerrt.
»Jessica!... Du darfst nie wieder von mir gehen!« stieß er hervor, und dann drängte die Ekstase ihrem Höhepunkt entgegen, entlud sich mit fast explosionsartiger Macht.
Mitchell suchte ihren Mund, doch ihr Gesicht schien von einem Moment auf den anderen zu verblassen. Und ihr Körper

löste sich unter seinen Händen auf wie ein Nebelgespinst, das der nächste Windstoß auseinander bläst. Und im nächsten Augenblick hatte sich Jessicas Bild verflüchtigt.
Entsetzen folgte dem jähen Ausbruch der Lust.
»Jessica!... Jessica!« schrie er verzweifelt.
Mitchell Hamilton wachte von seinem eigenen Schrei auf. Er riß die Augen auf und fuhr im Bett hoch. Benommen blickte er in das Halbdunkel seines Zimmers. Er brauchte einen Augenblick, um zu sich zu kommen. Er war völlig verschwitzt, fühlte sich ermattet, als hätte er überhaupt nicht geschlafen, und hatte einen gräßlich faden Geschmack im Mund.
Mit einem schweren Seufzer fuhr er sich über Stirn und Augen. Der Traum! Er hatte wieder diesen Traum gehabt, der ihn seit sechs Jahren immer wieder verfolgte. Es war eine Mischung aus Erinnerung an jene Nacht am Strand, als sie sich stumm geliebt hatten, und aus Wunschdenken. Und jedesmal endete er damit, daß Jessica sich ihm gerade in dem Moment, in dem er die Erfüllung in der Vereinigung mit ihr zu finden glaubte, entzog und sich in Nichts auflöste.
Mitchell schlug die Decke zurück und stand auf. Er ging zur Waschkommode und goß Wasser aus der Kanne in die Schüssel. Das kalte Wasser tat ihm gut, weckte seine Lebensgeister und spülte das Gefühl, sich beschmutzt zu haben, von seinem muskulösen Körper. Er kämmte sich und zog frische Sachen an.
Dann trat er ans Fenster und öffnete die Vorhänge. Kein blendendes Sonnenlicht traf seine Augen. Es war noch sehr früh am Morgen. Die Sonne verbarg sich noch hinter den Hügeln im Osten, und die Schatten zwischen den Bäumen waren so dunkel, daß sie wie eine undurchdringbare Mauer wirkten. Doch dort, wo Himmel und Erde aneinander stießen, hatte die Schwärze der Nacht schon den Kampf mit dem heraufziehenden Tag verloren und war zu einem kraftlosen Grau geworden, das jetzt schnell heller wurde.
Jessica!

Mitchell blickte in die Ferne, ohne das hervorbrechende Licht des jungen Tages wirklich zu sehen. Vor seinem inneren Auge sah er sie, die Frau, die er liebte und die er nicht vergessen konnte, die ihn Tag für Tag wie ein Schatten begleitete. Warum hatte sie ihm noch immer nicht geantwortet? Hatte er die falschen Worte gewählt? War es ihm nicht gelungen, auszudrücken, was er empfand, ohne sie zu verletzen oder sie zu bedrängen? War es vielleicht falsch gewesen, ihr überhaupt solch einen Brief zu schreiben?

Diese Fragen quälten ihn schon seit Tagen, ohne daß er eine Antwort darauf gefunden hätte. Doch quälender noch als alles andere war die Ungewißheit, ob er sich nicht nach einer Frau verzehrte, die es gar nicht mehr gab: War Jessica vielleicht längst nicht mehr die Frau, der er an Bord der TRADEWIND kennengelernt und die er in der Felshöhle am Strand in seinen Armen gehalten und geliebt hatte?

Mitchell Hamilton vermochte das untätige Warten, diese Ungewißheit, diese zermürbenden Träume nicht länger zu ertragen. Er mußte etwas unternehmen und sich Gewißheit verschaffen!

Ich werde nach Seven Hills reiten! beschloß er spontan. *Und zwar jetzt sofort!*

Kaum hatte er den Entschluß gefaßt, als er sich schon um einiges besser fühlte. Er war immer ein Mann der Tat gewesen, der nichts so sehr haßte, wie zur Untätigkeit verdammt zu sein. Was wartete er auf MIRRA BOOKA auf ein Antwortschreiben von Jessica!

Fast beschwingt ging Mitchell aus seinem Zimmer. Obwohl es noch so früh am Morgen war, herrschte auf der Farm schon eine rege Tätigkeit. Er steckte kurz den Kopf zur Küche hinein und rief ihrer Haushälterin zu, daß er einige Tage zu Pferd unterwegs sein werde und ausreichend Proviant brauche, und eilte dann hinüber zu den Stallungen.

»Sattle mir den Hengst!« rief er einem der Stalljungen zu, die mit dem Ausmisten der Stallungen beschäftigt waren.

»Romulus, Sir?«
»Ja, und vergiß nicht die Satteltaschen und die Schlafdecke. Vielleicht verbringe ich eine Nacht im Busch.«
»Mache ich, Sir!« rief der Junge und lief zur Box, wo der prächtige schwarze Hengst stand, den Mitchell Hamilton am liebsten ritt.
Mitchell kehrte ins Haus zurück, um das Gewehr zu holen und Pulver und Blei einzustecken. Die Strecke zwischen Parramatta und dem Hawkesbury, wo SEVEN HILLS lag, war zwar ziemlich sicher. Aber man konnte auch in diesem Gebiet nie ganz ausschließen, daß man vielleicht auf eine Gruppe kriegerischer Aborigines oder Entlaufene traf. Da war es schon recht beruhigend, ein gutes Gewehr griffbereit zu haben.
Als er den Waffenschrank öffnete und sein bestes Gewehr aus den Halterungen nahm, hörte er hinter sich das Poltern, das Hawkleys Krücke auf den Bohlen verursachte.
»Du reitest aus?«
Mitchell schloß den Schrank ohne Hast und drehte sich dann um. »Morgen, John«, grüßte er seinen älteren Partner, der ihm wie ein Vater gewesen war – gelegentlich aber auch die Anmaßung besaß, sich in seine ganz privaten Angelegenheiten einzumischen und Rechenschaft zu verlangen. »Freut mich zu sehen, daß es dir heute besser geht und du auf den Rollstuhl verzichten kannst.«
»Noch gehöre ich nicht ganz zum alten Eisen«, brummte er und wiederholte seine Frage.
»Ja, ich reite aus«, antwortete Mitchell leichthin. »Es verspricht ein schöner Tag zu werden.«
»Darf ich wissen, wohin du zu reiten gedenkst?« fragte John Hawkley. »Wieder nach Sydney?«
Mitchell verzog das Gesicht zu einem spöttischen Lächeln. »Du weißt doch ganz genau, daß ich nicht nach Sydney reite, John, wenn ich Gewehr, Pulver und Blei mitnehme.«
»Du willst also zu ihr!« stellte Hawkley grimmig fest und stützte sich auf seine Krücke.

»Ja, so ist es«, bestätigte Mitchell. »Ich werde Jessica auf SEVEN HILLS besuchen.«
»Wie kann man nur so verbohrt sein, Mitchell!« polterte Hawkley. »Du läufst dieser... Frau wie ein liebestoller Jüngling hinterher, der beim Anblick von ein bißchen nackter Haut den letzten Rest Verstand verliert.«
»John!«
Hawkley machte eine ärgerliche Handbewegung. »Ich weiß, ich bin nicht sehr taktvoll, sondern ausgesprochen grob. Aber offenbar bist du vernünftigen Argumenten nicht mehr zugänglich.«
»Ich bin gern bereit, mit dir über alles mögliche zu streiten, John, sei es nun über die Bewirtschaftung der Farm oder über deine Toleranz gegenüber diesen Aasgeiern in Uniform«, antwortete Mitchell ungehalten. »Aber ich bin nicht bereit, mit dir über Jessica zu streiten... einmal ganz abgesehen davon, daß es zu nichts führt.«
»Ich will nicht streiten, sondern dir die Augen öffnen, verdammt noch mal!«
»Ja, für deine sehr einseitige Sicht der Dinge!«
»Unsinn!« knurrte Hawkley. »Du machst dir doch etwas vor. Ist dir denn nicht endlich aufgegangen, daß sie von dir nichts wissen will?«
Mitchell kniff die Augen zusammen. »Ich glaube nicht, daß du dir darüber ein Urteil erlauben kannst!« wies er ihn zurecht.
»Und ob ich das kann!« widersprach Hawkley. »Du brauchst mir gar nicht zu erzählen, was vorgefallen ist. Ich habe immer noch Augen im Kopf und sehe doch, was mit dir los ist. Jessica hat dich, wie auch immer, abblitzen lassen. Doch du willst einfach nicht wahrhaben, daß sich die Wirklichkeit nicht mit dem verklärten Bild, das du dir all die Jahre von ihr gemacht hast, ein Einklang bringen läßt. Du mußt endlich einen Schlußstrich unter dieses Kapitel ziehen und dich darauf besinnen, daß es allmählich Zeit für dich wird, eine standesgemäße Verbindung einzugehen und eine Familie zu gründen. Oder möchtest du

dasselbe Schicksal wie ich erleiden und eines Tages vor den Früchten deines Lebens stehen und wissen, daß kein eigenes Fleisch und Blut an deiner Seite steht, kein Sohn, der das weiterführt, was du aufgebaut hast? Ich habe Glück gehabt, in dir einen Sohnersatz gefunden zu haben, ja, ich sage es mit Stolz. Aber um wieviel hätte ich stolzer sein können, wenn ich einen Sohn gezeugt hätte, der meine Nachfolge gesichert hätte. Laß es nicht so weit kommen! Vergiß deine romantischen Träume, Mitchell! Dies ist kein Land für Träume. Suche dir eine Frau, die dir Halt und Kinder gibt, bevor es zu spät dafür ist!«

Mitchell ging auf ihn zu. Es schmerzte ihn, zu sehen, wie John darunter litt, keinen leiblichen Erben zu haben. Und wie nahe er ihm auch stand, so wußte er doch, daß er nie das ersetzen konnte, was ein wirklicher Sohn für ihn hätte sein können.

»Ich weiß, daß du es nur gut meinst, John«, sagte er versöhnlich und berührte ihn sanft an der Schulter, denn John Hawkley war kein Mann, der offen bekundete Zuneigung schätzte. »Und ich gebe dir mein Versprechen, daß ich innerhalb eines Jahres verheiratet sein werde. Doch jeder von uns lebt sein eigenes Leben nach seinen Maßstäben, und ich bitte dich zu tolerieren, daß ich meine eigenen Entscheidungen treffe.«

»Es fällt mir schwer, Entscheidungen zu tolerieren, die dich ins Unglück stürzen!« erwiderte er stur.

»Es wird Zeit für mich«, sagte Mitchell nur und ging hinaus.

Die Sonne stand schon über den Hügeln, als er sich auf seinen Hengst schwang und losritt. Im Galopp preschte er durch das Tor, und eine hohe Staubfahne stieg in den klaren Himmel, der ihm an diesem Tag ungewöhnlich hoch und weit erschien.

MIRRA BOOKA fiel schnell hinter ihm zurück, schrumpfte in der Weite des Landes zu einem winzigen Ort ohne Bedeutung zusammen und versank dann hinter den Wäldern der immergrünen Eukalyptusbäume, deren rissige, aufgeplatzte Stämme den Gesichtern so vieler Männer ähnlich waren, die dieser Kolonie ihre besten Jahre geopfert und nur so wenig von dem bekommen hatten, was sie sich erträumt hatten.

Würde es ihm auch so ergehen?

Nein, nie würde er zu träumen aufhören, wie er auch nie zu kämpfen aufhören würde. Um das Land – und um Jessica. Ohne Träume hatte das Leben seinen Sinn verwirkt.

Mitchell ließ Romulus in einen ruhigen Trab fallen und genoß die noch angenehme Wärme des jungen Tages. Ein Schwarm farbenprächtiger Vögel stieg mit lautem Flügelschlag aus einem Busch auf, zog eine weite Schleife, während er sich in die Lüfte hob, und entfernte sich gen Norden, wo SEVEN HILLS lag.

27

»Wenn du mich das nächste Mal vom Boot holen läßt, ohne daß was wirklich Dringendes anliegt, hast du mich das letzte Mal bei dir gesehen, Jason!«
»Schon gut, schon gut, Patrick«, brummte Jason Pinter. »Werd' es mir zu Herzen nehmen.«
»Das rate ich dir auch!« sagte Patrick Rourke ungehalten und verließ den Laden des Segelmachers.
Kopfschüttelnd ging er die Gasse zum Hafen hinunter. Was sich Jason bloß gedacht haben mochte, ihm wegen dieser lächerlichen Kleinigkeit einen Laufjungen aufs Boot zu schicken und ihn zu bitten, umgehend zu kommen. Wegen eines lumpigen Flickens, den er an einem seiner Marssegel durch besseres Tuch ersetzen sollte!
Es ging ihm einfach nicht in den Kopf. Wie oft hatte er ihm schon seine Segel zum Ausbessern gebracht, und nie hatte Jason auch nur eine Frage stellen zu brauchen. Sein geübtes Auge sah sofort, wo eine Naht der nächsten Bö nicht standhalten würde und wo das Tuch zu brüchig geworden war, um es mit einem Flicken vernähen zu können. Und nun dieses seltsame Gestammel, wie groß der Flicken sein solle und ob er nicht besser neues Tuch erstehen möge.
Wenn ich es nicht besser wüßte, würde ich Stein und Bein darauf schwören, daß Jason zu tief in die Rumkanne gestiert hat! dachte Patrick Rourke, erzürnt über diese vergeudete Zeit, die er so dringend für die Ausbesserungsarbeiten an seinem Schoner benötigte. Wenn er nicht rechtzeitig damit fertig wurde, entging ihm die Ladung, die er in Parramatta übernehmen und den Hawkesbury hochschaffen sollte. *Aber der Alte rührte ja*

keinen Tropfen an. Vielleicht wird er vergeßlich. Dann wird es Zeit, daß ich mich nach einem anderen Segelmacher umsehe. Nur so einen billigen wie Jason werde ich so schnell kaum wieder finden.

Patrick Rourke eilte mit ausgreifenden Schritten zur Anlegestelle hinunter, wo die COMET vertäut lag. Dabei blickte er weder rechts noch links, sondern schaute hoch erhobenenen Hauptes über alles und alle hinweg, die ihm begegneten, als würde sein Blick auf einen imaginären Punkt irgendwo in der Ferne gerichtet sein. Er würdigte noch nicht einmal die drei recht elegant gekleideten Frauen eines Blickes, die aus einem Geschäft traten und unter verhaltenem Gelächter direkt vor ihm die Straße überquerten. Er wich ihnen nur so weit aus, wie es nötig war, um sie nicht anzurempeln. Seine Eile und unnahbare, scheinbar abwesende Haltung waren Ausdruck seiner Geringschätzung für alles, was nicht schwimmen konnte und nichts mit der Seefahrt zu tun hatte. So wie er den Fuß an Land setzte, hatte er das Gefühl von bedrückender Enge – und dieser Enge versuchte er ebenso schnell und geradewegs zu entfliehen, wie nur möglich.

In seiner Hast, zurück an Bord seines Schoners zu kommen, bemerkte er auch nicht die Kutsche, die genau gegenüber der Anlegestelle im Schatten eines Schuppens stand und auf jemanden zu warten schien.

Er hatte nur Augen für seine COMET und seine Männer, die in der prallen Sonne arbeiteten. Mit nacktem, schweißglänzendem Oberkörper ersetzten sie brüchige Takelage an den beiden Masten. Er hatte diese Arbeit, die eigentlich schon vor Monaten hätte getan werden sollen, immer wieder aufgeschoben, weil er die Ausgaben gefürchtet hatte. Nun aber hatte er es tun müssen, weil das Tauwerk sonst beim nächsten frischen Wind gerissen und die Gefahr eines Mastbruches allgegenwärtig gewesen wäre.

Sein Gesicht entspannte sich ein wenig, als er seine COMET erblickte. Er war stolz auf den Schoner, denn wenn er sich daran erinnerte, wie das Schiff ausgesehen hatte, als er es gekauft hatte, mochte er es immer noch nicht so recht glauben, daß es ihm gelungen war, den vom Schiffbruch übel zugerichteten Schoner wieder so gut in Schuß zu bringen. Er hatte wirklich allen Grund, auf die COMET stolz zu sein, auch wenn sie nicht gerade zu den schnellsten und schönsten Schiffen zählte.

Daß seine Crew mit geradezu vorbildlichem Eifer bei der Arbeit war und bei seiner Rückkehr noch nicht einmal eine kleine Pause einlegte, fiel ihm gar nicht auf. Er bemerkte auch nicht das Grinsen, das auf so manch einem Gesicht lag, und die verstohlenen Blicke, mit denen sie ihn bedachten, als er an Bord kam.

Mit sicherem Schritt lief Patrick Rourke über die schmale Planke, die als Gangway diente und mittschiffs auf den Schoner führte.

Lew Kinley, sein bester Rudergänger, kam auf ihn zu. »Was hatte der alte Jason denn so Wichtiges, daß er Sie sofort verholen ließ, Captain?« fragte er gedehnt und ohne das Stück Holz aus dem Mund zu nehmen, auf dem er gerade kaute. Lew hatte immer irgendeinen fingerdicken Span im Mund, auch wenn er in der Hängematte lag und schnarchte. Er schwor darauf, daß es nichts Besseres gegen Skorbut und Zahnausfall gäbe. Dem Einwand, warum er denn dann ein so lückenhaftes Gebiß habe, begegnete er ungerührt mit der Erwiderung, daß er die Segnungen des Holzkauens eben leider spät, aber nicht zu spät entdeckt hätte.

»Nichts«, erwiderte Patrick Rourke, und sein Unmut schwand, kaum daß er die soliden Planken seines Schoners unter den Füßen hatte. »Es ging um einen lumpigen Flicken. Stell dir das mal vor. Der alte Jason läßt mich wegen eines Flickens holen!« Er lachte schallend. »Vielleicht beginnt er auf seine alten Tage doch noch damit, Rum und Brandy Geschmack abzugewinnen.«

Lew Kinley fiel kurz in das Lachen ein. Dann nahm er den Holzkeil aus dem Mund und tippte sich mit dem zerkauten

Ende flüchtig gegen die Stirn. »Oh, das hätte ich ja fast vergessen...«
»Was ist?«
»Ihr Besuch ist gekommen, Captain.« Ein Grinsen teilte das Gesicht des Rudergängers.
»*Wer* ist gekommen?« fragte Patrick Rourke verständnislos.
»Ihr Besuch.« Das Grinsen verkniff sich Lew jetzt. Er gab sich Mühe, unbeteiligt auszusehen.
»Ich erwarte keinen Besuch«, sagte der Ire ungehalten. »Also was soll der Quatsch?«
Lew Kinley starrte ihn scheinbar verblüfft an. »Das versteh' ich nicht, Captain. Sie hat gesagt, daß Sie mit Ihnen verabredet ist und Sie sie erwarten würden.«
»Eine Frau?« stieß Patrick ungläubig hervor.
»Ja, sie...«
Patrick ließ ihn nicht ausreden. »Eine Frau an Bord meines Schiffes!« donnerte er, packte ihn mit seinen Pranken bei den Schultern und schüttelte ihn wie einen jungen Obstbaum. »Du läßt einfach eine Frau an Bord, ohne von mir dazu die Erlaubnis bekommen zu haben? Verträgst du keine Sonne mehr, oder was ist mit dir los?«
»Ich dachte, Sie hätten vergessen, es mir zu sagen, Captain! Und wo sie doch gesagt hat, daß Sie sie erwarten...«
»Darüber reden wir später noch!« schnappte Patrick. »Wo ist sie?«
»In Ihrer Kajüte, Captain.«
Patrick Rourke versetzte ihm einen groben Stoß, daß der Rudergänger gegen die Reling torkelte, und stieß einen lästerlichen Fluch aus. Dann stürmte er den Niedergang hinunter und riß die Tür zu seiner Kajüte auf.
Jessica stand neben dem Kartentisch und zeigte nicht das geringste Anzeichen von Erschrecken, als Patrick Rourke in die Kabine gestürmt kam. Sie hatte seine polternde Stimme längst gehört und mit dieser Reaktion gerechnet.
Grimmig blickte Patrick sie an. »Sie haben meinen Rudergän-

ger angelogen!« herrschte er sie ohne einen Gruß an. »Verschwinden Sie von meinem Schiff!«
Jessica zog die Augenbrauen hoch. »Ihren groben Umgangsformen nach zu urteilen müssen Sie Mr. Patrick Rourke sein«, erwiderte sie gelassen.
»Nicht Mister, sondern *Captain* Rourke! Ich bin kein elender Schafzüchter«, korrigierte er sie zornig. »Und nun gehen Sie!«
»Sie irren sich, wenn Sie sagen, ich hätte Ihren Rudergänger angelogen«, sagte Jessica und bewegte sich auf die Tür zu. »Sie haben meinen Besuch ganz sicher erwartet. Nur ahnten Sie wohl nicht, wann ich auftauchen würde.«
»Dann müssen Sie diese Jessica Brading sein!«
»*Misses* Brading. Ich bin Schafzüchterin und Farmbesitzerin und kein elender Matrose!« konterte sie.
Ein schwaches Lächeln huschte über sein Gesicht. »Also gut, Mrs. Brading: Verschwinden Sie!« Er trat in die Kabine, um ihr den Weg freizugeben.
Jessica ging an ihm vorbei – schmiß dann mit einer schnellen Bewegung die Tür zu und lehnte sich mit dem Rücken dagegen. »Ich gedenke, noch ein wenig an Bord Ihres Schiffes zu bleiben, Captain!«
Patrick Rourke kam auf sie zu. »Sie irren! Wenn Sie nicht freiwillig gehen, schmeiße ich Sie eigenhändig von Bord!« drohte er.
Jessica erwiderte seine Drohung mit einem aufreizenden Lächeln. »Ich bin sicher, daß Sie nicht so einfältig sein werden, so etwas zu tun, Captain Rourke. Oder möchten Sie in Ketten gelegt werden? Das blüht Ihnen nämlich, wenn Sie das versuchen.«
»Niemand kann mir verbieten, Sie von Bord zu schmeißen!« donnerte er.
»Nein«, räumte sie ein und lächelte ihn noch immer an. »Aber ich werde Sie beschuldigen, den Versuch unternommen zu haben, mich zu vergewaltigen. Und ich bin sicher, daß man mir

Glauben schenken wird. Ich brauche nicht viel, um mein Kleid aufzureißen.« Sie legte eine Hand an den Ausschnitt ihres Leinenkleides. »Mein Anwalt, der da draußen in der Kutsche auf mich wartet, wird beeiden, daß Sie mich zu einem geschäftlichen Gespräch zu sich an Bord gebeten haben. Und er wird vor Gericht auch beeiden, meine verzweifelten Hilfeschreie gehört zu haben, als Sie meine Lage auszunutzen versuchten.«
Sprachlos starrte er sie an.
»Nun?« fragte Jessica ruhig. »Wollen wir uns nicht doch in aller Ruhe unterhalten, Captain? Ich meinerseits bin gern dazu bereit, ihre Grobheiten zu vergessen und sachlich mit Ihnen über alles zu reden.«
Wie benommen schüttelte er den Kopf. »Sie hätten wirklich die Dreistigkeit, so etwas zu tun?« fragte er.
»Trauen Sie mir das nicht zu?«
Patrick blickte sie einen Augenblick an. Dann verzog er das Gesicht. »Der Teufel soll mich holen, aber Sie machen den Eindruck, als ob es Ihnen damit todernst ist.«
»Es freut mich, daß Ihre Menschenkenntnis noch nicht gelitten hat«, sagte sie spöttisch. »Jemanden, der Menschen und Situationen nicht einzuschätzen vermag, würde ich auch niemals als Geschäftspartner in Erwägung ziehen.«
»Hören Sie, Mrs. Brading! Sie haben offenbar ein kluges Köpfchen und es verdammt geschickt angestellt, an Bord meines Schiffes zu kommen. Und Ihr erpresserischer Trick, der mich vorläufig daran hindert, Sie rauszuwerfen, zeugt auch von einiger Fantasie. Aber alles, was Sie damit erreicht haben, ist, daß ich mich gezwungen sehe, Ihrem Gerede zuzuhören!« sagte Patrick Rourke und starrte sie finster an. »Sie irren sich jedoch, wenn Sie glauben, bei mir irgend etwas erreichen zu können.«
»Zuhören zu können ist oftmals das, was den Erfolgreichen vom Versager unterscheidet, Captain Rourke«, erwiderte Jessica anzüglich.
»Sagen Sie, was Sie glauben, mir sagen zu müssen, und dann

machen Sie, daß Sie von Bord kommen!« forderte Patrick sie grimmig auf und klappte die Lade eines Wandfaches auf. Er brauchte jetzt unbedingt einen Schluck Brandy. Dieses Weibsbild hatte ihn ganz schön überrumpelt.

Jessica fand jetzt Zeit, ihn eingehend zu mustern. Er war so groß, kräftig und breitschultrig, wie Ian ihn ihr beschrieben hatte. Ein Mann, den man so schnell nicht übersehen konnte. Sein wild gelocktes Haar, das wohl nur äußerst selten einmal mit einem Kamm oder einer Bürste in Berührung kam, hatte die Farbe dunklen Brandys. Zerzaust war auch sein rotbrauner Bart. Seine Kleidung war derb und ließ ihn eher wie einen Busch-Ranger aussehen, denn er trug eine Mütze aus Känguruhfell und eine ärmellose Schaffelljacke. Darunter kam eine muskulöse Brust zum Vorschein.

Was Ian jedoch zu erwähnen vergessen hatte, war die außerordentliche Ausstrahlung dieses irischen Captains, der Mitte Dreißig sein mußte. Patrick Rourke vermittelte den Eindruck von geballter Energie. Und sein Gesicht war trotz der finsteren Miene auf eine merkwürdige Art ansprechend.

Er füllte einen Zinnbecher mit Brandy und nahm einen kräftigen Schluck. »Was ist? Hat Sie der Mut verlassen? Also fangen Sie endlich an, damit wir es hinter uns kriegen!« forderte er sie ungeduldig auf.

»Ich möchte Ihnen eine fünfzigprozentige Teilhaberschaft an der COMET anbieten, Captain Rourke«, sagte Jessica, ohne ihn aus den Augen zu lassen.

Patrick verschluckte sich fast am Brandy. Er prustete, rang nach Atem und kniff die Augen zusammen. »*Sie* wollen *mir* eine Teilhaberschaft an der COMET anbieten?« stieß er ungläubig hervor.

Jessica nickte. »Ja, Sie haben mich richtig verstanden.«

»Sie müssen nicht ganz bei Trost sein, Mrs. Brading! Machen Sie endlich Schluß mit dieser lächerlichen Szene, bevor mir wirklich der Kragen platzt und ich mich vergesse. Unverschämtheiten dieser Art lasse ich mir nicht bieten, damit wir

uns verstehen!« polterte Patrick los. »Das Schiff gehört mir! Ich bin der Besitzer des Schoners!«
»Nicht mehr lange«, erwiderte sie kühl.
»Ich weiß nicht, was Sie damit meinen!« schnaubte Patrick.
Jessica lächelte. Sie hatte festgestellt, daß sie ihn damit immer wieder aus dem Gleichgewicht brachte. Es irritierte ihn offenbar ungemein, daß sie einen sehr beherrschten, selbstsicheren Eindruck machte. Dabei war das nichts als mühsam aufrechterhaltene Maske. In Wirklichkeit hatte sie Magenschmerzen vor innerlicher Anspannung und Angst, diese eine Chance zu verspielen. Denn daß sie bei ihm keine zweite Gelegenheit erhalten würde, stand außer Frage.
»Sie haben beträchtliche Schulden bei Mr. Chambers, Captain«, sagte sie ihm auf den Kopf zu.
Er lief hochrot an. »Ob und bei wem ich Schulden habe, geht Sie einen Dreck an!«
Jessica ließ sich von seinen beleidigenden Worten nicht provozieren. Im Gegenteil. Ihre Anspannung ließ ein wenig nach. Sie hatte seinen wunden Punkt berührt, und seine heftige Reaktion darauf verriet ihr mehr, als ihm lieb sein konnte.
»Seit ich in der Kolonie bin, habe ich mich für Dreck interessiert, Captain«, antwortete sie. »Für einen Farmer ist das wohl unumgänglich, nicht wahr? Dreck ist eine merkwürdige Materie. Man kann so viel daraus machen – oder auch nicht. Es kommt immer auf den Willen und die Fähigkeiten des Einzelnen an. Und ich schätze Sie so ein, daß Sie nicht zu denjenigen gehören, die sich freiwillig von anderen in den Dreck werfen lassen und sich dort wohl fühlen.«
Patrick Rourke sah sie an, als glaubte er, seinen Ohren nicht trauen zu dürfen. Seine Grobheiten prallten an ihr ab wie Regentropfen an einer Eisenplatte. Ein spöttisches Lächeln huschte über sein Gesicht, und widerwillig gestand er ein: »Auf den Mund gefallen sind Sie wahrlich nicht, Mrs. Brading. Und jetzt sagen Sie mir, was Sie mit Ihrem hübschen Vergleich ausdrücken wollen.«

»Gern«, sagte Jessica und verbuchte insgeheim ihren ersten Sieg über Patrick Rourkes Sturköpfigkeit. Er mußte sie als gleichwertigen Partner akzeptieren, sonst hatte ihr Plan keine Aussicht auf Erfolg. »Sie haben bei Mr. Chambers mehrere Hundert Pfund Schulden.«
»Ich kenne Sie nicht gut genug, um einen Grund zu sehen, zur Höhe der vermeintlichen Summe Stellung zu nehmen.«
»Das ist auch nicht nötig. Ihre Schulden belaufen sich auf dreihundertfünfzig Pfund.«
Patrick hob sichtlich überrascht die Augenbrauen und grinste dann schief. »Und?«
»Sie sind nicht in der Lage, die Schulden rechtzeitig zurückzuzahlen. Eigentlich sind Sie pleite.«
Er verzog das Gesicht. »Na und? Das war ich schon öfter und habe doch immer wieder einen Ausweg gefunden. Nach jeder Flaute ist bisher immer noch eine frische Brise gekommen. Alte Seefahrerweisheit, Mrs. Brading.«
»Diesmal finden Sie keinen Ausweg, Captain, und das wissen Sie so gut wie ich. Und auf die frische Brise können Sie warten, bis Sie schwarz werden. Vielleicht kommt sie eines Tages. Aber die COMET werden Sie dann längst nicht mehr besitzen. Mr. Chambers wartet nur darauf, Ihnen das Schiff abnehmen zu können.« Sie erinnerte sich an die Warnung, die Betsy ihr gegeben hatte, von ihrem Wissen über Chambers' Pläne nur äußerst umsichtig Gebrauch zu machen. Und deshalb fügte sie achselzuckend hinzu: »Eigentlich hätte ich mir die ganze Mühe hier sparen und die Verhandlungen gleich mit Mr. Chambers führen können.«
»Und warum haben Sie das nicht getan?«
»Weil es nicht meine Art ist, Geld aus dem Fenster zu werfen. Und genau das würde ich tun, wenn ich darauf wartete, bis Chambers Besitzer der COMET ist«, log Jessica.
»Sie setzen voraus, daß Mr. Chambers bereit ist, einen Anteil an Sie zu verkaufen!«
Jessica sah ihn mit einem wohldosierten Lächeln an, das zwi-

schen Geringschätzung und Spott lag. »Mr. Chambers ist das Gegenteil von Ihnen, Captain, nämlich ein kühl rechnender Geschäftsmann«, antwortete sie selbstsicher. »Woher das Geld stammt, das seine Taschen füllt, interessiert ihn nicht. Denn sonst hätte jemand wie er, der Iren so sympathisch findet wie der Teufel die Heilige Messe, Ihnen wohl kaum einen Kredit gegeben. Er wußte ganz genau, was er da tat. Er hat wohl damit gerechnet, daß Sie so viel Pech haben und es nicht schaffen würden, Ihre Schulden fristgerecht zurückzuzahlen.«

Der Hieb saß, wie Jessica seinem Gesicht deutlich ansah.

»Wissen Sie überhaupt, was Sie damit sagen?« stieß er verblüfft hervor. »Sie bezichtigen Mr. Chambers...«

Sie fiel ihm ins Wort. »Ich bezichtige niemanden! Ich mache mir nur meine Gedanken, und ob Sie sich dieselben Gedanken machen oder nicht, interessiert mich nicht. Sicher ist, daß Sie einen schweren Ruderschaden hatten und bald pleite sind. Und ich will auch gar nicht wissen, wie weit Ihre schriftlichen Vereinbarungen mit Mr. Chambers für den Fall gediehen sind, daß Sie die COMET an ihn verlieren. Bestimmt werden Sie so klug gewesen sein, daß Sie sich vorsorglich das weitere Kommando über den Schoner haben zusichern lassen.« Sie wußte natürlich, daß das nicht der Fall war, und hoffte, daß er sich nun darüber seine eigenen Gedanken machen und entsprechende Rückschlüsse auf Chambers' wahre Absichten ziehen würde. Doch deutlicher durfte sie nicht werden.

Patrick antwortete nicht. Er setzte sich auf den Stuhl vor den Kartentisch und sah aus wie jemand, dem sich plötzlich sehr unangenehme Gedanken aufdrängten.

»Wie ich vorhin schon sagte: Das Geschäft kann ich nächste Woche auch mit Mr. Chambers abschließen«, fuhr Jessica fort und legte ihren Köder aus, von dem sie hoffte, daß er Patricks falschem Stolz eine gute Entschuldigung lieferte für die Partnerschaft mit einem ›Weiberrock‹. »Doch das brächte mir zwei große Nachteile. Erstens einmal würde er für den Anteil mehr verlangen, als er eigentlich wert ist. Und zweitens würde er wohl darauf bestehen, daß ich mich an die Frachtraten halte, die Duckworth mit den anderen Flußschiffern abgesprochen hat.«

»So, und das gefällt Ihnen nicht?« fragte Patrick, doch seine Stimme verriet, daß er mit den Gedanken ganz woanders war und mit dieser Frage einfach nur Zeit gewinnen wollte.

»Mir persönlich als zukünftiger Miteigentümerin der COMET könnte das in der Tat gleichgültig sein, weil der Profit ja gleich wieder in meine eigene Tasche zurückfließt«, räumte sie ein. »Doch ich habe eine große Zahl befreundeter Farmer am Hawkesbury, die ihre Fracht sicher lieber mit meinem Schiff transportiert sehen wollen – und zwar zu einem vernünftigen Preis, der beiden Seiten gerecht wird. Was Jonas Duckworth da versucht, ist kurzsichtig.«

Patrick Rourke rieb sich das Kinn. »Mhm, grundsätzlich bin ich einer Teilhaberschaft ja nicht abgeneigt«, begann er zögernd.

Jessica gab sich Mühe, unbeteiligt auszusehen. »Aber Sie wollen nur einen dreißigprozentigen Anteil an der COMET verkaufen – und das für die Fantasiesumme von sechshundert Pfund, nicht wahr?«

»Richtig. Das habe ich auch schon Ihrem Verwalter gesagt.«

»Dreißig Prozent geben mir kein Mitspracherecht, Captain.«

»Wollen Sie vielleicht das Kommando führen?«

»Nein«, antwortete Jessica. »Sollten wir zu einem Abschluß kommen, Captain, dann bin ich bereit, schriftlich mit Ihnen zu vereinbaren, daß sich mein Mitspracherecht nur auf die Frachtraten und die Routen bezieht. Was die Führung des Schiffes, die Auswahl der Crew und alles andere betrifft, sind Sie ganz Ihr eigener Herr ... Bitte bedenken Sie, daß Ihnen davon nichts bleibt, wenn Mr. Chambers erst einmal den Schoner besitzt. Falls er Sie und Ihre Crew übernimmt, sind Sie nichts weiter als Befehlsempfänger, sofern Sie keine anderen Vereinbarungen mit ihm getroffen haben.«

Patrick ging nicht darauf ein. Aus gutem Grund nicht. Es gab keine solchen Vereinbarungen. »Sechshundert Pfund sind ein

hübscher Batzen Geld, aber das ist ein Drittel der COMET auch wert«, beharrte er.
»Die Hälfte wäre mit sechshundert Pfund schon gut bezahlt!« widersprach Jessica.
»Die Hälfte steht nicht zum Verkauf!«
»Vielleicht *jetzt* noch nicht!« erinnerte sie ihn an seinen drohenden Bankrott.
Patrick sprang erregt auf und ging in der Kajüte auf und ab. »Eine Frau als gleichberechtigter Partner ist unmöglich! Meine Männer würden das nicht akzeptieren. Meine Autorität als Captain würde zu sehr darunter leiden.«
Jessica tat so, als würde sie angestrengt überlegen. Dann sagte sie scheinbar spontan: »Ich glaube nicht, daß Ihre Männer viel darum geben, ob nun ein Mr. Chambers sein Geld in dem Schiff stecken hat oder eine Mrs. Brading. Ich mache Ihnen deshalb einen Vorschlag.« Endlich hatte sie ihn da, wo sie ihn haben wollte. Nun kam es darauf an, ihm den Haken mit dem Köder so fest ins Fleisch zu stoßen, daß er keine Chance mehr hatte, sich loszureißen.
»So? Was für einen denn?« fragte er mißtrauisch.
»Wir spielen!« sagte Jessica und warf den kleinen Lederbeutel, den sie die ganze Zeit am rechten Arm getragen hatte, auf den Tisch zwischen ihnen. Metall klirrte leise. »Machen Sie auf. Es sind genau sechshundert Pfund – in Goldmünzen. Die setze ich ein – und Ihr Einsatz ist die Hälfte an Ihrer COMET.«
»Sie wollen um sechshundert Pfund spielen?« fragte Patrick ungläubig.
»Ja, und um Ihnen die Sache noch schmackhafter zu machen, soll dieses Spiel aus zwei Teilen bestehen. Zuerst einmal spielen wir um die sechshundert Pfund und den halben Schiffsanteil. Gewinne ich, erhalten Sie das Geld und ich die gleichberechtigte Partnerschaft – sofern Ihre Mannschaft nichts dagegen einzuwenden hat, daß ein Weiberrock sein Geld in die COMET investiert. Spricht sich Ihre Crew dagegen aus, erhalten Sie dreihundertfünfzig Pfund – und ich gar nichts.«

»Sie sind verrückt!« entfuhr es Patrick unwillkürlich. Doch der lebhafte Blick seiner Augen verriet, daß er darauf brannte, dieses Spiel zu machen.
»Warten Sie, ich bin noch nicht zu Ende. Sollte ich das Spiel verlieren, muß die Mannschaft auch gefragt werden. Sind die Männer *einstimmig* der Meinung, daß Ihnen eine Frau als stiller Partner gleichgültig ist, habe ich zwar immer noch verloren, bin Ihnen aber keinen Pence schuldig. Nun, was halten Sie davon, alles auf die Entscheidung Ihrer Männer und den Fall einer Münze zu setzen?« fragte Jessica.
»Ich denke, Sie schmeißen kein Geld zum Fenster hinaus?« spottete Patrick.
»Richtig.«
»Aber das tun Sie, wenn Sie verlieren.«
»Nein, das tue ich nicht. Ich gehe nur ein Risiko ein, Captain. Und ohne Risikobereitschaft bringt man es geschäftlich gewöhnlich nicht sehr weit. Also, wie lautet Ihre Antwort.«
Patrick überlegte nicht lange. Was hatte er schon zu verlieren? Gar nichts! Sie war wirklich ausgezeichnet über seine Lage informiert. Er hatte kaum genügend Shilling in der Tasche, um den nötigen Proviant für die nächste Fahrt kaufen zu können, geschweige denn die dreihundertfünfzig Pfund, die Chambers nächste Woche sehen wollte. Er würde das Schiff verlieren, davon war er jetzt überzeugt. Diese Jessica Brading hatte ihm durch ihren beherzten Auftritt und ihren scharfen Verstand nicht nur seinen Respekt abgenötigt, sondern ihm auch die Augen geöffnet: Wenn er die COMET an Chambers verlor, war er damit auch das Kommando über das Schiff los.
Nein, verlieren konnte er wahrlich nichts, denn nüchtern betrachtet gab es gar nichts mehr, was er verlieren konnte. Dagegen bot ihm ihr verrücktes Glücksspiel die einmalige Chance, sich von der drückenden Schuldenlast zu befreien. Eigentlich hatte er schon jetzt so gut wie gewonnen. Er kannte doch seine Mannschaft, und jeder an Bord wußte, wie er zu Weiberröcken stand. Mein Gott, er konnte nur gewinnen!

»Abgemacht! Aber wir lassen nicht die Münze entscheiden, sondern die Würfel!«

Jessica zuckte mit keiner Wimper. Er war ihr in die Falle gegangen, ohne es zu wissen. »Ob Münze oder Würfel, mir ist das gleich. Aber ich möchte, daß wir unsere Vereinbarungen vorher schriftlich niederlegen und beim Würfeln einen Zeugen haben. Sie werden sicherlich nichts dagegen einzuwenden haben, wenn ich meinen Anwalt an Bord bitte. Natürlich können Sie auch noch einen Zeugen aus Ihrer Mannschaft dazuziehen.«

Patrick zögerte kurz und dachte an die präparierten Würfel. Doch sie waren so gut gearbeitet, daß nur ein erfahrener Spieler bemerken konnte, daß mit ihnen etwas nicht stimmte. Ein Anwalt würde sich kaum so gut mit präparierten Würfeln auskennen.

»Einverstanden. Ich schicke jemanden zur Kutsche und werde auch Lew rufen, meinen Rudergänger, damit alles seine Richtigkeit hat!« sagte Patrick eifrig und ließ sie einen Augenblick allein in der Kajüte.

Als er zu ihr zurückkam, folgte ihm Lew Kinley, dessen Blick sofort den Goldstücken auf dem Kartentisch galt. Patrick erklärte ihm kurz, worum es ging. »Heiliges Kanonenrohr, Sie wollen sechshundert Pfund auf einen Würfelwurf setzen?« stieß er erschrocken hervor und handelte sich einen bösen Blick seines Captains ein.

»Ja«, sagte Jessica nur.

»Du bist nicht zum Reden hier, sondern um aufzupassen, daß sich jeder an seine Abmachungen hält!« wies Patrick ihn zurecht und holte Papier und Feder.

Lew Kinley rollte mit den Augen und schüttelte stumm den Kopf, als Patrick ihm den Rücken zukehrte und schnell die Regeln ihre ungewöhnlichen Spiels aufsetzte. Es war ganz eindeutig, daß er Jessica zu warnen versuchte.

Doch Jessica lächelte ihn nur zuversichtlich an.

Schritte wurden auf der Treppe des Niedergangs laut, und einer

von Patrick Rourkes Männern führte Jessicas Anwalt in die Kajüte.
»Darf ich Sie miteinander bekannt machen... Mr. Hutchinson, mein Anwalt... Captain Patrick Rourke«, stellte sie die Männer einander vor.
Patrick nickte ihm knapp zu, während William Hutchinson eine steife Verbeugung machte. Er war ein hagerer Mann Anfang Fünfzig mit einer schlaffen Gesichtshaut, die ihm wie leere Hamsterbeutel zu beiden Seiten über den Kiefer hing. Er machte einen müden, fast kraftlosen Eindruck, der jedoch täuschte. Er war von schneller Auffassungsgabe, gerissen, und seinen scharfen Augen entging so leicht nichts. Er trug einen schwarzen Tuchrock und eine gepuderte Perücke, die schon mal bessere Zeiten gesehen hatte – wie auch sein Besitzer. William Hutchinson war einmal ein äußerst erfolgreicher Anwalt in Plymouth gewesen, der seinem Erfolg dadurch auf die Sprünge geholfen hatte, daß er Dokumente und Erbschaftsverträge gefälscht hatte. Diesem besonderen Talent verdankte er auch die Anwesenheit in New South Wales. Inzwischen hatte er seine Strafe verbüßt und eine kleine Kanzlei in Sydney eröffnet.
William Hutchinson warf einen Blick auf die Vereinbarungen, die Patrick niedergeschrieben hatte. »Ein äußerst ungewöhnlicher Handel, auf den Sie sich da eingelassen haben, wenn Sie mir diese Bemerkung erlauben!« sagte er mit einem mißbilligenden Stirnrunzeln.
»Kein Geschäft, Mr. Hutchinson, sondern ein Glücksspiel«, verbesserte Jessica ihn.
Er seufzte. »Nun gut, es sind Ihre sechshundert Pfund. Ich hoffe nur, Sie wissen, was Sie tun, Mrs. Brading.«
»Sie macht mir nicht den Eindruck, als würde sie das nicht wissen!« meinte Patrick, der schon befürchtete, der Anwalt könnte sie von ihrem gewagten Spiel abbringen wollen. »Immerhin war das ihre Idee.«
»Schon gut«, sagte Jessica. »Holen Sie die Würfel.«

Patrick entnahm einer kleinen Schublade vier Würfel und einen abgegriffenen Lederbecher.
Jessica streckte die Hand aus. »Sie erlauben doch, daß ich zuerst würfle, nicht wahr?«
»Ganz wie Sie wollen.«
»Gut.« Jessica nahm den Becher mit den Würfeln. »Also, wer am wenigsten Augen hat, gewinnt!«
»Das geht nicht!« rief Patrick unwillkürlich und hatte Mühe, sein Erschrecken zu verbergen.
»Wieso nicht?« fragte Jessica, scheinbar verständnislos.
»Man würfelt immer darum, wer die höchste Zahl würfelt!« erklärte Patrick.
»Aber das ist doch kein ungeschriebenes Gesetz«, sagte Jessica achselzuckend. »Ob nun um die höchste oder die niedrigste Zahl gewürfelt wird, an den Gewinnchancen ändert sich doch nichts, oder?«
Verdammt noch mal, mit diesen Würfeln schon! schoß es Patrick durch den Kopf. Doch das konnte er ja wohl schlecht aussprechen. Er überlegte fieberhaft, was er sagen sollte. »Ja, das schon... aber... äh... das ist einfach nicht üblich.«
»Dieses Spiel ist ja auch nicht üblich. Also, ich wollte die Münze entscheiden lassen, und da haben Sie auf Würfel bestanden. Jetzt werden Sie mir doch wohl zubilligen, daß ich wähle, ob mir die höchste oder die niedrigste Zahl lieber ist, oder finden Sie das nicht?«
Patrick schluckte schwer, und der Schweiß brach ihm aus. Was sollte er darauf bloß erwidern?
»Ich sehe keinen Grund, der dagegen spräche«, mischte sich William Hutchinson ein. »Es ist doch wirklich gleichgültig, für was man sich entschließt. Oder haben Sie irgendeinen besonderen Grund, Captain Rourke, der die Wahl der niedrigsten Zahl nicht zuläßt?«
»Nein, natürlich nicht«, murmelte der Captain.
Jessica lächelte in die Runde. »Wunderbar. Dann will ich doch mal sehen, ob mir die Würfel Glück bringen!« Sie schüttelte sie

im Lederbecher und hoffte inständig, nicht unbewußt jenen Dreh zu finden, der die Würfel mit der höchsten Augenzahl hervorzauberte.
Patrick und Lew beobachteten sie mit angespanntem Gesicht. Für sie stand viel auf dem Spiel. Dagegen zeigte William Hutchinson eher Langeweile, gepaart mit einer Spur Mißfallen, als wollte er zum Ausdruck bringen, daß es eigentlich ja tief unter seiner Würde stehe, als anwaltlicher Zeuge bei einem solchen Würfelspiel zugegen zu sein.
Jessica ließ die Würfel aus dem Becher über die grobe Tischplatte kullern. Ihr Lächeln vertiefte sich, als sie schnell die Augen zusammenzählte und rief: »Elf! Elf müssen Sie unterbieten, Captain!«
»Ich hab' Augen im Kopf!« brummte Patrick und hatte Mühe, seinen Groll zu verbergen. Elf Augen bei vier Würfeln war schon verdammt niedrig.
»Ich wünsch' Ihnen 'ne lockere Hand, Captain«, sagte Lew.
Patrick schoß ihm einen wütenden Blick zu, erwiderte jedoch nichts. Er nahm die Würfel, warf sie in den Becher – und hatte auf einmal einen pulvertrockenen Mund. Er war es so gewohnt, die Würfel mit einer ganz besonderen Handdrehung fallenzulassen, daß er versuchen konnte, was er wollte. Seine Hand würde sich nicht völlig von seinem Verstand unter Kontrolle halten lassen, sondern sich im Reflex der Bewegung ihrer antrainierten Tricks erinnern.
»Was zögern Sie, Captain?« fragte Jessica scheinbar verwundert, denn sie vermochte sich sehr wohl vorzustellen, was in diesem Augenblick in ihm vor sich ging. »Haben Sie auf einmal kein Zutrauen zu den Würfeln mehr?«
Patrick verzog nur das Gesicht und schüttelte nun den Becher. *Laß sie ausrollen! Dann hast du vielleicht eine Chance gegen sie. Stülp den Becher bloß nicht auf den Tisch!* schoß es ihm durch den Kopf. Doch seine Hände ignorierten die Warnung und reagierten instinktiv. Er knallte den Becher auf den Tisch, so daß die Würfel darunter festgehalten wurden.

»Hätten Sie die Güte, uns Ihren Wurf sehen zu lassen, Captain?« fragte der Anwalt fast mürrisch, als Patrick noch zögerte, den Becher hochzuheben.
»Der Augenblick der Entscheidung!« sagte Jessica.
Patrick zog die Hand mit dem speckigen Lederbecher zurück und starrte auf die Würfel.
Lew Kinley stieß einen leisen Pfiff aus. »Nicht übel, aber Sie haben schon mal besser gewürfelt.«
»Halt das Maul!« fuhr Patrick ihn an. Er hatte zweimal die Sechs, einmal die Fünf und einmal die Eins gewürfelt.
»Achtzehn Augen!« stellte William Hutchinson fest. »Damit haben Sie das Spiel verloren, Captain.«
»Noch habe ich gar nichts verloren!« widersprach Patrick. »Wir haben ausgemacht, daß erst noch die Mannschaft befragt werden muß.«
Jessica nickte. »Richtig. Wir haben für diesen Fall eine einfache Mehrheit ausgemacht.«
Patrick Rourke erhob sich ruckartig und sah sie spöttisch an. »Meine Männer werden nicht im Traum daran denken, für Sie zu stimmen!« versicherte er.
»Sie stimmen weder für noch gegen mich, Captain. Meine Person steht bei der Entscheidung überhaupt nicht zur Diskussion. Sondern es geht allein darum, ob Ihre Mannschaft etwas dagegen hat, wenn irgendeine Frau Mitbesitzerin der COMET wird«, erinnerte sie ihn an den Wortlaut ihrer Abmachung.
William Hutchinson griff zum Schriftstück. »Ja, so steht es hier auch geschrieben. Ich muß Sie daher bitten, Captain, Ihre Frage auch so zu formulieren.«
Patrick zuckte die Achseln. »So oder so, das Ergebnis wird dasselbe sein.«
»Wir werden sehen«, sagte Jessica.
Sie gingen an Deck.
Lew Kinley rief die Männer mittschiffs zusammen. »Hört mal alle her, Männer. Unser Captain will euch was fragen – und erwartet 'ne ehrliche Antwort.«

Patrick blickte in die Runde, und die Enttäuschung, die ihn nach dem Würfelspiel erfüllt hatte, wich von ihm. Er konnte gar nicht verlieren. Die Männer, die er angeheuert hatte, waren harte Burschen und dachten so wie er. Sie würden schon wissen, welche Antwort er von ihnen erwartete.
»Worum geht's denn, Captain?« rief einer der Seeleute und kratzte sich mit der Klinge seines Messers im stoppeligen Bart. »Wollen Sie wissen, ob wir mit unserer Heuer zufrieden sind?«
Gelächter ging durch die Reihen der Männer.
»Ich frag' doch nicht einen Vielfraß, ob er noch mehr zu fressen haben will«, antwortete Patrick Rourke mit gutmütigem Spott und wurde dann ernst. »Nein, Männer. Es geht hier um etwas viel Wichtigeres.«
»Was kann schon wichtiger sein als die Heuer?« rief jemand.
»Rum und Frauen!« kam die Antwort von einem anderen Seemann. William Hutchinson verzog unangenehm berührt das Gesicht. »Es wird mir wohl auf ewig unbegreiflich sein, warum Sie es auf sich genommen haben, den Fuß an Deck eines Flußschiffes zu setzen, Mrs. Brading.«
»Weil ich versessen darauf bin, es zur Hälfte zu besitzen!« erwiderte Jessica leise.
Patrick brachte das Gelächter seiner Männer mit einer herrischen Handbewegung zum Verstummen. »Das reicht jetzt! Also, zur Sache. Ich will von euch wissen, was ihr davon haltet, wenn eine Frau Mitbesitzerin der COMET wäre. Wie ich selbst dazu...«
Der Anwalt griff augenblicklich ein und fiel ihm ins Wort. »Keine Beeinflussung, wenn ich bitten darf!« zischte er. »Sie haben allein die Frage zu stellen, Captain!«
Patrick verzog das Gesicht, hielt sich jedoch daran. »Also, die Frage lautet folgendermaßen: Wer hätte nichts dagegen, wenn die COMET zur Hälfte einer Frau gehören würde? Wen das nicht stören würde, der soll die Hand hochheben. Aber überlegt es euch gut, wofür ihr euch entscheidet!«

Die ersten Hände gingen hoch. Erst drei, dann fünf. Schließlich hatten neun der vierzehn Seeleute die Hand erhoben. Zu denen, die ihre Hand unten gelassen hatten, gehörte auch Lew Kinley.
Die Überraschung war für Patrick so groß, daß er sprachlos dastand und seinen Augen nicht zu trauen glaubte. Neun seiner Männer hatten für einen Weiberrock gestimmt! Er konnte es einfach nicht fassen. Damit hatte er verloren!
»Ich glaube, meine Leute haben nicht so recht begriffen, worum es ging«, murmelte er verwirrt.
»Ihre Befürchtung ist völlig grundlos!« beschied ihn der Anwalt trocken. »Die Frage war klar und eindeutig – wie auch die Antwort. Die Mehrheit hat sich positiv entschieden. Damit sind die beiden Bedingungen, die Sie für eine fünfzigprozentige Partnerschaft meiner Mandantin an Ihrem Schiff gestellt und schriftlich niedergelegt haben, erfüllt. Darf ich Sie nunmehr bitten, Ihre Unterschrift unter die Papiere zu setzen?«
Patrick seufzte nur und kehrte mit ihnen wortlos in seine Kajüte zurück, wo William Hutchinson ihm die schon vorbereiteten Papiere zur Unterschrift vorlegte.
Als das geschehen war, nahm der Anwalt die Dokumente an sich. »Meine Gegenwart ist jetzt wohl nicht mehr vonnöten. Ich erlaube mir, in der Kutsche auf Sie zu warten, Mrs. Brading«, sagte er, nickte Captain Rourke knapp zu und beeilte sich, aus der engen Kajüte zu kommen.
»Meinen Glückwunsch, Mrs. Brading«, knurrte Patrick, als sie allein waren. »Sie haben gewonnen und alles erreicht, was Sie erreichen wollten.«
»Wir haben beide gewonnen, Captain.«
»Verdammt noch mal, ich habe verloren. Nicht nur die Würfel haben mich im Stich gelassen, sondern auch meine Mannschaft hat mich enttäuscht. Das ist ein verteufelt harter Schlag, aber das werden Sie wohl kaum verstehen.«
»Vor einer halben Stunde hatten Sie dreihundertfünfzig Pfund Schulden und eine düstere Zukunft vor sich! Chambers hätte

Ihnen das Schiff eiskalt weggenommen. Das als einen harten Schlag zu bezeichnen, wird den Tatsachen doch wohl mehr gerecht als Ihre Enttäuschung über das Votum Ihrer Männer. Warum sollten sie auch was darum geben, wer einen Anteil an dem Schiff besitzt? Ob nun ein gewisser Chambers oder irgendeine Mrs. Brading, an ihrer Arbeit und ihrer Heuer ändert das doch nichts«, hielt Jessica ihm mit ruhiger Stimme vor. »Jetzt können Sie Ihre Schulden auf den Penny begleichen und haben noch zweihundertfünfzig Pfund übrig. Außerdem bleibt Ihnen die COMET – als Captain und als Mitbesitzer.«

Patrick sah sie nachdenklich an. »Sie besitzen das erstaunliche Talent, einem etwas schmackhaft zu machen, was man bis dahin verabscheut hat, Mrs. Brading.«

»Warum sagen Sie nicht Jessica zu mir, wo wir doch jetzt Partner sind?«

Patrick sah sie mit gefurchter Stirn an, als hätte sie einen Angriff auf seine Ehre unternommen, und ließ sich mit seiner Antwort Zeit. Schließlich sagte er: »Also gut ... Aber ich bestehe auf dem Captain, wenn einer von den Männern uns hören kann!«

Jessica verkniff sich ein belustigtes Lächeln. Er gefiel ihr immer mehr. »Das wird mir nicht schwerfallen, Captain Patrick. Und ich bin sicher, daß wir eine ausgezeichnete Partnerschaft haben werden.«

Er seufzte schwer. »Eine Frau, die mir in die Karten guckt! Das zu verdauen, wird mich noch einige Zeit kosten«, gestand er.

»Ich halte mich an mein Versprechen, Patrick. Sie haben völlig freie Hand, was die Schiffsführung betrifft.«

»Dann kommen wir doch gleich zu den Frachtraten, die Ihnen offenbar so sehr am Herzen liegen, daß Sie das Risiko eingegangen sind, um sechshundert Pfund mit mir zu würfeln«, schlug er vor.

»Wie stehen Sie zu Jonas Duckworth und seiner Preisabsprache?« wollte Jessica wissen. »Für eine ehrliche, unverblümte Antwort wäre ich Ihnen dankbar.«

»Etwas anderes werden Sie von mir auch nie zu hören bekommen, Jessica.«
»Um so besser. Also?«
Er zuckte die Achseln. »Daß ich mit der COMET in seinem Revier aufgetaucht bin, hat ihm von Anfang an nicht gepaßt – wie mir seine schwatzhafte und schmierige Art nicht gepaßt hat. Also, Freunde sind wir nie gewesen, sondern bestenfalls Kollegen, die sich mit einem Mindestmaß an Höflichkeit begegnen. Tja, und was die Preisabsprache betrifft, so fand ich sie unseriös, muß aber gestehen, daß ich mich nicht allzu sehr dagegen sträubte, zumal die Mehrheit der Flußschiffer sowieso auf seiner Seite stand. Ich brauchte dringend Geld, und da waren mir höhere Frachtraten nun nicht gerade unwillkommen.«
Seine Ehrlichkeit gefiel ihr. »Ich möchte, daß die COMET dieselben Frachtraten nimmt, die letztes Jahr gegolten haben.«
»Damit bin ich einverstanden«, sagte er sofort. »Habe sowieso meine Zweifel, daß Duckworth' Rechnung aufgeht.«
»Wie meinen Sie das?«
»Die Farmer sind zu Recht empört über den Preisanstieg und werden sich etwas einfallen lassen. Sie sind dafür der lebendige Beweis.«
»Nicht jeder hat das Glück und das Geld, um sich bei einem Flußschiffer einkaufen zu können.«
»Nein, aber es gibt sicherlich noch andere Methoden, um so ein Preismonopol zu bekämpfen. Kleinere Farmen werden vielleicht dazu übergehen, ihre Ernte über Land nach Parramatta oder Sydney zu schaffen. Manche werden möglicherweise ihr Glück auch mit großen Flößen versuchen. Kurz und gut, die Flußschiffer werden trotz der erhöhten Raten nicht mehr verdienen als im Jahr zuvor, davon bin ich überzeugt.«
Jessica stimmte ihm zu. »Dafür werden wir blendend verdienen, Patrick. Ich habe die Zusicherung von fünfzehn größtenteils benachbarten Farmern, Warenbestellungen und den Abtransport von Ernte und Schafwolle nur über die COMET abzuwickeln, wenn die Preise vom Vorjahr gewährleistet sind.«

Patrick schüttelte den Kopf und konnte sich eines anerkennenden Lächelns nicht erwehren. »Sie überlassen wirklich nichts dem Zufall, nicht wahr?«
Sie lächelte. »Äußerst ungern.« Dann kam ihr ein Gedanke, der das Lächeln von ihrem Gesicht vertrieb. »Wir werden Ärger mit Jonas Duckworth bekommen.«
»Das ganz sicherlich! Er wird einen Wutanfall bekommen, wenn er erfährt, daß ich mich nicht an die Preisabsprache halte. Aber damit werde ich schon klarkommen.«
»Nehmen Sie das nicht auf die leichte Schulter, Patrick. Es wird bei ihm viel mehr im Spiel sein als die Wut darüber, daß Sie an den alten Frachtraten festhalten!« warnte sie ihn eindringlich. »Daß ich an der COMET beteiligt bin, ist ja nicht geheimzuhalten und wird in ein paar Tagen allgemein bekannt sein. Und das wird er wie eine persönliche Beleidigung empfinden. Die Leute werden ihn verspotten, denn er hat ja schon damit geprahlt – wie ich erfahren habe –, daß er mich in die Knie gezwungen habe.«
Patrick lächelte grimmig. »Da haben Sie recht. Ihr Name ist öfters gefallen, wenn Flußschiffer mit Duckworth zusammensaßen. Ihr Name ist am Hawkesbury nicht ohne Gewicht. Ja, er wird jetzt in der Tat wie ein großmäuliger Tölpel dastehen, der den Mund zu voll genommen und eine empfindliche Schlappe einzustecken hat. Das wird seinem Ansehen schwer schaden. Und so manch einer wird sich klammheimlich freuen, daß Duckworth endlich einmal einen Dämpfer erhalten hat.«
»Und das auch noch ausgerechnet von einem Weiberrock, nicht wahr?« Jessicas Augen blitzten fröhlich.
»Ja, das macht die Sache für ihn natürlich noch um einiges peinlicher«, räumte er ein.
»Seien Sie also auf der Hut, Patrick! Jonas Duckworth traue ich jede Gemeinheit zu. Er könnte versucht sein, seine angeschlagene Stellung unter den Flußschiffern auf unsere Kosten wieder zu festigen. Er wird bestimmt vor nichts zurückschrecken, um uns, die lästige Konkurrenz, auszuschalten. Und bei der

Wahl seiner Mittel wird er bestimmt nicht zimperlich sein. Halten Sie also die Augen auf und überlegen Sie sich jetzt schon mal, wie wir den Spieß umdrehen und ihn erledigen können!«

»Sie wollen Jonas Duckworth... erledigen?« fragte er verblüfft.

»Geschäftlich, Patrick! Warum auch nicht? Vorausgesetzt natürlich, er entpuppt sich wirklich als der skrupellose Mann, für den ich ihn halte!« antwortete Jessica ohne Zögern. »In dem Fall werden wir nicht lange abwarten, sondern handeln, Patrick.«

»Wie handeln?«

»Das überlasse ich erst einmal Ihrer Fantasie. Aber daß einem Mann wie Jonas Duckworth nicht durch gutes Zureden beizukommen ist und Sie sich daher keine wortreichen Argumente zurechtzulegen brauchen, versteht sich ja wohl von selbst. Lassen Sie sich etwas einfallen, womit wir ihn finanziell ruinieren können!« forderte Jessica ihn hart auf. »Wenn es wirklich hart auf hart kommen sollte, will ich, daß wir härter zuschlagen können als er!«

Mit einer Mischung aus Erstaunen und Bewunderung sah er sie an. »Heilige Jungfrau Maria! Das aus Ihrem Mund zu hören, haut mich ja ganz schön um, auch wenn ich derselben Meinung bin. Nun, vermutlich muß ich mich wirklich erst noch daran gewöhnen, daß eine Frau genau die gleichen geschäftlichen und persönlichen Einschätzungen vornehmen und Konsequenzen ziehen kann wie ein ungeschliffener Flußschiffer.«

Jessica erhob sich. »Letzteres trifft sicherlich auf Jonas Duckworth, nicht jedoch auf Sie zu. Ich bin froh, Ihr Partner zu sein, Patrick – und hoffe, daß Sie eines Tages von mir dieselbe Meinung haben werden.«

Er lachte. »Der Teufel soll mich holen, aber Sie sind auf dem besten Weg, mich davon zu überzeugen, Jessica.«

»Oh, wissen Sie zufällig, wo sich Duckworth zur Zeit aufhält?« fragte sie, als sie schon im Niedergang stand.

»Er liegt in Parramatta vor Anker. Wollen Sie ihm die freudige Nachricht persönlich überbringen?« fragte er spöttisch.

Jessica erwiderte sein Lächeln. »Er wird es kaum zu schätzen wissen, aber ich möchte ihm doch die Ehre zuteil werden lassen, diese Neuigkeit aus meinem Mund zu erfahren.«

»Ha! Sein Gesicht möchte ich dabei sehen!«

»Ich werde mir alles genau einprägen und es Ihnen beschreiben, wenn Sie mit der COMET nach SEVEN HILLS kommen, Patrick.«

»Das wird in spätestens einer Woche der Fall sein.«

»Gut.« Sie wünschte ihm eine gute Reise und ging von Bord.

William Hutchinson erwartete ihre Rückkehr mit sichtlicher Ungeduld. »Eine reichlich gefährliche Art, an einem Schiff Besitzanteile zu erwerben«, sagte er tadelnd, als sie ihm gegenüber Platz nahm und die Kutsche sich in Bewegung setzte. »Ich wünschte, Sie hätten mich vorher ein wenig genauer in Ihre Pläne eingeweiht, Mrs. Brading.«

»Dann hätten Sie alles versucht, um mich davon abzubringen, Mr. Hutchinson.«

»In der Tat, das hätte ich! Als Ihr Anwalt wäre das meine Pflicht gewesen.«

»Diese sinnlose Anstrengung wollte ich Ihnen eben ersparen«, sagte Jessica, von seiner nachträglichen Besorgnis belustigt. Er fand daran überhaupt nichts Vergnügliches. Vorwurfsvoll sah er sie an. »Sie hätten dreihundertfünfzig Pfund verlieren können!«

»Das war nicht sehr wahrscheinlich«, erwiderte Jessica. »Die Chancen standen ausgezeichnet für mich. Dafür hatte ich schon gesorgt.«

»Na ja, es ist ja noch mal gutgegangen«, brummte er. »Nanu? Warum hält denn der Kutscher?«

»Weil ich es ihm so aufgetragen habe«, erklärte Jessica ruhig. »Ich bin hier mit jemandem verabredet, der sich seinen Lohn abholen möchte.«

»Lohn? Wem sind Sie einen Lohn schuldig?«

Jessica schmunzelte. »Warten Sie einen Augenblick, dann werden Sie es erfahren.«
Sie brauchte keine fünf Minuten zu warten, dann klopfte es schon gegen den Kutschenschlag. Jessica öffnete ihn – und Lew Kinley stieg zu ihnen. Er grinste breit. »Na, hat es nicht ausgezeichnet geklappt, Mrs. Brading?« fragte er fröhlich.
»Wie ich es mir nicht besser hätte wünschen können, Mr. Kinley«, bestätigte Jessica und reichte ihm einen kleinen Lederbeutel. »Das ist für Sie und Ihre Leute.«
»Besten Dank, Mrs. Brading.« Er wirkte auf einmal verlegen. »Nicht, daß Sie uns falsch verstehen. Patrick Rourke ist ein tadelloser Captain und bei uns allen sehr beliebt, wenn er in mancher Hinsicht auch so verstockt ist wie ein alter Esel. Aber er hat 'ne Menge Pech gehabt, und ein halbes Jahr ohne Heuer ... nun, das ist manch einem von uns doch ganz schön hart angekommen. Aber wenn wir nicht alle der Meinung wären, daß es für unseren Captain besser ist, Sie als Teilhaberin im Geschäft zu haben, als auf Mr. Chambers' Gnade angewiesen zu sein, dann hätten wir ihm das für kein Geld der Welt angetan!«
»Sie können ganz beruhigt sein, Mr. Kinley. Was Sie ihm ›angetan‹ haben, ist nur zu Ihrer aller Vorteil – und natürlich auch zu meinem, was ich nicht verschweigen will«, erwiderte Jessica.
Lew Kinley hörte diese Versicherung gern, erleichterte sie ihm doch sein schlechtes Gewissen. »Ich verschwinde jetzt besser. Nochmals besten Dank, Mrs. Brading. Sie hätten sich keinen besseren Captain und kein besseres Schiff aussuchen können.« Er stieß den Schlag auf und entfernte sich schnell von der Kutsche, die sofort wieder anrollte.
Der Anwalt hatte dem Wortwechsel der beiden verwundert zugehört. Jetzt stieß er hervor: »Donnerwetter! Sie haben die ganze Mannschaft bestochen!«
»So würde ich es nicht nennen, Mr. Hutchinson. Ich habe ihnen vielmehr die Einsicht erleichtert, daß es für alle Beteiligten so am besten ist.«

»Und wieviel war Ihnen die Einsicht der Mannschaft wert?« wollte er wissen.
»Lew Kinley hat zehn Pfund bekommen – und die anderen jeder eine Jahresheuer!«
»Jetzt wundert mich gar nichts mehr! Zehn Pfund! Soviel verdient dieser Kinley bestimmt nicht in zwei Jahren!«
Jessica zuckte die Achseln. »Mag sein, aber gelegentlich ist es ratsamer, sich großzügig zu zeigen, Mr. Hutchinson.«
»Meine Hochachtung! Das haben Sie geschickt eingefädelt.«
»Sie sehen also, daß ich schlimmstenfalls diese paar Pfund verloren hätte. Denn hätte Captain Rourke meine neun Augen unterboten, was äußerst unwahrscheinlich war, dann hätte die Mannschaft einstimmig gestimmt. Das war so ausgemacht.«
»Ich glaube, von Ihnen kann sogar ich noch so einiges lernen«, sagte der Anwalt, und sein Gesicht zeigte zum ersten Mal an diesem Tag den Anflug eines Lächelns.
»Ja, auch Weiberröcke sollte man nicht unterschätzen.«
»Wie bitte?«
»Oh, nur so eine Redensart.« Jessica lehnte sich zurück und hing ihren Gedanken nach. Sie lächelte dabei. Wie schön konnte das Leben doch sein!

28

Die Sonne hatte den Zenit erreicht und den Himmel in einen grellen, blendenden Spiegel verwandelt. Das Land schien bar jeglichen Schattens. Wie durchsichtige Wellen in einer unruhigen Dünung flirrte die Luft in der Mittagshitze.

Jessica spürte die versengende Kraft der Sonne kaum. In ihrer euphorischen Stimmung verlor die Strapaze, die ein Ritt von Sydney ins vierzehn Meilen entfernte Parramatta während der größten Hitze des Tages darstellte, jeglichen Schrecken. Was machte es schon, daß ihr bequemes Reitkostüm schon durchgeschwitzt war, kaum daß sie Sydney hinter sich gelassen hatte. Sie genoß diesen anstrengenden Ritt geradezu wie jemand, der aus körperlicher Anstrengung einen Genuß für die Seele zu gewinnen vermochte. Es vermittelte ihr das merkwürdige berauschende Gefühl, ihr Leben wieder fest in beiden Händen zu halten und eine Leistung zu vollbringen, auf die sie stolz sein konnte. Sie hatte in der Auseinandersetzung mit Captain Patrick Rourke bewiesen, daß sie in der Lage war, mit Weitblick, taktischem Geschick und raschem Urteilsvermögen das zu erreichen, was sie sich vorgenommen hatte. Und so wie sie sich auf ihre geistigen Gaben verlassen konnte, konnte sie sich auch auf ihren Körper verlassen – und ihm Leistungen abverlangen, die andere noch nicht einmal in Erwägung ziehen würden.

Jessica lachte unwillkürlich, während sie mit einer Hand ihren verrutschten breitkrempigen Hut zurechtrückte, dessen veilchenblaue Bänder unter ihrem Kinn verknotet waren. Sie hatte geschafft, was sogar ein Mann wie Ian McIntosh nicht für möglich gehalten hatte. Sie war jetzt gleichberechtigte Partnerin von Captain Rourke – und zur Hälfte an der Comet beteiligt.

Das war der Beginn eines neuen, erregenden Lebensabschnittes, dessen war sie sich gewiß. Und es tat dabei nichts zur Sache, ob die Unternehmung mit der COMET zu einem geschäftlichen Erfolg führen würde, woran sie jedoch nicht die geringsten Zweifel hegte. Nein, es war die Tatsache als solche, die ihr das aufregende Gefühl gab, eine bisher nicht gekannte Grenze überschritten und eine völlig neue, faszinierende Welt betreten zu haben.
Zum ersten Mal hatte sie eine Entscheidung von großer Tragweite getroffen und ihre Ausführung zudem auch noch selbst übernommen, statt sie wie früher ihrem Mann oder ihrem Verwalter überlassen zu haben. Und statt zu scheitern, wie man ihr prophezeit hatte, war ihr ein hundertprozentiger Erfolg ohne jede Abstriche gelungen. Sie hatte damit von der süßen, berauschenden Frucht geschäftlicher Siege gekostet und einen Vorgeschmack von der Macht des Geldes bekommen. Und sie hätte lügen müssen, hätte sie behaupten wollen, dem gegenüber völlig unempfindlich zu sein. Ganz im Gegenteil. Dieser geschäftliche Triumph war für ihr Selbstbewußtsein wie der erste große Regen nach einer langen Zeit der Dürre. Ihr eröffneten sich plötzlich völlig neue Perspektiven und Möglichkeiten, die ihr vorher nie in den Sinn gekommen wären. Sie hatte in sich ein Talent entdeckt, von dessen schlummernder Existenz sie nicht einmal eine Ahnung gehabt hatte.
Jessica wußte, daß sie zufällig auf etwas gestoßen war, was sie in Zukunft nicht mehr missen wollte – nämlich dieses Gefühl, wichtige Entscheidungen zu treffen und sich mit anderen Geschäftspartnern zu messen. Diese prickelnde Erregung während der Planung und Ausführung und diese fast wonnetrunkene Befriedigung, die einem erfolgreichen Abschluß folgte.
Diese und andere Gedanken beschäftigten sie und verdrängten die Anstrengungen des Rittes, während sie Adrian über die staubtrockene Straße nach Parramatta trieb. Sie nahm ihn hart ran, forderte ihm jedoch nicht das letzte ab. Dafür liebte sie den Wallach viel zu sehr – einmal ganz abgesehen davon, daß ein

Pferd einen zu hohen Wert darstellte, als daß man auch nur das Wagnis eingehen würde, es zuschanden zu reiten.

Die Sonne sank schon nach Westen, als Jessica Parramatta erreichte. Sie umritt die Siedlung, denn ihr Ziel war das bescheidene Anwesen von Joshua Chowning und seiner Tochter Ruth, wo sie herzliche Aufnahme und Unterkunft für die Nacht finden würde.

Das flache, winkelförmige Gebäude des alten, verwitweten Faßbinders, der ein langjähriger Freund ihres Mannes gewesen war, lag ein wenig außerhalb und stand ganz für sich allein neben einem kahlen Baum, der seine laublosen Äste in den Nachmittagshimmel streckte. Ein Blitz hatte diesen Eukalyptusbaum vor vielen Jahren getroffen, den Stamm halb verkohlt und im oberen Drittel gespalten. Seitdem trug der Baum kein einziges Blatt mehr.

Jessica ließ Adrian in den Schritt fallen, als das Haus in Sicht kam. Es bestand aus miteinander verflochtenen Zweigen und armdicken Ästen, die mit einer dicken Schicht Lehm bedeckt waren. Zahllose Risse zogen sich durch die Wände, die längst hätten ausgebessert werden müssen. Doch der alte Joshua sah mit seinen Fingerspitzen mehr als mit seinen Augen, die von Jahr zu Jahr milchiger wurden. Und auf das, was seine zwanzigjährige Tochter sagte, gab er soviel wie ein verstockter Esel auf die Worte seines Treibers.

Als Jessica durch die Umzäunung des Hofes ritt, kam eine schmächtige Gestalt in einem ärmlichen, verschlissenen Kleid aus dem Haus geeilt. Es war Ruth. Sie sah viel jünger als zwanzig aus, was vielleicht auch an ihrer scheuen Art lag. »Mrs. Brading!« rief sie freudestrahlend, und ihr offenes Gesicht, das keinen Mann zu einem zweiten Blick veranlaßte, zeigte ein so herzliches Lächeln, daß es Jessica direkt schmerzte. Wußte sie doch, welch schweres Los Ruth bei ihrem Vater zu erdulden hatte.

»Hallo, Ruth! Gut siehst du aus!« Das war noch nicht einmal gelogen. Sie hatte Joshuas Tochter das letzte Mal vor einem

Jahr gesehen, und da hatte ihr Gesicht eine erschreckend graue, kranke Tönung gehabt – wie kalte Asche. Dagegen machte sie jetzt einen geradezu frischen, gesunden Eindruck, auch wenn sie eine von Natur aus eher farblose Erscheinung war.
Ruth errötete vor Freude über das Kompliment und schlug den Blick zu Boden. Sie war es nicht gewohnt, daß sie jemand lobte. »Oh, danke, Mrs. Brading... Ich bin ja so froh, Sie einmal wiederzusehen.«
»Ruth?« gellte eine schrille, krächzende Stimme aus der Werkstatt. »Willst du mir nicht endlich sagen, wer da gekommen ist, du Nichtsnutz? Zum Teufel noch mal, muß ich auf meine alten Tage alles alleine machen?«
Ruth blickte verlegen drein. Dann drehte sie sich schnell um und rief: »Es ist Mrs. Brading!«
Im nächsten Augenblick trat ein kleiner, verhärmter Mann mit unsicheren Schritten aus dem Schatten der Werkstatt in das Sonnenlicht. Bis auf ein paar gelblichgraue Haarsträhnen an den Seiten war er glatzköpfig. So schmal und knöchrig wie seine Beine, die aus halblangen Segeltuchhosen herausragten, war auch sein Gesicht, das von Narben und tiefen Furchen gezeichnet war.
Jessica schwang sich aus dem Sattel und ging zu ihm. Joshua war vor Freude ganz außer sich, was sich darin niederschlug, daß er seine Tochter mehr als sonst herumkommandierte und von ihr erwartete, daß sie sich um Adrian kümmerte, etwas zu Essen und Trinken auf den Tisch brachte, den Bottich in der Waschkammer mit frischem Wasser aus dem Brunnen füllte und die Kammer für ihre Übernachtung richtete – und all das am liebsten zur selben Zeit.
»Erst möchte ich mich waschen und ein frisches Kleid anziehen«, bat Jessica, als Joshua sie in den Wohnraum mit der offenen Kochstelle führen und zu einem Begrüßungsschluck überreden wollte. »Ich habe noch einige wichtige Angelegenheiten in Parramatta zu erledigen, Joshua. Sowie ich mich frisch gemacht habe, muß ich schon wieder losreiten. Aber ich bleibe die

Nacht bei euch, so daß wir am Abend Zeit genug zum Reden haben.«

»Hast du das gehört, Ruth? Unser Gast ist in Eile. Beeil dich also gefälligst, den Bottich aufzufüllen, statt hier herumzustehen und sie anzugaffen. Oder willst du Mrs. Brading die kostbare Zeit stehlen?« schimpfte Joshua Chowning und fuchtelte mit den hageren, aber immer noch kräftigen Händen durch die Luft.

Wortlos nahm Ruth den Eimer, der neben der Tür an einem Haken hing, und eilte zum Brunnen hinaus.

Jessica wollte für sie ein gutes Wort einlegen, unterließ es dann aber. Sie wußte aus Erfahrung, daß es keinen Sinn hatte, ihn um etwas Mäßigung und Verständnis zu bitten.

Joshua war ein guter Freund, wie er auch ein guter Faßbinder war. Doch was seine Tochter anging, war er unbelehrbar. Er behandelte sie kaum besser als George Randell seine Zwangsarbeiter.

Joshua hatte seine Frau im Kindbett verloren, was er seinem Kind vielleicht noch verziehen hätte, wenn es ein Sohn gewesen wäre. Doch er hatte eine Tochter in die Welt gesetzt, die, so wie er es sah, seiner Frau den Tod gebracht hatte. Er empfand Ruth als Strafe Gottes, denn eine Tochter war zu kaum etwas nutze und konnte seine Faßbinderei nicht fortführen. Das ließ er sie täglich spüren. Eine andere Tochter als Ruth wäre schon längst von zu Hause weggelaufen und in die Ehe mit dem nächstbesten Mann geflüchtet. Auch Ruth hätte schon längst verheiratet sein können, denn trotz ihrer schlichten Erscheinung war sie doch immerhin eine junge Frau, und junge Frauen gleich welchen Aussehens waren rar in der Kolonie. Aber sie blieb bei ihrem Vater, trotz der unablässigen Demütigungen, als würde sie insgeheim daran glauben, daß sie am Tod ihrer Mutter schuldig und es daher ihre Pflicht war, die barsche, lieblose Behandlung ihres Vaters zu ertragen.

Jessica holte ihre Reisetasche und begab sich in die Faßbinderei. Der schwere Holzzuber stand, wie schon seit Jahr und Tag, hinter einer Wand aus geflochtenen Zweigen in einer Ecke der Werkstatt. Jessica entledigte sich schnell ihrer verschwitzten und eingestaubten Kleider und stellte sich splitternackt in den Waschtrog. Dann goß sie sich das kalte Wasser mit einem kleinen Schöpfeimer über den Kopf.

Beim ersten Guß entfuhr ihr ein kurzer, atemloser Schrei, als das frische Brunnenwasser über ihren erhitzten Körper rann. Dann aber gewöhnte sie sich an die herrliche Kühle, die über ihre Brüste perlte und ihre Warzen ganz hart werden ließ. Sie seifte sich mit der Seife ein, die Ruth auf einen Schemel neben dem Bottich gelegt hatte, und genoß das erfrischende Bad. Ihre vom anstrengenden Ritt angespannten Muskeln begannen sich zu lösen, und mit genüßlichen Seufzern reckte sie sich jedem kalten Wasserstrahl entgegen.

Als sie so nackt im Waschtrog stand und ihre Hände den Seifenschaum über Brüste, Bauch und Oberschenkel verteilten, glitten ihre Gedanken plötzlich zu Mitchell. Unwillkürlich stellte sie sich vor, es wären seine Hände, die forschend über ihren Körper glitten, ihren straffen Bauch liebkosten und sie zärtlich zwischen den Beinen berührten. Eine Hitze, die anders war als die der sengenden Sonne, brach in ihr aus und schien sie von Kopf bis Fuß in ein verzehrendes Feuer zu hüllen.

Sie schloß die Augen und versuchte sich seiner Stimme, seiner Berührungen, seiner glühenden Küsse zu erinnern. Fast gelang ihr diese Selbsttäuschung. Doch dann entglitt die Seife ihrer Hand und klatschte in den Bottich.

Sie fuhr auf und blickte sich verwirrt und beschämt zugleich um. Doch es war still in der Faßbinderei. Niemand hatte von ihrer merkwürdigen Träumerei etwas bemerkt.

»Was ist bloß in mich gefahren?« murmelte sie leise vor sich hin und beeilte sich nun, die Seife von ihrem Körper zu spülen. Was hatte es zu bedeuten, daß sie sich in letzter Zeit so oft an Mitchell erinnerte – und an seine Zärtlichkeiten, die ihr damals in der Höhle am Strand ein bis dahin noch nie gekanntes Gefühl der Erfüllung und Ekstase geschenkt hatten. Es war ein

wilder, berauschender Taumel gewesen, eine atemberaubende Explosion angestauter Lust, die sie auch in Steves Armen niemals erlebt hatte, so erfüllt ihre Ehe sonst auch gewesen war. Wie lange war es schon her, daß sie die Kraft und die harte Schwellung eines Mannes in sich gespürt hatte? Daß sie ihre Arme um einen muskulösen Oberkörper geschlungen und sich unter feurigen Stößen aufgebäumt und unartikulierte Laute in die Dunkelheit gestammelt hatte? Daß feuchte, heiße Lippen sich auf die Brüste gepreßt und sie zum Erschauern gebracht hatten? Wie lange war es schon her, daß sie unter sanften Liebkosungen in einen tiefen, seligen Schlaf gefallen war? Jessica schämte sich plötzlich ihrer Gedanken, so daß ihr das Blut ins Gesicht schoß. Schnell stieg sie aus dem Bottich, trocknete sich ab und schlüpfte in frische Unterwäsche und in ein nicht zu eng geschnittenes Kleid aus kühler, perlgrauer Baumwolle. Es sah hübsch aus und besaß sogar einen Hauch von Eleganz.
Als sie aus dem Dämmerlicht der Faßbinderei in die noch immer blendende Helle des Nachmittags trat, verloren ihre verwirrend sinnlichen Gedanken ihr brennendes Feuer und zogen sich ins Unterbewußtsein zurück wie Geschöpfe der Nacht, die vor dem unbarmherzigen, entlarvenden Gesicht des Tages in dunkle Erdspalten flüchten.
Ruth hatte indessen hart gearbeitet. Sie hatte nicht nur Jessicas erschöpften Adrian in den kühlen Stall geführt, ihn gut abgerieben und mit allem Nötigen versorgt, sondern auch noch den Grauschimmel, den Steve dem alten Joshua vor gut zwei Jahren geschenkt hatte, vor den offenen Einspänner gespannt.
»Das wäre aber wirklich nicht nötig gewesen, Ruth«, sagte sie, als sie in den kläglichen Schatten des abgestorbenen Eukalyptusbaumes trat, wo Ruth mit dem Einspänner auf sie wartete. »Adrian hätte den Ritt in den Ort auch noch gut vertragen.«
»Gloria wird ein bißchen Bewegung ganz guttun«, versicherte Ruth nur und lächelte sie an, als wollte sie entschuldigend sagen: *Neben dem Füllen des Bottichs und dem Richten der Kammer ist das alles, was ich für Sie tun kann.*

Jessica schwang sich auf das Sitzbrett und griff zu den Zügeln. »Du solltest nicht länger bei deinem Vater bleiben«, sagte sie ganz spontan. Und obwohl sie nur wenige Jahre älter war als sie, hatte sie das Gefühl, als könnte sie ihre Mutter sein.
»Er braucht mich.«
»Unsinn! Er könnte jemand für die Hausarbeit einstellen.«
»Das würde er mir nie verzeihen.« Sie sagte es ruhig, ohne Anklage. Es war nichts weiter als die Feststellung einer Tatsache, mit der sie sich längst abgefunden hatte.
»Mir scheint, er hat dir nicht einmal einen Atemzug seit deiner Geburt verziehen!« erwiderte Jessica ungehalten. »Du weißt, wie ich deinen Vater mag...«
»Das wissen wir beide, Mrs. Brading. Sie und Ihr Mann, der Herr möge seiner gnädigen Seele ewigen Frieden geben, haben meinem Vater mehr geholfen, als irgend jemand sonst in seinem Leben.«
Jessica machte eine unwillige Geste, weil die Dankbarkeit dieser anspruchslosen jungen Frau sie verlegen machte. Gut, seit vielen Jahren hielt SEVEN HILLS den Faßbinder in Brot und Arbeit. Aber das war kein Samariterdienst. Joshua Chowning verstand sich auf sein Handwerk. Sein schwindendes Augenlicht hinderte ihn nicht daran, mit jedem Faß und jedem Eimer oder Bottich bestes handwerkliches Können zu demonstrieren. Jeden Shilling, den SEVEN HILLS ihm zahlte, hatte er verdient. Daß gelegentlich mehr bei ihm in Auftrag gegeben wurde, als in Wirklichkeit gebraucht wurde, änderte daran nicht viel.
»Es geht hier nicht um mich oder deinen Vater, Ruth, sondern um dich... und um deine Zukunft. Du bist längst in einem Alter, wo du einen Mann haben und eine eigene Familie gründen solltest!«
Ruth senkte den Blick, während ihre Wangen sich röteten. »Ja, das wünschte ich mir auch so sehr«, flüsterte sie und fügte dann schnell hinzu, als hätte sie sich bei etwas Unrechtem ertappt: »Aber ich werde hier mehr gebraucht, Mrs. Brading. Mein Vater ist fast blind, und es ist meine Pflicht, bei ihm zu bleiben.«

»Du hast in den letzten Jahren mehr getan und ertragen, als deine Pflicht gewesen wäre, Ruth. Pflichten haben auch ihre Kehrseite, und die heißt Anerkennung und Freiheit. Du mußt jetzt auch einmal an dich denken dürfen.«
»Er wird es nicht zulassen.«
»Das werden wir ja sehen!« erwiderte Jessica entschlossen. »Ich werde mit deinem Vater reden und verspreche dir, daß du keine Angst zu haben brauchst. Ich werde dafür sorgen, daß er zur Einsicht kommt und deinem Glück nicht länger im Wege steht.«
Ruth lächelte zaghaft, biß sich auf die Unterlippe und druckste herum. »Glauben Sie, ein... Mann könnte mich zur Frau nehmen wollen?« brachte sie schließlich hervor. »So... so wie ich aussehe?«
Jessica empfand einen schmerzhaften Stich, als Ruth sie traurig und hoffnungsvoll zugleich anblickte. Einen Moment zögerte sie mit ihrer Antwort und musterte Ruth eingehend. Dann schenkte sie ihr ein aufmunterndes Lächeln. »Ich gehe jede Wette ein, Ruth, daß du dir deinen künftigen Mann sogar unter mehreren Bewerbern wirst aussuchen können.«
»Meinen Sie das ehrlich?«
Jessica nickte ernst. »Ja, das ist meine Überzeugung, Ruth. Du wirst nur lernen müssen, dich vorteilhafter zu kleiden, dein Haar anders zu tragen... und dich auch als Frau zu fühlen. Ich werde das in die Hand nehmen. So, und nun muß ich mich sputen!« Sie fühlte sich beschwingt, nachdem sie sich entschlossen hatte, sich um dieses arme Geschöpf zu kümmern. Jetzt war sie bereit, dem fetten Jonas Duckworth entgegenzutreten und sich an seiner ohnmächtigen Wut zu weiden. Das war vielleicht kein schöner Charakterzug an ihr, aber auf diese Genugtuung wollte sie nicht verzichten.
Jessica war schon so in ihren Gedanken bei dem Flußschiffer, als sie den Grauschimmel antraben ließ, daß sie gar nicht bemerkte, wie Ruth ihr mit Tränen in den Augen nachblickte.

29

Ohne Hast lenkte Jessica den Einspänner nach Parramatta hinein. Sie umrundete den Hügel, auf dessen Kuppe sich die wirklich ansehnliche Sommerresidenz des Gouverneurs erhob, warf einen prüfenden Blick auf die Weinberge und folgte der breiten Straße, die geradewegs durch das Zentrum der Siedlung schnitt und dann in einem weit geschwungenen Bogen hinunter an den Fluß zur Anlegestelle führte.

Dort herrschte ein weit weniger geschäftiges Treiben als in Sydney, doch von einer schläfrigen Ruhe konnte auch nicht die Rede sein. Sie entdeckte vier Boote am Ufer, darunter auch die ENTERPRISE. Die Schaluppe lag zwischen einer Pinasse und einem morschen Kahn, der nicht so aussah, als könnte er sich noch allzu lange über Wasser halten.

Jessica zügelte das Pferd und beobachtete das Treiben auf den Booten und am Ufer. Sie hatte keine Schwierigkeit, die heisere Stimme von Jonas Duckworth aus dem allgemeinen Lärm und Stimmengewirr herauszuhören. Seine Kommandos und Flüche schallten weithin.

Der fette Flußschiffer stand breitbeinig an Deck und beaufsichtigte das Beladen der ENTERPRISE. Seinem Gebrüll war unschwer zu entnehmen, daß ihm das viel zu langsam ging und er seinen Männern vorwarf, zu trödeln und sich auf seine Kosten einen geruhsamen Tag zu machen.

Jessica lächelte bei dem Gedanken, wie Duckworth vor Wut platzen würde, wenn er gleich die Neuigkeit erfuhr. Und obwohl sie sonst nicht schadenfroh war, ihm gönnte sie die Blamage von ganzem Herzen. Sie schnalzte leicht mit der Zunge, und der Grauschimmel legte sich wieder ins Geschirr.

Jonas Duckworth bemerkte den Einspänner, beschattete die Augen mit der flachen Hand und erkannte, wer da die Zügel in der Hand hielt. Ein breites, zufriedenes Grinsen trat auf sein Gesicht. »Wußte doch, daß sie zu Kreuze kriechen würde«, brummte er selbstgefällig und befahl einem seiner Männer, das Beladen zu beaufsichtigen. Dann polterten seine Stiefel über die breite Planke, die von Bord ans schlammige Ufer führte.
Jessica brachte den Einspänner einige Wagenlängen vor der Anlegestelle zum Stehen. Sie wollte nicht den Männern im Weg sein, die zwischen den aufgetürmten Säcken, Kisten und Bergen von Ziegelsteinen hin und her eilten. Außerdem brauchte niemand Zeuge ihres Gespräches zu werden.
Mit dem schwankenden, breitbeinigen Gang des Seemannes kam Jonas Duckworth zu ihr. »Welch ein Vergnügen, Sie hier in Parramatta zu sehen, Mrs. Brading!« begrüßte er sie mit übertriebener Herzlichkeit. »Ich freue mich ja, daß Sie sich die Mühe gemacht haben, mich aufzusuchen. Aber das wäre doch wirklich nicht nötig gewesen. In ein paar Tagen wäre ich nach SEVEN HILLS gekommen.«
»Ich hielt es für besser, Sie nicht länger im Ungewissen zu lassen, Mr. Duckworth«, antwortete sie und erwiderte sein Lächeln.
Er machte eine großspurige Geste. »Aber Mrs. Brading! Ich hab' doch immer gewußt, daß Sie eine einsichtige Frau sind und wir uns verstehen. Nicht eine Minute habe ich daran gezweifelt, daß wir unsere hervorragende geschäftliche Beziehung auch in Zukunft zum Wohle aller Beteiligten fortsetzen würden.«
»So?« fragte Jessica mit hochgezogenen Augenbrauen. »Waren Sie sich Ihrer Sache also so sicher?«
Er grinste breit. »Nehmen Sie mir das Eigenlob nicht übel, Mrs. Brading, aber so wie Sie sich auf das Farmen verstehen und auf SEVEN HILLS alles im Griff haben, so habe ich das Geschäft auf dem Hawkesbury im Griff. Der Fluß ist seit Jahren meine ureigenste Domäne.«

»Ja, daß Sie den Handel auf dem Fluß ganz für sich allein beanspruchen, ohne dafür einen stichhaltigen Grund außer Gier und reiner Mißgunst ins Feld führen zu können, ist mir auch schon zu Ohren gekommen.«

Jonas Duckworth sah sie kurz irritiert an und entschied sich dann, ihre sarkastische Bemerkung wie einen rauhen Scherz mit dröhnendem Gelächter zu quittieren. »Nicht schlecht gesagt, Mrs. Brading. Sie haben eine reichlich scharfe Zunge.«

»Nicht nur das, Mr. Duckworth«, sagte sie ernst. »Ich habe auch Verstand im Kopf, auch wenn Sie offenbar der Meinung sind, ich hätte da oben nur Stroh drin.«

Verdutzt blickte er sie an.

»Ich habe mir Ihr Angebot reiflich überlegt«, fuhr sie fort, »und bin zu der Einsicht gekommen, daß ich es mir nicht leisten kann, meine Ernte für einen Shilling und Sixpence pro Buschel mit Ihrer Schaluppe abtransportieren zu lassen.«

Jonas Duckworth' Verblüffung wuchs. »Ja, aber...« Ärger stieg in ihm auf. »Verdammt noch mal, was soll der Unsinn? Und ob Sie sich das leisten können! Oder glauben Sie vielleicht, mir mit Ihrem Gejammer noch ein, zwei Pence abhandeln zu können? Da muß ich Sie aber enttäuschen! Meine Frachtraten stehen fest – und ich mache für niemanden eine Ausnahme.«

Jessica nickte scheinbar verständnisvoll. »Ja, davon bin ich auch ausgegangen. Wenn man jemanden erpressen will, muß man auch konsequent sein, nicht wahr?«

Seine Augen verengten sich. »Hören Sie, Mrs. Brading! Ich bin ein von Natur aus gutmütiger Mensch, der nicht jedes Wort auf die Goldwaage legt, aber ich lasse mich nicht beleidigen!« zischte er.

»Es liegt nicht in meiner Absicht, Sie zu beleidigen.«

»Dann erwarte ich von Ihnen, daß Sie...«

Sie fuhr ihm mit schneidender, eisiger Stimme ins Wort. »Wenn man jemanden beleidigen will, setzt das meiner Meinung nach nämlich einen Rest von Anstand und Würde bei dem zu Beleidigenden voraus. Und davon kann bei Ihnen ja

wohl keine Rede mehr sein. Sie sind ein skrupelloser, schmieriger Halsabschneider ohne einen Funken Ehre im Leib!« schleuderte sie ihm ins Gesicht.
Jonas Duckworth wich wie unter einem heftigen Schlag einen Schritt zurück. Fassungslos öffnete er den Mund, suchte nach einer passenden Erwiderung: »Das nehmen Sie sofort zurück!« krächzte er. »Sie nehmen das zurück, oder ich sorge dafür, daß Sie auf Ihrer Ernte sitzenbleiben und nicht einen Flußschiffer finden werden, der bereit ist, von Ihnen Fracht anzunehmen – auch nicht für zwei Shilling das Buschel!«
Jessica begegnete seiner Drohung mit einem gelassenen Lächeln. »Plustern Sie sich nicht so auf, Duckworth. Sie leiden ja jetzt schon an Verfettung, und ich möchte wirklich nicht dafür verantwortlich sein, wenn Sie hier der Schlag trifft.«
Er lief rot an. »Was fällt Ihnen ein?« keuchte er. »Jetzt haben Sie den Bogen überspannt! Ich bin fertig mit Ihnen! Von jetzt an wird kein Boot mehr bei Ihnen anlegen! Das werde ich erreichen, verlassen Sie sich darauf!«
Jessica zuckte nur die Achsel. »Soll mir recht sein. Mein eigenes Boot reicht mir völlig.«
Er fuhr zusammen und riß den Mund ungläubig auf. »Was... was reden Sie da von einem eigenen Boot?« stieß er hektisch hervor. »Wenn Sie glauben, mich zum Narren halten zu können, dann irren Sie sich. Sie haben nie und nimmer ein eigenes Boot!« Der letzte Satz klang mehr wie eine Beschwörungsformel, denn wie die Feststellung einer Tatsache.
Jessica lächelte zu ihm hinab. »Als ich vorhin sagte, daß ich mir Ihre Frachtraten nicht leisten könne, meinte ich damit mehr den Umstand, daß man einer Erpressung von vornherein mit aller zur Verfügung stehenden Härte begegnen müsse. Aus diesem Grund habe ich es für ratsamer gehalten, mich an einem Boot zu beteiligen, um künftig unabhängig von erpresserischen Flußschiffern zu sein.«
Jonas Duckworth erbleichte, als er begriff, daß sie die Wahrheit sagte. »Wer... wer ist es?« stieß er hervor.

»Ich glaube nicht, daß ich ausgerechnet Ihnen Rede und Antwort stehen muß!« beschied sie ihn kühl.
Wut verunstaltete sein aufgedunsenes, schwammiges Gesicht. Die Augen verschwanden fast völlig hinter dicken Fettwülsten.
»So, Sie wagen es, gegen mich Front zu machen!« Seine Stimme zitterte vor grenzenloser Wut. »Sie fordern mich heraus, ja?«
»Das haben Sie sich selbst zuzuschreiben. Sie konnten den Rachen einfach nicht voll genug kriegen und haben fälschlicherweise geglaubt, uns Farmer ungestraft die Daumenschrauben anlegen zu können«, erwiderte Jessica ganz ruhig.
»Es gibt eine Preisabsprache! Alle Flußschiffer haben sich auf die neuen Frachtraten geeinigt! Sie werden das respektieren müssen!« fauchte Duckworth, doch in seinem flackernden Blick lag Verstörung.
»Oh, nein, das werden wir ganz sicherlich nicht. Der Teufel soll Ihre Preisabsprache holen!« erwiderte sie heftig. »Das war ein großer Fehler. Sie mögen zwar gerissen sein, doch mit geschäftlichem Weitblick sind Sie nicht begnadet. Und noch ein Irrtum ist Ihnen unterlaufen: Der Hawkesbury ist ganz und gar nicht Ihre ureigenste Domäne! Der Fluß steht jedem guten Schiffer offen. Und Ihre grandiose Idee von der Preisabsprache wird sich schon sehr bald als Bumerang herausstellen. Es wird nicht lange dauern, dann werden auch andere zu vernünftigen Preisen zurückkehren.«
»Die Pest über Sie!« verfluchte Duckworth sie mit verzerrtem Gesicht und geballten Fäusten. Am liebsten hätte er sie vom Sitz gezerrt und sie geschlagen. Nur mit Mühe beherrschte er seinen wilden Drang, gewalttätig zu werden.
Die Verwünschung prallte wirkungslos an Jessica ab. Sie lachte ihm ins Gesicht. »Machen Sie sich nicht lächerlich, Duckworth. Flüche verändern keine Tatsachen. Gewöhnen Sie sich besser an den Gedanken, Konkurrenz auf ›Ihrem‹ Fluß zu bekommen.«
»Wer immer der Mistkerl ist, der Ihr Geld genommen und Sie

zu seiner Teilhaberin gemacht hat, er wird sich nicht lange des Lebens freuen!« stieß Jonas Duckworth wutbebend hervor.
Sie hob eine Augenbraue. »Das klingt, als wollten Sie mir und meinem Geschäftspartner drohen, Duckworth? Habe ich das richtig verstanden?« fragte sie mit aufreizender Ruhe.
»Ja, das haben Sie!« Er spuckte aus und schüttelte die Faust. »Sie werden das noch bitter bereuen, das schwöre ich Ihnen. Von einer Frau wie Ihnen, einer... besseren Hure lasse ich mich doch nicht zum Narren machen! Bevor Sie mir das Geschäft verderben, werde ich Sie zerquetschen wie einen lästigen Floh!«
»Ich wußte doch, daß Sie mich nicht enttäuschen und Ihrer niederen Gesinnung treu bleiben würden«, antwortete Jessica. Seine Beleidigung berührte sie überhaupt nicht. »Doch ich warne Sie, Duckworth! Sollten Sie versuchen, mir und meinem Partner Stöcke zwischen die Beine zu werfen oder gar darauf zu verfallen, gegen uns mit verbrecherischen Mitteln vorzugehen, werden wir nicht tatenlos zusehen. Dann werden Sie mich kennenlernen!« Ihre Augen versprühten ein kaltes Feuer.
Er lachte verächtlich. »Wollen Sie mir Angst einjagen? Sehen Sie, wie ich schon vor Ihnen zittere? Ha! Daß ich nicht lache. Sie sind nichts weiter als eine überspannte, größenwahnsinnige Person, die sich aufspielen will und besser bei ihren Kochtöpfen geblieben wäre. Vielleicht verstehen Sie was vom Kinderkriegen, aber wenn Sie sich mit mir anlegen wollen, dann brauchen Sie schon mehr als ein hübsches Hurengesicht!«
»Ich bin sicher, daß Sie auf einen reichhaltigen Erfahrungsschatz mit Huren zurückgreifen können«, erwiderte Jessica schlagfertig, ohne jedoch die Gelassenheit in der Stimme und das feine Lächeln zu verlieren. »Bei Ihrem Charakter und Ihrem Äußeren verwundert es mich nicht, daß Sie auf die Gesellschaft von Freudenmädchen angewiesen sind. Wer würde sich auch sonst mit Ihnen einlassen wollen.«
Ohne eine Antwort abzuwarten, trieb sie den Grauschimmel

an. Fluchend und mit hochrotem Gesicht sprang Jonas Duckworth zurück.
Jessica hörte nicht auf das, was der fette Flußschiffer ihr in seiner maßlosen Wut nachschrie. Sie war froh, daß sie es hinter sich gebracht hatte. Zu ihrer eigenen Verwunderung empfand sie nicht so sehr Genugtuung, ihm diesen Schlag versetzt zu haben, als vielmehr Erleichterung. Sie hatte getan, was sie hatte tun müssen. Und daß sie sich am Schluß zu dieser verletzenden Äußerung hatte hinreißen lassen, bedauerte sie zwar im nachhinein aus persönlichen Gründen, war ihm gegenüber jedoch angebracht gewesen.
Captain Patrick wird Augen und Ohren offen halten müssen, sehr offen sogar! dachte sie und beschloß, ihm noch vor ihrer Rückkehr nach SEVEN HILLS eine schriftliche Warnung zukommen zu lassen. Er war zwar zweifelsohne weitschauend genug, um mit Schwierigkeiten zu rechnen, es konnte aber dennoch nicht schaden, ihm von Duckworth' Drohung zu berichten und noch einmal mit Nachdruck darauf zu verweisen, daß dieser Mann sicherlich nicht die offene Auseinandersetzung suchen, sondern sich auf hinterhältige Art und Weise zu rächen versuchen würde.
Aber mit Jonas Duckworth werden wir schon fertig! dachte Jessica zuversichtlich, während sie das Gespann durch Parramatta lenkte.
Plötzlich wurde sie sich bewußt, daß die letzten Hütten und Häuser von Parramatta schon hinter ihr lagen und sie sich auf der Landstraße befand, die nach Nordosten durch das sanft gewellte Land führte. Es war der Weg, der sie nach MIRRA BOOKA bringen würde.
Mitchell!
Sie hatte die ganze Zeit nicht bewußt an ihn und daran gedacht, daß sie sich vorgenommen hatte, ihn auf seiner Farm aufzusuchen. Und doch hatte sie dieser Gedanke den ganzen Tag begleitet wie ein Schatten, dessen Gegenwart keiner besonderen Erwähnung bedurfte.

Ja, sie würde endlich ihren Stolz überwinden und ihm das sagen, was sie allein in ihrem Zimmer auf SEVEN HILLS nicht zu Papier zu bringen vermochte. Sie hatte damit schon lange genug gewartet, und dieser Tag war geradezu ideal dafür. Sie fühlte sich so leicht und ausgeglichen wie schon seit langem nicht mehr, und Mitchell jetzt gegenüberzutreten, fürchtete sie nicht mehr.

Im Gegenteil. Sie freute sich direkt darauf, ihn wiederzusehen. Natürlich mischte sich in ihre Freude auch eine Spur Unsicherheit, wie er auf ihr langes Schweigen reagieren würde. Aber das war nicht weiter schlimm.

Jessica ruckte an den Zügeln, um Gloria aus ihrem ruhigen Trott in einen lockeren Trab zu bringen. Sie hatte es auf einmal eilig, nach MIRRA BOOKA zu kommen und zu sehen, wo Mitchell seit seiner Ankunft in der Kolonie lebte.

Eine gute halbe Stunde später lag die Farm vor ihr, und im stillen beglückwünschte sie Mitchell zu seiner Wahl, sich hier niederzulassen. Sie hatte ein gutes Auge für fruchtbares Weide- und Ackerland, und was sie sah, war ein Genuß für jeden, dem die Viehaufzucht und Landwirtschaft im Blute lag. Und so prächtig wie die Erde wirkte auch das Herrenhaus auf sie, das sich inmitten schattenspendender Bäume erhob. Ein wenig Bedauern regte sich in ihr, als sie daran dachte, daß sie auf SEVEN HILLS mit dem Bau eines Hauptgebäudes aus massivem Stein noch etwas warten mußte.

Der Einspänner rumpelte kurz darauf unter dem mächtigen Torbogen hindurch und hielt auf das Herrenhaus zu. Nun war es mit der Ausgeglichenheit doch vorbei. Eine merkwürdige Aufregung, die ihr Herz schneller schlagen ließ, erfaßte sie. Und sie schluckte mehrmals, weil sich ein Kloß in ihrer Kehle festgesetzt zu haben schien.

»Brrr, Gloria! Gutes Mädchen!« rief Jessica leise, und ihre eigene Stimme klang ihr auf einmal fremd, als sie den Grauschimmel zügelte.

Ein junger Bursche mit nacktem, sonnengebräunten Oberkör-

per kam aus den dem Herrenhaus gegenüberliegenden Stallungen gelaufen.
Jessica stieg von der Sitzbank.
»'n Tag, Ma'am!« grüßte der Stallknecht. »Soll ich Ihr Pferd in die...«
Er kam nicht dazu, den Satz zu beenden. Eine befehlsgewohnte, schroffe Stimme kam plötzlich aus der Eingangstür des Hauses. »Kehr an deine Arbeit zurück, Jeremy! Du wirst hier nicht gebraucht!«
»Ja, Sir!« murmelte der junge Mann und entfernte sich rasch.
Jessica hatte sich befremdet dem Haus zugewandt. Und nun erkannte sie den Mann, der aus dem Schatten des Portals in die Sonne trat und sich dabei auf einen Stock stützte.
John Hawkley!
Ihr Gesicht verschloß sich augenblicklich.
»Was willst du, Jessica Jakes?« fragte John Hawkley barsch, und sein stark gealtertes Gesicht trug einen abweisenden Ausdruck.
»Mrs. Brading!« korrigierte sie ihn scharf, und die Erinnerung an seinen Besuch im Kerker war auf einmal wieder so lebendig in ihr, als wäre es erst gestern gewesen.
Er machte eine unwillige Kopfbewegung. »Für mich bist du Jessica Jakes, und daran wird sich nichts ändern. Also: Was willst du?« herrschte er sie an.
Sie bezwang ihren aufsteigenden Zorn, denn sie war nicht nach Mirra Booka gekommen, um alte Wunden aufzureißen. »Von Ihnen will ich überhaupt nichts, Mr. Hawkley. Ich möchte mit Mitchell sprechen.«
»Er ist nicht auf Mirra Booka! Gott sei Dank!« fügte er verletzend hinzu. »Also mach, daß du mit deinem Einspänner von der Farm kommst! Du hast hier nichts verloren!«
»Wo ist er dann?« fragte Jessica knapp, um diese unerfreuliche Begegnung mit John Hawkley so kurz wie möglich zu halten. Sie war bereit, verletzende Worte zu überhören und jeglichen Konflikt zu vermeiden. Was vor sechs Jahren geschehen war,

ließ sich nicht mehr rückgängig machen. Deshalb wollte sie sich auch mit Hawkley nicht anlegen – schon um Mitchells willen nicht.

Hawkley zögerte kaum merklich. »In Sydney!« log er dann. Der Teufel sollte ihn holen, wenn sie aus seinem Munde erfahren würde, daß er zu ihr nach SEVEN HILLS geritten war. Eher würde er sich die Zunge herausreißen!

Jessica versuchte sich ihre Enttäuschung nicht anmerken zu lassen. Jetzt hatte sie sich endlich dazu durchgerungen, ihn aufzusuchen, und da mußte er ausgerechnet in Sydney sein! Welch ein Pech.

Sie unterdrückte einen Seufzer und sagte so höflich wie möglich: »Falls er noch vor dem Abend zurückkommen sollte, sagen Sie ihm doch bitte, daß er mich auf dem Anwesen von Joshua Chowning, dem Faßbinder, antreffen kann. Es liegt an der Straße von Parramatta zum Hawkesbury.«

»Ich denke gar nicht daran, ihm von dir auch nur irgend etwas auszurichten!«

Jessica schüttelte betrübt den Kopf. »Ja, das habe ich mir schon fast gedacht, Mr. Hawkley. Aber das macht nichts. Ich werde ihm dann eine Notiz zurücklassen.«

»Hier läßt du gar nichts zurück!«

»Wollen Sie Briefe, die an ihn gerichtet sind, vernichten?« fragte Jessica unwillig. »Glauben Sie, es wird ihm gefallen, wenn er erfährt, daß Sie ihn wie ein unmündiges Kind behandeln und seine Post zensieren?«

John Hawkleys Gesicht wurde noch finsterer. »Hast du deinen Schwur vergessen, Jessica?« stieß er zornig hervor, ohne auf ihren Einwand einzugehen. Denn darauf wußte er nichts zu erwidern. »Du hattest mir dein heiliges Ehrenwort gegeben, nie wieder in deinem sündigen Leben mit Mitchell Kontakt aufzunehmen!«

Jessica hielt seinem stechenden Blick stand. »Ich habe mich all die Jahre an mein Versprechen gehalten, obwohl Sie mich damals schändlichst belogen haben und...«

»Du wagst es, mich der Lüge zu bezichtigen!« fiel er ihr ins Wort.
»Ja, genau das tue ich! Und Sie wissen ganz genau, daß es stimmt!« erwiderte Jessica scharf. »Sie haben gelogen, als Sie damals behaupteten, in Mitchells Auftrag zu kommen, denn in Wirklichkeit lag er todkrank mit Typhus danieder.«
»Und wenn schon!« brauste John Hawkley auf. »Er hätte es so gewollt!«
Jessica lächelte ironisch. »So? Haben Sie ihm alles berichtet und sich nachträglich seine Einwilligung zu Ihrer Erpressung geholt?«
»Was erlaubst du dir, mir so...«
Diesmal schnitt Jessica ihm schroff das Wort ab. »Nein! Nicht ein Wort haben Sie darüber verloren! Und Mitchell weiß bis heute noch nicht, weshalb ich damals nicht den Versuch unternommen habe, sein Schicksal in Erfahrung zu bringen und mit ihm Kontakt aufzunehmen. Doch das kann man ja immer noch nachholen, nicht wahr? Ich bin sicher, daß ihn meine Version von dem, was vor sechs Jahren dank Ihres so großmütigen Eingreifens passiert ist, bestimmt interessieren wird.«
John Hawkley wurde bleich. Seine Hand krallte sich um den Messingknauf seines Stockes. »Ich habe Mitchell wie einen Sohn bei mir aufgenommen!« stieß er mit rauher Stimme hervor. »Ich habe ihn dem Tod von der Schippe geholt und ihm alles beigebracht, was ein Mann wissen muß, der eine Farm wie Mirra Booka erfolgreich bewirtschaften will. Und ich habe ihn in die Kreise eingeführt, die das Leben in der Kolonie bestimmen. Mitchell Hamilton hat es unter meiner leitenden Hand zu etwas gebracht, Jessica! Zu Erfolg, Geld und Ansehen! Willst du all das jetzt zunichte machen? Willst du ihn zugrunde richten?«
»Welch eine unsinnige Frage!« erwiderte Jessica ärgerlich.
»Aber genau das wirst du tun, Jessica Jakes, wenn du ihn nicht in Ruhe läßt!«
»Ich habe ihn in Ruhe gelassen, das wissen Sie doch ganz ge-

nau! Mitchell ist mir gefolgt! Also verdrehen Sie nicht die Tatsachen!«

»Der Teufel soll mich holen, wenn ich weiß, wie du das angestellt hast«, zischte John Hawkley feindselig. »Aber er ist wie besessen von dir! Als hättest du ihn behext. Ja, du übst einen schlechten Einfluß auf ihn aus! Und du wirst alles zerstören, was ich für ihn aufgebaut habe!«

Jessica bezähmte ihren Zorn. »Warum hassen Sie mich nur so?« fragte sie. »Was habe ich Ihnen getan?«

»Das fragst du noch? Du stehst zwischen mir und Mitchell! All die Jahre schon!« brach es haßerfüllt aus ihm heraus. »Auch wenn er nie von dir gesprochen hat, wußte ich doch, daß du ihn gequält hast. Du warst all die Zeit wie ein böser Schatten, wie ein Fluch, der ihn davon abgehalten hat, eine Tochter aus anständigem Haus zur Frau zu nehmen. Schon längst hätte er Kinder haben können – wenn du nicht gewesen wärest! Ich wünschte, du wärst damals zu Tode gepeitscht worden oder beim Untergang ertrunken!«

Jessica erschrak vor seinem abgrundtiefen Haß, der ihn blind für die Wirklichkeit machte und ihn nicht erkennen ließ, daß Mitchell keinem Fluch unterworfen war, sondern seiner eigenen inneren Stimme folgte. Für Hawkley war sie nach all den Jahren noch immer eine rechtlose Deportierte, die von vornherein an Körper und Seele befleckt war und als Ehefrau für den Sohn eines freien, angesehenen Kolonisten nicht in Frage kam. Und Mitchell ersetzte ihm den Sohn, den er sich immer gewünscht hatte. Doch er hatte noch nicht begriffen oder verschloß bewußt die Augen davor, daß Mitchell kein unerfahrener junger Bursche war, sondern ein erwachsener Mann, der seine eigenen Entscheidungen traf und sich nicht in das Lebenskorsett schnüren ließ, das jemand anders für gut erachtete und ihm aufdrängte. Hawkleys lodernder Haß war eigentlich ein untrügliches Zeichen dafür, daß Mitchell wohl schon längst begonnen hatte, sich Hawkleys ›leitender Hand‹, wie er sich selbst ausgedrückt hatte, zu entziehen. Etwas anderes konnte

sie sich auch gar nicht vorstellen. Sie hatte Mitchell als einen selbstbewußten, energischen und unternehmungsfreudigen Mann in Erinnerung, und sie konnte sich nicht vorstellen, daß er sich in den letzten Jahren so verändert haben sollte, daß er eine Art Vormundschaft durch John Hawkley hinnahm.
Plötzlich tat er ihr leid. John Hawkley hatte den Kampf schon verloren, wußte es auch, weigerte sich jedoch, das zu akzeptieren. Daß Mitchell sie all die Jahre nicht vergessen und sie jetzt sogar aufgesucht hatte, mußte er nach seinen eigenen verqueren Wertmaßstäben wie einen Schlag ins Gesicht empfinden. Doch da er einfach nicht einsehen wollte, daß Mitchell aus freien Stücken so handelte, blieb ihm in seiner Ohnmacht nur der Haß auf sie. Wenn sie an allem die Schuld traf, konnte er sich immer noch der Wahnvorstellung hingeben, daß Mitchell ihr Opfer war und nicht wußte, was er tat. Ein eigenartiges Gefühl der Erschöpfung breitete sich in Jessica aus. Sie war es leid, gegen seine Haßtiraden anzureden. Und obwohl sie insgeheim Mitleid mit ihm hatte, begegnete sie ihm jetzt mit Härte.
»Ich bin an einer Auseinandersetzung mit Ihnen nicht interessiert, Mr. Hawkley. Aber wenn Sie darauf bestehen, können Sie sie haben – und seien Sie versichert, daß ich Ihnen ein ebenbürtiger Gegner sein werde!«
»Ich laß dich Weibsstück sofort von meinem Grund und Boden schmeißen!« fauchte Hawkley.
»Ich rate Ihnen, das nicht zu tun! Es ist nicht allein Ihr Grund und Boden! Ich bin willkommener Gast von Mr. Hamilton, ob es Ihnen nun gefällt oder nicht!« Ihre Stimme war von schneidender Schärfe. »Nur zu, jagen Sie mich davon! Doch damit jagen Sie auch gleichzeitig Mitchell davon . . . vielleicht nicht von Mirra Booka, aber doch seelisch. Halt! Unterbrechen Sie mich nicht! Jetzt hören Sie mir zu, und ich rate Ihnen, gut zuzuhören, denn ich werde mich nicht wiederholen. Ich bin kein Sträfling mehr, den man schlimmer als ein Stück Vieh behandeln kann. Mein Name ist nicht mehr Jessica Jakes für Sie, sondern *Mrs. Brading*! Und so will ich von nun an von Ihnen angespro-

chen werden! Natürlich kann ich Sie nicht dazu zwingen, ein Minimum an Anstand und Höflichkeit an den Tag zu legen, Mr. Hawkley. Aber genausowenig werden Sie verhindern können, Mitchell über einige Dinge die Augen zu öffnen, die Sie nicht gerade im besten Licht erscheinen lassen. Überlegen Sie es sich also gut, was Sie tun und sagen!«

John Hawkley war bei ihren Worten leichenblaß geworden. Seine Lippen waren blutleer, zusammengepreßt und zitterten. Er schwankte leicht. Ihm war deutlich anzusehen, wieviel Selbstbeherrschung es ihn kostete, ihr nicht irgendwelche unflätigen Worte an den Kopf zu schmeißen.

»Gehen Sie!« flüsterte er. »Gehen Sie!«

Jessica nickte. Er hatte es begriffen. »Das tue ich. Aber machen Sie sich mit dem Gedanken vertraut, daß Sie mich hier auf Mirra Booka nicht das letzte Mal gesehen haben!«

John Hawkleys Finger krallten sich so fest um den Stockknauf, als wollte er die Messingkugel wie eine faule Frucht zerquetschen. Sein flammender, haßlodernder Blick folgte ihr wie ein Dolch und bohrte sich in ihren Rücken, als sie sich auf die Sitzbank schwang und den Einspänner vom Hof lenkte. Mit tonloser Stimme schickte er ihr Verwünschungen hinterher, die auch einen abgebrühten Sträfling betroffen gemacht hätten.

Der Einspänner war noch nicht aus seinem Blickfeld entschwunden, als er den Stock mit aller Kraft gegen die Hauswand schlug. »Jeremy!« brüllte er, und sein wilder Zorn machte sich in diesem Schrei Luft. »Jeremy!... Verdammt noch mal, kannst du nicht hören?«

Der Stallknecht kam auf den Hof gerannt. »Ja, Sir?«

»Kennst du den Weg nach Three Wells?«

»Ist das nicht die Farm von Mr. Wilmington?«

»Ja, das ist sie. Doch sie gehört nicht mehr Mr. Wilmington, sondern Lieutenant Forbes«, verbesserte John Hawkley ihn ungeduldig. »Was ist nun: weißt du, wie du zur Farm kommst?«

»Natürlich, Sir!«

»Natürlich ist bei euch überhaupt nichts – ausgenommen Faulheit und Suff!« murmelte Hawkley gereizt vor sich hin und sagte laut: »Dann hol die Kutsche aus der Remise und spann die beiden Rotfüchse vor! Und beweg dich gefälligst. Ich habe es eilig!«

»Jawohl, Sir!«

Wütend stand John Hawkley auf dem Hof und stieß die Spitze seines Stockes immer wieder in den trockenen, sandigen Boden, während er darauf wartete, daß Jeremy mit der Kutsche vorfuhr. Er mußte mit dem Lieutenant sprechen. Vielleicht konnte er dafür sorgen, daß Mitchell nicht in sein Verderben rannte und von dieser Jessica loskam. Doch er würde sich seine Worte gut zurechtlegen und sich davor hüten müssen, ihm die Wahrheit zu sagen. Kenneth Forbes durfte nicht einmal ahnen, daß er nur ein Werkzeug war!

30

Mitchell war scharf geritten und erreichte SEVEN HILLS am frühen Nachmittag. Während der vergangenen Stunden hatte er sich immer wieder ausgemalt, wie es wohl sein würde, Jessica wiederzusehen, auf ihrer eigenen Farm, wie sie ihn empfangen und was sie sagen würde. Es war ein Wechselbad der Gefühle gewesen. Mal war er von einer geradezu überschwenglichen Zuversicht erfüllt gewesen, um dann wenig später von Zweifeln am Sinn seines Vorhabens gequält zu werden. Dann hatte er sein Pferd in den Schritt fallen lassen und überlegt, ob es nicht vielleicht klüger war, sich diesen unangemeldeten Besuch aus dem Kopf zu schlagen und nach MIRRA BOOKA zurückzukehren. Denn war ihr Schweigen auf seinen Brief nicht beredsam genug? Hätte sie ihm nicht zumindest mit wenigen Zeilen geantwortet, wenn sie seine Entschuldigung und Erklärungen akzeptiert hätte?

Doch sowie er seine Rückkehr nach Parramatta in Erwägung gezogen hatte, hatte sich eine andere Stimme in ihm gemeldet und ihm die Frage gestellt, wieso er überhaupt sicher sein konnte, daß Jessica seinen Brief erhalten hatte? Jonas Duckworth hatte ihm zwar versprochen, sein Schreiben umgehend nach SEVEN HILLS zu bringen. Doch jeder Siedler wußte doch, wie wenig Verlaß auf die Flußschiffer und ihre Versprechen war. Tausend Dinge konnten ihn davon abgehalten haben, das Schreiben zuzustellen. Vielleicht hatte er aufgrund eines lohnenden Frachtangebotes seine geplante Route geändert und war gar nicht bis zum oberen Hawkesbury gekommen, sondern schon auf halbem Weg wieder vollbeladen nach Sydney zurückgekehrt. Das war keine Seltenheit.

Und so hatte er sein Pferd immer wieder angetrieben und sich an die Hoffnung geklammert, daß Jessicas Schweigen nichts zu bedeuten hatte. Und je näher er SEVEN HILLS gekommen war, desto stärker war seine freudige Erregung geworden.
Doch Jessica war nicht auf der Farm, sondern in Sydney!
Diese Nachricht war eine bittere Enttäuschung, und er wußte nicht, was er dem Verwalter antworten sollte, der ihn vor dem Hauptgebäude empfangen hatte und ihn nun mit unverhohlener Neugier musterte.
»Haben Sie Ihr Kommen avisiert, Mr. Hamilton?« erkundigte sich Ian McIntosh.
»Nein . . . leider nicht«, murmelte Mitchell und spürte auf einmal die Anstrengung des Rittes. »Das war wohl ein Fehler gewesen.«
»Mrs. Brading wollte morgen wieder zurück sein. Wenn Sie so lange warten wollen, sage ich dem Zimmermädchen Bescheid, damit sie Ihnen ein Zimmer richtet. Es ist wirklich Platz genug im Haus, Mr. Hamilton«, bot Ian ihm an, denn das gebot schon die Gastfreundschaft in einer so spärlich besiedelten Region. Niemand schickte einen Besucher weg, der einen langen Ritt hinter sich hatte.
»Ich weiß nicht«, zögerte Mitchell und dachte, daß es Jessica vielleicht nicht recht sein könnte, wenn sie erfuhr, daß er unter ihrem Dach genächtigt hatte.
»Sie können es sich ja immer noch überlegen. Doch kommen Sie erst einmal ins Haus und stärken Sie sich ein wenig. Sie werden durstig sein und Ihr Pferd nicht minder«, sagte Ian und machte eine einladende Geste.
Mitchell konnte diese Einladung schlecht ablehnen. Außerdem brauchte sein Hengst jetzt wirklich Stärkung und Ruhe, falls er sich dazu entschließen sollte, doch noch nach Parramatta zurückzukehren. »Danke, das nehme ich gern an.«
Ian führte ihn ins Haus, und Lisa Reed stellte im Handumdrehen ein schmackhaftes Essen aus kaltem Braten, jungem Gemüse und ofenfrischem Brot zusammen.

Mitchell fühlte sich reichlich unwohl, als er nun da im Eßzimmer saß und dem Essen kräftig zusprechen mußte, um seinen Gastgeber nicht zu verletzen. Die Vorstellung, daß Jessica in diesem Haus lebte und gewöhnlich an diesem Tisch mit ihrem Verwalter die Mahlzeiten einnahm, berührte ihn. Er hatte das Gefühl, ihr in diesem Augenblick so nahe zu sein wie nie zuvor. Nicht in körperlicher Hinsicht, doch auf eine andere, viel intimere Art, die er schlecht in Worte hätte fassen können. Es kostete ihn daher einige Überwindung, sich seine Verstörung nicht anmerken zu lassen.

Die Höflichkeit verlangte, daß er mit dem Verwalter Konversation betrieb. Doch er bemühte sich, ihre Unterhaltung in unverfänglichen Bahnen zu halten. Er berichtete ihm von seinen Schwierigkeiten, mit denen er auf MIRRA BOOKA zu kämpfen hatte, und fand in Mr. McIntosh einen interessanten, sachkundigen Gesprächspartner, was die Landwirtschaft betraf.

»Dann sind Sie schon länger in New South Wales?« fragte Ian McIntosh leichthin.

»Mehr als sechs Jahre.«

Ian nickte. »Ja, so lange ist Mrs. Brading auch schon in der Kolonie.«

Mitchell erkannte sofort die unausgesprochene Frage, die darin mitschwang. Und er wußte nicht, wie er sich vor einer Antwort drücken konnte. »Ich bin mit demselben Schiff gekommen.«

»Mit der TRADEWIND?«

»Ja.«

»Dann können Sie sich glücklich schätzen, daß Sie zu den wenigen Überlebenden zählten«, hakte Ian geschickt nach. »Ich habe damals ja nicht viel davon mitbekommen, aber was ich gehört habe, war entsetzlich. Hunderte sind bei dem Schiffsunglück umgekommen. Ein Wunder auch, daß Mrs. Brading nicht nur die Katastrophe, sondern auch die Wochen im Busch überlebt hat.«

Mitchell zögerte mit einer Erwiderung. Er spürte deutlich das persönliche Interesse, das hinter den Worten des Verwalters

lag. »Ja, nur eine außergewöhnlich willensstarke Frau konnte so eine Tortur überleben.«
Ian McIntoshs Neugier war stärker als seine Höflichkeit. »Sie waren bei diesem Marsch durch die Wildnis dabei, Mr. Hamilton?«
»Ja«, antwortete Mitchell knapp.
»Dann waren Sie es, der ihr das Leben gerettet hat.«
Mitchell hob den Kopf. Täuschte er sich, oder hatte in der Stimme des Verwalters tatsächlich ein Anflug von Neid gelegen? »Es waren glückliche Umstände, denen Jessica... denen Mrs. Brading ihr Leben verdankte«, erklärte er, was nicht der Wahrheit entsprach. »Auch ohne meine Hilfe hätte sie es geschafft.« Er verspürte keine Lust, mit dem Verwalter über diese Dinge zu sprechen, und er erhob sich, womit das Thema abgeschlossen war.
»Werden Sie über Nacht bleiben?« fragte Ian.
»Ich bin noch zu keinem Entschluß gekommen. Doch wenn es Ihnen nichts ausmacht, möchte ich mir jetzt ein wenig Bewegung verschaffen. Nach so vielen Stunden im Sattel wird mir das ganz guttun.«
»Aber sicher doch, Mr. Hamilton. Wenn Sie wünschen, führe ich Sie gern ein wenig herum.«
Mitchell lehnte dankend ab, denn er wollte allein sein, doch das behielt er für sich. »Vielleicht ein andermal, Mr. McIntosh. Ich bin wohl zu müde, um Ihre Mühe entsprechend würdigen zu können. Ich werde nur mal kurz zum Fluß hinuntergehen.«
»Ganz wie es Ihnen beliebt, Mr. Hamilton«, sagte Ian und begleitete ihn hinaus. Sein Gesicht verriet nichts von seinen Gedanken, und das war gut so. Irgendwie schmerzte es ihn, sich vorzustellen, daß dies der Mann war, der Jessica auf dem Schiff beigestanden, ihr das Leben gerettet und sie durch die Wildnis geführt hatte. Steve hatte ihm einiges davon erzählt. Nicht viel. Aber doch genug, um zu wissen, daß dieser Mitchell Hamilton eine ganz besondere Stellung in Jessicas Leben einnahm.

Ian empfand regelrechte Eifersucht, als er ihm nachblickte, wie er festen Schrittes Richtung Fluß ging. Er war ein unverschämt gutaussehender Mann und ein Freier noch dazu! Alles stand ihm offen. Das Leben war ja so verdammt ungerecht! Doch dann schüttelte er den Kopf, erbost über seine grundlosen Vorwürfe und unvernünftigen Gefühlsregungen. Jessica und er hatten ein kostbares Vertrauensverhältnis, das über die Arbeit hinausging. Vielleicht konnte er sogar so weit gehen, zu behaupten, daß sie gute Freunde waren. Aber das war auch die Grenze. Alles, was darüber hinausging, war einseitiger Natur. Und mit dieser Tatsache würde er sich abfinden müssen – möglichst schnell sogar, ehe er noch einmal seine Zurückhaltung und seinen Anstand vergaß, wie das eben der Fall gewesen war. Es war ungehörig gewesen, ihm diese Fragen zu stellen.

Ian McIntosh wandte sich ab und kehrte zu den Arbeitern zurück, die gerade das Gerüst für eine neue Scheune errichteten. Schon von weitem war das Fluchen des Zimmermanns zu hören, der sich darüber beklagte, daß das harte Holz der Eukalyptusbäume so schnell Axt und Säge stumpf machte.

Mitchell war inzwischen dem kleinen Fußpfad gefolgt, der sich durch das trockene, kniehohe Gras am Hang abwärts schlängelte und zur Anlegestelle führte. Es gab noch einen zweiten, breiten Weg, der in einem Bogen um den Hügel herumführte und bedeutend weniger Gefälle aufwies, so daß ihn beladene Ochsengespanne bewältigen konnten.

Auf halber Höhe blieb er stehen und blickte über den mächtigen Strom, dessen dunkle Fluten an den Ufern vorbeirauschten. Wie oft mochte Jessica hier schon gestanden und auf den Hawkesbury geschaut haben. Voller Sorgen während der Regenzeit, ob der Fluß über die Ufer treten und schreckliche Verwüstungen anrichten würde, und während der trockenen Sommermonate voller Dankbarkeit, daß der Fluß auch in Zeiten größter Dürre das Überleben der Schaf- und Rinderherden garantierte.

Der breite Strom erschien ihm wie der Inbegriff der Zweiheits-

lehre, der Weltanschauung, daß alles auf dieser Welt einem göttlichen Prinzip zufolge sein gleich starkes Gegengewicht hatte – wie Leib und Seele, Licht und Finsternis, Gut und Böse, Haß und Liebe, Trauer und Glück.
Mitchell blieb einige Minuten gedankenversunken dort stehen und setzte seinen Gang dann fort. Als er den Fuß des Hügels erreicht hatte, vernahm er plötzlich Kinderstimmen, und nachdem er eine kleine Buschgruppe umgangen hatte, entdeckte er Jessicas Kinder. Sie spielten vor der Bootsanlegestelle unter der Aufsicht einer jungen Frau, die ein paar Schritte abseits im Schatten eines Strauches auf einer Decke saß und an einer Haube nähte. Sie warf ihm einen schüchternen Blick zu und murmelte einen Gruß.
Die Kinder bemerkten ihn auch, und der Junge blickte ihm erwartungsvoll entgegen, als Mitchell sich dem breiten Bohlensteg näherte, während das Mädchen nur kurz aufschaute und dann mit den holzgeschnitzten Tierfiguren weiterspielte.
»Sind Sie vorhin zu Pferd gekommen?« fragte Edward.
Mitchell lächelte. »Ja, das bin ich.«
»Sind Sie weit geritten?«
»Mhm, schon.«
»Wie weit?« wollte Edward wissen.
»Von Parramatta.«
Edward schien beeindruckt. »Das ist schon ganz schön weit. Warum sind Sie denn so weit geritten?«
»Weil ich eure Mutter besuchen wollte.«
»Mami ist aber in Sydney.«
»Ja, das habe ich auch erfahren.«
»Wie heißen Sie denn?«
»Mitchell Hamilton, aber du kannst Mitchell zu mir sagen, Edward.«
Erstaunt sah er den Fremden an. »Woher kennen Sie meinen Namen?«
»Ach, das ist eine zu lange Geschichte. Ich habe euch schon öfter gesehen.«

»Waren Sie schon mal auf SEVEN HILLS?« wollte Edward wissen.
»Einem Gentleman, den man nicht kennt, solche Fragen zu stellen, gehört sich nicht«, tadelte ihn nun die junge Frau.
Mitchell lächelte ihr beruhigend zu. »Lassen Sie nur, das macht mir nichts.«
»Das ist Anne. Normalerweise hilft sie Lisa, unserer Köchin, aber manchmal paßt sie auch auf uns auf«, erklärte Edward mit einem Achselzucken, als wollte er sagen: *Dabei haben wir einen Aufpasser überhaupt nicht nötig!*
»Da könnt ihr aber froh sein. Nicht jedem geht es so gut, daß er sich ein Kindermädchen leisten könnte.«
Edward legte den Kopf schief, als dächte er zum ersten Mal darüber nach, daß ein Kindermädchen auch seine guten Seiten haben könnte. »Anne ist ganz nett«, räumte er ein, jedoch ohne große Begeisterung, und wechselte sprunghaft das Thema. »Parramatta ist weit. Aber ich war schon mal weiter – nämlich in Sydney. Ich bin mit der Kutsche hin und mit Ian auf dem Ochsenkarren zurück. Und im Busch übernachtet habe ich auch!« verkündete er stolz.
»Ich war auch mit!« meldete sich Victoria, blickte jedoch nicht auf.
»Dann habt ihr ja schon ganz schön was erlebt.«
Der Einwurf seiner Schwester paßte ihm gar nicht, was seinem unwilligen Seitenblick unschwer zu entnehmen war. Denn was eine kleine Schwester genausogut konnte wie er, verlor zwangsläufig seinen abenteuerlichen und bewunderungswürdigen Charakter. »Sie hat die meiste Zeit bloß geschlafen«, sagte er daher von oben herab und überlegte, bei welcher Sache er von ihr keine Konkurrenz zu befürchten brauchte. »Können Sie Dingofallen bauen?«
Mitchell schüttelte den Kopf. »Nein. Das habe ich noch nie versucht.«
Edward warf sich strahlend in die Brust. »Aber ich kann es! Der alte Baker hat es mir gezeigt!«

Mitchell hob die Augenbrauen und zollte ihm die Bewunderung, die er offensichtlich erwartete. »Dann mußt du ja ein ganz tüchtiger junger Bursche sein. Dingofallen bauen ist bestimmt nicht leicht.«

»Ganz schwer ist es!« versicherte Edward.

»Es ist doof und langweilig«, meinte Victoria.

»Ach, du hast doch keine Ahnung!« sagte Edward geringschätzig.

»Laß uns weiterspielen!« bat seine Schwester mit einem quengeligen Unterton.

»Ich hab' keine Lust mehr, mit deinen blöden Schafen und Pferden zu spielen.«

»Sei nicht so bös zu deiner Schwester!« ermahnte ihn Anne.

»Es stimmt doch«, maulte Edward.

Mitchell hatte plötzlich eine Idee. »Sagt mal, kennt ihr das Spiel *Spring, Kiesel, spring*!?«

»Nein. Wie geht das Spiel?« fragte Edward eifrig, und nun schaute auch Victoria von ihren Holztieren auf. »Zeigen Sie es uns?«

»Wenn ihr wollt – gern. Kommt mit zum Wasser«, forderte Mitchell sie auf.

Edward und Victoria liefen in aufgeregter Erwartung neben ihm her, und auch Anne verließ nun ihr schattiges Plätzchen.

»Also, das Spiel geht folgendermaßen«, begann Mitchell und kniete sich am Ufer hin. »Zuerst müßt ihr euch einen schönen flachen Kiesel suchen ... so einen etwa.« Er hob einen dünnen Kiesel von der Größe einer Shilling-Münze auf und rieb ihn zwischen den Fingern.

»Ist der hier gut?« rief Edward eifrig und hielt einen etwas größeren Kiesel hoch, der aber auch schön flach war und zudem noch eine wunderbare Maserung aufwies.

»Ja, der ist genau richtig. Und jetzt lassen wir ihn über das Wasser springen. Wer ihn am häufigsten springen läßt, hat gewonnen«, sagte Mitchell und zeigte ihnen nun, wie man so einen Kiesel warf und über die Wasseroberfläche springen ließ.

Edward hatte so etwas noch nie gesehen und schaute beim ersten Wurf mit großen, glänzenden Augen zu, den Mund vor fröhlichem Erstaunen weit geöffnet. Als Mitchell noch einen Kiesel über den Hawkesbury springen ließ, zählte er jeden Sprung laut mit: »Eins!... Zwei!... Drei!... Vier!... Fünf!... Sechs!... Sieben!... Siebenmal!« stieß er ungläubig hervor, als der Kiesel schließlich in den Fluten versank. »Hast du das gesehen, Vic? Richtig übers Wasser ist der Kiesel getanzt!«

Victoria stand regelrecht andächtig da, als wäre sie gerade Zeuge eines Wunders geworden.

»Sie sind aber sehr geschickt, Sir«, bemerkte Anne mit einer Mischung aus Hochachtung und Vergnügen.

»Ich bin auch geschickt!« verkündete Edward und versuchte nun, es Mitchell nachzumachen. Doch zu seinem wachsenden Ärger plumpsten seine Kiesel sofort ins Wasser, ohne auch nur einmal abzuprallen und zu springen.

»Hab nur ein wenig Geduld. Du wirst den Dreh schon bald heraushaben«, beruhigte Mitchell ihn, als Edward zornig mit dem Fuß aufstampfte. »Du mußt viel flacher werfen, Edward. Aus der Hüfte. Komm, schau mir mal genau zu, wie ich es mache.«

Mitchell fand schnell heraus, daß Edward nicht nur den starken Willen besaß, es zu lernen, sondern auch über eine rasche Auffassungsgabe verfügte. Mit gefurchter Stirn sah er ihm bei drei weiteren Würfen zu, dann versuchte er es wieder selber.

Endlich gelang es ihm. Ein Kiesel hüpfte zweimal über das Wasser!

Edward stieß einen freudigen Schrei aus. »Ich kann's! Habt ihr das gesehen?« fragte er an Victoria und Anne gewandt. »Zweimal ist er gesprungen.«

»Aber Mitchell hat es siebenmal geschafft!« hielt Victoria ihrem Bruder vor und warf lustlos einen runden Kiesel ins Wasser.

Edward dagegen konnte kein Ende finden. Ihn hatte der Ehrgeiz gepackt. Und er gab nicht eher Ruhe, bis es ihm gelungen war, einen Kiesel viermal springen zu lassen.

»Ich will jetzt wieder mit den Tieren spielen«, sagte Victoria, die an diesem Spiel nicht halb so viel Vergnügen fand wie ihr Bruder.

»Die laufen dir schon nicht weg«, meinte Edward und suchte vergeblich nach neuen, flachen Kieseln.

»Der Fluß und die Steine auch nicht!« erwiderte Victoria verdrossen.

Mitchell griff begütigend ein. Er legte Edward eine Hand auf die Schulter. »Ich finde, für heute solltest du dem Fluß keine Steine mehr zu schlucken geben«, sagte er scherzend und mit einem Augenzwinkern. »Du hast es schon ganz fantastisch gemacht. Viermal ist dein bester Kiesel gesprungen! Als ich das zum ersten Mal versucht habe, bin ich tagelang nicht über zwei Sprünge hinausgekommen.«

Edward sah mit leuchtenden Augen zu ihm auf. »Ja, finden Sie wirklich, daß ich gut war?«

Mitchell nickte ernst und mit Nachdruck. »Ja, sehr gut sogar. Ich werde mich bald anstrengen müssen, um noch mit dir mithalten zu können.«

»Werden Sie uns öfter besuchen kommen?«

»Das kommt darauf an...« sagte Mitchell zögernd.

»Ich werde Mami sagen, daß sie Sie ganz oft einladen soll. Ich mag Sie!« erklärte er mit der entwaffnenden Offenheit des Kindes.

Mitchell zwang sich zu einem Lächeln, obwohl ihn von einer Sekunde auf die andere eine Art von Schwermut erfüllte, zu der sich auch noch eine Spur von Bitterkeit gesellte. Edwards fröhliches Lächeln schmerzte ihn und brachte ihm zu Bewußtsein, wie vergeudet seine letzten sechs Jahre gewesen waren. Gut, er hatte auf Mirra Booka viel geschafft. Aber was war das im Vergleich zu eigenen Kindern? Der aufgeweckte Edward und die stille, verträumte Victoria hätten seine Kinder sein können – und Jessica seine Frau!

»Warum sehen Sie auf einmal so traurig aus?« fragte Edward betroffen.
Mitchell fuhr aus seinen Gedanken. »Was? Oh, ich war mit den Gedanken woanders...«
»Wo denn?«
»Ich habe vor vielen Jahren etwas verloren... und diesen Verlust habe ich bis heute nicht verschmerzt.«
»War es sehr kostbar?«
»Ja, sehr sogar.«
»Können Sie es denn nicht wiederfinden?« fragte Edward mitfühlend.
Mitchell lächelte. »Ich habe die Hoffnung noch nicht aufgegeben. So, und nun Schluß davon.«
»Kommt zurück, Kinder!« forderte Anne sie auf. Es war noch immer sehr heiß, und sie wollte zurück auf ihre Decke, wo sie im Schatten sitzen konnte.
Victorias Gesicht hellte sich auf, als sie wieder zu ihren Holztieren zurückkam, während Edward jegliche Lust an diesen Spielsachen verloren hatte.
»So, macht es gut. Vielleicht sehen wir uns bald wieder«, sagte Mitchell.
»Müssen Sie schon gehen?« fragte Edward enttäuscht. »Bleiben Sie denn nicht über Nacht?«
»Das geht leider nicht«, log Mitchell, fuhr ihm schnell über den Kopf und schlug den Pfad Richtung Farmhaus ein. Er ging ohne Eile, denn auch wenn er sogleich losritt, weit würde er heute doch nicht mehr kommen. Eine Übernachtung draußen im Busch war so oder so unumgänglich.
»Komm sofort zurück, Edward! Allein hast du da unten nichts zu suchen!« hörte er Annes ärgerliche Stimme in seinem Rükken und drehte sich unwillkürlich um.
Edward hatte sich von der Anlegestelle entfernt und war auf der anderen Seite des Bohlensteges zum Ufer heruntergelaufen, wo kniehohes Gras und dichtes Gestrüpp bis fast ans Wasser reichten.

»Ich sammle nur flache Kiesel«, vernahm er Edwards gedämpfte Stimme. »Hier liegen jede Menge schöne ...« Er brach mitten im Satz ab, stieß einen spitzen Schrei des Erschreckens aus, taumelte zurück, stolperte und stürzte zu Boden. Wieder schrie er auf.

Mitchell war schon beim ersten Schrei losgerannt. Doch der zweite ging ihm durch Mark und Bein. Schmerz und Todesangst sprachen aus diesem Schrei.

»Bleiben Sie zurück!« brüllte Mitchell Anne zu, als er die schlängelnde Bewegung neben Edward im hohen Gras bemerkte. Er erhaschte einen flüchtigen Blick auf die blauschwarz getupfte Schlange, die sich ins Unterholz flüchtete, und ihm gefror das Blut in den Adern. Edward war von einer giftigen Baumnatter gebissen worden!

31

»Recht und Ordnung! Pah! Was ist das schon? Nichts weiter als leeres Gewäsch. Die Offiziere zimmern sich das Recht so zusammen, wie es ihnen gerade in den Kram paßt, und kümmern sich einen Dreck darum, wie es uns ergeht. Solange sie sich nur die Taschen füllen können! Und was tut dieser angebliche Eisenfresser, unsere Exzellenz, der Gouverneur? Nichts! Oh, ja, er führt markige Reden, unser Bounty-Bligh, aber das ist auch alles!« erregte sich Joshua Chowning und griff wieder zur Rumkanne, um seinen Becher aufzufüllen. Seine Hand mit der Kanne schwankte bedenklich, so daß ein gut Teil Rum über den Becherrand floß und eine dunkle Lache auf dem Brettertisch hinterließ.

Ruth, die schweigend in der Ecke gesessen und beim spärlichen Licht der Öllampe einen Riß in einem verschlissenen Kattunkleid vernäht hatte, sprang sofort auf, griff zu einem Putzlappen und wollte den verschütteten Rum aufwischen. Doch ihr Vater stieß sie grob zur Seite. Mit einem verlegenen, entschuldigenden Blick zu Jessica kehrte Ruth zu ihrem Schemel in der Ecke der Lehmhütte zurück und nahm ihre Näharbeiten wieder auf.

»Es ist kein leichtes Amt, Joshua«, gab Jessica zu bedenken und war entschlossener denn je, Ruth von der Tyrannei ihres Vaters zu befreien. Sie wußte auch schon wie, doch dies war kaum der rechte Zeitpunkt, um mit dem alten Faßbinder darüber zu sprechen. Dafür hatte er dem Rum schon zu stark zugesprochen. »Schon gar nicht, wenn man das gesamte Corps gegen sich hat. Aber das wird sich noch ändern.«

Der Faßbinder grunzte abfällig. »Ja, ändern wird sich noch so

manches – aber gewiß nicht zum Besseren. Die Kolonie wird vor die Hunde gehen«, sagte er und hatte schon Schwierigkeiten mit der Artikulation, was bei der Menge Rum, die er im Laufe der letzten Stunde hinuntergekippt hatte, kein Wunder war.
»Es stimmt schon, daß vieles im argen liegt«, räumte Jessica ein und nahm sich vor, bald Müdigkeit vorzuschützen und sich in ihre Kammer zurückzuziehen. Wenn der Alte ins Lamentieren geriet, konnte er nie ein Ende finden. »Aber so schlimm wird es schon nicht werden.«
»Der Glaube an das Gute ist das Vorrecht der Jugend und die Lüge der Pfaffen«, grollte Joshua und setzte den Becher so ruckartig an die Lippen, daß ihm der Rum an den Mundwinkeln herablief. Mit dem Handrücken wischte er die Tropfen weg.
»Nein, nein, ich sage dir, daß wir noch ganz böse Zeiten vor uns haben, Jessica. Ich bin ja schon alt, und mir kann's ja bald egal sein. Lange werde ich's wohl nicht mehr machen. Warum auch? Um eine nutzlose Tochter durchzufüttern?«
Jessica wollte gerade gegen besseres Wissen für Ruth energisch Partei ergreifen, als sie den Hufschlag eines einzelnen Pferdes hörte. Ein Reiter!
Ruth stand sofort auf, als das Pferdegetrappel auf dem Hof verklang. »Ich sehe nach, wer da gekommen ist«, sagte sie und huschte lautlos wie ein Schatten hinaus. Augenblicke später kehrte sie in die Hütte zurück.
Jessica war aufgesprungen. Das konnte nur Mitchell sein!
»Ein Gentleman, der Sie zu sprechen wünscht, Mrs. Brading«, sagte Ruth. »Soll ich ihn hereinführen?«
»Nein, laß nur! Ich geh' zu ihm hinaus!« antwortete Jessica hastig und mußte sich bezähmen, nicht kopflos aus der Hütte ins Freie zu stürzen.
Die Sonne war schon hinter den Horizont gesunken, und das Licht des scheidenden Tages legte einen flammenden Schein über die westlichen Hügelketten. In ein paar Minuten würde

die Nacht den letzten Schimmer ersticken und den Sternen zu strahlender Leuchtkraft verhelfen.
Dunkelheit lag schon über dem Hof, und der kahle Eukalyptusbaum ragte schwarz und abweisend in den Himmel. Der Reiter war auf der Seite, die der Hütte abgekehrt war, vom Pferd gesprungen.
Sie stieß einen erstickten Laut aus und preßte die Hand vor den Mund. Mit geweiteten Augen starrte sie ihn an, als wäre ihr ein Geist erschienen.
»Ken!« Ihre Stimme war kaum mehr als ein Flüstern. Jäh schien alle Kraft ihren Körper verlassen zu haben. Ihr war, als würde sie auf wankendem Boden stehen.
»Jessica!« Er packte sie an den Schultern und hielt sie fest. »Habe ich dich so erschreckt? Vielleicht hätte ich dich warnen sollen, doch als ich hörte, daß du hier in Parramatta bist, konnte ich einfach nicht länger warten. Mein Gott, wenn du wüßtest, wie oft ich in all den Jahren an dich gedacht und mich gefragt habe, wo du wohl bist und wie es dir geht. Endlich sehe ich dich wieder! Ist es nicht wie ein Wunder?« Die Worte strömten ihm wie im Fieber über die Lippen.
Jessica war benommen wie nach einem schweren Sturz. Sie schüttelte den Kopf. Sie konnte nicht fassen, daß es wirklich Kenneth war, der vor ihr stand und sie festhielt. Ihr Halbbruder! Der Mann, den sie einst geliebt hatte. Diese verbotene, unselige Liebe, die ihr zum Verhängnis geworden war und sie als Sträfling nach New South Wales gebracht hatte.
Sie befreite sich mit einem Ruck von ihm. »Was... was willst du von mir?« stieß sie hervor.
»Jessica! Freust du dich denn gar nicht, daß wir jetzt wieder zusammen sind?« fragte Kenneth vorwurfsvoll.
Jessica war so verstört, daß sie eines klaren Gedankens kaum fähig war. Ein Tumult der Gefühle tobte in ihr. »Freuen? Ich soll mich freuen?«
»Ja, hast du denn vergessen, wie sehr wir...« begann er.
»Nichts habe ich vergessen!« fiel sie ihm mit zitternder

Stimme ins Wort. »Nicht einen Tag habe ich vergessen, den ich im Kerker von Newgate verbracht habe! Nicht einen Tag von den acht Monaten an Bord des Sträflingsschiffes. Sag mir, wie könnte ich das Grauen und das Elend jemals vergessen?«
»Ich habe nicht weniger gelitten als du!« versicherte er.
»Oh, ja, du hast sicherlich gelitten!« erwiderte Jessica bitter.
»Ich habe versucht, was in meiner Macht stand, um dir zu helfen!« beteuerte er hastig. »Ich dachte erst, Vater würde dich nur wegschicken, irgendwohin...«
»Das hat er auch getan – in eine Sträflingskolonie! Ich war ja nur ein Bastard! Und hätte ich mich nicht des angeblichen Diebstahls für schuldig erklärt, hätte er auch nicht davor zurückgeschreckt, für meine Hinrichtung zu sorgen!« schleuderte sie ihm entgegen.
»Ich habe nichts davon gewußt, Jessica! Du mußt mir glauben!« flehte er sie an. »Von deiner Verbannung habe ich erst erfahren, als es schon längst zu spät war!«
»Es ist gut! Ich will nichts mehr davon hören, Ken. Es ist vorbei. Geh jetzt!«
Ungläubig starrte er sie an. »Du sagst, ich soll gehen? Mein Gott, das kann doch unmöglich dein Ernst sein. Siehst du nicht, daß ich die Uniform des New South Wales Corps trage? Glaubst du, es wäre ein Zufall, daß ich in der Kolonie bin? Ich habe meine Studien aufgegeben und mir ein Offizierspatent gekauft, weil ich dich nicht vergessen konnte und zu dir wollte. Was Vater getan hat, war grausam, ja, das stimmt, und er war auch grausam zu mir. Doch was zählt das jetzt noch, wo wir wieder zusammensein können? Jessica, wir gehören zusammen.«
Heftig schüttelte sie den Kopf. »Nein, Ken. Wir haben nie zusammengehört. Es war eine schreckliche Sünde, was wir beide getan haben, für die es keine Entschuldigung gibt. Wir sind Geschwister.«
»Nicht wirklich!« protestierte er. »Und wir haben nichts davon gewußt.«

»O doch, das haben wir!« widersprach Jessica und fügte in Gedanken hinzu: *Aber da war es für uns beide schon zu spät gewesen!*
»Und wenn es so wäre!« sagte er trotzig. »Wir sind nur Halbgeschwister.«
»Auch das ist Blutschande!«
»Es ist noch gar nicht so lange her, da war es sogar am Hofe gang und gäbe, daß Geschwister heirateten!« wandte er leidenschaftlich ein. »Außerdem interessiert es mich überhaupt nicht, was andere denken und sagen. Und hast du mir damals nicht selber gesagt, daß Liebe nicht schmutzig sein kann? Auch keine Liebe unter Halbgeschwistern?«
»Was wußte ich damals schon«, antwortete Jessica müde. »Ich war jung, dumm und nach dem Tod meiner Mutter todunglücklich. Und doch entschuldigt das nicht unsere Verfehlungen.«
»Du bist noch immer jung«, sagte Kenneth mit veränderter Stimme, aus der Begehren sprach. »Jung und schön wie nie zuvor. Du warst damals schon hübsch, doch jetzt bist du eine schöne Frau, Jessica.«
»Eine Mutter von zwei Kindern!« erwiderte Jessica scharf.
Er lächelte. »Ja, ich habe gehört, daß es dir nicht schlecht geht. Aber ich habe immer gewußt, daß du dich nicht unterkriegen lassen würdest.«
Jessica ballte die Fäuste. Merkte er denn nicht, was er ihr mit diesen leicht dahingesagten Bemerkungen antat? Daß sie die Hölle von Newgate, die Monate auf dem Sträflingsschiff und die sechs Jahre Verbannung zu einer Bagatelle verniedlichten, über die man so leicht hinweggehen konnte?
»Das reicht jetzt, Ken!« fuhr sie ihn an.
»Entschuldige, das war nicht so gemeint«, beeilte er sich zu sagen. Ihm dämmerte, daß er wohl den falschen Ton angeschlagen hatte. »Es war bestimmt eine entsetzliche, harte Zeit für dich, und du wirst Vater nie in deinem Leben verzeihen können, daß er uns das angetan hat.«

»Mir! Nicht uns!«
Kenneth ging nicht darauf ein. »Aber ich versichere dir, daß ich alles tun werde, um es wiedergutzumachen. Das habe ich mir geschworen, und das ist auch der einzige Grund, warum ich England verlassen habe. Du hast mir einfach keine Ruhe gelassen.«
Jessica blickte ihm ins Gesicht, als versuchte sie in seinen Zügen zu lesen, ob er die Wahrheit sprach. »Es fällt mir schwer, dir das zu glauben, Ken. Wenn ich dir wirklich so viel bedeutet hätte...«
»Das hast du und tust du noch immer!« beteuerte er.
»... dann wäre es dir damals ein leichtes gewesen, in Erfahrung zu bringen, daß ich zu zehn Jahren Kerker und dann zur Deportation verurteilt worden war«, fuhr sie unbeirrt fort. »Und du hättest dann auch Mittel und Wege gefunden, um mich in Newgate zu besuchen und mir das Leben dort zu erleichtern. Aber nicht ein Lebenszeichen habe ich von dir erhalten! Versuche also nicht, mich anlügen zu wollen! So, das ist alles, was ich dir zu sagen habe, Ken. Ich erwarte von dir, daß du mir nie wieder unter die Augen trittst. Es ist schlimm genug für mich zu wissen, daß du in der Kolonie bist. Aber zum Glück verkehren wir ja nicht in denselben Kreisen, so daß wohl auch zufällige Begegnungen unwahrscheinlich sein dürften. Zumindest hoffe ich das!«
»Jessica, das kannst du mir nicht antun!«
Ohne ihm eine Antwort zu geben, drehte sie sich um, eilte ins Haus zurück und schlug die Tür hinter sich zu. Sie lehnte sich von innen gegen die schweren Bohlen, am ganzen Leib zitternd und kalkweiß im Gesicht. Mit aller Macht hielt sie die Tränen zurück.
»Um Gottes willen, Mrs. Brading!« stieß Ruth erschrocken hervor, als das flackernde Licht der Lampe auf Jessicas bleiches Gesicht fiel. »Was ist passiert?«
Jessica blickte schnell zu Joshua Chowning hinüber. Doch ihn hatten Müdigkeit und zuviel Alkohol schon in einen tiefen

Schlaf gezogen. Er war am Tisch in sich zusammengesunken und schnarchte, sein Kopf lag in der Rumlache.

»Nichts, Ruth«, wehrte sie leise ab und riß sich zusammen. »Die Hitze muß mir heute nicht bekommen sein. Es wird Zeit, daß ich zu Bett gehe. Laß nur, ich finde mich schon zurecht. Danke für alles – und ich habe nicht vergessen, was ich dir versprochen habe.«

In der kleinen dunklen, stickigen Kammer warf sie sich auf die Bettstelle. Sie weinte lautlos in die Dunkelheit, bis ihre Augen schmerzten und keine Tränen mehr hergaben. Sie starrte mit leerem Blick zur Decke hoch, die sie nur erahnen konnte. Die Hitze in diesem fensterlosen Raum trieb ihr den Schweiß aus allen Poren, doch innerlich fror sie. Sie hatte Angst. Es war eine Angst, die keinen bestimmten Namen trug und daher um so bedrohlicher war.

32

Die Morgendämmerung hatte sich im Osten noch nicht einmal mit ihren wäßrig-grauen Lichtschleiern angekündigt, als Jessica schon vom Anwesen des Faßbinders aufbrach.

Sie hatte die Nacht keinen Schlaf finden können und sich nur von einer Seite auf die andere gewälzt. Stunde um Stunde hatte sie in der fensterlosen Kammer, deren Enge und drückende Luft sie an eine Kerkerzelle erinnerten, gelegen und sich mit ihren Erinnerungen gequält. Erinnerungen an eine Zeit, die ihr jetzt so fern und wirklichkeitsfremd erschien, als hätte sie sie selber gar nicht erlebt, sondern von ihr nur durch Erzählungen anderer erfahren.

Was damals in Raven geschehen war, kam ihr so unwirklich wie ein Traum vor. Jetzt, scheinbar eine Ewigkeit später, vermochte sie kaum zu glauben, daß sie dieses junge, verstörte Mädchen gewesen war, das sich, jeglichen elterlichen Halts beraubt, in einen verhängnisvollen Strudel leidenschaftlicher Gefühle hatte reißen lassen. Daß sie es gewesen war, die Schwäche und Blindheit gezeigt hatte, als die Situation Stärke und Einsicht erfordert hätte. Das unerfahrene, von romantischen Träumen erfüllte Mädchen, das sich den Verführungskünsten ihres Halbbruders nicht heftig genug widersetzt und sich der Illusion hingegeben hatte, daß dies die wahre, echte Liebe ihres Lebens sei und wahre Liebe nichts Schandbares sein könne, dieses Mädchen erschien ihr wie eine völlig Fremde, wie eine Gestalt aus einer tragischen Geschichte.

Doch der noch immer heiß brennende Schmerz, den die Erinnerungen in ihr auflodern ließen wie ein Windstoß, der unter einer dünnen Schicht Asche feurige Glut aufdeckt und neue

Flammen hochschießen läßt, der Schmerz und die Angst waren wirklich.
Es war eine schrecklich lange, einsame Nacht gewesen. Und schließlich hatte sie den Morgen nicht länger abwarten können. Sie war aufgestanden und hatte ihr Pferd gesattelt. Joshua hatte davon nichts mitbekommen. Er schlief noch immer seinen Rausch aus. Doch Ruth war im windschiefen Stall erschienen, kaum daß Adrian seine Herrin mit einem freudigen Schnauben begrüßt und seine samtweichen Nüstern an ihrer Schulter gerieben hatte.
Traurig, schmal und still stand Ruth im Hof und hielt die Zügel, als Jessica sich in den Sattel schwang. Sie wünschte, sie wäre nicht so früh aufgebrochen. Doch dies auszusprechen wäre ihr nie in den Sinn gekommen. Es stand ihr nicht zu. Und so sagte sie nur auf ihre bescheidene Art: »Es war sehr gütig, daß Sie uns die Ehre Ihres Besuches gemacht haben, Mrs. Brading.«
»Ich wäre noch länger geblieben, wenn ich nicht dringend auf die Farm zurück müßte, Ruth. Aber ich werde in Zukunft wohl häufiger als in vergangenen Jahren in Sydney und Parramatta sein«, tröstete Jessica sie.
»Das Wenige, was wir haben, teilen wir jederzeit gerne mit Ihnen, Mrs. Brading.«
»Gewöhn dir allmählich ab, mich Mrs. Brading zu nennen. Ich bin nur ein paar Jahre älter als du. Warum also sagst du nicht Jessica zu mir?«
»Weil es sich nicht gehört, Mrs. Brading. Sie würden keinem von uns einen Gefallen damit tun, so freundlich Ihr Angebot auch gemeint sein mag.«
»Und wieso nicht?«
Ruth zuckte kurz mit den Achseln. »Es sind nicht die Jahre, die zählen. Es ist einfach das, was Sie sind ... und was ich bin.«
»Und was bin ich in deinen Augen?« fragte Jessica scherzhaft.
»Eine Lady.«
Jessica lachte. »Du dummes Ding! Ich bin nie eine Lady gewe-

sen und werde es auch nie sein. Als Sträfling bin ich in die Kolonie gekommen, und an sechs Tagen in der Woche arbeite ich auf der Farm und tue etwas, womit sich eine Lady niemals abgeben würde.«

»Das hat nichts mit der Abstammung oder der Arbeit zu tun, Mrs. Brading. Sie können verschwitzt und dreckig sein und Schwielen an den Händen haben – und dennoch werden Sie immer eine Lady sein. Es ist Ihre Ausstrahlung, Ihre ganze Persönlichkeit. Manchen ist das eben von Natur aus gegeben – zusammen mit Schönheit und Klugheit.«

»So? Na, ich weiß nicht, Ruth.«

»Doch, es ist so.«

»Und was bist du deiner Meinung nach?« fragte Jessica.

»Die Tochter von Joshua Chowning, dem Faßbinder.«

»Ja, aber das bedeutet doch nicht...«

»Entschuldigen Sie, Mrs. Brading. Ich habe meinen Stolz genau wie Sie, aber ich kenne auch meinen Platz. Ich könnte niemals Jessica zu Ihnen sagen. Sie würden mir keinen Gefallen tun, wenn Sie mir das aufzwängen. Man kann Öl und Wasser nicht mischen, wie kräftig man beides auch verrührt«, sagte sie ruhig. »Hinterher schwimmt doch wieder jedes für sich. Und so ist es auch mit den Menschen, Mrs. Brading.«

Jessica sah sie erstaunt an. Sie hatte Ruth immer für ein nicht nur scheues, sondern auch nicht übermäßig gescheites Mädchen gehalten. Ein Vorurteil, mit dem man bei stillen, in sich gekehrten und schlicht aussehenden Menschen schnell bei der Hand war. Doch Ruth war alles andere als einfältig. Sie beobachtete die Welt offenbar mit scharfen, aufmerksamen Augen und blickte vielen Dingen tiefer auf den Grund, als andere, die sich niemals mit der Tochter eines versoffenen Faßbinders an einen Tisch setzen würden.

»Wenn es dir so, wie es ist, lieber ist, lassen wir es dabei, Ruth«, sagte Jessica.

»Ja, Mrs. Brading.«

»Was die Sache mit dir und deinem Vater angeht, so wirst du

schon bald von mir hören«, versicherte Jessica und nahm die Zügel auf.
Ruth nickte nur lächelnd.
Jessica trug ihr noch Grüße für ihren Vater auf und ritt dann los. Der Hufschlag des galoppierenden Pferdes drang weit in der noch schläfrigen Stille des anbrechenden Tages. Das Anwesen des Faßbinders blieb schnell hinter ihr zurück und versank in der Dunkelheit, die noch über dem Land lag. Der sandige Weg, dem Jessica nach Nordwesten folgte, hob sich als schmales, helles Band von den tiefen Schatten von Baum und Strauch ab. Es war nicht ganz ungefährlich, im Galopp dahinzujagen, aber eine unbestimmte Unruhe trieb sie voran. Sie wollte möglichst viele Meilen zwischen sich und Parramatta gebracht haben, bevor die Sonne aufging.
In der Dunkelheit mußte sie sich auf den Weg und seine Bodenbeschaffenheit konzentrieren, was ihr sehr dabei half, ihren Kopf von Gedanken an Ken freizuhalten.
Dann kam der neue Tag herauf. Der Himmel färbte sich im Osten über dem Horizont orangerot, von weißgrauen Schlieren durchsetzt, und ging dann in Stufen von Rosa und Gold in ein blasses Blau über, das jedoch schnell an Leuchtkraft gewann und einen herrlichen Aquamarinton annahm, als die Sonne sich von der Erde gelöst hatte und über der Küste von New South Wales schwebte.
Die Temperaturen stiegen schneller als die Sonne. Es war sicherlich noch nicht neun Uhr, als Jessica schon durchschwitzt war und Adrian eine kurze Rast brauchte. Sie führte ihn zu einem von Akazien umstandenen Wasserloch, das in ein paar Wochen, wenn der Hochsommer eingesetzt hatte, nicht mehr existieren würde. Dann fand man hier nur noch eine tiefe Mulde, deren schlammiger Boden ausgetrocknet und aufgebrochen war, aufgeplatzt und von tiefen Rissen durchzogen wie die Schale eines Apfels, den man in eine zu heiße Bratröhre gelegt hat. Mit der Hitze wurde ihr Tempo zwangsläufig langsamer. Und je ruhiger sie gen Norden ritt, desto unruhiger

wurde Jessica im Innern. Adrian brauchte kaum noch Lenkhilfe. Er hätte den Weg zurück nach SEVEN HILLS jetzt auch allein gefunden. Somit blieb ihr kaum noch etwas zu tun, und sie verfiel in düsteres Grübeln.

Ken war in der Kolonie! dachte sie immer wieder und versuchte, mit ihren zwiespältigen Gefühlen ins reine zu kommen. Es irritierte sie, daß sein Erscheinen in ihr ein Gefühl dumpfer Angst geweckt hatte. Der Schock, als er plötzlich vor ihr gestanden hatte, war verständlich gewesen. Auch ihre Bitterkeit und ihr Zorn. Aber warum auf einmal die Angst vor ihm? Immerhin war er ihr Halbbruder, und einmal hatte sie sogar geglaubt, ihn zu lieben. Warum also diese Beklemmung, diese Furcht vor etwas, was sie nicht benennen konnte?

Wir dürfen uns nie wiedersehen! nahm sie sich vor. *Ich muß ihm klarmachen, daß sich unsere Wege niemals mehr kreuzen dürfen, wenn wir nicht das Verhängnis heraufbeschwören wollen! Zum zweiten Mal!*

Ken war ganz sicherlich nicht wegen ihr nach New South Wales gekommen. Nicht nach so vielen Jahren. So gut glaubte sie ihn zu kennen. Es war viel wahrscheinlicher, daß ihn eine Laune des Schicksals hierher verschlagen und er sich ihrer Existenz erinnert hatte. Und seine Liebesbeteuerungen waren es nicht wert, ernst genommen zu werden. Wäre es so, wie er behauptet hatte, hätte sie schon vor Jahren von ihm gehört, denn ein Postverbot für Sträflinge hatte es nie gegeben, wenn auch die wenigsten Angehörige in England hatten, die des Lesens und Schreibens mächtig waren.

Nein, er hatte sie belogen. Und dies war es, wie sie jetzt erkannte, was sie ängstigte. Er liebte sie nicht, hatte sie vielleicht nie wirklich geliebt, aber dennoch hatte er sich die Mühe gemacht, herauszufinden, wo sie sich aufhielt. Von wem hatte er das überhaupt erfahren? Mehrere Leute in Sydney und Parramatta hatten gewußt, daß sie die Nacht im Haus des Faßbinders Chowning verbringen würde. Aber dies war jetzt ohne große Bedeutung. Wichtig war allein die Tatsache, daß Ken sie noch immer begehrte, ohne sie jedoch zu lieben. Dessen war sie sich ganz sicher. Und das machte ihr angst, denn Ken war in der Kolonie nicht irgendwer, sondern er war Offizier im New South Wales Corps!

Ich werde ihn zur Vernunft bringen! Es wird mir schon gelingen! versuchte sie sich einzureden, ohne jedoch die Stimme des Zweifels in sich zum Verstummen zu bringen. Ken würde nichts darauf geben, daß sie ihn gebeten, ja beschworen hatte, ihr in Zukunft fernzubleiben. Er würde alles daran setzen, seinen Willen durchzusetzen und zu bekommen, was er begehrte. Das hatte sie seinem Blick entnommen, mit dem er sie betrachtet hatte: voll wilden Verlangens. Ja, er würde alles dransetzen, um sie zu besitzen. Und als Offizier war er ein mächtiger Mann. Sie hatte allen Grund, Angst vor ihm zu haben.

Als es bis nach SEVEN HILLS nicht mehr weit war, verdrängte sie ihre Ängste mit aller Willensanstrengung und geriet in eine fast fröhliche Stimmung. Was würde Ian für Augen machen, wenn sie ihm erzählte, wie sie Patrick Rourke mit seinen eigenen Waffen geschlagen hatte!

Daß irgend etwas nicht stimmte, merkte sie, als sie die breite Auffahrt zum Farmhaus hochritt und jeder ihr aus dem Weg zu gehen schien. Craig, der Kutscher, verschwand mit auffälliger Eile in der Remise. Ähnlich verhielten sich zwei andere Arbeiter.

Es ist etwas passiert! schoß es ihr durch den Kopf, als sie Adrian vor dem Hauptgebäude zügelte und sich keiner der Stallknechte blicken ließ.

Es war Lisa Reed, die aus dem Küchentrakt trat, einen Bastkorb mit Abfällen für die Hühner unter dem Arm. Erschrocken fuhr sie zusammen, als sie Jessica bemerkte. Sie machte Anstalten, auf der Stelle kehrt zu machen und schnell ins Haus zurückzueilen, doch Jessicas scharfe Stimme hielt sie zurück.

»Lisa! Komm sofort her!« rief sie und war mit einem Satz aus dem Sattel. Sie gab Adrian einen Klaps auf die Seite, und er trottete zu den Stallungen hinüber.

»Oh, die gnädige Frau ist zurück...« Lisa Reed kam zögernd näher.
»Was ist hier los?« wollte Jessica wissen. »Na los, raus mit der Sprache.«
Die Köchin blickte betroffen drein, rang einen Augenblick mit sich selbst und sprudelte dann im nächsten Moment mit wehklagender Stimme hervor, was passiert war, jedoch so unzusammenhängend, daß Jessica erst überhaupt nicht verstand, wovon Lisa überhaupt redete.
»Es ist ja so schrecklich, gnädige Frau! Warum muß ich diejenige sein, die es Ihnen erzählen muß. Wäre dieser fremde Gentleman doch nicht gekommen. Dann wäre das Unglück vielleicht gar nicht geschehen...«
»Von wem sprichst du?«
»Von Mr. Hamilton.«
»Mitchell?« stieß Jessica hervor.
»Ich weiß nur, daß er Hamilton heißt, gnädige Frau. Auf jeden Fall ist er gestern, nachdem er mit Mr. McIntosh gesprochen hat, zum Fluß hinuntergegangen. Wäre er doch nur gleich wieder davongeritten. Dann hätte das Schicksal einen anderen Lauf genommen...« lamentierte Lisa Reed.
Jessica spürte ein flaues Gefühl im Magen. »Himmel Herrgott, so sag endlich, was passiert ist!« herrschte sie die Köchin an.
»Der junge Herr liegt im Sterben!« flüsterte Lisa.
Jessica erstarrte. Eine eiskalte Zange schien sich jäh um ihr Herz zu legen. »Edward?... Du sprichst von Edward?« Sie hatte Mühe, die Worte herauszubringen.
»Ja, gnädige Frau... Eine Giftschlange hat ihn gebissen, als dieser Mr. Hamilton mit Ihren Kindern unten am Fluß dieses Spiel gespielt hat!« rief sie anklagend. »Und jetzt liegt der junge Herr im Sterben!«
»Nein!« schrie Jessica in ungläubigem Entsetzen. »Nein! Nicht Edward! Es kann nicht sein! Lisa, sag, daß es nicht wahr ist.«
»Ihr Sohn ringt mit dem Tod...«
»Lisa! Schweig! Kein Wort mehr vom Sterben, verdammt

noch mal!« brüllte im selben Augenblick eine wütende Stimme. Es war Ian. Er hatte die Tür des Hauptgebäudes aufgestoßen und lief nun auf sie zu, gefolgt von Mitchell, der jedoch nach drei, vier zögernden Schritten stehenblieb. Sein Gesicht war vor Übermüdung und Sorge grau wie Asche.

Lisa Reed duckte sich wie unter einem Schlag, murmelte etwas vor sich hin und zog sich schnell wieder in ihre Küche zurück.

»Wo ist Edward?« stieß Jessica hervor und wollte ins Haus stürzen, doch Ian packte sie hart am Arm. »Wo ist mein Kind? Ich will zu meinem Kind.« Ihr flackernder, schreckenserfüllter Blick ging zu Mitchell. Angst und Verzweiflung lagen in diesem Blick. Wenn Mitchell wirklich den Tod ihres Sohnes verschuldet hatte, würde das immer zwischen ihnen stehen, was immer sie auch sonst für ihn empfinden mochte. O Gott, warum mußte ihr das Schicksal immer neue Prüfungen auferlegen? Gab es für sie denn nie Ruhe vor inneren Qualen, Ängsten und bitteren Enttäuschungen? War es denn nicht genug, daß Kenneth in der Kolonie war und für sie sowohl in seelischer als auch in physischer Hinsicht eine schreckliche Gefahr darstellte? Reichte es denn nicht, daß sie sich gegen skrupellose Männer wie Jonas Duckworth und die rücksichtslose Härte des Landes behaupten mußte? Warum war ihr nicht ein wenig Frieden und privates Glück vergönnt? War es zuviel verlangt, Sehnsucht nach Zärtlichkeit und Liebe, nach ein wenig Glückseligkeit zu haben?

Tränen standen in ihren Augen, als sie Mitchells Blick begegnete. Wie sehr hatte sie dem Moment, da sie sich wieder gegenüberstehen würden, entgegengefiebert, voll freudiger Erregung. Und nun schob sich plötzlich der Schatten des Todes zwischen sie beide. Sie waren sich so nah – und konnten einander doch nicht ferner sein. Es zerriß ihr das Herz.

»Oh, mein Gott, Mitchell! Warum hast du mir das angetan?« entfuhr es Jessica in ihrer Verzweiflung.

Mitchell zuckte wie unter einem Peitschenhieb zusammen. »Jessica, ich habe getan, was ich konnte.«

»Wenn Edward stirbt...« begann Jessica.
Ian fiel ihr scharf ins Wort. »Zum Teufel noch mal, Edward wird nicht sterben! Drehen Sie jetzt nicht durch, Jessica!«
Jessica wandte sich ihm wie betäubt zu. »Aber Lisa...«
»Die Pest über Lisa, die ihre Zunge nie im Zaum halten kann!« sagte Ian ärgerlich. »Es stimmt, Edward ist von einer Schlange gebissen worden, von einer giftigen, aber er wird es überleben... dank Mr. Hamilton. Denn hätte er nicht so geistesgegenwärtig gehandelt, wäre Edward vielleicht jetzt schon tot.«
Jessica nahm kaum auf, was Ian sagte. Sie begriff nur, daß es wohl doch nicht *so* schlimm war, wie Lisa behauptet hatte. Zumindest rang er nicht mit dem Tod. Doch er war von einer Giftschlange gebissen worden, und das bedeutete in New South Wales, wo Giftschlangen existierten, deren Biß innerhalb von kurzer Zeit den Tod brachte, auf jeden Fall Lebensgefahr.
»Ich muß zu ihm!«
»Ihr Sohn ist gerade in einen ruhigen Schlaf gefallen, Jessica. Kommen Sie!«
Mitchell wollte etwas zu ihr sagen, doch dann entschied er sich anders und trat nur stumm zur Seite, als Ian ihren Arm nahm und sie ins Haus führte. Er folgte ihnen nicht, sondern ging auf die hintere Veranda und setzte sich in einen Korbstuhl. Er starrte auf den Hawkesbury hinunter. Wie gern wäre er jetzt an ihrer Seite gewesen, doch er wußte, daß nichts falscher gewesen wäre, als wenn er sich ihr jetzt aufgedrängt hätte.
Anne saß bei Edward am Bett, vor sich eine Schüssel mit kaltem Brunnenwasser und mehrere Leinentücher. Die Vorhänge waren zugezogen, um die Sonne fernzuhalten. Eine Kerze brannte auf der Kommode.
Schweigend räumte Anne ihren Platz, als Jessica ins Zimmer trat.
Jessica beugte sich über ihren Sohn, der auf der Seite lag und schlief. Sein Atem ging schneller als normal, und als sie ihm die Hand auf die Stirn legte, fühlte sie sich heiß an.
»Er hat Fieber!« flüsterte sie, und Tränen erstickten ihre

Stimme. Zärtlich streichelte sie ihm über den Kopf und wischte ihm dann mit einem feuchten Tuch den Schweiß vom Gesicht. Edward seufzte leise im Schlaf, wachte jedoch nicht auf.
»Es ist schon viel besser geworden«, beruhigte Ian sie. »Er schläft jetzt einigermaßen ruhig, auch wenn er noch Fieber hat. Doch das Schlimmste ist überstanden. Er wird durchkommen. Machen Sie sich keine Sorgen, Jessica. Edward ist ein kräftiger, gesunder Junge. Die ersten fünf, sechs Stunden waren die kritischsten, Jessica. Da sah es wirklich böse aus. Er hatte hohes Fieber, glühte geradezu und redete wirres Zeug. Ich sage Ihnen das nur, damit Sie sehen, daß Edward die Krise überwunden hat. Natürlich ist er geschwächt, aber es geht ihm besser ... viel besser sogar.«
Jessica atmete hörbar aus. »Wann ist es passiert?«
»Gestern am späten Nachmittag.«
»Es war allein meine Schuld«, machte sich Anne hinter ihnen bemerkbar. Tränen rannen ihr über das Gesicht, als sie Jessica berichtete, was sich unten am Fluß zugetragen hatte.
»Ich hätte sofort aufstehen und Edward zurückhalten sollen. Aber ich habe einfach zu lange gezögert. Als ich aufstand, war es schon passiert, und Edward schrie auf.«
Ian verzog das Gesicht. »Wenn Mr. Hamilton nicht in der Nähe gewesen wäre ...« Er führte den Satz nicht zu Ende, was auch nicht notwendig war. »Die Baumnatter hat Edward am linken Fuß gebissen. Glücklicherweise ist ein Giftzahn im Schuhleder steckengeblieben. Aber das Gift hätte dennoch gereicht, um ihm den Tod zu bringen, Jessica, wenn Mr. Hamilton sich nicht sofort um ihn gekümmert hätte.« Und mit einem unwilligen, fast wütenden Tonfall fügte er noch murmelnd hinzu: »Ich wünschte, ich könnte etwas weniger Nobles über diesen Mr. Hamilton sagen, Jessica, aber was wahr ist, muß wahr bleiben, auch wenn ich meine ganz privaten Gründe habe, ihn sonstwohin zu wünschen.«
Jessica warf ihm einen überraschten Blick zu. Sie begriff instinktiv, daß Ian eifersüchtig auf Mitchell war. Das bedeutete,

daß die beiden Männer miteinander gesprochen hatten. Vielleicht über sie? War während ihrer Abwesenheit etwas zwischen ihnen vorgefallen?
Anne hatte gar nicht mitbekommen, was Ian gesagt hatte. Sie war noch viel zu sehr in ihren Selbstvorwürfen gefangen.
»Ich... ich habe nur geschrien«, gestand Anne, »während er mit dem Messer die Bißstelle aufgeschnitten und das vergiftete Blut ausgesogen hat. Überall war Blut, und Edward hat sich so tapfer gehalten, auch wenn er gewimmert und geweint hat. Es war entsetzlich.«
»Aber notwendig!« sagte Ian zurechtweisend und fuhr sachlich fort: »Mr. Hamilton hat ihm vorübergehend das Bein abgebunden, so daß sich das restliche Gift nicht so schnell im Körper verteilen konnte. Seine Idee mit dem Lehmumschlag hat sich zudem als sehr nützlich erwiesen. Er hat einen Teil des Giftes dem Körper entzogen. Jedenfalls ist unser kleiner Edward über den Berg.«
»Ich möchte allein sein, bitte«, sagte Jessica.
»Sicher.« Ian ging mit Anne hinaus.
Geduldig saß Jessica am Bett ihres Sohnes und nahm ihren Blick kaum von seinem leicht geröteten Gesicht. Trotz Ians Versicherung, daß Edward das Schlimmste überstanden hatte und sich auf dem Weg der Besserung befand, grenzte ihre Sorge nahezu an Angst. Allein die Vorstellung, sie hätte ihn verlieren können, preßte ihr das Herz schmerzhaft zusammen. Eine Welle der Liebe überschwemmte sie. Warum bedurfte es immer eines Schicksalsschlages, damit man begriff, was einem die Kinder oder ein Mann bedeuteten? Warum mußte man erst Schmerzen an Körper und Seele erleiden, um zu erkennen, wo das Glück lag?
Die Tränen rannen über ihr Gesicht und hinterließen einen salzigen Geschmack auf ihren Lippen. Lautlos betete sie, daß Gott ihr nicht das nehmen möge, an dem sie mit jeder Faser ihres Herzens und ihrer Liebe hing.
Stunde um Stunde wachte sie über seinen Schlaf, während die

Kerze mehr und mehr herunterbrannte. Als der Tag draußen verblaßte, wachte Edward auf.
»Mami!... Du bist zurück?« fragte er mit schwacher Stimme.
Sie streichelte über seine erhitzten Wangen. »Ja, ich bin zurück, mein kleiner Liebling. Ich hab' mir schreckliche Sorgen um dich gemacht.«
»Ich habe die Schlange zu spät bemerkt, Mami. Du hättest Anne mal schreien hören sollen. Sie hat lauter geschrien als ich, als Mr. Hamilton mir in den Fuß geschnitten hat.« Er versuchte zu lächeln.
»Ja, Anne hat gesagt, da wärest sehr tapfer gewesen.«
»Wenn Mr. Hamilton nicht sofort mit dem Messer gekommen wäre, wäre ich jetzt bei Daddy im Himmel, nicht wahr?«
»Ja«, sagte Jessica und ein Schauder durchlief ihren Körper. »Aber du wirst gesund werden und bald wieder munter herumtoben. Das mußt du auch, denn wir brauchen dich... wir alle. Ich und deine Schwester.«
»Ich bin froh, daß ich noch nicht im Himmel bin, obwohl Daddy mir sehr fehlt. Aber der Himmel läuft mir doch nicht weg, nicht wahr?«
»Nein, das hat noch viel, viel Zeit... so Gott hoffentlich will.«
»Hat Vic dir schon von dem Spiel erzählt, das Mr. Hamilton uns gezeigt hat?« fragte Edward mit leuchtenden Augen.
»Nein, ich hab' die ganze Zeit an deinem Bett gesessen. Was ist es denn für ein Spiel?«
»*Spring, Kiesel, spring!* heißt das, und man muß einen flachen Stein über das Wasser tanzen lassen, als wäre er ein lustiger Grashüpfer. Mein bester ist viermal gesprungen«, erzählte er stolz. »Doch Mr. Hamilton hat seinen besten siebenmal tanzen lassen. Aber er hat gesagt, daß ich auch bald so gut wie er sein werde.«
»Na, wenn er das sagt, dann wird es auch stimmen.«
»Warum ist er uns nicht schon eher besuchen bekommen?« wollte Edward wissen.

Jessica zögerte. »Ich weiß nicht... Er ist wohl ein vielbeschäftigter Mann.«
»Seid ihr Freunde?« wollte Edward wissen.
»Ja, gewissermaßen.«
»Aber zum Fest ist er nicht gekommen.«
»Manchmal geht eben nicht alles so, wie man es gern hätte, mein Kind«, sagte sie versonnen.
»Ich mag ihn, Mami... auch wenn er keine Dingofallen bauen kann.«
»Ich mag ihn auch«, sagte Jessica leise.
»Ich habe Durst.«
Jessica füllte einen Becher mit kaltem Tee und gab ihm zu trinken. Edward leerte ihn ganz und streckte sich dann mit einem Seufzer im Bett aus. »Ich bin wieder so schrecklich müde, Mami«, sagte er, und die Augen fielen im wieder zu.
»Dann schlaf nur, mein Liebling«, sagte Jessica liebevoll, streichelte ihm über das Gesicht und zog die dünne, kühle Decke zurecht. »Anne und ich, wir passen schon auf dich auf. Und wenn du irgend etwas möchtest, sag es nur. Einer von uns beiden wird immer hier bei dir am Bett sitzen.«
»Nur schlafen«, murmelte Edward und war Augenblicke später wieder in einen tiefen Schlaf gesunken.
Jessica vergewisserte sich, daß sein Atem nicht zu schnell ging und das Fieber nicht gestiegen war. Nun, nachdem sie mit ihm gesprochen hatte, ließ ihre innere Verkrampfung nach. Die Angst wich, und sie war nun bereit, Ians Einschätzung über den Gesundheitszustand ihres Sohnes als richtig zu akzeptieren. Und nun war sie auch bereit, vor Mitchell zu treten.

33

Draußen war es schon dunkel, als Jessica Edwards Zimmer auf Zehenspitzen verließ. Anne saß neben der Tür.

»Hol eine neue Kerze und warte im Zimmer, bis ich wieder zurückkomme«, sagte Jessica zu ihr.

»Jawohl, Mrs. Brading«, flüsterte Anne.

Jessica nahm ihren Arm. »Mach dir keine Vorwürfe mehr, Anne. Dich trifft keine Schuld. Das hätte jedem von uns passieren können. Ich mach' dir keine Vorwürfe.«

»Wirklich nicht?«

»Nein. Und nun geh.«

Jessica traf Lisa im Eßzimmer. »Weißt du, wo Mr. Hamilton ist?«

»Auf der Terrasse, gnädige Frau. Da saß er jedenfalls noch vor 'ner Stunde, als ich ihm auf Mr. McIntoshs Anweisung hin einen Tee brachte«, antwortete sie, und ein vorwurfsvoller Ton schwang in ihrer Stimme mit, als hätte man von ihr etwas Empörendes verlangt.

»Gut. Deck den Tisch heute abend für drei Personen!« trug Jessica ihr auf.

Fassungslos sah die Köchin sie an. »Sie setzen sich mit *ihm* an einen Tisch?«

»Mr. Hamilton hat Edward das Leben gerettet, Lisa!« erwiderte Jessica kühl. »Ich will nicht noch einmal hören, daß in einem derart respektlosen Ton von Mr. Hamilton geredet wird. Hast du mich verstanden?«

»Ja... Bitte entschuldigen Sie, gnädige Frau... Für drei Personen... Sehr wohl, gnädige Frau«, murmelte Lisa Reed und huschte zurück in die Küche.

Jessica zögerte kurz, bevor sie auf die Terrasse hinaustrat. Mitchell saß noch immer in dem Korbstuhl, in dem er sich vor Stunden niedergelassen hatte.
Sie ging auf ihn zu. Würzigen Tabakgeruch wehte ihr der warme Wind entgegen.
Mitchell legte die Tonpfeife auf den Tisch, wo auch noch Teekanne und Tasse standen, und stand auf. Einen langen Augenblick standen sie sich schweigend gegenüber.
»Es tut mir leid, was ich vorhin gesagt habe«, brach Jessica schließlich das Schweigen. »Es war die Angst...«
»Du brauchst dich dafür nicht zu entschuldigen«, erwiderte er. »Ich kann mir vorstellen, was in dir vorgegangen ist, als du das gehört hast.«
»Lisa hat mich erschreckt. Sie hat einen entsetzlichen Hang, zu übertreiben und alles zu dramatisieren.«
»Wie geht es... deinem Sohn?« fragte er zurückhaltend.
»Den Umständen entsprechend recht gut. Er hat wohl noch Fieber, doch es ist nicht so hoch, daß man besorgt sein müßte. Das Fieber war letzte Nacht viel höher, hat Ian gesagt. Er schläft jetzt ruhig und scheint auch weniger zu schwitzen. In ein, zwei Tagen wird Edward nicht mehr im Bett zu halten sein.«
Mitchell lächelte ein wenig. »Ja, das glaube ich auch. Du hast zwei wunderbare Kinder, Jessica. Darauf kannst du stolz sein.«
Jessica nickte. »Du hast Edward das Leben gerettet, Mitchell. Das werde ich dir nie vergessen.«
»Ach, was! Es war reines Glück, daß ich nicht nur zur Stelle war, sondern auch noch mein Messer bei mir trug. Ich habe getan, was jeder andere an meiner Stelle auch getan hätte«, antwortete er fast unwillig und wechselte abrupt das Thema: »Ich hatte mir unser Wiedersehen ganz anders vorgestellt gehabt, Jessica.«
»Ich auch«, gestand sie, und ihre Stimme nahm einen anderen Ton an. Sie machte sich keine Mühe mehr, den Ausdruck von Zärtlichkeit zu unterdrücken.

»Hast du meinen Brief erhalten?«
»Ja.«
»Du hast nicht geantwortet.« Es war ein Vorwurf, doch die Sanftheit seiner Stimme nahm ihm jegliche Härte. Es war, als wüßten sie beide mehr, als sie im Augenblick noch auszusprechen wagten. Das Dunkel des frühen Abends umgab sie wie ein schützender Kokon, der die Welt mit allen Alltagssorgen ausschloß.
»Ja, es tut mir leid. Doch ich kenne deinen Brief auswendig, Mitchell. Ich habe jede einzelne Zeile im Kopf, und so manche Nacht bin ich mit deinen Worten im Kopf eingeschlafen. Dann fühlte ich mich weniger einsam«, sagte sie leise.
»Und warum hast du nicht geantwortet?« fragte er, und die quälende Ungewißheit der letzten Wochen wich von ihm. Jessica stieß ihn nicht länger zurück. Aufgebrochen war die Härte, mir der sie ihm begegnet war.
»Ich wußte nicht wie. Ich habe es versucht, Mitchell. Sogar mehrmals. Aber es ging einfach nicht.«
»Was ging nicht?«
»Dir zu schreiben, was ich dir sagen wollte«, erklärte Jessica. »Deshalb bin ich zu dir nach MIRRA BOOKA geritten.«
Erstaunt sah er sie an. »Du warst auf der Farm?«
»Ja. Aber Mr. Hawkley wußte nicht, wo du hingeritten warst«, log Jessica. Was zwischen ihr und Hawkley war, brauchte Mitchell nicht zu wissen. Es hätte ihm nur Kummer bereitet und ihn möglicherweise dazu veranlaßt, mit Hawkley zu brechen.
Mitchell verzog das Gesicht zu einer grimmigen Miene, doch dann hellte es sich schnell wieder auf, als ihm bewußt wurde, was Jessicas Worte bedeuteten.
»Was konntest du mir denn nicht schreiben, Jessica?« fragte er in fast fieberhafter Erwartung. »Willst du es mir jetzt sagen?«
»Ja«, sagte sie leise. »Ich bin dir niemals wirklich böse gewesen, Mitchell. Auch nicht, als du mich einfach in deine Arme gezogen und geküßt hast. Ich war einfach nur durcheinander, ver-

stört und ... irgendwie entschlossen, mich nicht zum Sklaven von Gefühlen zu machen.«
»Mache ich mich zum Sklaven meiner Gefühle, weil ich dich liebe?« fragte er verwundert.
»Bitte dring nicht in mich und versuch nicht, jetzt schon von mir auf alles und jedes eine Antwort zu erhalten«, bat Jessica. »Was ich dir sagen will, ist ganz einfach: Laß mir nur ein wenig Zeit, Mitchell. Gib mir Zeit, mich an den Gedanken zu gewöhnen, daß ich kein Sträfling mehr bin und mich frei entscheiden kann. Daß ich wieder lernen kann, offen zu meinen Sehnsüchten zu stehen und keine Angst mehr zu haben, wieder verletzt zu werden. Gib mir Luft und Raum zum Atmen.« Sie hatte das Gefühl, als wäre sie gerade aus einem langen Schlaf erwacht, aus einer Traumwelt, in der die Stimme der Liebe kein Gewicht gehabt hatte. Sie mußte erst wieder lernen, Liebe und Leidenschaft und schutzlose Hingabe zu entdecken. »Wir haben sechs Jahre lang in verschiedenen Welten gelebt und uns in dieser Zeit auch verändert. Was immer wir füreinander empfinden mögen, Mitchell, es braucht Zeit, um zu wachsen und zu erstarken.«
»Du sollst alle Zeit der Welt haben. Sag mir nur, daß ich dir nicht gleichgültig bin«, bat er mit belegter Stimme.
Sie wich seinem Blick nicht aus. Welch eine Frage! Weder hatte sie seine Zärtlichkeiten vergessen noch die Tatsache, daß es zwischen ihnen Bande gab, die sich nicht in Worte fassen ließen. Es war ein merkwürdiges Gefühl der Sehnsucht, das sie sogar während ihrer doch wahrhaftig glücklichen Ehe mit Steve immer unterschwellig gespürt hatte. Wie ein reißender unteririscher Fluß, der durch dunkle Tiefen stürzt und durch unterirdische Schluchten schäumt, während das Land über ihm ruhig und still unter der Sonne liegt und nichts von den tosenden Urgewalten verrät, die tief unter der Oberfläche brodeln. War es Liebe? Ja, es mußte Liebe sein, wenn das Gefühl auch heute noch, sechs Jahre später, so überwältigend war wie damals, als sie in seinen Armen gelegen hatte.

»Nein, du bist mir nicht gleichgültig«, antwortete sie mit zärtlicher Stimme und streckte die Hand nach ihm aus. »Du bist es nie gewesen, Mitchell. Ich brauche dich.«
Er nahm ihre Hand. »Und ich brauche dich ... dich und deine Liebe. Doch ich werde dich nicht drängen, Jessica. Zu gar nichts«, versicherte er. »Doch auf eins bestehe ich.«
»Und das wäre?«
»Daß wir uns von nun an öfter sehen, Jessica.«
Sie lächelte, während ihr ein angenehmer Schauer über Rücken und Arme lief. Mitchell hielt noch immer ihre Hand, und sie wünschte, er würde sie nie mehr loslassen. »Ich werde über deine Bedingung nachdenken, Mitchell«, scherzte sie, doch in ihren Augen glänzten Tränen. »Doch nun komm. Lisa hat für uns drei gedeckt, und Ian wird schon auf uns warten.«
»Abendessen zu dritt? Muß das sein?« fragte Mitchell enttäuscht.
»Ja, es muß sein.«
»Das ist aber nicht gerade romantisch.«
Sie lachte. »Davon habe ich auch nicht gesprochen.«
»Er mag ein guter Verwalter sein«, brummte Mitchell, »aber ich kann wirklich nicht behaupten, daß mir seine Gesellschaft recht ist.«
»Ich denke, Ian wird derselben Meinung sein«, erwiderte Jessica lächelnd.
Er seufzte. »Nun ja, ein Abendessen zusammen mit dir und deinem Verwalter ist ja immerhin ein Anfang.«
»Ja, es ist ein Anfang«, versicherte sie zärtlich.
Hand in Hand gingen sie ins Haus.

Knaur

Jessica oder Die Irrwege der Liebe
Weder das Elend an Bord des Sträflingsschiffes noch das harte, entbehrungsreiche Leben in Australien können Jessicas Lebensmut brechen. Sie weiß, sie ist unschuldig und sie weiß, daß es einen Mann gibt, der sie liebt… 384 S. [1184]

Jessica oder Das Ziel aller Sehnsucht
Nach dem Tod ihres Mannes hat die schöne, junge Jessica, die nun alleine für ihre zwei Kinder sorgen muß, die Farm im fernen New South Wales zu einem Juwel gemacht. Doch ihr Lebenswerk ist in Gefahr… 320 S. [1388]

Jessica oder In der Ferne lockt das Glück
In der lebensfeindlichen Sträflingskolonie Australien kämpft Jessica um die Existenz ihrer Farm – und um ihr Glück, das den Namen Mitchel Hamilton trägt… 320 S. [1537]

Jessica oder Was bleibt, ist die Hoffnung
Zwei Männer werben um die verwitwete Jessica: der Farmer Hamilton, dem ihr Herz gehört, und der skrupellose Kenneth Forbes, der schnell zu Geld und Ruhm kommen will… 320 S. [1653]

Jessica oder Die Insel der verlorenen Liebe
Mitchel Hamilton ist verzweifelt. Königsfeindliche Rebellen haben die Macht in der Kolonie an sich gerissen und ihm seine Farm »Mirra Booka« genommen. Doch am meisten trifft ihn, daß er nun von Jessica, der Frau, die er seit Jahren mit verzehrender Leidenschaft liebt, getrennt ist… 256 S. [2834]

Jessica oder Die Sehnsucht im Morgenrot
Die australische Sträflingskolonie in der Hand einer korrupten Offiziersclique… 256 S. [2835]

Jessica oder Die Irrwege der Liebe / Jessica oder Das Ziel aller Sehnsucht
Die zwei großartigen Unterhaltungsromane, jetzt bei Knaur in einem Band. 1024 S. [2920]

Valerie – Erbin von Cotton Fields
An ihrem achtzehnten Geburtstag erfährt Valerie, daß ihre vermeintlichen Eltern nur ihre Pflegeeltern sind. Ihr wirklicher Vater ist ein reicher amerikanischer Plantagenbesitzer. Sie macht sich auf nach Amerika, um ihren todkranken Vater auf »Cotton Fields« zu besuchen… 256 S. [2021]

Valerie – Herrin auf Cotton Fields
Valerie scheint alle Wirren und Gefahren der Gefangenschaft überstanden zu haben, in die ihre Feinde sie gebracht hatten. Doch ihren Traum hat sie nicht aufgegeben: Sie will als rechtmäßige Herrin der Plantage Cotton Fields anerkannt werden… 256 S. [2022]

Romane von Ashley Carrington

Knaur

Paretti, Sandra

Maria Canossa

Maria Canossa – eine Frau sucht das Glück in einer Zeit, in der kein Platz ist für das Glück. 256 S. [1047]

Das Echo Deiner Stimme

Die bekannte Autorin erzählt das Leben ihrer Mutter. Ein Zeugnis der Liebe. 207 S. [1021]

Paradiesmann

Er ist ein Glücksritter. Er ist ein Frauenliebling. Zweimal kreuzt er das Leben von Sandra Paretti. Es geschieht, was geschehen muß: Sie verliebt sich in ihn. In diesem Roman erzählt sie von dieser Liebe. 384 S. [1278]

Der Wunschbaum

Im Mittelpunkt dieses Romans steht die starke Persönlichkeit einer Frau, die ihre Familie vor dem Zerfall bewahrt. 288 S. [519]

Das Zauberschiff

Ein Roman über das Schicksal des deutschen Passagierschiffs »Kronprinzessin Cecilie«, das mitten auf dem Ozean vom Ausbruch des Ersten Weltkriegs überrascht wird. 304 S. [621]

Rogers, Rosemary

Die Sinnliche

Der Roman von Liebe und Leidenschaft unter Napoleon. 416 S. [1212]

Letzte Liebe, Letzte Liebe

Virginia und Steve – schön, reich, jung und verliebt – sind der glanzvolle Mittelpunkt des gesellschaftlichen Lebens in New Orleans. Doch das Schicksal reißt die Glücklichen auseinander. Erst nach unheilvollen Erlebnissen und verhängnisvollen Abenteuern finden sie wieder zueinander. 320 S. [1271]

Die Unbesiegbare

Ein weiblicher, von Leidenschaft geprägter Roman – vor dem historischen Hintergrund der gesellschaftlichen Entwicklung des jungen amerikanischen Kontinents. 576 S. [784]

Wildnis der Liebe

Eine titanische Familienfehde, Liebe, Haß und Leidenschaften von nicht alltäglichen Menschen. 377 S. [1008]

Jagger, Brenda

Wolken über dem Tal

Eine Familiensaga um Macht, Verrat und den Triumph der Liebe. 496 S. [1215]

Palmer, Lilli

Nachtmusik

Das Leben eines bisher unbescholtenen Universitätsprofessors gerät aus den Fugen. Eine turbulente und amüsante Geschichte. 384 S. [1090]

Eine Frau bleibt eine Frau

Millionen haben Lilli Palmer in ihrer gleichnamigen Fernsehserie bewundert. Aus dieser Serie hat Lilli Palmer verschiedene Beiträge ausgesucht, sie in Erzählungen verwandelt und in diesem Sammelband veröffentlicht. 224 S., 16 Abb. [1320]

Umarmen hat seine Zeit

»Man muß auch mal ein Risiko eingehen, sonst lebt man nicht.« Diesen Rat ihrer geliebten Schwiegermutter wird Sophie nie vergessen. Sie will leben und sie lebt riskant, denn sie weiß: Alles auf Erden hat seine Zeit. 304 S. [789]

Kretschmer, Cleo

Amore

Millionen haben »Amore« im Fernsehen gesehen. Cleo Kretschmer hat darin die Hauptrolle gespielt – und die Geschichte jetzt zum ersten Mal aufgeschrieben. Eine verzwickte, urkomische Liebesgeschichte. 144 S. [1353]

Romane

Knaur

Alle Menschen werden Brüder
Ein psychologischer Roman um die Untiefen menschlichen Daseins. 600 S. [262]

Die Antwort kennt nur der Wind
Die atemberaubende Geschichte eines Mannes, der die Machenschaften von Weiße-Kragen-Verbrechern enthüllt. 512 S. [481]

Bis zur bitteren Neige
Das bewegende Schicksal eines in Schuld verstrickten jungen Mannes. 570 S. [118]

Die Erde bleibt noch lange jung
und andere Geschichten. 288 S. [1158]

Es muß nicht immer Kaviar sein
Tolldreiste Abenteuer und auserlesene Kochrezepte des Geheimagenten wider Willen Thomas Lieven. 550 S. [29]

Hurra, wir leben noch
Der Wirtschaftswunder-Schelmen-Roman. 635 S. [728]

Lieb Vaterland magst ruhig sein
Ein dramatisches Geschehen aus der Welt des Geheimdienstes. 599 S. [209]

Liebe ist nur ein Wort
Die Geschichte einer Liebe, die an der Welt der Großen zerbricht. 544 S. [145]

Niemand ist eine Insel
Die Geschichte eines Mannes, der aus einer Welt des Scheins in die Welt der Liebe gelangt. 622 S. [553]

Und Jimmy ging zum Regenbogen
Ein großer Buch- und Filmerfolg – ein Meisterwerk der Erzählkunst. 639 S. [397]

Wir heißen Euch hoffen
Der große Bestseller zum Thema Drogensucht. 640 S. [1058]

Zweiundzwanzig Zentimeter Zärtlichkeit
und andere Geschichten aus 33 Jahren. 254 S. [819]

Bitte, laßt die Blumen leben
Die Geschichte einer großen Liebe zwischen einem fast fünfzigjährigen »Aussteiger« und einer jungen Buchhändlerin. 576 S. [1393]

Der Stoff, aus dem die Träume sind
Ein Roman aus der Welt jener Industrie, die Träume für Millionen macht. 608 S. [437]

Die im Dunkeln sieht man nicht
Unter mysteriösen Umständen gelangt ein Fernsehjournalist in den Besitz eines hochbrisanten Dokuments, bei dessen Veröffentlichung ein Aufschrei der Empörung um den Erdball gehen wird. Dies wollen die Geheimdienste der beiden Supermächte um jeden Preis verhindern… 624 S. [1570]

530 Seiten. Gebunden.

Johannes Mario Simmel